EIN KRIMI AUS DEM MITTELALTER

Carl Dietmar, Journalist und promovierter Historiker, ist Autor vieler Köln-Bücher, darunter »Die Chronik Kölns«, »Kölner Mythen« und »Das mittelalterliche Köln«. Im Emons Verlag erschien: »Köln, der Rhein, das Meer«. »Tod des Königs« ist sein erster Roman. Carl Dietmar ist Träger des KölnLiteraturPreises.

Dieses Buch ist ein Roman, und die darin geschilderten Ereignisse um den Protagonisten Andreas Hemmersbach sind in erster Linie frei erfunden, jedoch in eine historische Rahmenhandlung des 14. Jahrhunderts eingefügt. Zahlreiche Handlungen und Äußerungen auch der historischen Personen sind indessen der Phantasie des Autors entsprungen. Darüber hinaus sind Ähnlichkeiten mit lebenden oder toten Personen rein zufällig.

CARL DIETMAR

TOD DES KÖNIGS

EIN KRIMI AUS DEM MITTELALTER

Emons Verlag

Umschlagzeichnung: Heribert Stragholz
Druck und Bindung: Clausen & Bosse GmbH, Leck
Printed in Germany 2005
ISBN 3-89705-337-3

www.emons-verlag.de

Für Tapio, den finnischen Freund

PROLOG

Im Namen der Heiligen und Unteilbaren Dreifaltigkeit. Amen. Köln, im Monat Dezember 1346 nach der Fleischwerdung des Herrn.

Ich, Andreas Hemmersbach, Sohn des Matthias Hemmersbach, aus der heiligen Stadt Köln, habe diese Geschichte niedergeschrieben. Es ist eine Geschichte, die Anno Domini 1309 begann, als ich fünfzehn Jahre alt war, ausgelöst durch ein Unglück, das großes Leid über viele Menschen brachte. Dieses Unglück und andere geheimnisvolle und rätselhafte Vorgänge, die sich danach abspielten, beschäftigten mich unablässig viele, viele Jahre meines Lebens.

Ich, Andreas Hemmersbach, hatte damals Glück im Unglück, ich konnte aus Köln fliehen und war dann lange Jahre Kammerherr des Königs von Böhmen. Prag ist damals meine Heimat gewesen, dann bin ich mit dem König von Böhmen durch ganz Europa gezogen, ich habe mit ihm gegen Christen und Heiden gekämpft, wir haben gemeinsam die Alpen überschritten und gemeinsam Freud und Leid geteilt, gute und schlechte Zeiten durchstanden.

Erst nach dem Tod meines Herrn, des Königs von Böhmen, im August dieses Jahres hatte ich die Gelegenheit, in meine geliebte Vaterstadt, nach Köln, zurückzukehren – und mit der Hilfe des Allmächtigen sollte es mir gelingen, Licht in all das Dunkel des Jahres 1309 zu bringen und das Netz von Geheimnissen, Ränken und Rätseln mühselig zu entknüpfen.

Ich schreibe dies nieder, um all das, was damals und bis heute geschah, den Bürgern der heiligen Stadt Köln zur Kenntnis zu bringen – und ich schreibe dies nieder zum Gedenken all derer, die ihr Leben lassen mussten, weil noch immer so viele Menschen eines der wichtigsten Gebote unseres Herrn, des allmächtigen Gottes, nicht befolgen: Du sollst nicht töten.

KAPITEL I

Mein Herr war gegen diese Schlacht.

»Sire«, sagte er, »die Truppen sind den ganzen Tag marschiert, sie sind erschöpft und brauchen Ruhe.«

Am Rand der alten Römerstraße in der Nähe des Dorfes Crécy hatte der französische König seine Heerführer um sich versammelt, es war schon später Nachmittag. Man schrieb den sechsundzwanzigsten Tag des Monats August Anno Domini 1346.

Es dauerte eine Weile, ehe König Philipp, an den diese Worte gerichtet waren, zum Kriegsrat sprach: »Mein Herr Schwager, der König von Böhmen, hat Recht – es ist besser, die Schlacht erst morgen anzunehmen. Gebt den Befehl aus: Die Männer sollen anhalten und lagern.«

Die meisten der Edelleute reagierten nicht, sie blickten finster drein, Charles d'Alençon aber, der Bruder des Königs, warf wutentbrannt sein Schwert auf den Boden. Er war bekanntermaßen ein Heißsporn, und mehr noch als der König hasste er die Engländer.

»Majestät, unsere Leute wollen kämpfen, sie wollen das Blut der Engländer sehen, heute noch! Bedenkt, Ihr selbst habt das Aufgebot des Volkes einberufen – nun steht es bereit, weniger als eine Meile vom Feind entfernt.«

Schweren Schrittes ging Charles in die Mitte des Kreises und zeigte auf meinen Herrn, den König von Böhmen.

»Heute steht die Ehre Frankreichs auf dem Spiel – was gebt Ihr da auf den Rat eines alten Mannes, der kein Franzose ist, der noch dazu blind ist?«

Treue bis in den Tod

Es war ein schroffer, ein verletzender Ton, den der Graf anschlug, das war allen Anwesenden klar – ich ertappte mich dabei, dass ich an mein Schwert griff, ich fürchtete, mein Herr, König Johann von Böhmen, würde diese Beleidigung mit gewohnter Schlagfertigkeit parieren und den Grafen bloßstellen, als eitlen Wichtigtuer und Großsprecher, der er nun mal war. Eines, was Charles gesagt hatte, traf indessen zu: Mein Herr, der König von Böhmen, war in der Tat seit einigen Jahren auf beiden Augen blind. Weil er aber noch immer ein gefürchteter Kriegsherr und Stratege war, hatte der französische König ihn in sein Lager gerufen.

Johann hatte inzwischen seinen Helm mit den drei Straußenfedern abgenommen, er hielt ihn mit der Linken vor seinem Brustpanzer. Mit ruhiger Stimme antwortete er: »Es stimmt, und es ist allen bekannt, mein lieber Vetter, dass ich mein Augenlicht verloren habe. Doch die Erfahrung sagt mir, dass die Engländer im Vorteil sind – sie haben den ganzen Tag Zeit gehabt, sich aufzustellen. Sie haben, wenn ich meinen Kundschaftern vertrauen darf, das Gelände hervorragend ausgenutzt. Sire, ich bitte Euch nochmals: Verschiebt den Angriff auf morgen.«

Doch niemand im Kriegsrat – ich hatte es übrigens nicht anders erwartet – ergriff das Wort, niemand wollte sich der einfachen Logik dieser Bitte anschließen. Was ich schon am Pariser Hof bemerkt hatte, wurde hier, im Felde, über die Maßen deutlich: Die vornehmen französischen Seigneurs wollten sich an Tollkühnheit von keinem übertreffen lassen, sie verachteten bedächtige und vernünftige Ratschläge, schalten sie feige. Ihnen dünkte die zuletzt gehörte Meinung am gewichtigsten, sie waren eitel, borniert und selbstgewiss.

Mittlerweile war von der Römerstraße aus zu erkennen, dass die an der Spitze des französischen Heeres marschierenden Kolonnen, dem regennassen Boden trotzend, immer weiter nach Nordwesten vorrückten, als könnten sie gar nicht mehr anhalten, so stark schien der Druck derer, die folgten.

»Seht«, rief Charles d'Alençon, »das Heer will diese Schlacht, das Volk will diese Schlacht – Tod den Engländern! Tod den Thronräubern!«

»Tod den Engländern!«, brüllten nun auch die Männer des Königs – und so löste sich der Kriegsrat auf, alle Befehlshaber eilten zu ihren Verbänden.

»Nicht der König hat den Befehl zum Angriff gegeben, sondern das Volk«, sagte mein Herr voller Verachtung. Das Volk – das waren in diesem Fall Hitzköpfe wie der Graf von Alençon, die auf die zahlenmäßige Überlegenheit des französischen Heeres vertrauten.

Etwa vierzigtausend Männer, so hatte man uns am Morgen gesagt, zählte die Armee Philipps, ein bunt zusammengewürfelter Haufen, Franzosen, Gascogner, Mallorkiner, Lothringer, Böhmen und viele andere Verbündete, die vermeintlich besten Einheiten stellten die Ritter des königlichen Hofstaats und etwa sechstausend Armbrustschützen, Söldner aus Genua. Mein Herr war König von Böhmen, doch er stammte aus Luxemburg, er war auch Graf von Luxemburg – und so begaben wir uns zum luxemburgischen Aufgebot, das etwa fünfhundert Ritter umfasste.

Es hatte den ganzen Tag geregnet, Wolkenbrüche hatten den Boden aufgeweicht. Nur mit Mühe war das Fußvolk, teilweise im tiefen Schlamm watend, vorangekommen. Ständig waren die Karren im Morast stecken geblieben – doch trotz des großen Durcheinanders, trotz sich widersprechender Kommandos der Befehlshaber und trotz der Tatsache, dass sich Truppenteile gegenseitig behinderten, gelang es doch noch, das Heer in drei Treffen zu gliedern, die die Angriffe in Wellen ausführen sollten.

Mein Herr hieß seine Ritter im ersten Treffen Aufstellung nehmen, es wurde ausgerechnet von Charles d'Alençon kommandiert. Dann galoppierten wir nach Süden, zur Straße, auf eine kleine Anhöhe über dem Flüsschen Maye, wo Johanns Gefolge wartete, sein Beichtvater und seine engsten Vertrauten. Von hier aus konnte man das Geschehen einigermaßen verfolgen.

Ich musste dem König die Lage schildern, so gut ich konnte – »du, Andreas«, pflegte er in solchen Momenten zu sagen, »du bist das Licht meiner Augen.«

Wir, einige Luxemburger und zwei böhmische Ritter, hatten uns am Nachmittag, als die Truppen in Richtung Crécy marschiert waren, der Vorhut angeschlossen, wir konnten sehen, wie sich die Engländer aufstellten – und wie ihr König seinen Gefechtsstand auf dem höchsten Punkt des Höhenzuges gewählt hatte, neben einer Windmühle. Von dort aus konnte er die englischen Stellungen und die alte Heerstraße, auf der die Franzosen anrückten, überblicken.

Die Engländer erwarteten den Angriff schweigend – König Edward hatte lediglich ein Trompetensignal geben lassen, als klar geworden war, dass die Franzosen zum Kampf entschlossen waren. Edward wusste offensichtlich, dass die Franzosen ihn mit großer Übermacht verfolgt hatten, doch die Gegend um Crécy bot beste Voraussetzungen, um eine starke Verteidigungsstellung aufzubauen. Da war ein langer Höhenzug, der sich von Crécy aus in nordöstlicher Richtung bis zu einem Flecken namens Wadicourt ausdehnte – mit dem Rücken zu diesem Höhenzug waren die englischen Verbände postiert. An ihrem rechten Flügel im Süden fiel der Hang etwa neunzig Fuß steil zum Fluss ab, die Stellung auf der Anhöhe wurde durch drei breite Terrassen verstärkt, die für Berittene nur schwer zu passieren waren. Ich hatte, so berichtete ich meinem Herrn, keinerlei schwere Reiter entdeckt.

»Wie bei Morlaix«, sagte mein Herr, »er setzt sie wahrscheinlich als Fußkämpfer ein.«

Die Geharnischten hatten sich tatsächlich, wie wir beobachten konnten, mit Lanzen und Schwertern bewaffnet, in das mit Lederkollern gewappnete Fußvolk eingereiht. Sie standen in zwei Abteilungen vor der Anhöhe. Am rechten Flügel, gar nicht so weit weg von uns, wehte das Banner des englischen Kronprinzen, des erst sechzehnjährigen »Schwarzen Prinzen«. Zwischen den Gepanzerten hatten Bogenschützen im Zentrum und auf den beiden Flügeln eigenartige keilförmige Stellungen bezogen, geschützt durch Hecken aus Pfählen und Weidengeflecht. Hinter der Hauptlinie, die schätzungsweise aus fünfzehntausend Kämpfern bestand, vermutete ich noch eine Reserve. Ein Bauernjunge, den wir zufällig aufgegriffen hatten, erzählte uns von Bogenschützen, die ihre Sehnen zugedeckt hatten, als es regnete.

Auf unserer Seite ritt der Graf von Alençon an die Spitze des ersten Treffens, sein Pferd tänzelte unruhig, als er die Oriflamme hochreckte, das heilige Banner Karls des Großen. Wie ein Fanal flatterte es über der noch immer ungeordneten Front der französischen Ritter, deren Schilde und Schwerter im Sonnenlicht blitzten. Er brüllte einige anfeuernde Losungen. Vor dem ersten Treffen standen die Genuesen mit ihren Armbrüsten – mit lautem Feldgeschrei stürmten sie los, gefolgt von den Reitereinheiten der Großvasallen und regellos gruppiertem Fußvolk.

Doch dann: Eine Wolke langschäftiger Pfeile rauschte heran, die den Himmel fast verdunkelte, und die Männer, noch im Laufschritt, wurden von einem Pfeilhagel regelrecht eingedeckt. Die tief stehende Sonne blendete die Angreifer; die Genuesen, vermutlich zermürbt vom langen Marsch, waren noch viel zu weit von den englischen Linien entfernt, um selbst schießen zu können, zudem waren die Sehnen ihrer Waffen durch den Wolkenbruch am Mittag nass geworden.

»Sire«, hörte ich mich mit merkwürdig gelassener Stimme sagen, »die Engländer haben das Gefecht angenommen!«

Zahllose Genuesen stürzten, von Pfeilen getroffen, nieder, viele, auch Unverletzte, ließen ihre Armbrüste fallen und wollten flüchten. Die Schreie der Sterbenden und Verwundeten mischten sich mit den Anfeuerungsrufen der Reiterei, deren erste Welle die Fliehenden regelrecht über den Haufen ritt, blutige Knäuel von Mensch und Ross wälzten sich auf dem regennassen Boden.

Charles d'Alençon bemerkte die Flucht der Armbrustschützen, wir konnten hören, wie er den Befehl gab: »Macht die Halunken nieder, sie sind uns im Weg!«

Die Ritter schlugen nun auf die eigenen Leute ein, um sich einen Weg freizuhauen, um den Hang hinauf gegen den Feind stürmen zu können. Die Söldner aber wehrten sich, griffen zu ihren Kurzschwertern, stachen auf Ross und Reiter ein. Pferde, denen die Gedärme herausquollen, schleiften ihre toten Herren am Steigbügel hinter sich her, viele Kämpfer traten sich im Gedränge gegenseitig tot, viele flohen vom Schlachtfeld.

Es war ein schlechter Auftakt, nie ist eine Schlacht planloser begonnen worden.

»Herr«, sagte ich mit wachsender Unruhe, »unsere Luxemburger schicken sich an, in den Kampf einzugreifen.«

Ich wäre gern mit ihnen geritten, in den Kampf – nur der Befehl des Königs hielt mich zurück.

Johann wies die Edelleute seines Gefolges an, die Führung des luxemburgischen Aufgebots zu übernehmen. Sie galoppierten davon.

»Wartet, bis sie ihre nächsten Pfeile verschossen haben – dann erst greift an!«, rief er ihnen nach.

Nur noch mein Herr, der Mönch, ein Knappe und ich blieben am Maye.

Noch bevor die Luxemburger ihren Angriff beginnen konnten, zuckten Blitze aus den Stellungen der Engländer, gefolgt von Donnerschlägen, deren Höllenlärm den Boden erzittern ließ. Feuerschlünde spieen Rauch und Flammen über die Linien hinweg, Blei- und Eisenstücke flogen durch die Luft, bohrten sich durch Lederwams und Kettenhemden von Adeligen wie Gemeinen, Funken stoben, Späne fielen nieder – und scharenweise stürzten Menschen zu Boden, auch viele unserer Luxemburger.

»Was ist das? Was ist das für ein Teufelszeug?«, schrie mein Herr, sein Pferd hatte sich aufgebäumt.

Der Mönch, Johanns Beichtvater, ritt neben den König.

»Das sind Bombarden, man nennt sie auch Kanonen!«

»Woher weißt du das?«

»Ein Bruder aus Lincoln hat mir davon erzählt«, schrie der Mönch zurück, »es sind Bronzerohre, die mit schwarzem Pulver gefüllt werden. Das Pulver explodiert, wenn man es entzündet, und die tödliche Ladung wird herausgeschleudert!«

Dass die Engländer diese Waffe jemals einsetzen könnten, habe niemand erwartet.

Die Geschosse und der Lärm der Bombarden richteten in den französischen Reihen ein verheerendes Chaos an. Die allgemeine Verwirrung nutzten walisische Lanzenträger – erstmals stürzten sie vor, schmutzige, unrasierte Bauern, die ihre Losungen brüllten. Hasserfüllt und wahllos schlugen und stachen sie auf alles ein, was sich noch bewegte. So wie Metzger Tiere aufschlitzen, so schlitzten sie mit langen Messern verwundeten französischen Fußsoldaten die Leiber auf – Rittern, Bogenschützen und Knappen, die zu Boden gestürzt waren, wurden die Kehlen durchgeschnitten, diejenigen, die ihre Waffen verloren hatten, waren den Bestien wehrlos ausgeliefert. Mit schrecklichem Triumphgeheul, das den Kampfeslärm und die Schreie der Verletzten ins Unerträgliche steigerte, zogen sich schnell die Waliser wieder hinter ihre Linien zurück.

König Philipp, so berichtete atemlos ein Meldegänger, der die Verbindung zum französischen Kronrat halten sollte, sei sehr verstört gewesen, als die Kanonen donnerten, nur mit Mühe habe er sich auf seinem Pferd gehalten, doch dann habe er die Jocosa, das legendäre Schwert des größten Herrschers der Franken, gezogen und dem zweiten Treffen den Befehl zum Angriff gegeben – »es sind Bastarde, macht sie nieder, diese Bastarde!«, soll er rasend vor Wut gebrüllt haben, und: »Keine Gnade den Feinden! Keine Gnade den Gefangenen!« – als ob die Franzosen schon einen einzigen Engländer gefangen hätten! Doch, wie immer – seine Gefolgsleute gehorchten.

»Gott mit uns!« und »Tod den Engländern!« riefen sie, die Ritter, die in ihren schweren Rüstungen in den Steigbügeln standen, ihre entschlossenen, schwitzenden Gesichter, ihre Anspannung unter dem Visier verbergend, sie schwangen ihre blitzenden Schwerter über dem Kopf – und suchten vergeblich den Zweikampf. Denn wieder ließen die englischen Langbogenschützen, die seelenruhig in ihren Stellungen verharrt waren, ihre Pfeile fliegen. Und kaum einer verfehlte sein Ziel, Hunderte von Rittern sanken aus ihren Sätteln, herrenlose Rosse brachen aus den Angriffswellen aus.

»Sire, noch immer hat es kein einziger Reiter geschafft, auch nur in die Nähe der englischen Linie zu kommen!«, schrie ich, während es dem Knappen endlich gelang, Johanns Pferd wieder zu beruhigen.

Der Kampf hatte bis dahin noch nicht einmal eine geschlagene Stunde gedauert – weder die Reiter noch ihre gepanzerten Pferde noch die Fußtruppen, die an den Flanken der Reiterei vorrückten, konnten gegen den Pfeilregen etwas ausrichten. Doch mit dem Mut der Verzweiflung stürmten alle, die den Pfeilen entgangen waren, in Richtung Hang, immer wieder behindert durch Reste des ersten Treffens, Männer, die versuchten, Pfeilspitzen aus ihren Wunden zu ziehen, Verletzte, die blutend zurückeilten, um sich hinter den Linien zu sammeln.

»Wie steht die Schlacht?«, fragte mein Herr nach einiger Zeit.

Ich schwieg.

»Schlecht«, sagte schließlich leise der Beichtvater, »sehr schlecht.«

»Wo ist mein Sohn?«, lautete Johanns nächste Frage.

Es war das erste Mal, dass er sich nach seinem ältesten Sohn Karl, dem Markgrafen von Mähren, erkundigte. Karl, der gerade erst von einigen Kurfürsten zum deutschen König gewählt worden war, allerdings von den meisten deutschen Fürsten nicht anerkannt wurde, hatte sich ebenfalls dem französischen Heer angeschlossen, er stand an der Spitze eines böhmischen Aufgebotes; irgendwo im dritten Treffen hatte es Aufstellung bezogen.

»Soll ich zu ihm reiten?«, bot ich an.

Der König schüttelte den Kopf.

»Majestät, ich bitte Euch flehentlich, lasst mich aufs Schlachtfeld, ich möchte kämpfen, ich ertrage es nicht mehr, tatenlos zuzusehen, wie unsere Männer niedergemacht werden.«

»Andreas, dein Wunsch ehrt dich und deine Ungeduld auch – mein Befehl aber lautet: Du hast dich an meiner Seite zu halten!«

In diesem Augenblick lachte der Knappe, Pavel war sein Name, neben mir laut auf.

»Da, seht doch, Ihr Herren, da läuft ein Hund aufs Schlachtfeld!«

Tatsächlich – direkt vor uns, am linken Flügel der Franzosen, rannte ein kleines braunes Knäuel laut bellend auf eine Gruppe von Reitern zu, umkreiste sie, als wollte es sie zusammentreiben, um sie dann aus dem Kampf zu führen. Doch die Reiter fühlten sich eher belästigt – einer versuchte, den ungebetenen Beschützer mit einer Lanze wegzujagen, als das nichts fruchtete, schlug er mit dem Schwert nach dem noch immer herumtollenden Hund.

Selbst der Beichtvater musste lachten.

»Was geht da vor?«, wollte der König wissen.

»Herr, unsere Reiter spielen Fuchsjagd, der Fuchs ist aber ein kleiner Hund.«

Mittlerweile hatten auch einige Lanzenknechte, grobe Kerle in verdreckten Gewändern, Spaß an der Hatz gefunden, sie bildeten einen Kreis, in den der Hund geriet, sein Gekläff wurde mehr und mehr herzerweichend und legte sich über die Schmerzensschreie der Verletzten.

»Die Männer sollen kämpfen und nicht Katz und Maus spielen! Kämpfen gegen die Engländer!«, rief Johann. »Andreas, mach diesem Treiben ein Ende!«

Ich gab meinem Pferd die Sporen.

»Im Namen des Königs von Böhmen, lasst den Köter in Ruhe!«

Sie blickten mich entgeistert an, doch sie gehorchten. Der Kreis öffnete sich.

Ich saß ab.

»Henri!«, rief ich dem struppigen Knäuel zu, als ich mich ihm vorsichtig näherte. Mir fiel kein besserer Name ein. Vielleicht hieß er Jacques, was wusste ich? »Henri!«, rief ich ein zweites Mal, nun bestimmter, die zweite Silbe betonend. Ich war nur noch einige Schritte von ihm entfernt, als er mich entdeckte und seine Zähne fletschte – ich blieb stehen, redete besänftigend auf ihn ein, »braver Hund« und was mir sonst noch in den Sinn kam.

»Komm her!«, sagte ich schließlich, so liebevoll wie möglich.

Reiter hatten sich um uns gruppiert, Gelächter brach aus, einige begannen, derbe Witze zu reißen. Der arme Hund war noch immer vollkommen außer sich. Ich rief »Platz!« und ging zielstrebig auf ihn zu. Henri, ein struppiger Dorfköter, quer durch alle Rassen, war verdutzt, hörte auf zu bellen. Ich packte ihn und hob ihn hoch. Mit gehetztem Blick wand er sich in meinen Armen und knurrte wütend, seine Zähne bleckten. Ich drückte ihn fest gegen meine Brust.

»Braver Hund!«

Langsam entspannten sich seine Muskeln. Erschöpft und zitternd begann er zu hecheln.

»Braver Hund«, sagte ich immer wieder, »Henri.«

Er drehte seine Schnauze meinem Kopf zu – und dann, ich konnte es nicht verhindern, strich er mit seiner feuchten Zunge über mein Ohr. Ich merkte, wie meine rechte Hand, mit der ich ihn am Hinterleib festhielt, nass wurde.

Alle lachten – die Schlacht war für einige Augenblicke vergessen.

»Sie sollen kämpfen!«, rief mein Herr, der König von Böhmen, erneut, als ich mich wieder unserer Gruppe näherte, den Hund quer über meinem Schoß.

Das Schlachtfeld war mittlerweile übersät mit Toten, Schwerverletzten, gefällten Schlachtrossen, die ihre Reiter unter sich begraben hatten, das Blut der Getöteten und Verletzten vermischte sich mit Regenwasser, Leichname lagen in Pfützen geronnenen Blutes, roter Schlamm floss den Abhang herunter. Ein klebrig-tierischer Gestank hatte sich überall verbreitet, Verwundete, die im Kot lagen, riefen nach Wasser, ich sah einen Priester, der mit bleichem Gesicht zwischen den Sterbenden herging und sie mit geweihtem Öl benetzte, Verletzte schleppten sich mit zerschlagenen Gliedern stöhnend vom Feld, andere wollten sich ihre Wunden verbinden lassen, vergeblich, denn niemand hatte für linnenes Tuch gesorgt – Gewinsel und Gebrüll von Mensch und Vieh übertönten das Toben und den Lärm der Schlacht.

Noch immer wurde gekämpft.

Alle Angriffe der Franzosen, es waren nun mindestens zehn Wellen, wurden von den Engländern abgewehrt, allein durch die tödliche Treffsicherheit ihrer Bogenschützen – die Bombarden brauchten nicht noch einmal eingesetzt zu werden. Was die Franzosen und ihre Verbündeten unternahmen, waren längst keine Angriffe mehr, es war ein selbstmörderisches Anrennen.

»Wie hält sich unsere Reiterei?«, fragte mein Herr.

»Sie kämpfen tapfer, Sire, sehr tapfer.«

Es war ehrliche Überzeugung, die mich diese Worte sagen ließ.

Ja, sie waren tapfer, die vornehmen französischen Herren und ihre Edelknappen, immer wieder versuchten sie, sich zu neuem Angriff zu ordnen. Keiner überließ das Feld dem Feind – sie ließen sich stattdessen reihenweise niedermähen. Am linken Flügel hatten sie es sogar geschafft, die Männer des Schwarzen Prinzen in Einzelkämpfe zu verwickeln. Doch sie wurden von den ausgeruhten Gegnern niedergemacht, die Oriflamme war schon lange nicht mehr zu sehen, Charles d'Alençon womöglich längst tot, vielleicht auch König Jakob von Mallorka, denn nun sahen wir erstmals englische Fußtruppen im Vormarsch. Sie hatten ein großes Viereck gebildet, ihr Befehlshaber, offensichtlich ein kluger Mann, rief immer wieder, wie zur Beruhigung: »Reiterei kann gegen euch nichts ausrichten, meine Söhne!« Neben ihnen die schrecklichen Waliser, die mit Spießen, Äxten und langen Messern erneut zahllosen verwundeten Franzosen den Garaus machten, ihnen einfach die Schädel einschlugen – aus der Schlacht wurde ein Abschlachten, ein einziges Gemetzel.

Obwohl die Engländer uns ziemlich nahe kamen, harrten wir, geblendet von der Abendsonne, weiter auf unserem Beobachtungsposten aus. Mir war das Nichtstun, war das Beobachten längst zuwider, ich ging mehrmals zum Maye hinunter, fluchte laut und füllte Feldflaschen mit klarem Bachwasser. Auch Henri gab ich einige Schlucke zu trinken. Er zitterte noch immer.

Nicht weit entfernt schleppte sich ein Genuese zur Straße, er wollte wohl zum Fluss. Seine Augenlider waren geschlossen, die Mundwinkel vom Schmerz verzogen. Er fiel, nur ein paar Schritte vor mir, auf den Boden, unter seinem grauen Umhang dampfte es. Ich rannte zu ihm hin, schlug den Mantel, der seine Brust bedeckte, zurück – und wich selbst zurück: Unter aufgesprengten Rippen lagen seine Organe frei, das Herz zuckte schlaff.

Der Mann trug ein Heiligenbild um den Hals, und mit aufgerissenen Augen verfolgte er, wie ich das Bild an meine Lippen führte, mehr konnte ich nicht für ihn tun. Er flüsterte nur: »Madonna!« und ließ meinen Arm los, den er seit geraumer Zeit fest umklammert hatte – und dann bemühte er sich, sich auszustrecken, so wie es Leute tun, die sich aufs Sterben einrichten.

Meldegänger der Luxemburger kamen vorbeigeritten, riefen irgendwelche Namen, der Herr von Soundso – die Namen konnten wir nicht verstehen – sei gefallen. König Johann schickte sie immer wieder zurück, munterte sie zu weiterem Kampf an, andere sollten Befehle des französischen Königs einholen, den wir irgendwo hinter den französischen Linien vermuteten.

»Welche Stunde haben wir?«, fragte mein Herr.

Ein Rabenschwarm flog gerade sehr niedrig über das Schlachtfeld.

Es war die achte Stunde nach der Mittagsstunde. Einige seiner Ritter, vom Kampf schwer gezeichnet, einer blutete am rechten Arm, ein anderer hatte eine klaffende Wunde am Hals und hielt sich nur mit Mühe auf seinem Pferd, kamen zu uns herangeritten.

»Was sollen wir machen?«, rief der Erste, »fast alle unsere Leute sind gefallen!«

»Sire, die Schlacht ist verloren! Bringt Euch in Sicherheit!«

Es war der Mönch, der das Wort ergriffen hatte. Er war der Mutigste von uns – weil er die Wahrheit sagte.

König Johann aber hatte längst einen Entschluss gefasst.

»Das wird, bei Gott, nicht geschehen, dass der König von Böhmen vom Schlachtfeld flieht!« Das rief er, der sich stets geweigert hatte, Tschechisch zu lernen, in tschechischer Sprache aus.

Und nach einer kurzen Pause: »Seigneurs, zwei Freiwillige zu mir!«

Ich drängte mein Pferd an ihn heran, doch er hob, wie zur Abwehr, die gepanzerte Hand. »Du nicht, Andreas! Was auch immer heute geschieht: Ich entbinde dich deines Treueides – geh zurück nach Köln, es wird Zeit, dass du deine Angelegenheiten regelst!«

»Herr, was habt Ihr vor?«, schrie ich, ohne eine Antwort zu erhalten.

Der König gab den beiden Rittern, die sich gemeldet hatten, ruhig seine Anweisungen. Die Schlachtrosse wurden mit Ketten verbunden, die Ritter nahmen Johann in die Mitte.

Er zog das Schwert.

»Das soll mein letzter Kampf werden!«, rief er, bevor er das Visier schloss, »Mönch, ich bereue alle meine Sünden, erteile mir die Absolution!«

Der Beichtvater wollte protestieren, schlug dann aber doch das Kreuz – und ich glaube, ich habe ihn flüstern gehört: *»Ego te absolvo!«*

Johann gab seinem Pferd die Sporen, die beiden Ritter wurden mitgerissen, setzten sich dann aber an die Spitze und führten den König im Galopp zur Römerstraße, wo sich versprengte Einheiten seit einiger Zeit sammelten, um neue Attacken zu reiten.

»Sind hier noch Luxemburger?«, schrie Johann, der König von Böhmen, in die Menge.

Ein paar Reiter schlossen sich ihm an, einer von ihnen führte das Banner Luxemburgs, im gestreckten Galopp ging es quer über das Schlachtfeld, an den Lanzenträgern vorbei, einige Waliser wurden vom Sattel aus niedergemacht, ja, und dann waren sie an der englischen Linie, nur die Tapfersten hatten das bisher geschafft. Sie kämpften heldenhaft gegen die Übermacht der englischen Gepanzerten, die bislang noch nicht in die Schlacht eingreifen mussten.

Doch alle, die sich Johann angeschlossen haben, werden sterben, ging es mir da durch den Kopf, auch mein Herr, der König von Böhmen, der blind ist, wird sterben – aber er, der Blinde, ist der Tapferste von allen. Ich bin stolz auf ihn, so stolz wie noch nie. Und in diesem Augenblick liebe ich ihn.

Ich muss ihm beistehen, ich habe ihm Treue geschworen, Treue bis in den Tod. Und so reiche ich den zitternden Hund dem Knappen, ich sehe mich losreiten, ganz allein, vielleicht sechshundert Fuß an den Bogenschützen des Schwarzen Prinzen vorbei, ich höre, wie sie ihre Pfeile abschießen, ein einziges Surren liegt über dem Schlachtfeld – und plötzlich reißt es mich aus dem Sattel, im linken Oberarm verspüre ich einen furchtbaren Schmerz, noch ehe ich zu Boden gehe.

KAPITEL II

»Wie geht es ihm?« Ich vernehme eine leise Stimme, eine sehr vertraute.

Sei gegrüßt, mein treuer Pavel!

»Schlecht, sehr schlecht, er hat viel Blut verloren«, sagt eine andere Stimme, die ich nicht kenne, die aber weich und gütig klingt.

»Er phantasiert, oft schreit er auch, noch hat er das Bewusstsein nicht wiedererlangt. Doch er lebt, und mit Gottes Hilfe wird er überleben.«

Ich möchte dem Gespräch gerne folgen, vielleicht auch selbst ein paar Worte sagen, aber ich kann es nicht.

Wir werden uns bald sehen, Pavel, ich verspreche es.

Das Letzte, was ich wahrnehme, bevor es dunkel wird, ist eine raue, warme Hand, die sich auf meinen rechten Arm gesenkt hat.

Irgendwann geht Ohnmacht in Schlaf über – oder Bewusstlosigkeit in Tod.

Schwarze Gestalten, farblos und ohne Schatten.

Ich bin in einen Abgrund gestürzt, einen Abgrund irrsinniger Träume. Ich höre schwere Tritte auf dem Straßenpflaster, ich höre betrunkene Bestien grölen und schimpfen, ein Krug zerschellt. Ich sehe, wie die Meute vor einem Haus stehen bleibt, es herrscht einen Augenblick Ruhe, wie zur Besinnung. Einer, es wird der Anführer sein, er geht zur Tür, ich erkenne sie wieder, obwohl es Nacht ist, und er schlägt dreimal mit seiner flachen, behandschuhten Hand zu.

»Neeeein!«

Über meinem Grab wird gebetet. Sanftes Murmeln beruhigt mich.

Ja, ich bin tot. Arme Mutter, so wie du! Ich bin gerannt zu dir, denn etwas Schreckliches ist geschehen, und ich muss es dir sagen, oh, ich bin so durcheinander und verängstigt, Mutter, sie haben unseren Vater umgebracht!

Durst! Ich fühle, dass ich trinken muss.

Ein Hund kläfft beharrlich. Es sollte jemanden geben, der ihn streichelt.

»Seht, Schwester, er hört ihn.«

»Ich glaube, du hast Recht, Pavel, ich hoffe, er kommt zu sich.«

In einer Nacht verlor ich meine ganze Familie, meinen Vater, meine Mutter und meine Geschwister. Und mir war, als hätte man auch mich umgebracht.

Die große Finsternis

Im fahlen Licht des Neumondes, zwischen Wolkenfetzen, kann ich meinen Vater erkennen, ich gehe einige Dutzend Schritte hinter ihm, ich achte auf jede seiner Bewegungen. Wenn er stehen bleibt, bleibe auch ich stehen, wenn er Anstalten macht, sich umzuschauen, was häufig vorkommt, drücke ich mich rücklings gegen Häuserwände oder springe in eine Toröffnung.

Seltsame Dinge sind passiert. Mir ist einiges zu Ohren gekommen, über den Vater, über Reichtümer, die er angehäuft haben soll. Ich verstehe das alles nicht, wir wohnen in einem kleinen, bescheidenen Haus, der Vater treibt Handel – woher soll das viele Geld kommen, das er angeblich hat? Ich will herausfinden, worin er verwickelt ist.

Doch dann wird er ermordet – vor meinen Augen. Ich bin Zeuge. Ich habe gesehen, wie er ermordet wurde.

Ich muss es der Mutter sagen. Ich schaue mich um – niemand verfolgt mich. Ich habe sie abgeschüttelt. Vom Waidmarkt aus gehe ich vorsichtig in Richtung Blaubach, ich will die kleine Brücke überqueren, die zur Hochpforte führt.

Ich entdecke zwei Männer, zwei wie Ritter gekleidete Männer, die sich in der Nähe unseres Hauses zu schaffen machen. Sie warten auf mich, geht es mir durch den Kopf, sie wollen auch mich umbringen. Ich muss verschwinden, ich muss mich verstecken.

Aber wo? Wir haben nicht viele Freunde in Köln, mein Vater ist ein Neubürger, man hat ihm, dem Zugezogenen, das Bürgerrecht verliehen, doch dann hat er sich unbeliebt gemacht bei den Patriziern. Ascher ben Baruch fällt mir ein, der jüdische Gelehrte – mit ihm hat Vater oft disputiert.

Es ist nicht weit bis zum jüdischen Viertel. Ich haste los.

Der alte Mann öffnet die Tür.
»Andreas? Was willst du hier? Weißt du nicht, wie spät es ist?«
Ascher ben Baruch sieht mich mit gütigen Augen an.
»Komm herein, mein Junge!«
Er hat bemerkt, wie ich zittere, er sieht, dass ich Tränen in den Augen habe, er legt seinen Arm auf meine Schultern und führt mich in die hintere Stube.
»Setz dich hin!«
Er zeigt auf einen Schemel.
»Was ist geschehen?«
Ich muss die Augen schließen und presse die Hände vors Gesicht, ich beginne wieder zu heulen, bis es mir schließlich gelingt, ihm stockend zu antworten.
»Sie haben Vater umgebracht, in der Rheingasse, einer hat ihm ein Messer in den Rücken geworfen, ich habe alles gesehen!«
Der alte Mann setzt sich auf die Bank vor dem großen Tisch, er schlägt das Buch zu, das auf dem Tisch liegt.
»Was sagst du da? Dein Vater – tot? Er wurde umgebracht, sagst du? Und du warst dabei?« Er hat Mühe, seine Fassung zu bewahren, als ich, von Weinkrämpfen geschüttelt, widersprüchlich und zusammenhanglos schildere, was kurz zuvor geschehen ist.
Als ich ende, spricht er mit sich selbst, auf Hebräisch, er ist ratlos, er faltet die Hände, er betet, er streicht mit der Rechten über den grauen Bart.
»Man hat ihm, so denke ich, eine Falle gestellt. Aber wer steckt dahinter?«, sagt er dann. Er steht auf.
»Du bleibst erst mal hier – ich glaube nicht, dass sie deiner Familie etwas tun. Morgen früh bringe ich dich zu deiner Mutter. Ich wüsste nicht, was ich sonst für dich tun kann. O Gott – dein Vater! Es ist unfassbar! Wie konnte Gott das zulassen?«

Sie sitzen da wie aufgereiht, schwarze Gestalten, farblos und ohne Schatten.

Ich habe keine Minute geschlafen. Ascher kommt in die Stube. Es ist noch dunkel.
»Andreas, steh auf, wir müssen los!«
Er reicht mir einen Krug mit Wasser. Ich trinke einen Schluck,

reibe mir die Tränen aus den Augen. Schließlich gehen wir leise über einen Platz, links erkenne ich schemenhaft die Synagoge, wir verlassen das Judenviertel durch eine kleine Pforte. Es ist kalt, ich halte meinen Umhang mit beiden Händen zusammen, die Kapuze verdeckt einen Teil meines Gesichts, niemand soll mich erkennen. Die Straßen sind noch menschenleer, nur hinter dem Augustinerkloster begegnen wir einem Goldgräber, wie die Kölner sagen, einem armseligen Tagelöhner, der die Latrinen des Klosters geleert und gereinigt hat. Auf seinem Karren, den ein dürres Pferd zieht, stehen mehrere Holzfässer, gefüllt mit menschlichen Fäkalien.

»Wir sollten einen Umweg machen«, flüstert Ascher, als wir uns der Hochpforte nähern.

Vom krummen Büchel aus ist unser Garten im Licht des Morgengrauens zu sehen.

»Geh durch den Garten ins Haus und frage deine Mutter, ob sie heute Nachmittag zu mir kommen will. Ich warte hier auf ihre Antwort.«

Der alte Mann gibt mir einen Klaps – und dann hebt er beschwörend beide Hände. »Und sage niemandem, dass du gesehen hast, wie dein Vater starb. Du warst bei deiner Familie, ist das klar?«

Ich klettere über die Mauer, wie ich es schon hunderte Male getan habe. Im Haus ist noch alles ruhig – sie schlafen wohl noch. Leise gehe ich auf die Hintertür zu. Unter einem Stein liegt eine Sichel. Mit ihr hebe ich die Tür kurz an, sie springt auf. Auf Zehenspitzen gehe ich durch die Küche. Als ich die Tür zur Stube öffne, trete ich in eine Blutlache.

Vor mir liegt meine Mutter. Sie ist gefesselt, die Hände sind hinter ihrem Rücken zusammengebunden. Ich kniee nieder – sie atmet nicht mehr, das spüre ich.

Ich kann nicht glauben, was ich sehe: Ihr Gesicht ist geschwollen und zerschlagen, sie hat einen Knebel im Mund, um ihren Hals sind Lederriemen geschnürt.

Sie wurde erdrosselt.

Der Körper ist blutüberströmt. Ich will schreien. Warum kann ich nicht schreien?

Ich bemerke meine Geschwister – sie sitzen da wie aufgereiht, schwarze Gestalten, farblos und ohne Schatten. Auch sie sind gefesselt.

Ihre kleinen Körper hängen ein wenig nach vorn.

Auch sie sind tot – vor der Bank liegen fünf Köpfe, die Münder sind ebenfalls mit Lederriemen geknebelt.

Man hat sie geköpft.

Da liegen Kinderköpfe in ihrem Blut, daneben einige Rasseln und Windräder. Die kleine Ursula hält noch eine Puppe aus Steinzeug in ihrer linken Hand.

Man hat den Kindern die Köpfe abgeschlagen, einem nach dem anderen.

Das Blut der Kinder ist auf den Boden gespritzt. Die Spuren des Blutes sind vom Körper meiner Mutter verwischt.

Zuerst hat man die Kinder getötet, denke ich. Vor den Augen der Mutter.

Sollte sie etwas preisgeben, was sie wusste? Aber was?

Es sind klare Gedanken, die mir durch den Kopf gehen.

Schwarze Gestalten, farblos und ohne Schatten – sie sind alle tot.

Ich ringe nach Luft.

Ein Gefühl durchdringt mich, ein Gefühl der Unwirklichkeit, ein Schauer aus Frost und Hitze, aus Wut und Angst, aus Schmerz und Tod. Es ist, als ob der Leibhaftige in mein Ohr flüstert, röchelnd, schnaufend, schmatzend. Dann höre ich, wie ich meinen Schmerz herausbrülle – schreiend laufe ich aus dem Haus.

Ein König in Köln

Andreas, so komm doch endlich! Andreas! Wo bleibst du denn?«

Es ist Katharina, die so ungeduldig nach mir ruft, die Tochter unseres Nachbarn.

Sie ist dreizehn Jahre alt, zwei Jahre jünger als ich. Für unsere Eltern ist es ausgemachte Sache, dass Katharina und ich einmal heiraten, wir kennen uns seit Kindesbeinen, wir sind miteinander aufgewachsen – und allen, Nachbarn wie Verwandten, ist nicht verborgen geblieben, dass wir uns mögen. Meine jüngeren Geschwister necken uns deswegen oft, die Großmutter, die einmal im Jahr aus dem Hunsrück zu uns kommt, nimmt mich dann immer zur Seite. »Lass die Kinder nur ihre dummen Scherze machen – ihr passt einfach zueinander. Bei uns heißt es: Heirate über den Mist, dann weißt du, wie sie ist.«

Dabei bemüht sie sich, Rheinisch zu reden, ihre Sprache können wir nämlich kaum verstehen.

»Bin gleich da«, rufe ich, während ich die Treppe herunterlaufe.

Ich habe mir noch schnell einen Wollumhang aus meiner Kammer geholt – es ist zwar nicht besonders kalt, die Sonne scheint hin und wieder, aber an Januartagen wie diesen kann man nie wissen, ob es nicht doch noch regnen oder gar schneien wird. Katharina steht vor unserer Tür – und lächelt mich an. Sie hat sich fein gemacht, über dem langen, bestickten Rock trägt sie eine pelzgefütterte Jacke, das Kopftuch schmückt ein Kranz aus Glasperlen. Bevor ich etwas sagen kann, meint sie: »Es kommt schließlich nicht alle Tage vor, dass wir den König zu Gesicht bekommen.«

Ja – König Heinrich, der gerade erst, am sechsten Tag des Januar, am Dreikönigstag des Jahres 1309 nach der Geburt unseres Herrn, in Aachen gekrönt worden ist, hat seinen Besuch in Köln angekündigt. Sein Titel lautet »König der Römer«, obwohl die Stadt Rom und die Römer gar nicht zu seinem Herrschaftsbereich gehören – die Untertanen des römischen Königs, das hat mir mein Vater erklärt, sind Deutsche, Burgunder, Niederländer, Tschechen, Slawen und Lombarden.

Neugierige laufen schon an unserem Haus vorbei, an der Weyerpforte soll sich bereits eine große Menschenmenge versammelt haben, um den Herrscher zu begrüßen.

Katharina ergreift meine Hand – und so rennen wir die Bäche entlang.

»Wir gehen zu Tante Trudel«, sagt Katharina, die ein wenig aus der Puste gekommen ist, als wir den Mauritiussteinweg im Laufschritt überqueren. Guter Einfall, denke ich, denn schon hier müssen wir uns den Weg durch die Menge bahnen.

Gertrud Ripgen wohnt am Anfang der Weyerstraße, von ihrem Haus aus kann man die Weyerpforte sehen. Gertrud winkt, als sie uns sieht, in den Fenstern des Obergeschosses ihres Hauses drängen sich Verwandte und Freunde.

»Beeilt euch!«, ruft sie herunter, »sie müssen jeden Augenblick da sein!«

Wir haben gerade einen Platz am Fenstersims der guten Stube eingenommen, als Jubel aufbrandet. Heinrich, der Siebente seines Namens, reitet auf einem reich geschirrten, prächtigen Streithengst in Köln ein. Seine Rüstung glänzt golden im hellen Licht der Wintersonne, er trägt keine Kopfbedeckung, sein blondes, halb langes Haar weht majestätisch im Wind, ihm zur Linken reitet seine Gemahlin, Margareta von Brabant, zu seiner Rechten ein Knabe mit ebenfalls blondem Haar, sein Sohn. Der königlichen Familie folgen die Erzbischöfe von Köln, Mainz und Trier im fürstlichen Ornat, dahinter der Pfalzgraf, der Herzog von Sachsen und der Markgraf von Brandenburg, die Kurfürsten des Reiches. Dann erscheinen Bischöfe, Prälaten, Fürsten, Grafen und Herren in unabsehbarer Reihe, sämtlich in kostbaren Gewändern und schimmernden Rüstungen, zuletzt die Leibgarde des Königs und eine ansehnliche Bedeckung, Lanzenknechte zu Fuß und zu Ross.

Den beiden Bürgermeistern, die ihn am Tor willkommen heißen, verspricht Heinrich, die Stadt Köln zu schützen und alle ihre Privilegien zu bestätigen – dann winkt er freundlich in die Menge. Das Volk bricht in ein tausendstimmiges *Vivat* aus, Heinrichs Name wird von Straße zu Straße weitergetragen, das Geläut aller Glocken der Stadt stimmt in den allgemeinen Jubel ein, und nun bewegt sich der glänzende Zug, mit dem König an der Spitze, langsam durch die Weyerstraße, dann entlang der Bäche. Später erzählt man uns, dass der König über den Malzbüchel und den Alter Markt zum Dom geritten sei, wo er in das Domkapitel aufgenommen worden ist, anschließend habe er in der Kathedrale am Schrein der Heiligen Drei Könige gebetet.

Von der allgemeinen Hochstimmung dieses Tages hat sich mein Vater nicht anstecken lassen. Schweigend nimmt er das Abendessen ein, unsere Mutter und wir, die Kinder, schweigen daher auch. Wir sitzen am Tisch in der Küche, die im hinteren Teil des Hauses liegt. Es gibt Fleisch, auf Möhren und Rüben gekocht, Käse und Butter, mein Vater nippt ab und zu an seinem Becher, der mit Bier gefüllt ist, ich darf mit Wasser verdünnten Wein trinken, die Mutter und die fünf Geschwister, Hermann, zwölf Jahre alt, die zehnjährige Anna, Hans und Weisgin, acht und sieben Jahre alt, sowie unsere Kleinste, die fünfjährige Ursula, die unruhig auf ihrem Schemel hin und her rückt, trinken Milch.

Plötzlich hören wir lautes Klopfen.

Gottschalk, unser Laufbursche, der gerade das Feuer noch einmal geschürt hat, geht durch die Stube zur Tür und öffnet.

»Wer ist es?«, ruft mein Vater.

»Der Herr Tilman will Euch sprechen.«

Tilman Kleingedank ist einer der mächtigsten Männer Kölns, seine Familie gehört zu den Geschlechtern, jenen Familien, die in der Stadt das Sagen haben, seit der Schlacht von Worringen im Jahre des Herrn 1288. Mein Vater war früher Lehrjunge bei den Kleingedanks gewesen, doch er hat sich, kaum dass er Meister geworden ist, selbständig gemacht und ist ein erfolgreicher Kaufmann geworden, nicht unbedingt zur Freude des Herrn Kleingedank, der ihn gern an seiner Seite behalten hätte – wie mein Vater des Öfteren erzählt.

»Kinder, ihr geht jetzt ins Bett«, sagt er, und wir merken an seinem Tonfall, dass Widerspruch zwecklos ist.

Er geht zur Tür und begrüßt den Patrizier höflich, aber ohne jede Herzlichkeit.

Ich bin als Letzter vom Tisch aufgestanden und höre noch, wie Kleingedank die Mutter begrüßt, die den Tisch abräumt und dann in die Küche geht. Während er seinen Umhang ablegt, sagt er unvermittelt zu meinem Vater: »Matthias, lass uns unsere kleinen Meinungsverschiedenheiten endlich aus dem Weg räumen! Werde doch endlich vernünftig, bitte!«

»Meinungsverschiedenheiten nennst du das? Kleine Unstimmigkeiten? Es geht um viel mehr: Wer soll diese Stadt regieren? Es kann nicht sein, dass einige Familien allein die Berechtigung haben, ihre Leute in den Rat zu entsenden! Gebt uns, den Kaufleuten, den Händlern, den Zünften endlich das Recht, über die Geschicke unserer Stadt mitzuentscheiden! Auch wir tragen zum Reichtum Kölns bei!«

Ich verstecke mich, oben hinter der Treppe, und kann sehen, wie mein Vater dem hageren Mann den besten Platz anbietet, neben dem Kamin. Tilman Kleingedank ist etwa sechzig Jahre alt, er hat noch volles, dunkles Haar, nach französischer Mode hat er sich einen kurz geschnittenen Oberlippenbart zugelegt, sein pelzbesetztes Barett hat er auf den Tisch gelegt, er trägt ein edles rötliches Gewand, das von einem golddurchwirkten Gürtel gehalten wird, über den Stiefeln ist eine rote Strumpfhose zu sehen.

»Matthias, du musst Geduld haben! Gib mir ein wenig Zeit, bitte – du weißt, dass ich Verständnis habe, nicht für alles, aber für einiges, was du verlangst! Viele aus den Geschlechtern hassen dich, sie sagen, du verbreitest nur Unruhe in dieser Stadt, du willst Aufruhr und Umsturz.«

Er macht eine kleine Pause. Mein Vater schweigt.

»Ich hasse dich nicht, ich schätze dich, du bist ein kluger und zielstrebiger Mann! Aber deine Forderungen gehen einfach zu weit! Wir können unsere Verfassung nicht dauernd ändern. Und bedenke: Seit 1288, als wir den Erzbischof in Worringen besiegten, hat sich vieles zum Besseren gewendet – kein Einzelner regiert diese Stadt wie früher, sondern ein Kollegium von fünfzehn Ratsherren! Und den Geschlechtern kannst du nicht unterstellen, dass sie gegen das Wohlergehen Kölns handeln!«

Mein Vater springt auf.

»In erster Linie handeln sie für ihr eigenes Wohl!« Er wird, wie ich es oft erlebt habe, immer lauter. »Fünfzehn Familien stellen die Mitglieder des Rates, sie besetzen das Schöffenkolleg – und dann gibt es ja noch euer feines Kränzchen, den Zirkel der Reichen, die Richerzeche, wo alles säuberlich unter euch ausgekungelt wird! Mit welcher Berechtigung regiert ihr Köln?«

Kleingedank schweigt.

Und so fährt mein Vater fort: »Habt ihr damals in Worringen allein gekämpft? Nein, da waren Hunderte von Kölnern auf dem Schlachtfeld! So sieht es doch aus!«

In der Schlacht von Worringen, so wusste ich, hatten die Kölner ihren Unterdrücker, den Erzbischof von Köln, besiegt, vor nunmehr einundzwanzig Jahren.

Tilman Kleingedank hebt beide Hände, er schüttelt den Kopf.

»Matthias, lass uns ein anderes Mal darüber reden – heute bin ich aus einem ganz anderen Grund hier ...«

»So kenne ich den edlen Herrn Tilman« – der spöttische Unterton in Vaters Stimme ist nicht zu überhören – »so warst du schon immer: Wenn dir die Argumente ausgehen, wechselst du das Thema!«

Nach kurzer Stille scheint sich Vater wieder gefasst zu haben.

»Nun denn – worum geht es? Willst du mir ein Geschäft vorschlagen?«

»Gott bewahre – es geht um deinen Ältesten, den Andreas. Der kann doch ein wenig Französisch sprechen.«

»Ja, der hat Französisch bei einem Händler in Lyon gelernt. Aber wieso fragst du das?«

Mein Vater hatte mich in der Tat zwei Jahre zuvor, Anno Domini 1307, nach Lyon geschickt, zu einem befreundeten Kaufmann, nicht nur um Erfahrungen im Seidengewerbe zu sammeln, sondern auch um eine andere Sprache zu lernen.

Nun bin auch ich gespannt, warum der Patrizier danach gefragt hat.

Kleingedank hat die Arme vor der Brust verschränkt. Man sieht ihm an, dass er sich nun viel besser fühlt. Sein Mienenspiel kündigt eine wichtige Mitteilung an. Er beugt sich nach vorn – und legt seine Hand vertrauensvoll auf den Arm meines Vaters.

»Unser neuer Herr, König Heinrich, hat darum gebeten, dass ein möglichst gleichaltriger Junge seinem Sohn, dem Prinzen Johann, Gesellschaft leistet, ihm die Stadt zeigt. Doch Johann spricht nur Französisch – verstehst du nun?«

»Und da fällt euch dann der Andreas ein?«

Mein Vater macht eine Pause. »Soll das heißen, dass aus eurem Geblütsnachwuchs niemand fähig ist, eine welsche Sprache zu lernen?«

Er schlägt sich auf die Schenkel. »Das sagt ja alles: Geld wie Heu, aber dumm wie Stroh!«

Da muss selbst der Patrizier lachen.

»Wohl wahr, alter Freund, wo du Recht hast, hast du Recht! Wenn ich da nur an meine Söhne denke!«

Die Männer stehen auf. Mein Vater geleitet den Gast zur Tür.

»Andreas soll sich morgen Vormittag im Erzbischöflichen Palast einfinden – dort ist die königliche Familie untergebracht. Gott sei mit dir!«

Es ist ein fast herzlicher Abschied.

Ein vorlauter junger Herr

Rainald von Dassel, der Erzbischof, der die Heiligen Drei Könige nach Köln holte, hat den Palast im Jahre des Herrn 1164 errichten lassen. Es ist ein mächtiges, lang gestrecktes Gebäude, das den Domhof im Süden abschließt. An diesem Morgen stehen zahlreiche Menschen dicht gedrängt auf dem Hof – der König gibt seine erste Audienz, viele Fürsten und Herren sind gekommen, um ihm zu huldigen, um seine Gnade und die Bestätigung ihrer Privilegien zu erhalten. Gesandte der Reichsstädte wollen den Treueid leisten. Vor der großen Treppe, die von Gepanzerten abgesperrt ist, ordnen sich Gruppen, ehe sie in den Audienzsaal geführt werden. Ich versuche, mich zwischen all den hochwohlgeborenen Herren, die von ihren Räten und Geistlichen umschwärmt werden, durchzuschlängeln.

Ein Schreiber des Königs steht bei einer Gruppe, es sind Gesandte der Stadt Straßburg. Er belehrt sie: »Sagt dem König nicht, die Herren des Straßburger Rates hätten euch geschickt – sagt ihm: Eure Straßburger Bürger bitten um das oder das.«

So ist das also – Bürger sind keine Herren. Ein König mit viel Sinn für die ständische Ordnung dieser Welt.

Die Männer aus der königlichen Leibgarde wollen mich nicht in den Palast lassen, obwohl ich ihnen gesagt habe, dass ich mich beim Sohn des Königs melden soll. Tilman Kleingedank hat das wohl beobachtet, er eilt die Treppe herunter.

»Lasst ihn durch – er wird erwartet, ich bürge für ihn.«

Vor dem Audienzsaal ist das Gedränge besonders groß. Kleingedank führt mich aber weiter, wir gehen ins erste Hochgeschoss. Vor einer Tür auf dem langen Gang stehen zwei Männer mit Lanzen. Sie kennen den Patrizier, einer klopft an die Tür. Ein Bediensteter öffnet uns – und in der Mitte des Raumes steht der Junge, der blonde Prinz, den ich gestern beim Einzug des Königs gesehen habe. Wie soll ich ihn begrüßen? Tilman Kleingedank beugt das linke Knie und deutet eine tiefe Verbeugung an, ich tue es ihm, so gut es geht, nach.

»Voilà, mon prince«, sagt Kleingedank in perfektem Französisch, »das ist Andreas, der Sohn des Matthias Hemmersbach, er wird Euch begleiten, er wird für Euch dolmetschen, er kann Euch alles über die heilige Stadt Köln erzählen.«

Ich stutze – was weiß ich schon von Köln? Das kann ja heiter werden.

»Es ist mir eine große Ehre, dem Sohn des Königs der Römer zu Diensten zu sein«, sage ich, um überhaupt etwas zu sagen. Prinz Johann schweigt – und lächelt. War mein Französisch etwa nicht gut genug? Er trägt das helle Haar schulterlang, das graue Gewand ist von kostbarer Schlichtheit, die Stiefel sind aus grobem, aber gutem Leder, genau richtig für diese Jahreszeit.

Der Prinz geht ein paar Schritte auf mich zu.

»Andreas«, sagt er dann unvermittelt und guckt mich herausfordernd an, »lass uns keine Zeit verlieren – zeig mir eure neue Kathedrale, gestern habe ich sie ja nur von innen gesehen!«

Und schon zieht er mich am Arm aus dem Zimmer und läuft davon, in Richtung Treppe. Ich folge ihm.

»Halt, mein Prinz, so wartet doch – zwei Leibwächter sollen Euch begleiten!«, ruft Kleingedank hinter uns her – vergebens. Wir sind weg.

Wir haben uns durch die Menge vor dem Palast durchgeschlagen, wir rennen zum Chor des Doms, wo die meisten Handwerker der Dombauhütte beschäftigt sind. Hammerschläge hallen über den Domhof, Arbeiter zersägen Felsbrocken, Steinmetze behauen und glätten das Baumaterial. Ich zeige Johann die alte Stiftskirche St. Maria ad gradus, die unmittelbar hinter dem Chor des Domes zum Rhein hin steht. Von hier aus hat man einen guten Blick über den im Bau befindlichen neuen Chor, der bald vollendet sein soll.

Ich erzähle Johann, dass ein früherer Erzbischof von Köln, der gute Herr Konrad, den Grundstein zur Kathedrale gelegt habe, das sei nun schon über sechzig Jahre her – »eines Tages wird diese Kirche hier das vortrefflichste Gebäude der gesamten Christenheit sein!«

Der Prinz lacht.

»Wenn ihr so langsam weiterarbeitet, werdet ihr nie fertig!«

Er ist zwölf Jahre alt, hat man mir gesagt. Er ist ein wenig vorlaut, aber er weiß seine Worte zu setzen. Irgendwie gefällt er mir.

Weil auch ich lache, wird er übermütig – er fängt an zu singen, wie ein kleines Kind.

»Nie, nie, nie – ihr werdet nie damit fertig!«

Und er tanzt dazu.

Ein Mann, der auf einem Gerüst steht und beobachtet, wie in einer Höhe von etwa fünfzig Fuß Fenster eingesetzt werden, ruft empört herunter: »Sag so was nicht noch mal, welscher Bastard, Klugscheißer!«

Immerhin, der Mann – wohlgenährt, etwa vierzig Jahre alt, er mit einem etwas ungepflegten Vollbart – kann Französisch, es gibt in Köln offensichtlich doch einige Leute mit Kenntnissen fremder Zungen. Damit Johann versteht, was ich sagen will, antworte ich ebenfalls laut auf Französisch: »Er ist kein Franzose, er ist aus Luxemburg, und er ist der Sohn unseres neuen Königs!«

Der Mann auf dem Gerüst stutzt.

»Oh, ein Königssohn auf unserer Baustelle! Donnerwetter! Welch eine Ehre! Ja, dann wartet bitte einen Moment, ich will mich bei dem hohen Herrn entschuldigen!«

Der Mann sagt einige Worte zu den Arbeitern und klettert dann die Holztreppe herunter.

»Sire«, er verbeugt sich vor dem Prinzen, »ich bin Magister Johannes, der Dombaumeister, verzeiht mir meine unüberlegten Worte! Wie konnte ich wissen, wer Ihr seid?«

Der Prinz nickt huldvoll.

»Das konntet Ihr in der Tat nicht wissen, Meister, Eure Entschuldigung ist angenommen!« Der Sohn des Königs ist außerordentlich großmütig, denke ich. Liegt es daran, dass sie den gleichen Namen tragen? Der Dombaumeister lächelt erleichtert.

»Wollt Ihr die neuesten Pläne der Kathedrale sehen? Ich habe sie gerade überarbeitet – kommt, ich zeige sie Euch!«

Wir schlendern bei leichtem Nieselregen an der Nordseite der Baustelle entlang, hier sind noch große Teile der alten Kathedrale zu sehen. Wo einmal die Türme des neuen Doms stehen sollen, sind einige Holzhütten errichtet worden, in denen Arbeiter wohnen, eine davon gehört offensichtlich dem Dombaumeister.

Er bittet uns hineinzugehen. Der Raum ist voll gestopft mit Arbeitsgeräten, Hämmern, Meißeln, Feilen, Sägen, Scheren, Zirkeln, Linealen und dergleichen mehr. Auf provisorisch zusammengebauten Tischen liegen Stapel von Pergamenten, obenauf eine dicke, breite Rolle, die Magister Johannes in beide Hände nimmt und auf dem Boden ausbreitet. Er braucht einige Zeit, denn der

Aufriss, der aus mehreren zusammengeklebten Stücken besteht, ist ziemlich breit, ich schätze fast sechs Fuß, und etwa dreizehn Fuß lang. Mit schwarzer Tinte gezeichnet, ist auf dem Plan die Fassade zweier Türme wiedergegeben, deren kunstvolle Details, die Portale, die Strebepfeiler, die Fenster, die Wimperge, mir den Atem verschlagen.

»So soll das Ganze einmal aussehen?«, frage ich nach einer Weile.

Meister Johannes nickt. Man sieht ihm an, dass er stolz ist, stolz darauf, an einem Werk mitzuarbeiten, das zum Ruhme des allmächtigen Gottes entsteht.

»Ja«, sagt er bedächtig, »das wird die Westfassade unserer Kathedrale, zwei Türme, die den Namen der heiligen Stadt Köln in aller Welt verbreiten werden, ein Werk für die Ewigkeit.«

Auch Johann scheint beeindruckt zu sein. Er geht am Plan entlang, und er zählt seine Schritte.

»Wie hoch wollt Ihr die Türme bauen?«

Der Dombaumeister lächelt.

»Ihr seid der Sohn des römischen Königs – bei unserer Planung haben wir natürlich das römische Fußmaß angelegt. Was Ihr hier seht, wird verwirklicht, die Türme werden eine Höhe von fast fünfhundert Fuß erreichen.«

»Fünfhundert Fuß hoch? Das ist ein wahrhaft kühner Plan, Magister – Ihr strebt geradewegs in den Himmel! Es wird ein Wunderwerk – wenn es denn fertig wird!«

Ohne sich zu verabschieden, verlässt Johann die Hütte. Ich sage dem verblüfften Baumeister schnell meinen Dank und eile hinter dem Prinzen her.

Die feindlichen Großväter

Anderntags führe ich den vorlauten jungen Herrn zur Stadtmauer – wir stehen vor der Bachpforte im Westen der Stadt, nachdem wir vorher die Abtei St. Pantaleon besucht haben, wo uns der Abt das Grabmal der Kaiserin Theophanu in der Klosterkirche gezeigt hat.

Heute halten sich ständig zwei Bewaffnete in unserer Nähe auf, sie tragen Kettenhemden unter den Gewändern und leichte Schwerter, die sie, so gut es geht, unter ihren Mänteln verbergen – ich glaube, sie sind sogar ritterlicher Abkunft.

Vor dem Tor haben sich einige junge Männer, Gesellen und Knechte, versammelt, sie werfen mit selbst gebastelten Speeren auf eine Scheibe, die an einem Baum in der Nähe der Mauer angebracht wurde. Es sind einfache Wurfgeschosse, die sie benutzen, aus Weidenstöcken gefertigt, vorne angespitzt, sie flattern in der Luft, wenn sie geworfen werden, nur selten trifft jemand die Scheibe. Johann beobachtet die Männer eine Weile, dann geht er zu ihnen hin.

»Gestattet ihr mir einen Versuch?«

Die Männer blicken mich unsicher an.

»Tut, was er sagt, gebt ihm einen Speer – er ist der Sohn unseres Herrn Königs.«

Einige der rauen Gesellen deuten eine Verbeugung an, einer reicht Johann einen der Stöcke. Johann prüft das Gewicht des Speers, indem er ihn auf der Hand pendeln lässt. Dann läuft er einige Schritte, holt aus und wirft. Immerhin trifft er den Baum.

»Merde! Scheiß!«, ruft er – ein Wort, das meine Großmutter auch immer benutzt, wenn etwas schiefgeht.

»In der Tat, mein Herr – das war Scheiß!«

Ich benutze das Eifeler Wort.

Johann muss lachen.

Aber er gibt nicht auf. Er hat verbissene Gesichtszüge, als er sich einen zweiten Stock geben lässt. Er will zeigen, was er kann, er will zeigen, dass er besser ist. Er ist ehrgeizig, selbst in einer solchen Situation, die an sich bedeutungslos, unerheblich erscheint. Er muss den gemeinen Leuten beweisen, er muss es sich beweisen, dass er ein besserer Werfer ist – das hat man ihm beigebracht. Er ist zum Krieger bestimmt, zum Ritter, zum Herrscher.

Er macht einen zweiten Versuch – und trifft in die Mitte der Scheibe.

Die Männer klatschen Beifall.

Wie das himmlische Jerusalem hat das heilige Köln zwölf Tore, zwölf mächtige Torburgen auf der Landseite. Wir schlendern außerhalb der Stadt an den Wällen entlang, gefolgt von den beiden Bewaffneten. Den Wällen sind starke, bis zu fünfunddreißig Fuß hohe Mauern aufgesetzt, sie bestehen aus verschiedenen Materialien, bis zum Wallgang hat man Bruchsteine verwendet, darüber Tuffstein. Auch die Stärke der Mauer ist ganz unterschiedlich, von etwa drei bis zehn Fuß – der Mauerring, der die Stadt umschließt, ist einige Meilen lang.

Durch die Severinstorburg gehen wir zurück in die Stadt, vorbei an der Kirche St. Severin, einer alten Stiftskirche, die über dem Grab des Heiligen errichtet wurde.

Johann schweigt, die gewaltigen Befestigungen haben, auch wenn er es nicht sagt, Eindruck hinterlassen.

Die Severinstraße ist nicht so belebt wie sonst, es ist schon später Nachmittag, gleich wird es anfangen zu dunkeln. Und dann werden die Stadttore geschlossen. Nur noch wenige Leute, zumeist Bauern aus dem Umland, verlassen um diese Zeit die Stadt. Hinter der Slungasse bleibe ich stehen.

»Da, mein Prinz«, ich deute auf eine Kapelle auf der linken Straßenseite, »diese schöne kleine Kirche haben die Kölner Bürger zu Ehren des heiligen Bonifatius errichtet. Hier gedenken sie alljährlich am Bonifatiustag, dem fünften Tag des Monats Juni, der siegreichen Schlacht von Worringen.«

Prinz Johann guckt mich mit großen Augen an, das Thema scheint ihn zu interessieren – allerdings nicht die Kapelle.

»Was weißt du von dieser Schlacht?«

»Ich weiß nur das, was mein Vater erzählt hat: dass die Kölner damals gegen den Erzbischof kämpften, weil der die Bürger unterdrückte und ihre Freiheiten nicht achtete. Und die Bürger siegten in Worringen – seitdem ist Köln frei von bischöflicher Willkür!«

So hat es mir mein Vater erzählt, so reden sie alle über Worringen.

Johann lacht.

»Andreas, da hat man dir aber einen schönen Bären aufgebunden – weißt du nicht, wer noch in dieser Schlacht gekämpft hat?«

Woher soll ich das wissen? Ich zucke mit den Schultern.

Der Prinz geht einen Schritt zurück.

»Meine beiden Großväter«, sagt er stolz, jedes Wort betonend, »meine beiden Großväter standen in Worringen an der Spitze der beiden Heere – sie kämpften um den Besitz des Herzogtums Limburg. Auf der einen Seite Graf Heinrich von Luxemburg, der Vater meines Vaters, auf der anderen Seite der Vater meiner Mutter, Johann, der Herzog von Brabant, dessen Namen ich trage. Alle anderen, auch die Kölner Bürger und der Erzbischof von Köln, waren nur Kombattanten, sie kämpften mit – sie waren nur Verbündete der einen oder anderen Partei.«

Ich weiß nicht, was ich dazu sagen soll. Mein Schweigen macht ihn wütend. Seine Stimme nimmt einen feindseligen Tonfall an.

»In dieser Schlacht ging es nicht um die Herrschaft in Köln – dass die Kölner Bürger sich heute als Herren der Stadt dünken, verdanken sie allein dem Sieg meines Großvaters.«

Die Situation droht peinlich zu werden. Und es wird kälter. Ich friere schon ein wenig.

»Verzeiht, Sire, das wusste ich nicht, das höre ich zum ersten Mal.«

Eigentlich will ich weitergehen, doch aus Höflichkeit frage ich nach: »Welcher von Euren Großvätern hat in der Schlacht gesiegt?«

»De overwinnaar van de slag van Woeringen – so nennt man Herzog Johann, den Sieger der Schlacht, noch heute in Brabant.«

Der Prinz spricht also auch die Sprache der niederen Lande, denke ich in diesem Moment.

»Und die Kölner«, so fährt er fort, »haben sich ihm erst in letzter Stunde angeschlossen, weil sie gemerkt hatten, dass er der Stärkere sein wird – und weil der Erzbischof auf der Seite des Verlierers stand.«

»Und was geschah mit Eurem anderen Großvater, dem aus ... Luxemburg?«

Johanns Augen leuchten auf.

»Heinrich, der Graf von Luxemburg, ist im Kampf Mann gegen Mann getötet worden, im ritterlichen Zweikampf gegen den Herzog und seine Leute! Mein Großvater war der tapferste Ritter der Schlacht – und mit ihm fielen noch drei seiner Brüder!«

Ich heuchle Mitgefühl und reibe die Hände, um sie zu wärmen.

»Wie traurig – dass muss ein schwarzer Tag für die Luxemburger gewesen sein!«

»O nein, bei Gott, das war er nicht: Der Tag von Worringen« –

er spricht es voller Pathos aus – »machte das Haus Luxemburg im ganzen Abendland berühmt! Sogar der französische König hat sich um die Familie meines Vaters gekümmert, er und sein Bruder wurden am Hof in Paris erzogen.«

Eine Frage muss ich noch stellen – wenn ich das alles richtig verstanden habe.

»Und Euer Herr Vater, der nun unser gnädigster König ist, hat die Tochter des Mannes geheiratet, der für den Tod seines Vaters verantwortlich war?«

»Andreas, mein Freund« – er nennt mich Freund! – »das kannst du nicht verstehen, wie auch? Diese Heirat wurde beschlossen, um die Häuser Brabant und Luxemburg zu versöhnen, vier Jahre nach Worringen! So pflegen die edelsten Familien des Reiches, die großen Fürstenhäuser, ihre Händel zu beenden!«

Nun geht er voran, in Richtung Hohe Pforte. Ich trotte hinterher, schon ein wenig müde.

Als wir den Waidmarkt erreichen, überlege ich, ob ich ihm unser Haus, das auf der anderen Seite des Blaubachs liegt, zeigen soll, ein kleines Bürgerhaus. Ich verwerfe den Gedanken.

Ein Zwölfjähriger aus Luxemburg hat mir gleich zwei Lektionen erteilt, eine in den Ehehändeln der Fürsten – und eine in der Historie der heiligen Stadt Köln.

Tod in der Rheingasse

Am Abend, so hat ein Bote aus dem Hause Kleingedank meinem Vater übermittelt, soll ich den Prinzen zu einem Fest der Overstolzen begleiten – die patrizische Jugend Kölns gibt sich die Ehre.

Als ich in der Rheingasse ankomme, ist dort bereits eine große Menschenmenge versammelt, viele Leute tragen Fackeln, auch an den Häusern sind Fackeln angebracht. Vor allem Mädchen und junge Frauen drängen sich erwartungsvoll in der Nähe des Patrizierhauses – sie wollen den Prinzen sehen, den Sohn des Königs. Es wird gescherzt und gelacht, auch ich muss lachen, als ich unter ihnen Katharina entdecke.

»Was willst du denn hier?«, frage ich laut, nachdem es mir gelungen ist, in ihre Nähe zu kommen.

Sie schaut zu mir herüber, ihre Augen beginnen zu funkeln. Wie immer, wenn sie böse wird.

»Das fragst du? Heute sind hier die besten Partien der Stadt versammelt, und dazu ein echter Königssohn – da wird eine kölnische Juffer doch mal schauen dürfen! Ist das etwa verboten?«

In diesem Moment erscheint Johann, er reitet inmitten einer Gruppe Bewaffneter auf das Haus der Overstolzen zu. Die Menge bricht in Jubel aus – ich werfe Katharina lächelnd eine Kusshand zu und dränge mich schnell in Richtung Eingang durch. Aus dem Haus erklingt bereits Musik. Johann steigt ab, er wird begrüßt von Werner, dem ältesten Sohn des Herrn Konstantin, des Oberhauptes der Familie Overstolz. Zahlreiche junge Männer aus den Geschlechtern haben sich in prächtigen Gewändern zu beiden Seiten der Tür aufgereiht, sie verbeugen sich vor Johann, der voller Selbstsicherheit den Leuten zuwinkt.

Dann entdeckt er mich.

»Andreas, da bist du ja, komm an meine Seite!«

Diejenigen, die das Ehrengeleit bilden, lassen mich nicht durch, als ich versuche, in den Eingangsbereich zu gelangen.

»Was ist los? So komm doch endlich!«

Als ich verzweifelt mit den Armen wedele, wendet sich der Prinz an Werner Overstolz: »Was geht hier vor? Wisst ihr nicht, dass dieser Mann mein Dolmetsch ist?«

Overstolz blickt mich verlegen, ja irgendwie Hilfe suchend an. Und so übersetze ich Johanns Frage. Der junge Patrizier zeigt auf mich, sein Augenausdruck spiegelt schnell, wie so oft, jene Überheblichkeit und Arroganz wider, die er geradezu zelebriert, wenn er mit Leuten zu tun hat, die er nicht als seinesgleichen ansieht.

»Herr«, sagt er voller Verachtung, »dieser Junge gehört nicht zu den Geschlechtern, wir wollen heute Abend unter uns sein.«

Als sich Johann fragend zu mir wendet, übersetze ich. Warum ich das tue, weiß ich selbst nicht. Die ganze Situation ist mir zuwider, so wie der junge Herr Werner mir zuwider ist.

»Wir haben einen brabantischen Sänger hier, er wird heute Euer Dolmetsch sein. Herr, ich bitte Euch, schickt diesen Krämerjungen nach Hause.«

»*Mon prince*«, sage ich ruhig, wundere mich aber, dass ich so gelassen bin, »es gibt einen Dolmetsch im Haus, sie wollen nicht, dass ein Krämerjunge wie ich am Bankett teilnimmt. Ich werde Euch jetzt verlassen!«

In der Menge ist es inzwischen ganz still geworden, man hört nur noch Getuschel. Ich sehe, dass Katharina ihre Wangen mit den Händen bedeckt. Johann macht einen Schritt auf mich zu.

»Wie nennt der dich? Krämerjunge? Das sind doch alles Krämerjungen hier, einer wie der andere! Was bilden sich diese Krämerseelen eigentlich ein? Ich kann auf diese Art von Gesellschaft gerne verzichten!«

Er wendet sich zum Gehen. Das wird Ärger geben, denke ich – und das alles nur meinetwegen. Ich dränge die vor mir Stehenden zur Seite.

»Herr, Ihr müsst an diesem Fest teilnehmen! Nehmt keine Rücksicht auf mich!«

Der Prinz blickt mich mit seinen offenen, hellen Augen an. Er bleibt stehen und überlegt.

»Andreas, vielleicht hast du Recht. Ja, du hast Recht. Du bist ein guter Ratgeber! Es soll dein Schaden nicht sein, dass du mir heute nicht zu Diensten sein kannst, wegen dieser Kramerjungen« – er macht eine verächtliche Geste in Richtung Werner Overstolz – »doch eines sollst du wissen: Du kannst jederzeit in mein Gefolge eintreten! Leute wie dich werde ich als König gut gebrauchen können!«

Während Johann das Gebäude betritt, mache ich mich aus dem Staub. Katharina folgt mir. Als sie mich einholt, will sie etwas sagen, schweigt dann aber. Selten bin ich ihr so dankbar gewesen wie in diesem Augenblick.

Ich lege meinen Arm um sie und gebe ihr einen Kuss auf die Wange. Sie errötet und lächelt.

Mein Vater sagt kein Wort, als ich ihm erzähle, was in der Rheingasse vorgefallen ist. Er ballt lediglich die Fäuste, sodass die Knöchel weiß werden.

»Musst du morgen wieder zu diesem Prinzen?«

Ich sage ihm, dass ich nicht weiß, wie lange die königliche Familie in Köln bleibt, dass ich nicht weiß, ob Johann weiterhin Wert auf meine Begleitung legt.

»Das wird er schon tun, wenn er dich sogar in seinem Gefolge haben will!«

Und nach einer kleinen Pause fügt er hinzu: »Du hast dich heute großartig verhalten, mein Junge, ich bin richtig stolz auf dich!«

Es ist das erste Mal, dass er so etwas sagt – hat er mich irgendwann mal gelobt? Nein, er hat uns nie gezeigt, dass er uns liebt, meine Geschwister und ich respektieren ihn – oft fürchten wir ihn aber, wenn er aus nichtigen Gründen mit der Rute droht oder einem von uns eine Tracht Prügel verabreicht. »Wer die Rute schont, missachtet sein Kind«, pflegt er zu sagen, »Rute und Strafe bringen Weisheit.«

Heute nun lobt er mich – ich weiß nicht, ob ich ihm dafür danken soll. Eigentlich bin ich nur müde, ich will ins Bett gehen.

In diesem Augenblick klopft es.

Mein Vater geht zur Tür und öffnet, es ist wieder ein Bote der Kleingedanks. Der Herr Tilman will Vater sprechen, wegen des königlichen Besuchs – er solle zum Haus der Overstolzen kommen, setzt der Mann hinzu, ehe er im Dunkel der Nacht verschwindet.

»Da stimmt doch etwas nicht«, murmelt mein Vater.

Als er sich den Mantel umhängt, sehe ich, dass er sich ein Schwert umgürtet. Er geht hoch zum Schlafgemach und ruft der Mutter zu, dass er noch einmal ins Kontor müsse, sie solle nicht auf ihn warten, vielleicht werde er dort übernachten – was er gelegentlich schon mal macht.

»Soll ich mitkommen?«, frage ich aufgeregt.

Er nickt.

»Du hältst dich aber immer in gebotenem Abstand hinter mir!«

Mein Vater neigt den Kopf leicht nach vorn und blickt in die Rheingasse. Wir haben einen Umweg gemacht, sind zum Rheinufer hinuntergegangen. Es hat bereits die zehnte Stunde geschlagen, die Nacht ist windig und regnerisch. Nebelschwaden durchziehen die Dunkelheit.

»Warte hier auf mich!«

Er geht langsam zum Overstolzenhaus, aus dem kein Lärm

mehr dringt, das nicht mehr erleuchtet ist. Es muss ein kurzes Fest gewesen sein.

Plötzlich bleibt er stehen – ja, und trotz der Finsternis glaube ich zu sehen, dass er sein Schwert zieht. Vor ihm, in der Mitte der Gasse, liegt ein lebloser Körper. Er blickt sich um und beugt sich langsam nach unten.

»Ergreift ihn! Er hat ihn getötet!«

Aus einer Häusernische kommt dieser Befehl, jemand hat sich da versteckt. Das Tor des Overstolzenhauses wird aufgerissen, einige Männer stürzen heraus, sie brüllen: »Mörder, gemeiner Mörder!«

Sie sind mit Schwertern bewaffnet, hinter ihnen tritt jemand mit einer Fackel auf die Gasse, ein ziemlich großer Mann – erkennen kann ich ihn nicht. Ich sehe aber, wie es meinem Vater gelingt, sich aus dem Handgemenge zu lösen, er rennt in Richtung Rhein, genau auf mich zu, denn ich will ihm helfen und bin auf die Gasse gelaufen.

»Verschwinde! Mach, dass du wegkommst!«, ruft er mir zu.

Dann aber, ich bin inzwischen stehen geblieben, höre ich, wie er kurz aufstöhnt. Er beginnt zu straucheln, er taumelt, wenige Meter von mir entfernt stürzt er ächzend zu Boden.

»Hilfe, so helft ihm doch!«, rufe ich laut.

Und renne zu ihm hin. Dann sehe ich das Messer – es steckt in seinem Rücken.

»Andreas«, flüstert er, »um Jesu Christi willen, verschwinde!«

Ich beuge mich über ihn.

»Vater, was ist mit dir …«

Meine Stimme versagt, von Tränen erstickt, ich heule wie ein kleines Kind. Mit letzter Kraft zieht er eine Münze aus dem Gewand.

»Da, nimm!«

Er haucht ein Wort, das ich nicht verstehe – es klingt wie »Lucca«. Es ist sein letztes Wort. Dann streckt er sich. Er stirbt vor meinen Augen.

»Da ist noch einer!«, ruft einer der Bewaffneten, nur ein paar Schritte von mir entfernt.

Sie kommen langsam näher. Ich setze alles daran, ihnen zu entkommen, ich laufe an Lyskirchen vorbei, biege in eine finstere Gasse ein, renne benommen, ohne Plan und Ziel, an Gärten und Häusern vorbei – ich renne in das Martinsfeld, wo die Häuser nicht mehr so eng aneinander stehen, wo man sich in den Weingärten verstecken kann.

Irgendwann bin ich sicher, dass mir niemand mehr folgt, dass ich sie abgehängt habe.

Ich bin in der Nähe des Waidmarktes angekommen, nicht weit von unserem Haus. Ich zittere, schwitze, friere, atme schwer.

Die Münze halte ich noch immer in der Hand. Auf einer Seite sind ein Gebäude und zwei Säulen zu sehen. Ich entziffere zwei Worte, die ich nicht verstehe – *tepl Hierosal.*

Ich drehe sie um – auf der Rückseite steht geschrieben *civitas di Lucca.* Was hat das zu bedeuten?

Mein Vater ist tot.

Ich muss es der Mutter sagen.

KAPITEL III

Ein Hund bellte.

Ich glaubte zumindest, Gebell zu vernehmen.

Gebell, das nicht mehr aufhören wollte. Ich werde mal nachsehen, dachte ich, irgendeiner armen Kreatur wird übel mitgespielt, wie damals Henri, dem Knäuel.

Ich strengte mich an, um mich dem Licht zu nähern, stieß aber auf unerklärliche Widerstände.

Meinen rechten Arm konnte ich einigermaßen bewegen, der linke erwies sich jedoch als lahm. Mühsam genug, Stufe um Stufe, wie auf einer Leiter, kam ich dem Ziel näher.

Die Welt erhellte sich allmählich. Und mir war, als spornte der Hund mich an weiterzuklettern, er wurde lauter.

Langsam öffnete ich die Augen.

Dann blinzelte ich in das Gesicht von Pavel.

»Ihr habt es geschafft, Herr Andreas«, rief er aus, »wie ich gesagt habe, Schwester, der Hund.«

Was war mit dem Hund?

Mein Mund gehorchte mir nicht.

»Hund«, flüsterte ich, und dabei blickte ich Pavel an.

Jemand setzte mir einen Holzbecher, gefüllt mit warmer Milch, an die Lippen. Ich trank in großen Zügen, denn ich hatte Durst. Ich versuchte, den Kopf zu heben, blickte umher. Ich lag auf einem Bett, das von vier Säulen umgeben war, die Zwischenräume waren mit Tüchern verhängt. Die Laken waren auf den ersten Blick außergewöhnlich sauber. Man hatte mir einen Linnenkittel übergezogen. Und vor mir stand eine Nonne in weißer Tracht, sie lächelte.

»Was sagt er?«

Pavel schaute nach rechts, auf der anderen Seite des Bettes stand eine zweite Nonne, auf dem Schoß hielt sie ein wild zappelndes Tier mit braunem zotteligem Fell.

Mit einem Lächeln sagte sie: »Vielleicht meint der Herr den Burschen hier.«

Henri! Endlich begriff ich, es war kein Hund in Nöten gewesen, dem es galt, das Leben zu retten, nein, Henri hatte lediglich nach seinem neuen Herrchen, nach mir, verlangt, dem ersten Menschen, der ihm etwas zu essen und zu trinken gegeben hatte.

Die Schwester hatte Erbarmen mit dem Hund.

»Einen Augenblick gestatte ich dir.«

Beißender Atem stand über meinem Gesicht.

Ich schloss schnell die Augen, ich wurde beleckt, mit einer langen Zunge.

»Nun ist es genug«, beschied sie.

Pavel brachte ihn aus der Kammer.

»Wie fühlst du dich, mein Sohn? Ich bin Schwester Benedicta vom Orden der Magdalenerinnen!«

Mein linker Arm war, wie ich jetzt bemerkte, geschient und verbunden, auch um die Brust hatte man mir einen Verband angelegt. Der Arm schmerzte fürchterlich, am Brustkorb hatte ich offensichtlich eine Wunde, die ich aber nicht spürte.

»Wo bin ich, Schwester?«

Das Sprechen fiel schwer.

»Du bist im Hospital Notre Dame d'Abbeville, mein Sohn, in der Grafschaft Ponthieu. Männer aus Böhmen haben dich in unser Haus gebracht, vor zwei Tagen, nach dieser furchtbaren Schlacht, in der so viele Männer starben. Du warst die ganze Zeit bewusstlos. Der Medicus meinte, du würdest sterben – doch unsere Gebete haben geholfen. Gott in seiner ganzen Barmherzigkeit hat dich errettet, mein Sohn!«

Es gab wohl noch einige Betten mit Verwundeten in diesem Raum, denn ich hörte immer wieder leises Stöhnen – und Schritte von Schwestern, die die Kranken pflegten.

Ein Geschenk des Heils

Man fütterte mich mit Suppe, zu trinken bekam ich Milch und lauwarmes Wasser, in dem Kräuter aufgeweicht worden waren, ein bitteres Getränk. Die meiste Zeit schlief ich. Dann kam der Medicus, ein älterer Herr, graues Haar war unter seiner Kapuze sichtbar, und ich erinnere mich, dass er äußerst feingliedrige Hände hatte. Magister Flote war aber ziemlich geschwätzig, er stammte aus der Gascogne, wie er mir erzählte.

»Ich habe an der berühmten medizinischen Fakultät von Montpellier studiert.«

Und er habe Arnoldus de Villanova noch persönlich kennen gelernt, den unvergleichlichen spanischen Arzt. »Nur wer die Natur der Körper, die Arten der Krankheiten, die Verschiedenheit ihrer Ursachen und die Kräfte seiner Heilmittel kennt, wird mit Überlegung handeln und kann Kranken mit seiner Kunst helfen.« Diesen Lehrsatz des Arnoldus habe er sich zu Eigen gemacht – das sagte er jedes Mal, wenn er mich besuchte, und so hielt ich ihn schließlich für einen Quacksalber.

Ich war zu schwach, um ihm vorzuhalten, dass die berühmten Ärzte in Montpellier meinem Herrn, dem König, endgültig die Sehkraft genommen hatten, als sie ihn am linken Auge operierten.

Flote nahm mir den aus einfachen Leintüchern bestehenden Verband am Arm ab, riss dabei ohne Rücksicht auf meine Schmerzen das Tuch aus der klaffenden Wunde, die ich nun zum ersten Mal sah.

»Du hast Glück gehabt, Fremder, der Pfeil, der deinen Arm traf, hat den Knochen nur beschädigt, nicht zerschmettert, du wirst diesen Arm aber vielleicht niemals wieder richtig gebrauchen können.«

Dann nahm er einen Topf zur Hand und trug mittels eines kleinen Stabes Salbe auf die Wunde auf, ehe er einen neuen Verband anlegte. Die Schmerzen waren kaum zu ertragen. Ich stöhnte.

»Was ist mit der anderen Wunde, Medicus, der an der Brust?«

»Die Quelle der Unsterblichkeit fließt aus der Seite des Gekreuzigten – der Allmächtige hat dir geholfen, er wandelt auf unergründlichen Wegen: Der Pfeil durchschlug dein Panzerhemd, traf dann aber genau auf eine Rippe. Ein bisschen tiefer oder ein bisschen höher, und es wäre um dich geschehen gewesen. Beim Sturz vom Pferd bist du ohnmächtig geworden – das war das Beste, was dir geschehen konnte.«

Pavel stand vor meinem Bett. Er hielt Henri auf dem Arm, der sich wie immer verzweifelt bemühte, dieser Umarmung zu entkommen.

»Der Hund hat Euch das Leben gerettet, Herr! Er rannte hinter Euch her, er fand Euch in einem Knäuel von Toten und Verletzten, sodass wir Euch noch in der Nacht in dieses Hospital bringen konnten, der Mönch und ich.«

Ich richtete mich langsam etwas auf.

»Was ist mit unserem Herrn geschehen, dem König?«

Es dauerte eine Weile, ehe Pavel antwortete.

»Er ist tot. Gott sei seiner Seele gnädig. Die Engländer haben seine Leiche gefunden. Unser neuer Herr, der junge König Karl, bemüht sich darum, dass sie ihm den Leichnam übergeben. Er soll in Luxemburg bestattet werden, wie es der König, den Gott zu sich genommen hat, gewünscht hat.«

Henri hatte es sich inzwischen am Fuß meines Bettes, neben dem Nachttopf, gemütlich gemacht. Mit der rechten Hand kraulte ich sein struppiges Fell.

Ich lehnte mich zurück und überließ es Pavel zu erzählen. Er hatte sich wohl mit vielen Leuten unterhalten, Edlen wie Gemeinen, und auf diese Weise eine Menge an Neuigkeiten erfahren. Ganz Frankreich sei in großer Furcht, man erwarte, dass die Engländer nun Paris, die Hauptstadt der Franken, angreifen würden.

»Am französischen Hof ist man nicht gut zu sprechen auf unseren neuen Herrn, den jungen König Karl, er sei feige vom Schlachtfeld geflohen, wird überall erzählt – dabei hat Karl mehrere Wunden empfangen, und böhmische Herren haben ihn mit Gewalt aus dem Schlachtengedränge entfernt, die Böhmen wollten nicht zwei Herrscher, ihren alten und ihren neuen König, am gleichen Tag verlieren.«

Pavel war sehr empört über die Franzosen.

»Der französische König – der war der Erste, der das Schlachtfeld verließ und sein Heil in der Flucht suchte.«

Unser Herr, der blinde König Johann, der so heldenhaft in den Tod gegangen sei, werde dagegen als tapferster Ritter der Schlacht gepriesen, von Freund und Feind. Noch am Abend der Schlacht habe der englische König, der Sieger von Crécy, einige Geistliche und Barone seines Heeres zusammengerufen, die sich in Heraldik auskannten – »und dann hat er ihnen befohlen, die Toten zu zählen und die Namen der Ritter aufzuschreiben, die sie erkennen konnten.«

Über fünfzehntausend Tote, darunter elf Prinzen, zwölfhundert Ritter, viertausend Edelknappen, die meisten von ihnen Franzosen, sollen diese Männer inzwischen gezählt haben, sagte Pavel, ein wenig ungläubig. Die Engländer hätten den Sieg gefeiert wie Jason und die Argonauten nach glücklich überstandenem Abenteuer. König Johann, eingequetscht zwischen Pferdekadavern, habe man nur an den Straußenfedern seines Helmes erkannt.

»Und wisst Ihr, was der englische König sagte, als man ihm die Leiche unseres Herrn zeigte? Er sagte: Heute fiel die Blüte der Ritterschaft, doch niemand war so tapfer wie er.«

Pavel zitierte diesen Satz voller Stolz gleich zweimal.

»Ja«, sagte ich und musste an Johanns Großvater denken, »es war wie so oft: Ein Luxemburger ist immer der tapferste Ritter der Schlacht.«

Pavel war mittelgroß, ein bisschen pummelig. Lockiges Haar umrahmte sein breites Gesicht, er lachte gern und viel, er trank viel zu viel Bier für sein Alter. Obwohl er edlen Standes war, redete er mich, den Kammerherrn ohne Stammbaum, stets mit »Herr« an.

»Herr Andreas, der junge Herr König hat ubrigens versprochen, dem Hospital Notre Dame eine Summe Geldes zu schicken.«

Pavel nannte Karl den jungen Herrn König, obwohl der doch mittlerweile dreißig Jahre alt war. Karl, der seine Wunden in der Abtei Ourschamps heilen ließ, versuche im Augenblick, die versprengten Männer beider Aufgebote, des luxemburgischen wie des böhmischen, zu sammeln, und zwar in der Stadt Amiens. Dort erwarte er uns.

Ich bat Pavel zu gehen, er solle gut für Henri sorgen, meinen Lebensretter. Der hatte die ganze Zeit geschlafen. Ich war müde.

Nach zehn Tagen erlaubte mir der Medicus endlich, das Bett zu verlassen. Ich ging, den Arm in einer Schlinge, auf weichen Knien in den Hof. Das Hospital bestand aus einem Hauptgebäude, einer Kapelle und den Wohnräumen der Schwestern. Eine efeubewachsene Mauer umsäumte das Gelände, das schmale Tor wurde von einer Statue Maria Magdalenas geschmückt.

Aus der Kapelle erklangen wunderschöne Gesänge, ich ging langsam hinüber und hörte dann, wie eine Schwester eine Predigt eines Gottesmannes aus Kreta vorlas, seinen Namen habe ich vergessen.

»Christus ist das Ende des Gesetzes. Er führt uns vom Buchstaben des Gesetzes nicht weiter fort, als er uns zu dessen Geist hinführt. Denn das ist die Erfüllung des Gesetzes; nachdem der Gesetzgeber alles zu Ende gebracht hatte, führte er vom Buchstaben hinüber zum Geist, indem er alles in sich erneuerte und nach dem Gesetz der Gnade lebte – damit wir nicht mehr unter den elementaren Mächten dieser Welt wie Sklaven leben müssen und damit wir nicht mehr unter dem Joch der Knechtschaft stehen.«

Ich verstand den Text nicht, dennoch hörte ich noch einen Moment zu.

»Denn das ist der Höhepunkt der Wohltaten, die uns Christus erwiesen hat: Uns wird das große Geschenk des Heils zuteil.«

Wohltaten hatten mir die Schwestern erwiesen, vielleicht mit Gottes Hilfe, so dachte ich. Ich sollte öfter wieder zu Gott beten – denn mir zumindest war das Geschenk der Heilung zuteil geworden.

Ich ging auf die Straße hinaus. Vor dem Tor türmten sich Misthaufen, auf der anderen Straßenseite standen kleine Hütten mit verfallenen Holzdächern, manche hatten sogar nur Strohdächer. Ich lehnte mich an die Mauer. Zwischen Karren und Ackergeräten, die überall den Weg versperrten, näherte sich ein elender Zug, Bettler, wie ich zuerst glaubte, etwa zehn Männer, in Lumpen gehüllt, die Gesichter von Ruß und Schmutz geschwärzt, einige mit blutigen und verbrannten Händen, manche humpelnd, andere stützten sich auf Krücken. Schweigend schleppten sie sich an mir vorbei, einer aber, mit seltsam geweiteten Augen, blieb stehen und sprach mich plötzlich an, als er meinen Verband entdeckte.

»Seid Ihr auch verwundet, Herr? Habt Ihr mitgekämpft in dieser furchtbaren Schlacht? Nein, das war kein Kampf, das war ein Schlachtfest für die Engländer!«

Er wartete, bis seine Begleiter außer Hörweite waren.

»Alle meine Kameraden sind tot, die meisten starben erst nach der Schlacht, niemand gab ihnen Wasser und Brot, niemand gab ihnen Arznei, tagelang hörte ich ihr Jammergeschrei. Niemand half ihnen, als die Leute aus den umliegenden Dörfern das Schlachtfeld plünderten, die Leichen fledderten, die Verwundeten töteten, um ihnen die Stiefel auszuziehen, um ihnen die Gewänder zu rauben. Irgendjemand brachte mich hierher, dahinten« – er zeigte auf eine Scheune am Ende der Straße – »waren viele Verletzte untergebracht, auf nacktem Fußboden, zwischen Kot und Kehricht gebettet, so siechten wir dahin. Der Gestank modernder Körper drang in die Scheune, auf dem Hof waren Berge von nackten menschlichen Leichnamen aufgetürmt, das Ächzen und Stöhnen der Sterbenden quälte mich Tag und Nacht, Klagen und Verwünschungen, Schmerz und Verzweiflung allerorten, in den eiternden Wunden setzte sich Ungeziefer fest, aber niemand war da, der uns pflegte und die Wunden reinigte.«

Er drehte sich um. »Das ist der Dank des Königs, der sein Volk aufrief, das Vaterland zu verteidigen!«

Ehe ich etwas sagen konnte, humpelte er weiter. Ihm und seinen Begleitern war das Heil nicht zuteil geworden. Der Mensch ist der geduldige Träger seiner Leiden und Erlebnisse.

Ich hatte ihm etwas Geld geben wollen, in meinem Beutel, den ich vorsichtshalber mitgenommen hatte, befand sich aber nur eine einzige Münze – die, die mir einst mein Vater gegeben hatte.

Wie oft hatte ich diese Münze in der Hand gehabt!

Jahrelang hatte ich sie mit mir geführt, in den Saum meines Rocks eingenäht.

Sie zeigte ein von zwei Säulen umgebenes Gebäude, darüber das Dreieck der Trinität Gottes, die Umschrift lautete *tepl Hierosal.* Und auf der Rückseite stand unter einer großen Fahne *civitas di Lucca* geschrieben.

Enthielt sie eine Botschaft?

Wie oft hatte ich mich das gefragt, ohne eine Antwort zu finden. Die Münze war mir mittlerweile vertraut und noch immer fremd.

Ich ging zurück zur Kapelle und betete.

Der junge König

Wenige Tage später erreichten wir Amiens.

Wir waren langsam geritten, das Reiten machte mir Mühe, weil ich den Arm in einer linnenen Schlinge tragen musste, die Wunde schmerzte noch immer. Der Mönch war meistens zu Fuß gegangen und hatte sich mit Henri vergnügt, der unsere kleine Reisegruppe immer wieder wie eine Herde umkreiste. Vor den Engländern brauchten wir uns nicht zu fürchten, Edward war mit seinem Heer an die Küste gezogen, so sagte man uns, und hatte begonnen, die wichtige Hafenstadt Calais zu belagern. Von Pavel hatte ich gehört, dass der junge Herr König über Luxemburg ins Reich zurückkehren wolle, von Böhmen aus, so sei beschlossen worden, werde der Kampf gegen den Herrn Ludwig, den abgesetzten Kaiser, aufgenommen werden.

Bis nach Luxemburg, so hatte ich mir vorgenommen, wollte ich mich dem neuen König anschließen; sein Titel lautete nun »König der Römer, allzeit Mehrer des Reiches, und König von Böhmen«.

Von der Stadt Luxemburg aus waren es dann nur noch einige Reisetage bis in die heilige Stadt Köln. In wenigen Wochen würde ich wieder zu Hause sein. Ich hatte eine furchtbare Schlacht überlebt, die Tausenden von Menschen das Leben gekostet hatte. Hunderte von Menschen waren direkt vor meinen Augen abgeschlachtet worden und elendig krepiert – und dennoch: Der Gedanke, bald in der Stadt zu sein, in der ich geboren und aufgewachsen war, in der Stadt, in der man meine gesamte Familie umgebracht hatte, erschütterte mich viel mehr.

Ich dachte an meine Familie, und immer wieder stockte mir der Atem. Wie oft hatte ich mir ausgemalt, den Mördern meines Vaters, den Mördern meiner Mutter, den Schlächtern meiner Geschwister die Klinge in die räudigen Körper zu stoßen – dabei wusste ich nicht einmal, wer sie umgebracht hatte.

Ich bat Pavel herauszufinden, wo Karl – *li roi des Roumains*, wie die Franzosen sagten, wenn sie ihn nicht als *li roi d'Allemagne* bezeichneten – Quartier genommen hatte; Pavel sollte dann versuchen, mir eine Audienz zu verschaffen. Der Mönch, der während des gesamten Rittes kaum ein Wort gesprochen hatte, besorgte uns unterdessen eine Kammer im Gästehaus des Benediktinerklosters St. Acheul. Pavel musste einige Pfennige hinlegen, um die Mönche zu überzeugen, dass Henri zum Gefolge des römischen Königs zählte.

Amiens war eine große Stadt, fast so groß wie Köln, von einer mächtigen Stadtmauer umgeben. Die Kathedrale, schon im neuen Baustil errichtet, wurde als eine der schönsten im ganzen französischen Königreich gerühmt. Die Stadt gehörte zur Krondomäne, und die Könige hielten sich oft und gern in Amiens auf, wie uns der Abt des Klosters erzählte. So habe Edward, der ruchlose König der verhassten Engländer, hier in Amiens im Jahre 1329 dem guten König Philipp den Lehnseid für das Herzogtum Aquitanien geschworen – »den er einige Jahre später dann in frevelhafter Weise gebrochen hat – das war und das ist die Ursache für all unser gegenwärtiges Leid, Gott helfe uns! Gott schütze Frankreich!«

König Karl wohnte im Palast des Bailli, des obersten königlichen Beamten in der Grafschaft.

»Der junge Herr König ist schließlich ein enger Verwandter des französischen Königs«, kommentierte Pavel gewohnt kenntnisreich; irgendwie hatte er es geschafft, die familiären Verhältnisse des böhmischen Königshauses, dem er diente, zu durchschauen, vor allem aber dessen weit verzweigte verwandtschaftliche Bindungen zum europäischen Hochadel zu überblicken.

Natürlich stimmte das, was Pavel gesagt hatte – Karl war mit der französischen Königsfamilie verwandt, er war mit Blanche von Valois verheiratet, der Schwester des französischen Königs. Doch sein Verhältnis zum Schwager, das war allgemein bekannt, war alles andere als gut.

Wir betraten das verwinkelte Gebäude und gingen durch eine schmale, offene Säulenhalle. Vor einer Holztreppe wartete ein Diener, der uns zum König führte. Karl war allein in einem schlicht ausgestatteten Raum. Er saß auf einem Sessel, dessen prächtige Schnitzereien seiner königlichen Würde entsprachen, und las gerade in einem dicken Buch, wahrscheinlich der Bibel. Auf dem Tisch standen eine Karaffe, gefüllt mit Wein, und ein Glas.

Karl war keine besonders imposante Erscheinung, er war mittelgroß, seine dunkelblonden Haare waren gelockt, sein Gesicht, das ein Kinnbart schmückte, war durch breite Backenknochen geprägt – Pavel, so fiel mir in diesem Moment ein, hatte einmal gesagt, er sehe mir ähnlich. Unter einem rötlichen Umhang trug der König ein schwarzes Hemd. Nachdem der Diener die Tür geschlossen hatte, verbeugten wir uns. Karl wirkte müde, als er aufblickte.

»Man hat mir gesagt, du warst bei dem blinden König von Böhmen, in der Stunde seines Todes. Es gibt nur wenige Männer, die ihm so treu gedient haben wie du.«

Ich antwortete kurz, dass ich gemäß meiner Treueverpflichtung so gehandelt hätte.

»Was machen deine Verletzungen?«

Ich sagte ihm, dass es mir gut gehe, dass der Arm langsam verheile, dass ich guten Mutes sei, bald vollständig zu genesen.

»Habt ihr unterwegs noch Männer aus Böhmen oder Luxemburg getroffen?«

Ich verneinte.

Karl wirkte abwesend.

»Es waren fünfhundert böhmische Ritter, die ich in die Schlacht führte, dreißig, vielleicht vierzig haben überlebt. Fünfhundert Ritter aus Luxemburg führte König Johann nach Crécy, bisher sind gerade mal siebenundvierzig von ihnen hier in Amiens angekommen.«

Jetzt erst blickte er uns an.

»Es ist ein hoher Preis, den wir für das Bündnis mit der französischen Krone bezahlt haben.«

In der Tat: Karls Königtum in Böhmen und im Reich hätte keinen schlechteren Auftakt nehmen können – das sagte ich ihm allerdings nicht. Pavel und ich standen vor ihm und schwiegen.

»Ich möchte dich unter vier Augen sprechen.«

Pavel verließ den Raum.

Karl deutete mir mit einer Armbewegung an, mich auf die Bank zu seiner Rechten zu setzen.

»Wann sind wir uns das erste Mal begegnet, Andreas?«

Ich musste lachen.

»Daran werdet Ihr Euch nicht erinnern, Majestät. Ihr wart noch ein kleines Kind, da trug ich Euch manchmal auf meinen Armen, später spielte ich oft mit Euch, in der Prager Burg. Aber dann hat Euch Euer Vater ja nach Frankreich gesandt.«

Ja, im Alter von sieben Jahren war Johanns erstgeborener Sohn an den französischen Hof geschickt worden, in Paris, dem für einen Ritter angenehmsten Ort der Welt, wie sein Vater meinte, sollte er erzogen werden. Vorher hatte es zwischen Vater und Sohn heftige Auseinandersetzungen gegeben, so erinnerte ich mich. Der junge Thronfolger war brutal der Mutter entzogen worden, drei Monate wurde das Kind fast in Kerkerhaft gehalten, um seinen Willen zu brechen.

»Damals, mein König, hießt Ihr noch Wenzel«, warf ich ein.

Karl nickte zustimmend, ich glaubte, einen leichten Seufzer zu hören. Bei seiner Taufe hatte man ihm den Namen Wenzel gegeben, einige Könige dieses Namens hatten über Böhmen geherrscht. Am Pariser Hof konnte aber niemand den tschechischen Namen aussprechen – und so hatte der französische König, der damals regierte, einen Namenswechsel für seinen böhmischen Zögling beschlossen.

»Er war ein guter Mensch und ein guter Christ, dieser König der Franzosen« – Karl sagte es mehr zu sich selbst als zu mir, er begann, in Erinnerungen zu schwelgen – »er ließ mir am Tag der Krönung meiner Tante, die er kurz zuvor geheiratet hatte, durch einen Bischof das Sakrament der Firmung zuteil werden. Dabei gab er mir seinen eigenen Namen, Karl – oder, wie die Franzosen sagen: Charles. Schließlich gab er mir die Tochter seines Oheims, die kleine Blanche, zur Frau. Und er bewahrte mir seine Zuneigung, auch als meine Tante dann wenig später starb.«

Karl rief einen Diener herein, der ein zweites Glas brachte. Er schenkte mir ein, ich wartete darauf, dass der König sein Glas erhob. Während er das tat, blinzelte er versonnen durch die Butzenscheiben der Fenster.

»Sieben Jahre habe ich am Pariser Hof verbracht. Sieben lange Jahre, in denen ich verlernte, Deutsch und Tschechisch zu sprechen.«

Er nahm einen kleinen Schluck.

»Der gute König Karl war nicht geldgierig, er hat sich immer guter Ratgeber bedient – sein Hof glänzte durch die Anwesenheit verständiger und maßvoller Fürsten sowohl geistlichen als auch weltlichen Standes.«

Das könne man von Philipp, seinem Nachfolger, nicht sagen.

»Mein Schwager ist geizig und habsüchtig, er neigt zu Alleingängen, das ist gefährlich. Wohin das geführt hat, haben wir alle, auch du und ich, am eigenen Leib verspürt.«

»Herr«, wagte ich zu widersprechen, »ist es nicht so, dass die Engländer den Krieg begonnen haben?«

Karl lehnte sich zurück.

»Das sagen die Franzosen, die ganze Angelegenheit ist aber schwer zu durchschauen.«

Der Konflikt zwischen England und Frankreich, so legte er mir mit nachdenklicher Langsamkeit, fast wie im Selbstgespräch, dar, sei bereits vor etwa zwanzig Jahren ausgebrochen – »im Jahre 1328, als Gott der Herr, meinen Taufpaten, den guten König Karl, zu sich nahm.«

In männlicher Linie war das Haus Capet damit ausgestorben. Schon damals hatte Edward, der englische König, der gleichzeitig Herzog von Aquitanien war und über anderen großen Besitz in Frankreich verfügte, Ansprüche auf den französischen Thron erhoben. Seine Mutter Isabella war nämlich eine echte Capet, sie war die Tochter des 1314 verschiedenen Königs Philipp IV., den man *den Schönen* genannt hatte – und sie war die Schwester der drei Könige, die auf ihren Vater gefolgt und sämtlich ohne männlichen Erben gestorben waren. Das Pariser Parlament hatte danach eine Erbfolge über die weibliche Linie ausgeschlossen und Philipp von Valois, aus einer Seitenlinie des Hauses Capet, zum König proklamiert.

»Edward hat sich zunächst mit der Nachfolge des Valois, meines unseligen Schwagers, abgefunden. Doch einige Jahre später entzog ihm Philipp das reiche Herzogtum Aquitanien, das der englischen Krone als Lehen seit langem gehörte – das war die eigentliche Kriegserklärung.«

Edward habe daraufhin den Titel *par la grace de Dieu roi d'Angleterre et de France* angenommen, durch die Gnade Gottes König von England und Frankreich, so wollte er fortan genannt werden.

»Er nahm den Kampf um die französische Krone auf, weil er sich nun doch als alleinigen Erben der Kapetinger ansah.«

Viele Gedanken gingen mir durch den Kopf. Hegte Karl etwa Sympathien für die englische Seite?

»Sire, wenn ich Euch richtig verstanden habe, so haltet Ihr den Anspruch Edwards auf den französischen Thron für berechtigt. Warum habt Ihr dann auf Seiten der Franken, oder wie die Deutschen sagen: der Franzosen, gekämpft?«

Karl zuckte mit den Schultern. Er wirkte resigniert.

»Ja – warum eigentlich? Das frage ich mich auch. König Johann hatte ein Bündnis mit der französischen Krone abgeschlossen, schon im Jahre des Herrn 1337, seither war er vertraglich verpflichtet, ein Kontingent von fünfhundert Helmen zu stellen, wenn der englische König das Frankenreich bedroht. Doch eigentlich hat er sich aus bloßer Freude am Kampf den Franzosen angeschlossen. Ich habe mich aus anderen Gründen entschieden, meinem Schwager zu Hilfe zu kommen.«

Warum sprach er so zu mir? Sollte ich ihn jetzt nach seinen Beweggründen fragen?

Karl, so empfand ich, behandelte mich, als ob ich zum Rat der böhmischen Krone gehörte, ein seltsamer Gedanke.

Er stand auf. Er schlug die Hände hinter dem Rücken zusammen und ging ein paar Schritte auf und ab. Ich schwieg.

»Andreas, Männer wie dich kann ich gut gebrauchen – könntest du dir vorstellen, in meine Dienste zu treten?«

Diese Frage hatte ich befürchtet.

»Majestät« – meine Stimme klang zunächst etwas brüchig – »ich habe nicht dem böhmischen König Treue geschworen, sondern Eurem Herrn Vater, als er noch Graf von Luxemburg war.«

Das stimmte zwar so nicht, aber in diesem Moment blieb mir nichts anderes übrig, als ein wenig zu lügen.

»Euer Vater selbst stellte mir im Angesicht seines Todes frei, das zu tun, was mir wichtig ist zu tun.«

Als er noch immer schwieg, fügte ich schnell an: »Sire, Euer Angebot ist äußerst ehrenvoll, und so bitte ich Euch untertänigst, mir zu verzeihen, wenn ich es nicht annehmen kann: Ich will in meine Vaterstadt Köln zurückkehren!«

Der König war verblüfft, er sah mich mit fragenden Augen an. Wenn er verärgert war, so ließ er sich seine Verärgerung nicht anmerken. Das ermutigte mich, ihn zu fragen, ob ich bis Luxemburg in seinem Gefolge mit reiten dürfe. Er nickte.

»Es sei dir gestattet, Andreas.«

Er schlug nun wieder die Bibel auf, es war bekannt, dass Karl ein eifriger Leser der Heiligen Schrift war. Ich wollte mich verabschieden, doch in diesem Moment zog er ein gefaltetes Pergament aus seinem Wams.

»Das hier, Andreas« – er legte das Pergament auf den Tisch – »ist der letzte Brief meiner Mutter, der Königin Elisabeth, Gott sei ihrer Seele gnädig, der letzte Brief, den sie mir gesandt hat. Sie starb Anno Domini 1330 – und weißt du, was sie ganz am Schluss schreibt?«

Er nahm den Brief wieder in die Hand, faltete ihn auseinander und las vor.

»Halte deine schützende Hand, geliebter Sohn, über Andreas, den deutschen Kammerherrn des Königs.«

Ich war verwirrt, seine Worte trafen mich wie ein Schlag – ich glaube, mir schoss das Blut in den Kopf.

Hatte ihm die Königin irgendwelche Andeutungen gemacht?

Was wusste er wirklich? Niemand im Reich und in Böhmen durfte je erfahren, was in Prag einst vorgefallen war – sonst war sein Königtum in großer Gefahr. Das, so nahm ich an, wusste auch Karl.

Um meine Verlegenheit nicht allzu deutlich werden zu lassen, verbeugte ich mich und bat, gehen zu dürfen. Mit einer lässigen Handbewegung wurde ich entlassen.

Karls Blick aber, so glaubte ich bemerkt zu haben, ruhte voller Wohlwollen auf mir.

Knechte und Herren

Bevor wir Amiens verließen, besuchten wir den Gottesdienst in der Kathedrale. Karl wollte damit Dank sagen, dass die Engländer ihm nun doch den Leichnam König Johanns überlassen hatten. Auf einem Karren war der hölzerne Sarg in Amiens eingetroffen.

Wir feierten seine Totenmesse. Es war der vierzehnte September des Jahres 1346, es wurde der Tag der Kreuzerhöhung gefeiert, den die Christen seit der Einweihung der Grabeskirche in Jerusalem begehen. Die heilige Helena, die Mutter Konstantin des Großen, des ersten christlichen Kaisers der Römer, soll das heilige Kreuz, an dem unser Herr Jesus den Tod erlitten hatte, im Jahre 335 aufgefunden haben, so sagen die Kleriker. Ich hatte ein Stück des heiligen Kreuzes schon als Kind im Kölner Dominikanerkloster gesehen, im Konvent Heilig Kreuz an der Stolkgasse, in dem vor nicht langer Zeit Magister Albertus lehrte, den alle nur den Großen nennen. Die Leute erzählten, der heilige König Ludwig, der neunte seines Namens, habe Albert den Kreuzpartikel geschenkt, als der Paris verlassen hatte, um in Köln das Generalstudium der Dominikaner zu leiten.

»Hätte es das Kreuz nicht gegeben«, so sagte der Prediger in Amiens, »wäre der Schuldschein der Sünde nicht zerrissen worden, hätten wir die Freiheit nicht erhalten, hätten wir nicht vom Baum des Lebens gekostet, und das Paradies wäre nicht geöffnet worden. Wenn das Kreuz nicht wäre, wäre der Tod nicht besiegt und das Reich des Todes nicht seiner Macht beraubt worden. Amen.«

Dann wurde das Vaterunser gebetet.

Ich betete mit, voller Inbrunst. Amen.

Wir ritten gen Osten, durch das Königreich der Franzosen, Gottes eigenes Land, wie sie sagen, entlang des Flusses Somme. Wir übernachteten in St. Quentin, überquerten die Oise und verließen schließlich die Picardie. Wie selbstverständlich hatte ich die Rolle des Quartiermeisters übernommen; begleitet vom Mönch, ritt ich gewöhnlich eine Stunde nach Sonnenaufgang los, verfolgt von Henri, der nur noch mir gehorchte – Pavel beachtete er nicht, es sei denn, Pavel lockte ihn mit Essbarem, was ziemlich oft passierte. Der Tross brach dann immer zwei, drei Stunden später auf, sodass es uns zumeist gelang, ein Nachtquartier für den König und sein Gefolge vorzubereiten, in einer Burg, einem Kloster, einem Gasthaus. Notfalls übernachteten wir auch in Scheunen.

Frankreich ist ein schönes Land, mit schönen Städten, mit sauberen Dörfern, mit Straßen, die von Pappeln, Ulmen und Weiden gesäumt sind. Die Franzosen sind ehrliche, rechtschaffene, fleißige Menschen. Immer wieder begegneten wir Bauersleuten mit allerlei Karren, die von Ochsen oder Maultieren gezogen wurden, Fußgängern, die Erntegeräte auf ihren Schultern trugen, Kindern, die Vieh vor sich hertrieben – Geschwätz, Zurufe und Gelächter ertönten auf den staubigen Feldwegen. Manche Leute verbeugten sich vor Karl, in dem sie einen Fürsten erkannten, die meisten aber taten gleichgültig, wenn unser Trupp an ihnen vorbeizog, selbst Henris durchdringendes, Aufmerksamkeit heischendes Bellen konnte sie nicht einschüchtern.

Die Bauern waren nun, am Ende des Sommers, von früh bis spät damit beschäftigt, die Getreideernte einzubringen. Es waren die arbeitsreichsten Tage des Jahres für sie, denn sie mussten neben der Arbeit auf ihren Feldern auch Hand- und Spanndienste auf den Besitztümern ihrer Grundherren ableisten. Ihr Arbeitstag begann bei Sonnenaufgang und endete bei Sonnenuntergang. Im Juli hatten sie das Heu geerntet, das beste Heu – so sagte mir ein Bauer in der Nähe von Laon, auf dessen Wiese wir rasteten – gewann man auf Wiesen, die an Teichen und Bächen lagen und bisweilen überflutet wurden.

Überall sahen wir Männer und Frauen, die in Gruppen arbeiteten, die sich über die Felder verteilten, einige mähten das Getreide, die anderen folgten ihnen, die Frauen bündelten die Halme zu Garben. Die Garben sollten nicht zu groß sein, damit man sie ohne viel Mühe zum Wagen tragen und weiterbefördern konnte. Diejenigen, die für ihre Gutsherren arbeiteten, wurden immerhin beköstigt, man brachte ihnen Bier, Brot und Käse. Es waren die letzten Erntetage, da wurde schon ein bisschen gefeiert, man veranstaltete Wettkämpfe um den Schnitt der letzten Ährenreihe, die Erntewagen wurden bejubelt, wenn sie in die Scheune einfuhren. Die Stimmung, die wir in den Dörfern antrafen, war fast schon ausgelassen. Ich erinnerte mich an die Sommermonate, die ich als Kind bei meinen Großeltern im Hunsrück verbracht hatte.

Wir lagen am Rande eines Feldes, der Mönch und ich. Wir sahen einer Gruppe von Bauern zu, die sich auf einem Feld abmühte. Henri streifte neugierig am Wegesrand umher, hob immer wieder das Bein und setzte Duftmarke nach Duftmarke.

Irgendwann brach der Mönch sein Schweigen.

»Sie führen ein hartes Leben, diese Bauern. Jeder von ihnen lebt demütig vor sich hin, mit seiner Familie und seinem Vieh. Ihre Hütten sind aus Lehm und Holz errichtet und mit Stroh gedeckt. Hausbrot, Haferbrei, gekochtes Gemüse – das sind ihre Speisen, Wasser und geronnene Milch ihre Getränke, ein schmutziger Kittel, ein paar Stiefel ihre Kleidung. Die Leute stecken alle Zeit in Arbeit. Sie müssen das Feld beackern, säen, ernten und die Frucht in die Scheunen bringen, Holz fällen, Häuser bauen, Gräben ausheben – und was bleibt ihnen als Lohn?«

Die Frage, so nahm ich an, hatte er nicht an mich gerichtet. Was hätte ich auch antworten können? Etwa: Ihnen wird das Himmelreich zuteil?

Ich sagte nichts.

»Sie werden in Knechtschaft gehalten, sie müssen nach Recht und Gewohnheit die Ländereien ihrer Herren pflügen, das Korn schneiden und zum Herrenhof bringen, sie müssen es in die Scheune tragen und dreschen, sie müssen das Holz schlagen und zum Herrenhof fahren. All diese Arbeiten nennt man Herrendienst – doch sie bekommen keinen Lohn dafür. Knechtschaft nenne ich das, man hält sie in großer Knechtschaft.«

Er richtete sich auf und pflückte ein Kleeblatt.

»Am Anfang der Welt gab es keine Knechte. Aus welchem Grund sind die, die wir Herren nennen, besser als die Bauern?«

Er hustete kurz.

»Die Herren sind in Samt und Seide gekleidet, mit grauen und dunklen Pelzen – die Bauern tragen ärmliches Tuch. Die Herren haben Wein, Gewürze und Weißbrot – die Bauern haben Roggen, Kleie und Stroh, und sie trinken Wasser. Die Herren haben schöne Landsitze und viel Muße – die Bauern Mühe und Arbeit, Regen und Wind auf den Feldern, sie werden Knechte geheißen und geschlagen, wenn sie ihren Dienst nicht auf der Stelle tun.«

Ich blickte auf.

Er warf das Kleeblatt fort.

»Wenn wir alle von einem Vater und einer Mutter, Adam und Eva, abstammen, inwiefern können die Herren behaupten und beweisen, dass sie mit gutem Grund Herren sind?«

»Mönch, wisst Ihr, was Ihr da redet? Wenn Ihr das den Leuten da draußen predigt, wird man Euch der Ketzerei bezichtigen, ist Euch das klar?«

Der Mönch drehte sich zu mir um. Sein ausgezehrtes, von Askese geprägtes Gesicht war mittlerweile sonnengegerbt, von einer Tonsur konnte keine Rede mehr sein, nur noch ein paar Haare kräuselten sich an seinem Hinterkopf. Ich schätzte, dass er etwa fünfunddreißig Jahre alt war.

»Ich erfreue mich noch guter Gesundheit, ich kann jeden Morgen ohne Mühe kacken, und ich möchte, dass das so bleibt. Natürlich werde ich solche Ansichten, die du offensichtlich nicht teilst, nie und nimmer dem gemeinen Volk verkünden – denn ich kannte Menschen, die wegen ähnlicher Gedanken verbrannt worden sind.«

Im Kloster habe er aber gelernt, das Denkbare zu denken – und wenn man die Bibel lese, so finde man keine Rechtfertigung für Knechtschaft.

»Gott, mein lieber Andreas, hat den Menschen nach seinem Ebenbild geschaffen und hat ihn durch sein Leiden erlöst, den einen wie den anderen. Ihm steht der Arme so nahe wie der Reiche. Als man das Recht zuerst festlegte, gab es keinen Dienstmann, und alle Leute waren frei. Mit meinen Sinnen kann ich es nicht erfassen, dass einer des anderen Eigentum sein soll. Dafür haben wir keinen theologischen Nachweis in der christlichen Überlieferung.«

Er drehte sich wieder auf die andere Seite.

»In Wahrheit, so glaube ich, hat die Leibeigenschaft ihren Ursprung in Zwang und Gewalt, die man von alters her – und zwar unrechtmäßig – zur Gewohnheit werden ließ und die man nun für Recht erklären will.«

Als sich ein Trupp unserer Ritter näherte, standen wir auf. Der Mönch legte seine Hand auf meine Schulter.

»Bruder Andreas, du bist ein Mann von einfacher Abstammung, aber ein kluger Kopf, du kannst lesen und schreiben. Behalte für dich, was ich gerade gesagt habe – es steht dir aber frei, darüber nachzudenken.«

Ich nickte und rief Henri zu mir.

Nach zwei weiteren Tagen kamen wir nach Sedan, einer Stadt an der Maas. Seit langem bildete der Fluss in diesem Raum die Grenze zwischen Frankreich und Deutschland, dem Reich der Franken und dem Königreich der Alemannen, wie die Franzosen uns

Deutsche nennen. Anno Domini 1299 sollen hier die damaligen Herrscher beider Reiche, König Philipp der Schöne und der einäugige König Albrecht, der später ermordet wurde, Grenzsteine gesetzt haben. Östlich von Sedan beginnen die Ardennen, ein waldreiches Mittelgebirge, durch dessen Höhenzüge sich nur wenige Straßen und Wege nach Osten, ins Luxemburger Land, schlängeln.

In die Wälder eingestreut sind kleinere Dörfer. Die Menschen in den Ardennen fühlen sich als Kinder des Waldes. Ihre Wälder sind aber auch Zufluchtsorte für Ausgestoßene und Verfolgte, Irre, Eremiten, Leprakranke, Räuber, Heilige. In Luxemburg wird erzählt, dass es in den Ardennen noch immer vereinzelte Bastionen heidnischen Glaubens geben soll, in denen Druiden das Sagen haben. Daneben, oft im selben Forst, leben fromme Einsiedler, die der Verderbtheit der menschlichen Gesellschaft entflohen sind und in der unmittelbaren Gegenwart unseres allmächtigen Gottes ihre Seele von der Sünde reinigen.

Hexen und Henker

Wir näherten uns einem Dorf in einer kleinen Lichtung. Der Mönch, Pavel und ich waren dem Tross, wie üblich, vorausgeritten. Der Mönch wirkte plötzlich angespannt – er war der Erste, der die entsetzlichen Schreie hörte. Dann sah ich in der Mitte des Dorfplatzes, auf dem sich einige Hundert Leute versammelt hatten, einen Scheiterhaufen.

Wir gaben den Pferden die Sporen. Henri lief neben uns her.

Hier werden Menschen verbrannt, dachte ich, als wir am Rand der Menge aus den Sätteln sprangen. Der Geruch verbrannten menschlichen Fleisches ist mit nichts vergleichbar – wer ihn einmal wahrgenommen hat, wird ihn nie wieder los. Die Nase des Menschen ist das einzige Organ, das nicht vergisst. Wir drängten uns durch die Reihen schmutziger, lärmender Bauern, Männern mit Strohhüten auf dem Kopf, barfüßigen Frauen, die Tonkrüge in den Armen hielten; nur widerwillig machte man uns Platz, der Mönch ging voraus, er drückte blutgierige Tölpel zur Seite, die das Schauspiel des Todes genossen, wir blickten in stumpfe und verbissene Gesichter, in niedergedrückte und ängstliche Gesichter, hinter einer Wand aus Schweiß und saurem Dunst machten sich die erbärmlichsten menschlichen Regungen breit.

Aus einem Stapel brennenden Holzes ragte ein Pfahl heraus, an den man einen Mann gefesselt hatte, er war schon halb verbrannt. Doch er legte einem Mädchen, das zu seinen Füßen in den Flammen kniete, die Hand auf, einem halb nackten Mädchen, das übel zugerichtet war, dessen Kleiderfetzen Brandspuren hatten, das am ganzen Körper Zeichen von Misshandlungen aufwies.

Ich verstand nur die Worte: »Sei standhaft in deinem Glauben, denn heute wirst du bei Laurentius sein!«

Das Mädchen, so erzählte man uns später, habe man aus dem Feuer gezogen, man habe ihm freigestellt, zu bereuen, zu heiraten oder ins Kloster zu gehen. Doch unversehens habe es den Scheiterhaufen erklommen – und dann, als wir in die ersten Reihen der Schaulustigen gelangt waren, sprang es neben den Meister ins Feuer.

Beide versuchten zu singen, doch schnell ging ihr Gesang in qualvolles Brüllen, in Jaulen und Krächzen über – dann war es vorbei.

Am Fuß des Scheiterhaufens standen zwei Dominikanermönche und ein Priester, drei rohe Gesellen, die keinerlei Gemütsbewegung erkennen ließen, umgeben von Bütteln in grobem Wams. Der Priester hielt mit der Rechten ein kleines Kruzifix hoch. Er betete laut.

Dann, mit Blick auf das weiter lodernde Feuer, rief er mit durchdringender Stimme: »Gottes Wille ist geschehen. Gott wollte es so. Amen.«

Die Menge wich langsam zurück, zerstreute sich nun, angstvoll und schweigend zunächst, flüsternd und schwatzend in sicherer Entfernung. Einige der Bauern blieben aber und ließen sich den Anblick des verglühenden, in Asche übergehenden Ketzerpaares nicht entgehen.

Der Mönch brach das Schweigen.

»Es versteht sich von selbst«, sagte er, »dass wir uns hier, im Reich des französischen Königs, nicht in diese Angelegenheit einmischen dürfen.«

Er hatte Tschechisch gesprochen.

»Mann Gottes«, so stellte ich nach einiger Zeit richtig, »wir sind ohnehin zu spät gekommen, was hätten wir tun können? Nichts.«

Ich fragte ihn, ob er erfahren wollte, was sich diese armen Christenmenschen hätten zuschulden kommen lassen. Er schüttelte den Kopf.

Ich aber wollte es wissen.

Ich sprach einen zahnlosen Alten neben mir an, einen gekrümmten Mann mit vernarbten Wangen, dessen Knoblauchgestank nur schwer zu ertragen war. Ich fragte ihn, was hier in diesem Ort geschehen sei.

»Ihr Herren, Ihr kommt aus fremden Landen«, so lispelte er, in kaum verständlichem Französisch, »wisset Ihr nicht, dass unser Königreich schon seit Jahren von bösen Zauberern verhext wird? Dass wir unter dem Fluch der Zauberei stehen? Dass unsere Ernten seit Jahren verdorben werden? Dieser Mann da«, er zeigte auf das, was sich im allmählich erlöschenden Feuer noch als menschlicher Körper ausmachen ließ, »war einer der bösen Zauberer – Jaquier war sein Name, Jaquier der Hexer, der die Aussätzigen zur Ausrottung der Christen aufstachelte, Jaquier der Hexer, der die Juden zur Brunnenvergiftung aufrief! Er hat den Tod verdient, mehr als einmal hat er den Tod verdient!«

Einer der Dominikaner kam gemessenen Schrittes auf uns zu.

Wir sagten ihm, dass wir zum Gefolge des römischen Königs gehörten, der in Crécy an der Seite Frankreichs gekämpft hatte.

»Brüder in Christo, das ist ein Tag großer Freude«, sagte er laut, ohne auf unsere Worte einzugehen, »Ihr seid heute Zeugen, dass das geistliche Gericht der heiligen Inquisition im Namen Gottes Recht gesprochen hat. Danket Gott, dass Ihr dabei sein durftet, wie ein verdammungswürdiger Ketzer und Zauberer zum wohlverdienten Tod verurteilt wurde. Dieser Gottlose, der verfluchte Jaquier, und seine gottlosen Anhänger haben Zusammenkünfte mit einem bösen Geist namens Artysonne gehabt, sie bewirteten ihn mit roten Hähnen und Pfauenaugen, sie bereiteten Pulver und Salben aus dem Fett und Hirn ungetaufter Kinder, sie kochten giftige Suppen im Schädel eines vom Galgen gestohlenen Verbrechers! Taufwasser mischten sie mit Urin – und sie selbst vermischten sich fleischlich mit dem Teufel!«

Er war immer erregter geworden, bis sich zum Schluss seine Stimme überschlug. »Das Mädchen, Alice hieß es, verführten sie, gemeinsam verhöhnten sie dann das heilige Messopfer unter heidnischen Formeln und bösartigen Verwünschungen! Sie verachteten die Sakramente der Kirche, sie frönten der Unzucht, sie nannten die römische Kirche eine babylonische Hure! Sie vermählten neugeborene Kinder den Dämonen! Ihre Zauberei brachte Missgeburten und Missernten über uns! Es starben Menschen und Vieh durch die Niedertracht ihres Zaubers! Und denjenigen der armen Leute hier, die Glück hatten und nicht durch die Bosheit des Hexers starben, sind Nägel und Haare ausgegangen!«

Der zahnlose Alte strich sich übers ungewaschene Gesicht und wackelte zustimmend mit dem Kopf.

Unser Mönch schaute sich um, er hob kurz die Rechte, um anzudeuten, dass er etwas sagen wollte.

»Bruder Prediger« – so sprach er den Dominikaner an, die Dominikaner heißen nämlich eigentlich Orden der Predigerbrüder – »niemand ist frei von Sünde, niemand ist frei von Schuld, heißt es in der Schrift. Jedermann weiß, dass Ihr nur zum Guten unseres geheiligten christlichen Glaubens verfahren seid. Doch gestattet mir eine Frage: Woher habt Ihr die Gewissheit, dass dieser, von Euch als Ketzer benannte Jaquier all diese scheußlichen Untaten begangen hat?«

Der Dominikaner blickte ihn überrascht an, das Blut wich aus seinem Gesicht, er wurde schlagartig blass, ja todbleich, mit kaum verhüllten Hass sah er zur Richtstätte, in der die Flammen verglommen waren.

»Eine seiner Buhlen hat als Erste alles gestanden, und auch die kleine Alice hat gestanden, nach ihrer Geißelung hat sie gestanden, dass Jaquier der Hauptzauberer sei, sie hat ihn den Großmeister und Lehrer aller Zauberer des Landes genannt – und nachdem wir Jaquier unter der Folter sechs Mal verhört haben, hat auch er gestanden!«

Um uns herum hatte sich ein freier Platz gebildet. Es herrschte eine angespannte Stille.

»Lasst uns gehen«, sagte da der Mönch, der Beichtvater des toten Königs, und drehte sich zu uns, die wir hinter ihm standen,

»hier ist nach der Wesenheit und den Richtmaßen der heiligen römischen Kirche geurteilt worden.«

Und zu den drei Klerikern sagte er: »Gott sei Euch gnädig – für all das, was Ihr in seinem Namen tut!«

Wir gingen schweigend zu unseren Pferden, misstrauisch beäugt von den Bauern. Henri, der pflichtgemäß bei den Pferden zurückgeblieben war, kläffte ein wenig.

»Offenkundiges Unrecht ist hier geschehen«, der Mönch nestelte am Gürtel seiner Kutte, »warum wehren sich die Menschen nicht dagegen?«

Er blickte uns aus kalten Augen an.

»Diese Hunde, sie nennen sich Hunde des Herrn, die Dominikaner, und sie sind stolz darauf, jedes Jahr Tausende den Flammen zu überliefern.«

»Mönch, wie meint Ihr das? Ihr haltet nicht viel von diesen Predigerbrüdern?«

Er saß als Erster auf, ohne zu antworten.

Wir ritten am Feuer vorbei, mir schauderte erneut, die Büttel würdigten uns keines Blickes. Der Priester hatte sich niedergekniet und betete schon wieder.

Am Ortsausgang lenkte der Mönch sein Pferd neben meinen Braunen.

»Wenn ich das schon höre: Die Buhle hat gestanden, das Mädchen hat gestanden, nach der Geißelung wohlgemerkt, der Hexer hat gestanden, unter der Folter – verbrannt hätte man sie auch, wenn sie nicht gestanden hätten! Wer einmal in die Fänge der Inquisition gerät, hat so gut wie keine Aussicht davonzukommen!«

Ob wir schon einmal bei einem Verhör dabei gewesen seien, fragte er Pavel und mich.

Natürlich nicht, antworteten wir, wie aus einem Mund – ich hatte allerdings, so fügte ich an, schon einige Male gesehen, wie Ketzer verbrannt worden sind.

»Die Henker und Folterknechte sehen es als Schimpf an, wenn ein Beschuldigter ohne Geständnis verurteilt wird! Als ob sie ihre Kunst – ja, so nennen sie ihr schmutziges Handwerk – gleichsam nicht erlernt hätten.«

Er habe einmal erlebt, wie in Niederbayern, wo er herkomme, ein altes, armseliges Weib, das nicht in die Kirche zu gehen pflegte, der Tortur unterzogen worden war – irgendjemand hatte es beschuldigt, mit dem Teufel zu paktieren und das Viehsterben verursacht zu haben.

»Wisst ihr, was man mit dieser Weibsperson alles angestellt hat?«

Es sei schon Beweis ihrer Schuld gewesen, dass sich ihr Körper bei der Festnahme kalt angefühlt habe.

»Und dann hat der Scharfrichter ihr die Hände gebunden und sie auf eine Leiter gezogen, und dann hat er angefangen, ihr Schrauben zu setzen, und er hat auf allen Punkten so geschraubt, dass ihr das Herz im Leibe gebrochen sein muss! Weil sie aber trotz solcher Marter nichts bekannte, musste die Tortur wiederholt werden, man hat ihr die Haare abgeschnitten und Branntwein auf den Kopf gegossen, ihr Schwefelfedern unter die Arme und an den Hals gebrannt, danach hat man ihr Gewichte auf den Rücken gelegt und sie an einem Seil hochgezogen, dann hat man ihr ein ungehobeltes Brett mit Stacheln auf den Rücken gelegt, der Meister hat ihr die Beine geschraubt, dass das Blut aus den Zehen spritzte, dann wurde sie mit der Karbatsche jämmerlich um die Lenden geschlagen« – er stockte – »soll ich weiter erzählen? Nein? Reicht es euch? Die arme Alte hat man nach Tagen der Marter schließlich dann doch verbrannt – weil sie so verstockt war und nicht zugeben wollte, eine Hexe zu sein.«

Pavel und ich schauten uns an.

»Am liebsten aber verhören sie Jungfrauen und junge, ehrbare, schamhafte Weiber – der Scharfrichter muss die Beschuldigte entkleiden und am ganzen Körper betasten und nach verborgenen Zaubermitteln oder Amuletten suchen, dabei wird das Weib auf eine Streckbank gebunden und ist so den rohen und schmutzigen Händen der Henkersknechte überlassen, aber auch Richter und Dominikaner besehen sich gern den bloßen Leib, ob sich die Weibsperson etwa durch übersinnliche und zauberische Kunst unempfindlich gemacht habe, und damit auch nichts verborgen bleibt, schneiden und sengen sie mit einer Fackel die Haare allenthalben ab, auch an der Stelle, die man vor züchtigen Ohren nicht nennen darf – und dann begucken sie alles, auf das Genaueste. Und hier und da treiben anschließend die Büttel und Gerichtsdiener noch die scheußlichste Unzucht mit der Unglücklichen, auf

Rechnung des Teufels versteht sich, egal, wie alt die Beschuldigte ist, selbst unmannbare Mädchen sind da schon genotzüchtigt worden, bis sie zu Tode kamen.«

Warum erzählte er uns das? Und woher wusste er das alles? Mir wurde ganz mulmig – ich hatte immer geglaubt, die Inquisition sei eine Institution, die zum Schutze der Gläubigen vom Heiligen Vater eingesetzt worden sei.

Der Mönch zügelte seinen grauen Gaul. Er blickte uns beide an, mit leeren, traurigen Augen.

»So, meine Brüder, sind sie, unsere Gesetze, im Namen der Botschaft Christi erlassen, vom Herrn Papst in Rom, dem Stellvertreter Christi auf Erden, ausdrücklich gutgeheißen: grausam und unerbittlich, so sind sie, unsere Gesetze – wo doch unser wahrer Herr, Jesus Christus, der Sohn Gottes, ausdrücklich Liebe, Barmherzigkeit und Vergebung gepredigt hat.«

Er stieß einen Seufzer aus.

»Und wie die Gesetze – so sind auch die Menschen: grausam und unerbittlich.«

Ich fühlte, dass ich in irgendeiner Weise widersprechen musste.

»Mönch – ich denke, Ihr beleidigt die römische Kirche, wenn Ihr so sprecht, und zudem glaube ich, Ihr liebt die Menschen nicht.«

Er blickte zum Himmel.

»Es sind die Christenmenschen selbst, die mich oft daran hindern, sie zu lieben. Ich gehöre zu den Betenden, den *oratores*, zu denen, die durch ein gottgefälliges Leben das göttliche Heil auf die Menschen in all ihrer Schwachheit und Sünde lenken sollen. Ich habe mein ganzes Leben dem christlichen Glauben geweiht. Doch manchmal zweifle ich, ob ich an das Gute in dieser Welt glauben kann – wofür, nach welchem göttlichen Plan, leben die Menschen? Leben sie dafür, sich Geld und Besitz anzueignen? Leben sie dafür, Macht auszuüben, ihre Mitmenschen um Hab und Gut zu bringen, sie zu töten? Leben sie, um ihre Gelüste auszutoben? Leben sie nur für ihre gemeinen Triebe?«

Er fuhr sich mit beiden Händen über das Gesicht.

»Es gibt, so sagt mir meine Vernunft, keine Gerechtigkeit und keine Tugend auf dieser Welt. Machtgier, Geldgier, Geilheit – das sind die Beweggründe der Menschen, dieses Leben zu führen.«

Pavel und ich schwiegen weiterhin.

Sollten wir, die wir doch gemeine Sünder waren, einen Diener des Herrn eines Besseren belehren?

Doch dann sagte der Mönch etwas, was ich nie vergessen werde.

»Wenn Christus heute auf die Erde käme, wo sollte er dann wohnen? Gnädiger Gott im Himmel, wo sollte dein Sohn dann wohnen?«

Er gab sich selbst die Antwort, mit leiser, bebender Stimme: »Christus kann nicht bei den Prälaten wohnen, die sich im Reichtum suhlen. Zuflucht wird ihm verweigert von den Rittern, die den Raub rechtfertigen. Es gibt keine Unterkunft für ihn bei den Städtern, denn in den Städten wohnen Diebstahl, Betrug und Eigensinn und allerorten Unzucht. Er wird abgewiesen von den Kaufleuten, die von Lüge und Gewinnsucht beherrscht werden. Er hat keinen Platz in den Gemeinden, weil dort Unwissenheit, Begierde, Rohheit und Blutgier herrschen. Wo aber soll Christus wohnen? Nur bei den Armen Christi – und über die steht geschrieben: Selig sind die Armen im Geiste.«

Abschied in Luxemburg

Zwei weitere Tage ritten wir durch die Wälder. Die Ardennen lagen nicht außerhalb der Gesetze, das hatten wir gesehen – schon die ersten fränkischen Könige, die langhaarigen Könige aus dem von Gott auserkorenen Geschlecht der Merowinger, hatten weite Flächen bewaldeten Landes unter ihre persönliche Verfügungsgewalt gestellt und zu herrschaftlichen Forsten erklärt, zu Land, zu dem den Untertanen der Zugang verwehrt war. Damit hatten sie den wilden und den wild lebenden Tieren des Waldes, Auerochsen, Hirschen und Rehen, Wölfen und Bären, Füchsen und Luchsen, Hasen und Kaninchen, Dachsen und Bibern und allen Waldvögeln in gewisser Weise das Überleben gesichert – und sich zugleich ein wichtiges königliches Recht, das der Jagd.

Von den Königen war das Jagdrecht allmählich auf den Adel übergegangen, und der wahrte es mit strenger Selbstsucht. Grausamste Strafen erwarteten den Gemeinen, der es wagte, das geringste Stück Wild zu töten, ein früherer Graf von Luxemburg soll, so wurde uns erzählt, einen armen Landmann, der einen Hasen mittels einer Falle gefangen hatte, gezwungen haben, selbiges Tier mit Haut und Haaren aufzuessen.

Der südliche Teil der Ardennen gehört zur Markgrafschaft Arlon und damit zum Herrschaftsbereich der Grafen von Luxemburg. Viele der Ritter und Trossknechte fühlten sich schon wie zu Hause, als wir die Wälder durchquerten, die Stimmung stieg allmählich, einen Überfall von Strauchdieben brauchten wir nicht zu fürchten, da unser Trupp aus mehr als hundert Reitern bestand. Auch Karl, als Graf von Luxemburg der Lehnsherr des Adels dieser Region, strahlte eine gewisse Zuversicht aus, je mehr wir uns der Stadt Luxemburg näherten. Er hatte einen Herold vorausgeschickt, der seine baldige Ankunft vermelden sollte.

Es war nicht das erste Mal, dass ich nach Luxemburg kam.

Ich kannte Stadt und Grafschaft, seitdem ich in die Dienste Johanns getreten war. Auch als böhmischer König weilte Johann immer wieder gern in seiner Geburtsstadt, vor allem in seinen letzten Lebensjahren, als er schon erblindet war.

Den *blannen Jan*, so nannte man ihn im Luxemburgischen. Die einfachen Leute in der Grafschaft sprachen das Letzeburgische, einen deutschen Dialekt, die Edelleute waren aber schon lange dazu übergegangen, sich des Französischen zu bedienen, Französisch war Amtssprache in Luxemburg, neben dem Latein, der Sprache der Kirche, der Sprache der Gebildeten.

Lützelburg, die kleine Burg – unter diesem Namen wird Luxemburg in alten Urkunden und Chroniken erwähnt. Die Stammburg der Grafen befand sich auf dem Bockfelsen. Johann hatte oft von seinen Vorfahren erzählt, die die Lützelburg im zehnten Jahrhundert erworben hatten. Ins Schwärmen geriet er aber stets, wenn die Rede auf seinen Vater kam, Heinrich von Luxemburg, der Anno Domini 1308 zum römischen König gewählt worden war. Viele – auch verständige – Leute hatten damals vom »kleinen Grafen« gesprochen, weil Heinrich nicht zu den Großen des Reiches zählte, doch sein Herrschaftsbereich umfasste neben Luxemburg die Grafschaften Laroche und Durbuy sowie die Markgrafschaft Arlon, damit war er einer der bedeutendsten Herren an der Grenze zur Wallonie und zu Frankreich. Auch Heinrichs Muttersprache war das Französische gewesen, die Sprache seiner deutschen Untertanen beherrschte er nur mangelhaft.

In Luxemburg war man noch immer stolz auf Heinrich, der es im Jahre 1312 nach der Geburt unseres Erlösers sogar geschafft hatte, in Rom zum *Imperator Romanorum*, zum Kaiser der Römer, gekrönt zu werden. Sein früher Tod, im Jahr darauf, war in der Stadt wochenlang betrauert und als großes Unglück gedeutet worden.

Karl, Heinrichs Enkel, ihren neuen Landesherrn, empfingen die Luxemburger mit geziemender Unterwürfigkeit, aber ohne jede Herzlichkeit. Wir hatten Luxemburg am dreißigsten Tag des Monats September des Jahres 1346 erreicht, am Festtag des heiligen Hieronymus; vor der neuen, noch nicht vollendeten Stadtmauer, die Ober- und Unterstadt miteinander verbinden sollte, waren die Repräsentanten des Bürgertums, Stadtrichter, Schöffen und Zunftmeister, vollzählig erschienen, nicht aber die Angehörigen der hohen Geistlichkeit, des Lehnshofes und der gräflichen Verwaltung.

Karl besuchte Luxemburg, das Stammland seines väterlichen Hauses, erstmals seit 1333, und das Misstrauen ihm gegenüber, dem *Boemus*, dem Tschechen, wie man hier sagte, war offensichtlich groß. Seine kurze Ansprache in französischer Sprache schloss er mit dem Hinweis, dass er bald in sein Königreich Böhmen gehen werde; alle Luxemburger rief er auf, ihn im Kampf gegen Ludwig den Bayern, der vom Papst nicht anerkannt werde und sich zu Unrecht noch immer Kaiser nenne, tatkräftig zu unterstützen.

Es gab zurückhaltenden Beifall, und die Stadtrichter versicherten ihm, dem erstgeborenen Sohn des allseits geliebten Königs Johann, stete Treue und Anhänglichkeit zu bewahren.

Wir wohnten im gräflichen Schloss auf dem Bockfelsen, einem langen und schmalen Sandsteinrücken, der sich vom Hochplateau der Oberstadt in östlicher Richtung erstreckte. Im Burghof war Karl von den Amtsträgern der Grafschaft begrüßt worden, Marschall, Rentmeister und Propst, wie man in Luxemburg den Amtmann nannte, sie leisteten ihm anschließend im großen Saal der

Burg den Treueid; der Seneschall, der oberste Beamte, fehlte indessen.

Noch am selben Abend ließ Karl den Sarg seines Vaters in die Abtei Altmünster bringen. Die Mönche waren vorbereitet – sie betteten den Leichnam Johanns in einen mächtigen und prunkvollen Steinsarkophag um. Einige böhmische Herren hatten darum gebeten, die Heimreise ohne langen Aufenthalt in Luxemburg fortsetzen zu dürfen, sie nahmen in der Abteikirche Abschied von ihrem toten König. Ich schloss mich ihnen an, stand hinter den Rittern in der zweiten Reihe und betete für Johanns Seelenheil; fast siebenunddreißig Jahre hatte ich seinem Gefolge angehört, niemand hatte ihn so gut gekannt wie ich – und ich hatte ihn verehrt und verflucht, bewundert und verabscheut, geliebt und gehasst.

Als ich die Kirche verließ, teilte mir Pavel mit, dass uns der junge Herr König zum Abendessen erwarte, das die Stadt Luxemburg zu seinen Ehren heute ausrichtete. Etwa fünfzig Leute seien geladen, wusste Pavel, die Stadtrichter, die zwölf Zunftmeister, die Äbte der vier Klöster der Stadt, die Pfarrer der Gemeinden und natürlich die Mitglieder des gräflichen Rates sowie einige Herren aus der Umgebung – »und wir beide«, wie Pavel nicht ohne Stolz ergänzte.

Wir kamen etwas zu spät ins Haus Adler am Neuen Markt, was uns böse Blicke eintrug. Karl saß allein an einem erhöhten Tisch, ihm am nächsten waren Schöffen und Zunftmeister platziert, die das Mahl – wie mehrfach betont wurde – bezahlt hätten. Uns wies man zwei Plätze an einem der äußersten Tische zu, wo gerade die ersten Speisen aufgetragen wurden. Eine junge hübsche Frau stellte gelassen mehrere Schüsseln auf unseren Tisch, eine enthielt gebratenen Schinken mit Korinthen und kostbarem Pfeffer, die anderen Rindfleisch, Grünfleisch, Binger Wurst, sauren Kappes, Pastetchen mit Lammfleisch und noch einiges mehr.

Ein Herr von Remich, der Propst und oberste Schöffe der Stadt, erhob sich.

»Wir ehren heute unseren Landesherrn, den gnädigen Herrn Karl, den unbesiegbaren König der Römer und König von Böhmen, zugleich aber Graf von Luxemburg – Gott möge ihn segnen und ihn schützen auf allen seinen Wegen!«

Gastgeber und Gäste standen auf und wollten auf das Wohl des Königs trinken – doch in diesem Augenblick betrat der Seneschall der Grafschaft, Peter von Echternach, den Saal.

»Dieser Mann« – er zeigte auf Karl – »nennt sich zu Unrecht Graf von Luxemburg!«, rief er mit schriller Stimme. »Unser neuer Landesherr heißt Wenzel, so hat es der gute König Johann bestimmt!«

Einige Gäste hielten erschrocken, ja wie betäubt, die Hand vor den Mund. An den Tischen machte sich betretenes Schweigen breit.

Der Seneschall schwenkte ein Pergament – »das hier ist das Testament des Königs, und darin ist verfügt, dass sein drittgeborener Sohn Wenzel die Nachfolge in der Grafschaft antreten soll.«

Dieser Wenzel war ein Halbbruder Karls, er stammte aus Johanns zweiter Ehe, die der König mit Beatrix von Bourbon eingegangen war, Anno Domini 1334. Johann hatte es sich nicht nehmen lassen, diesen Sohn auf den Namen taufen zu lassen, auf den bereits sein Erstgeborener getauft worden war – es war sein letzter, vergeblicher Versuch gewesen, die Liebe seiner böhmischen Untertanen zu gewinnen.

Karl, der einst Wenzel hieß, hatte sich nun auch erhoben.

»Bürger der Stadt Luxemburg, hört gut zu: Es ist richtig, was der Herr von Echternach sagt – König Johann hat die Grafschaft meinem Herrn Bruder zugedacht.«

Die Bürger blickten überrascht auf, flüsterten miteinander und raunten sich etwas zu. Alle Augen waren auf Karl gerichtet.

»Und deswegen, Herr Karl«, rief triumphierend der Seneschall, »widerspricht es den Privilegien und Gewohnheiten Luxemburgs, wenn Ihr Euch wider alles Recht anmaßt, das Regiment der Grafschaft an Euch zu reißen.«

Karls Augen funkelten. Doch er ließ sich seine Erregung ansonsten nicht ansehen.

»Schöffen und Amtsmeister«, so sprach er mit fester Stimme, »mein Bruder Wenzel ist, wie Ihr wisst, neun Jahre alt! Wir aber haben beschlossen, die Herrschaft, die uns kraft göttlicher Gnade zusteht, nicht in eigener Person anzutreten – zum Verwalter der Grafschaft, zu Eurem neuen Herrn, haben wir unseren hochverehrten Oheim, den Erzbischof von Trier, eingesetzt, er wird Eure

Geschicke lenken bis zu seinem Tode, so haben wir vereinbart, erst dann werden wir Luxemburg dem Herrn Wenzel übertragen.«

Dass er die ganze Grafschaft mit allen Einnahmen an den Erzbischof verpfändet hatte, gab er nicht preis. Aber es war alles in allem ein geschickter Schachzug – Balduin von Trier, sein Oheim, galt als friedliebender und gütiger Landesherr, und es war abzusehen, dass er zum Wohle der Luxemburger Bürger regieren würde.

Und so wurden auch schon die ersten Beifallsrufe laut, *»Vivat Balduinus«*, und sie klatschten in die Hände, die Luxemburger.

Karl ging, wie stets sehr beherrscht, auf den Seneschall zu.

»Peter von Echternach, Ihr habt es an der pflichtschuldigen Ehrerbietung fehlen lassen, die Uns als römischem König und als König von Böhmen zusteht! Aus diesem Grund entsetzen Wir Euch hiermit Eures Amtes – und Ihr dürft Euch glücklich schätzen, dass Ihr diesen Saal als freier Mann verlassen könnt! Raus mit Euch!«

Dann wandte er sich an den Propst: »Gebt den Spielleuten ein Zeichen, sie sollen aufspielen.«

Peter von Echternach verließ bedröppelt den Saal, unter wüsten Verwünschungen der Anwesenden.

Weil viele Menschen in Luxemburg den Tod Johanns aufrichtig betrauerten, hatte man die Spielleute im Haus Adler wohl angewiesen, das Publikum lediglich mit leiser Musik zu unterhalten.

Das Festmahl nahm seinen Fortgang. Die Handwerker hatten es sich in der Tat etwas kosten lassen – zum zweiten Gang, den der Pfarrer der Nikolauskirche mit einem Segenswunsch für das Luxemburger Land und seine Bewohner eröffnete, wurden in großen Schüsseln gebratene Hasen, Rehbollen, Stücke vom Wildschwein, Kapaune, Schnepfen, Feldhühner, Krammetsvögel, Wachteln, Oliven, Kapern und dergleichen mehr aufgetragen. Wir langten kräftig zu, hörten den Spielleuten zu und unterhielten uns mit unseren Nachbarn über belanglose Dinge, dabei wurden immer wieder die Becher nachgefüllt. Pavel hatte für kurze Zeit einen Schluckauf, worüber sich unsere Tischgenossen köstlich amüsierten.

Zum Abschluss des Mahls gab es Gebäck und Marzipan, und

auf jedem Tisch standen vierundzwanzig Schalen, voll mit Äpfeln, Birnen, Trauben, Kastanien, Mispeln, Mandeln, Datteln, gezuckertem Koriander und Anis.

Der junge Herr König – mittlerweile nannte ich ihn auch so – hatte nach dem Zwischenfall nur wenig zu sich genommen, kaum etwas getrunken und die ganze Zeit geschwiegen.

Als er aufstand, unterbrachen die Musikanten ihr Spiel. Er dankte seinen Luxemburgern für die erwiesene Ehre und lud sie ein, in drei Tagen am Begräbnis seines Vaters teilzunehmen.

Dann verließ er den Saal, gefolgt von einigen seiner Ritter.

Wir machten uns nun auch auf den Weg in die Burg, Karl und seine Begleiter ritten nicht weit vor uns auf der gepflasterten Straße voraus, einige Reiter trugen Fackeln. Es war schon still in der Stadt, allein der Klang der Pferdehufe erfüllte die Nacht.

Als wir den Burghof erreichten, hörten wir lautes Bellen – Henri, den wir einem Diener anvertraut hatten, rannte auf uns zu, sprang mich an, aber ganz spielerisch, ich musste ihn beruhigen, er bellte noch immer, als er um uns herumtollte. Schließlich rief ich ihm auf Deutsch zu: »Nieder!«, und er legte sich brav auf die Erde. Nur seine Ohren spielten. Er hob seine weiße Schnauze, bleckte die Zähne, stellte den Kopf schräg und blickte mich unwiderstehlich aus treuherzigen Augen an.

»Einen idealen Gefolgsmann hast du da, Andreas! Er ist wachsam, er ist dir treu, und er gehorcht dir, und er wird dich nie verraten – das ist, so solltest du wissen, äußerst selten.«

Es war Karl, der lachend am Fenster eines Zimmers im ersten Stockwerk stand, er hatte uns zugesehen. Er beugte sich vor.

»Ich würde gern noch ein paar Worte mit dir wechseln, Andreas – komm hoch, trinke ein Glas Wein mit mir.«

Pavel nahm sich des Hundes an, ich eilte die Treppe hoch. Karl empfing mich in einem Nebenzimmer seiner Gemächer, die Wandmalereien waren zu einem geringen Teil durch eine Blendlaterne erhellt. Ein Diener wurde angewiesen, einen leichten Wein zu bringen. Wir saßen an einem kleinen Tisch.

»Was zieht dich nach Köln zurück?«

Es war genau die Frage, die sich mir auch stellte, seit der Schlacht und dem Tod meines Königs.

Ich wollte gerade einen Schluck trinken, setzte nun aber den Becher ab.

»Sire« – ich zögerte – »das ist eine Geschichte, die man nicht in wenigen Worten erzählen kann, wollt Ihr sie wirklich hören?«

Karl gab mir zu verstehen, dass er noch nicht müde sei.

Womit sollte ich beginnen?

»Majestät, nun, wo Euer Herr Vater tot ist, bin ich ein freier Mann. Ihm allein hatte ich Treue geschworen, wie Ihr wisst. Es gibt eigentlich nur einen Grund, nach Köln zurückzukehren – ich möchte endlich erfahren, wer meinen Vater und meine ganze Familie ermordet hat.«

Der König blickte erstaunt auf.

Es verging eine kleine Weile, in der keiner etwas sagte.

»Wann sind diese Morde geschehen?«

Ich erzählte es ihm.

Vielleicht, weil ich schon ein wenig getrunken hatte, traten die Januartage des Jahres 1309 mit großer Deutlichkeit in meine Erinnerung – ich sah, wie mein Vater mit einem Messer im Rücken zu Boden fiel, wie ich mit einem alten Juden zu unserem Haus schlich, ich schilderte, wie ich in die Küche trat – und brachte es dann gerade noch über mich, Karl zu berichten, dass die Mörder fünf Kinder geköpft hatten, meine Geschwister, fünf unschuldige Kinder, und dass sie auch meine Mutter getötet hatten, dann stockte ich.

Mir war zum Weinen zumute, doch die Tränen blieben aus.

König Karl wartete einen Moment.

»Wer hat dieses abscheuliche Verbrechen begangen? Willst du Rache, willst du Vergeltung?«

Ich schüttelte den Kopf.

Dem Vater, so fasste ich meine Vermutungen zusammen, hatten die Patrizier eine Falle gestellt, da war ich mir sicher, und womöglich hatten sie dann auch die Familie umbringen lassen, nur wenige Stunden später.

Ich musste aber eingestehen, dass ich keinerlei Ahnung hatte, warum – es gab für diese Tat keinen Grund, es gab keine Anhaltspunkte, die man deuten konnte, die sich zu einer Erklärung fügen ließen. Das Rätselhafte an diesem Mord hatte mich all die Jahre verfolgt, beinahe jede Nacht versuchte ich zu erklären, was sich nicht erklären ließ. Ich sagte dem König, dass ich nicht einmal wüsste, wen ich für die Morde namhaft und verantwortlich machen könnte. Einige Patrizier, gab ich zu bedenken, hätten den Vater gehasst, weil er an den Grundlagen ihrer Macht in der Stadt rüttelte – »doch ist das ein Grund, eine ganze Familie, eine Mutter und fünf Kinder auszulöschen?«

»Wenn es um Macht und Geld geht, ist alles möglich, ist alles denkbar. Macht und Geld gehören zusammen, sie sind wie Geschwister, die sich über alle Maßen lieben, und sie sind die Versuchungen, denen Menschen, soweit sie schwach sind, immer wieder zu erliegen pflegen, oft genug sogar mit großer Lust. Doch bedenke, Andreas: Wir alle sind schwach.«

Karl sprach diese Sätze in ruhigem Tonfall, fast grüblerisch.

Nach einer kurzen Pause wollte er wissen, wie es sich ergeben hatte, dass ich in den Dienst des Königs Johann getreten sei.

Ich erzählte ihm, dass ich Johann – »Eurem Herrn Vater, Majestät« – als Dolmetsch gedient hatte.

Der Gedanke, nach Luxemburg zu gehen, sei mir aber erst später gekommen.

»Nach dem Unglück, das meine Familie ereilt hatte, blieb mir keine andere Wahl, als mich zu verstecken. Was hätte ich, ein fünfzehnjähriger Jüngling, schon gegen die Macht der Kölner Patrizier ausrichten können?«

Karl schwieg.

Kölner Juden, so fuhr ich leise fort, hätten mir für einen Tag und eine Nacht Unterschlupf gewährt. Als aber bekannt gemacht worden war, dass mein Vater den Sohn eines Patriziers ermordet hätte und man mir, dem flüchtigen und offensichtlich einzigen Überlebenden der Familie Hemmersbach, den Mord an meiner eigenen Mutter und meinen Geschwistern in die Schuhe schieben wollte, da hätten mich die Juden aus der Stadt geschmuggelt.

»Das Hohe Gericht hat mich für vogelfrei erklärt, zur rechtlosen Kreatur, die von jedermann ohne Strafe totgeschlagen werden durfte – und so flüchtete ich zu meinen Großeltern in den Hunsrück.«

Die Eltern meiner Mutter lebten damals, im Jahre 1309 nach der Geburt unseres Herrn, im Dorf Mannebach, das dem Erzbischof von Trier untertan war; meine Großeltern väterlicherseits waren schon lange tot. Mannebach liegt zwischen Saar und Mosel, nur ein paar Meilen von der Stadt Grevenmacher entfernt, die zu Luxemburg gehört. Einige Dörfler wussten sogar, dass der Graf von Luxemburg zum König gewählt worden war – dank der Bemühungen seines Bruders, wie sie stolz sagten, des Herrn Balduin, ihres Herrn, des Bischofs von Trier. Im Dorf kannte man mich, weil ich als Kind mehrere Sommer in Mannebach verbracht hatte. Mein Großvater, ein baumlanger Mann mit einem kantigen Bauernschädel, der durch eine große Nase verunziert war, strahlte eine unglaubliche Herzenswärme aus, nie hatte ich ihn fluchen hören. Die Großmutter behandelte er mit rührender Fürsorge, alle Leute im Dorf schätzten ihn wegen seiner Güte und Hilfsbereitschaft – »warum sich streiten«, so sagte er oft, »wenn man sich helfen kann?«

Er befürchtete mit Recht, dass die Kunde der Kölner Mordfälle bis ins Dorf dringen könnte. »Die Häscher des Hohen Gerichts sind überall«, pflegte er zu sagen. Er meinte das Trierer Hofgericht, ich fürchtete indessen die Häscher des Erzbischöflichen Gerichts in Köln. Er führte mich schließlich in einen Weiler namens Helfant, unweit der Mosel gelegen, wo ich auf dem Hof eines entfernten Verwandten untergebracht wurde.

Meine Großmutter hatte die Nachricht vom Tod ihrer Tochter und ihrer Enkelkinder in tiefe Schwermut versetzt. »Wenn ich gewusst hätte, in welcher Gefahr sie sich befunden haben, so wäre ich zu den sieben Kreuzen gepilgert, hätte die sieben Fußfälle – die sewwen Fossfäll – in Daun gemacht«, hörte ich sie mit tränenerstickter Stimme flüstern. »Wo hat man sie beerdigt?«, fragte sie immer wieder. Und oft verfiel sie dabei in ihren Eifeler Dialekt: »Us dr Nut kütt mr en dr Dut.«

Sie stammte aus Waldkönigen, einem Dorf ganz in der Nähe von Daun.

Der König hörte mir stumm zu. Nur einmal unterbrach er mich.

»Du warst fünfzehn Jahre alt, als deine Mutter von dieser Erde ging – ich war nur etwas älter, als meine Mutter, die Königin Elisabeth, die wir beide doch so liebten, starb.«

Er legte seine rechte Hand behutsam auf meinen Unterarm.

Ich spürte zum ersten Mal wieder Schmerzen im linken Arm. Ich blickte ihn an – und war ihm dankbar für diese Geste.

Aus der Not kommt man in den Tod. In Helfant war es umgekehrt. Der Sohn einer Base des Vetters meines Großvaters – er hieß Werner, alle riefen ihn aber aus unerfindlichen Gründen Mättes – behandelte mich wie ein Stück Vieh. Er war Höriger des Herrn von Bilzingen, und er glaubte wohl, dass sein Schweigen nur durch einen möglichst hohen Ertrag meiner Arbeitskraft aufgewogen werden könne. Und so ließ er mich unausgesetzt arbeiten – es war die Zeit der Frühjahrsaussaat, und ich musste vom Morgengrauen an, oft bei eisiger Kälte, pflügen. Er hatte mir einen altertümlichen Pflug, der von zwei Ochsen gezogen wurde, bereitgestellt, hinter dem ich Tag für Tag durch die Furchen ging, bis die Füße in den Stiefeln zerschunden waren. Nachts ließ er mich die Schafe hüten, morgens, wenn ich zurückkam, musste ich beim Melken helfen. Zu essen gab es nur Brot, den Durst löschte ich mit Quellwasser und Schafsmilch. Etwa drei Monate lang hielt ich diese Qual aus, ständig vom Schlaf bedrängt, von dauernder Müdigkeit gepeinigt, bedroht von Schlägen. Ich war nahe dran, Werner umzubringen, immer wieder malte ich mir aus, wie ich ihm ein Messer in den Leib rammte, ich wollte Rache für die Demütigungen, die er mir zugefügt hatte. Doch dann dachte ich an meinen Großvater – er hatte diesen Unmenschen gebeten, für mich zu sorgen, und er war überzeugt davon, dass der Vetter genau das tat. Und ich verspürte letztlich keine Lust, diesem grobschlächtigen, jähzornigen Bauern zu erklären, dass ich aus einer Stadt stammte, in der es keine Sklaven mehr gab. Und so dachte ich immer wieder daran, was Johann, der Sohn des römischen Königs, mir in Köln gesagt hatte: »Du kannst jederzeit in mein Gefolge eintreten.«

Eine Tages war der Gedanke zum Entschluss gereift.

Was hatte ich zu verlieren? Nichts. Gar nichts.

Karl blickte kurz auf und hob die Augenbrauen.

Wahrscheinlich ist ihm niemals zuvor von irgendeinem seiner Höflinge geschildert worden, wie hart und entbehrungsreich das tägliche Leben auf dem Land ist. Wer im Reichtum geboren ist, will sich das Elend, das in dieser Welt herrscht, nicht vorstellen.

»Und dann bist du nach Luxemburg gegangen?«

Ja – eines frühen Tages verließ ich die Herde und durchschwamm in der Nähe von Remich die Mosel, ich ließ mir den Weg nach

Luxemburg erklären und wanderte Meile um Meile einfach nach Westen, auf schmalen Waldwegen, die man durchs dichte Gehölz geschlagen hatte.

Anfang Mai stand ich am Ufer der Alzette und sah die Stadt Luxemburg vor mir. Sie war viel kleiner als Köln und zählte, wie man mir erzählte, nicht einmal fünftausend Einwohner, die mehrheitlich dem wallonischen Stamm angehörten; die Tapferkeit der Wallonen wurde allgemein gerühmt.

Ein Zinshöriger bot mir an, in seiner armseligen, schmutzigen Lehmhütte zu übernachten, zwischen Essensresten und leeren Weinkrügen verbrachte ich die erste Nacht meines neuen Lebens. Das Erwachen war dumpf, doch ich genoss es, voller Hoffnung; nach all dem Unheil, das mir zuteil geworden war, überwog eine gänzlich unerwartete Entschlusskraft all jene Bedenken, die mein Gemüt so lange bestimmt hatten.

Hinter einer Gruppe von Bauern, die ihre Erzeugnisse zum Markt brachten, betrat ich am nächsten Morgen die Stadt. Auch ich sah aus wie ein Bauer, ungewaschen der Körper, die Haare verklebt, ich trug einen aus Flachs hergestellten, verdreckten Kittel und Holzschuhe – das war alles, was ich besaß.

So konnte ich Johann nicht entgegentreten, das war mir klar. Vom Rest des Geldes, das mir Asher ben Baruch gegeben hatte, kaufte ich bei einem Tuchmacher ein nicht mehr ganz neues Gewand, ich ging in eine Badestube und ließ mir den Bart scheren und mir zudem vom Bader die Haare schneiden.

Karl hörte zu, ohne mich zu unterbrechen.

»Es lag auch auf der Hand«, so fuhr ich fort, »dass ich nicht einfach in die gräfliche Burg gehen und um eine Audienz bitten konnte.«

Man hatte mir gesagt, der junge Herr Graf, der Sohn des Königs, reite täglich zur gleichen Stunde aus, daher wartete ich schon einige Zeit in der Nähe des Burgtores, als die Glocke der Nikolauskirche mit ehernem Geläut zur Elf-Uhr-Messe rief. Ich bekreuzigte mich.

Die Burg der Grafen von Luxemburg lag im milden Licht der Maisonne, als schließlich ein Trupp von Reitern die Zugbrücke überquerte. Ihre Pferde verfielen in leichten Trab, als sie die gepflasterte Straße erreichten. Es waren zumeist junge Herren, mitten unter ihnen, das war unübersehbar, befand sich Johann, er ritt das schönste Pferd, einen Rappen, er trug das prächtigste Gewand – und er war der lauteste, seine Gefolgsleute lachten denn auch pflichtschuldig, als er einen Scherz mit einem der Reiter trieb.

Er wollte gerade seinen Rappen an die Spitze der Gruppe setzen, als ich ihn anrief: *»Mon prince – voilà*, hier bin ich, Andreas, Euer Dolmetsch aus Köln!«

Er riss so fest an den Zügeln, dass das Pferd scheute.

Zwei seiner Begleiter hatten Mühe, den Rappen zu beruhigen. Johanns Gesicht war plötzlich aschfahl. Die Lippen zusammengepresst, blickte er mich an, als wäre ich von den Toten auferstanden. Ich trat ein paar Schritte nach vorn und verbeugte mich, einige Leute, die in der Nähe waren, betrachteten mich mit achtungsvoller Neugier.

»Was will dieser Bursche von Euch? Sollen wir ihn wegschicken?«, fragte schließlich einer aus dem Gefolge.

Johann schüttelte den Kopf. Er rang um Fassung.

»Andreas, was machst du hier? Wieso bist du nach Luxemburg gekommen?«

Er hatte mich also wiedererkannt.

Ich nahm all meinen Mut zusammen.

»Sire, Ihr selbst habt mir angeboten, Euer Dienstmann zu werden. Mir ist großes Unglück widerfahren, ich musste Köln verlassen – habt die Gnade und nehmt mich in Euer Gefolge auf.« Erneut verneigte ich mich vor ihm.

Johann hatte sich gefangen.

Er sprang vom Pferd und schritt auf mich zu. Mit unbewegter Miene ließ er mich wissen, ich solle mich am Nachmittag beim Haushofmeister melden, er werde ihn anweisen, mir eine angemessene Arbeit in der Burg zu übertragen.

Ich war am Ende meiner Erzählung angelangt.

»So, mein König, begann mein Dienst in der Haushaltung des gräflichen Hofes, viele Jahre später, in Prag, wurde ich Mitglied der Kammer, der – wie Ihr natürlich am besten wisst – im Königreich Böhmen eine besondere Funktion zukommt.«

Karl nickte, er atmete tief durch, er schien etwas abwesend zu sein.

Anders als im Reich war die Kämmerei in Böhmen kein Hofamt, das einem verdienten Gefolgsmann als dekorative Würde verliehen wurde – wir Kammerherren hatten für die Garderobe des Königs zu sorgen und waren für die täglichen Ausgaben zuständig – was im Übrigen angesichts Johanns Verschwendungssucht zu ständigem Streit mit der Schatzkammer führen sollte.

»Du warst der einzige böhmische Kämmerling ohne adelige Abstammung, ist das richtig?«

Ja – das stimmte, es war eine Frage, die mir schon oft gestellt worden war.

»Sire, ich weiß nicht, warum Euer Herr Vater, der König, mich, den Gemeinen, so vor anderen auszeichnete – anfangs weilte ich nur selten in seiner Nähe, doch wenn er mich bemerkte, behandelte er mich mit äußerster Strenge, ganz anders als in Köln.«

Ich konnte mir damals, so berichtete ich weiter, Johanns Misstrauen nicht erklären, bis er mich eines Tages kurz fragte, was in Köln geschehen sei. Ich erzählte es ihm, verschwieg auch nicht, dass man mich bezichtigte, meine Familie umgebracht zu haben. Er schwieg eine Weile.

»Ich habe davon gehört«, murmelte er dann. Während er sich umdrehte, fragte er, ob ich meine Unschuld beschwören könne.

»Bei der Heiligen Jungfrau Maria und den Heiligen Drei Königen, den Schutzpatronen meiner Vaterstadt Köln«, so hatte ich sofort reagiert, »schwöre ich, nichts mit diesen Morden zu tun zu haben – Gott ist mein Zeuge! Der Allmächtige weiß, dass ich unschuldig bin!«

Johann hatte mich angeblickt und war dann gegangen, ohne auf meine Worte einzugehen.

»Bist du bereit, diesen Schwur zu wiederholen? In Gegenwart des Bischofs und meiner Prälaten?«, fragte nun Karl.

»Majestät, jederzeit, wenn Ihr es wünscht – ich habe ein reines Gewissen.«

Karl trank sein Glas leer.

»Nun, lieber Andreas, ich habe beschlossen, dir einen Geleitbrief ausstellen zu lassen, ich werde dich unter meinen königlichen Schutz nehmen. Man soll dir in Köln die Möglichkeit geben, die Dinge aufzuklären, die damals geschehen sind – ich werde dem Kölner Rat einen entsprechenden Befehl erteilen. Es ist, so denke ich, nur eine kleine Belohnung für das, was du für das Haus Luxemburg getan hast.«

Ich stand auf und wollte mich bedanken. Er hob die Hand und ließ mich nicht zu Wort kommen.

»Du weißt, dass die Stadt Köln weiterhin Ludwig dem Bayern, der als Ketzer verurteilt ist und sich zu Unrecht Kaiser nennt, die Treue hält?«

Nein, das war mir nicht bekannt – wenn es denn so war, dann konnte mir der versprochene Geleitbrief eigentlich kaum weiterhelfen, dachte ich.

»Du weißt, dass man mich im Reich den ›Pfaffenkönig‹ nennt?«

Das wusste ich.

Karl war im Sommer, wenige Wochen vor Crécy, von fünfen der sieben Kurfürsten zum neuen König gewählt worden – nachdem der Papst das Wahlgremium aufgefordert hatte, endlich einen Herrscher zu wählen, den auch die römische Kirche anerkennen könne. Drei der Königswähler aber waren Pfaffen, nämlich die Erzbischöfe von Köln, Mainz und Trier. In der Münchner Residenz Ludwigs wurde daraufhin das böse Wort vom *Rex clericorum*, vom Pfaffenkönig, in die Welt gesetzt.

»Es kränkt mich nicht, so genannt zu werden, zeigt es doch, dass sie mich nicht ernst nehmen, meine Gegner im Reich«, meinte Karl, wie zu sich selbst.

»Im deutschen Reich besitze ich nichts, nichts als den königlichen Namen. Noch sagen viele, ich sei nur ein Gegenkönig, ich hoffe aber, dass auch in der Stadt Köln die verständigen Männer des Rates zur Erkenntnis gelangen, dass es nur einen rechtmäßigen Herrscher des Reiches gibt, das das Römische genannt wird – nämlich mich.«

Wenn sich diese Einsicht allgemein durchsetzte, so dachte ich, würde das auch mir weiterhelfen.

»Andreas, du weißt, dass ich meine Krone noch nicht empfangen habe?«

Ich nickte.

»Der Kölner Erzbischof hat zugesagt, mich in wenigen Wochen in Aachen zu krönen, ich werde also bald an den Rhein kommen. Du, lieber Andreas, kannst dazu beitragen, die Zahl meiner

Anhänger im Rheinland zu vergrößern – verfechte meine Sache, wo immer du kannst, es ist die Sache des rechtmäßig gewählten römischen Königs.«

Das klang sehr selbstbewusst.

Nur ein Held oder ein Tor mochte beim Anblick solcher Schwierigkeiten und Gefahren den Mut nicht sinken lassen, nur ein hochbegabter Fürst konnte, vom Glück begünstigt, den bevorstehenden Kampf glänzend bestehen – aber Karl war durchdrungen von der Überzeugung, der von Gott auserwählte Herrscher des Reiches zu sein, das Deutschland, Italien und Burgund umfasste.

Ich versprach zu tun, was in meinen bescheidenen Kräften stünde.

»Geld, das einzige Argument, das nachhaltiger überzeugt als jede Logik, kann ich dir leider nicht zur Verfügung stellen«, sagte Karl, als er aufstand.

Ich bedankte mich für all die Wohltaten, die er mir erwiesen hatte, ließ mich auf das linke Knie nieder und wollte seine Hand küssen – doch er zog mich mit beiden Armen hoch.

Dann umarmte er mich. Es war eine Umarmung, die ich genoss.

Das letzte Mal hatte ich ihn in den Armen gehalten, als er drei Jahre alt war.

Er ließ mich gehen.

Dass ich nicht vorhatte, am Begräbnis des böhmischen Königs teilzunehmen, verschwieg ich ihm. Ich hatte bereits bei der Totenmesse in Amiens innerlich von Johann Abschied genommen.

Am nächsten Tag brachte ein Bote den Geleitbrief, den ich in meinem Gepäck verstecken wollte. Aber Karl ließ mir noch eine sorgfältig gearbeitete lederne Tasche überreichen, ein Geschenk, wie der Diener sagte – darin verstaute ich den Brief.

Es war an der Zeit, nach Köln aufzubrechen.

Später hörte ich, dass die Stadt Aachen, die Krönungsstadt der römischen Könige, sich geweigert hatte, Karl, dem rechtmäßig gewählten König, die Tore zu öffnen. Seine Krönung fand schließlich in Bonn statt; als Knappe verkleidet, so wurde überall erzählt, sei er in sein Königreich Böhmen heimgekehrt. Und in der Grafschaft Tirol, die der abgesetzte Kaiser in schmählicher Weise dem Haus Luxemburg entzogen hatte, sei er in Kaufmannstracht erschienen, um die Bewohner der Grafschaft gegen Ludwig und seinen wittelsbachischen Anhang aufzuwiegeln.

Ein König als Kaufmann – es passte zu Karls einfacher Lebensführung. Er galt als nüchterner Rechner, der weiß, wie man mit einem Vermögen umgeht. Er war ein Mann der Tat, durch keine Phantasien behindert, zielbewusst und zäh, und aufgrund seiner Klugheit war er sogar bereit, Erniedrigungen auf sich zu nehmen.

Und er wollte nicht glänzen – darin war er mir ähnlich.

KAPITEL IV

Pavel und ich hatten uns in Koblenz eingeschifft.

Das Schiff glitt in der Flussmitte, getrieben von der Strömung, gemächlich rheinabwärts, die Besatzung, nicht einmal zehn Mann, hielt mit den Rudern die Fahrtrichtung.

Der Himmel war grau. Es nieselte, wir froren alle ein wenig. Am ärgsten schien Henri dran zu sein, obwohl Pavel ihn unter seinem Mantel verborgen hatte.

»Pavel, erinnerst du dich an unser Gespräch in Luxemburg?«

Ich hatte mich dort von ihm verabschieden wollen, er war aber zum Entschluss gekommen, mich ein Stück des Weges zu begleiten.

»Solange ich nicht zum Ritter geschlagen bin«, so hatte er gesagt, »habe ich, Gott sei Dank, keine Pflichten gegenüber irgendwelchen hohen Herren, der böhmische König, mein Herr ist tot, mein Vater weiß nicht, wo ich bin, ich kann momentan tun und lassen, was ich will.«

Pavel war ritterbürtig, er stammte aus einer Dienstmannenfamilie, die königliche Burgen südlich von Prag verwaltete. Nur zwei Jahre hatte er dem Gefolge Johanns angehört, die tschechischen Herren hatten es lange Zeit vermieden, ihre Söhne an den königlichen Hof zu schicken, zu schlecht war der Ruf Johanns gewesen, der fast den gesamten königlichen Besitz in Böhmen verpfändet hatte, um seine dauernden Abenteuer und Reisen bezahlen zu können. Pavel sprach ein lustiges Deutsch, seine Amme, so hatte er mir einmal erzählt, sei eine Deutsche gewesen, aus Amberg. Es sei schon immer sein Wunsch gewesen, einmal in seinem Leben eine heilige Stadt zu besuchen – Jerusalem, Rom, Santiago de Compostela, warum also nicht Köln?

»Und, Herr Andreas, glaubt Ihr wirklich und allen Ernstes, ohne meine Hilfe mit dieser wilden Bestie zurechtzukommen?«

Mit der Bestie hatte er natürlich Henri gemeint – was konnte ich dagegen sagen?

Nicht viel. Ich hielt ihm vor, dass ich nicht ritterbürtig sei, dass er nicht als mein Knappe mitreisen könne, dass meine Mittel nicht ausreichten, ihn angemessen zu entlohnen, dass ich aller Wahrscheinlichkeit nach in Köln in große Gefahr geraten würde.

»Herr Andreas, so beruhigt Euch doch, es ist alles ganz einfach«, so hatte er geantwortet, »ich gehe mit als Wallfahrer, der die Reliquien der Heiligen Drei Könige und zahlreicher Märtyrer besuchen will, ich gehe mit als Euer Freund – und als Euer Beschützer, wenn es denn sein muss. Wir beide« – er deutete auf Henri – »werden dafür sorgen, dass Euch an Leib und Seele nichts geschieht.« Und er habe auch noch etwas Geld übrig, mehr als wir zusammen ausgeben könnten.

Ich war gerührt, tief gerührt.

Wir standen auf dem Achterdeck hinter der Hütte des Schiffers.

Ich starrte Pavel von der Seite an, seine Augen waren glasig und leer, seine Lippen blau angelaufen. Er hatte die Arme vor der Brust verschränkt, um Henri zu halten, von dem war nur die Spitze von der schwarzen Nase zu sehen. Ein Haufen Elend.

»Bereust du jetzt deine Entscheidung, Pavel?«

»Nein – doch ich fühle mich nicht wohl«, erwiderte er kurz.

»Das kann noch schlimmer werden, fürchte ich.«

Mir war aus irgendeinem Grund zum Weinen zumute, trotzdem lachte ich auf.

Ein böhmischer Knappe, der in seiner Unbekümmertheit jedes Abenteuer auf sich zu nehmen gewillt war, ein französischer Mischling, dem vor gar nichts graute – das waren meine Begleiter, als ich, ein Vertriebener, den man eines vielfachen Mordes bezichtigte, ein Heimatloser, den man für vogelfrei erklärt hatte, am Festtag des heiligen Bruno, des Kartäusers, am sechsten Tag des Monats Oktober im Jahre des Herrn 1346, nach Köln heimkehrte.

»Ist das endlich Köln?«

Ich hob den Kopf. Pavel hatte seinen Arm ausgestreckt.

Am Horizont zeigten sich zahllose Kirchtürme, ein unvergleichlicher Anblick.

»Ja, Pavel, das ist die heilige Stadt, die du sehen möchtest – für mich ist diese Stadt ein einziger Albtraum.«

Die Domtürme – wo waren sie?

Ich hatte erwartet, zwei in den Himmel aufragende Wunderwerke der Baukunst zu sehen, so wie ich sie vor Augen hatte, gezeichnet auf dem Plan des Baumeisters, dessen Namen ich mir erst in Erinnerung rufen musste.

Schon in der Gegend des Fischerdorfs Rodenkirchen suchte ich vergeblich die Türme der Kathedrale. Als wir den Bayenturm, eine imposante rheinseitige Festung zu unserer Linken, passiert hatten, konnte ich den Turm der Pfarrkirche St. Jakob sehen, in der ich getauft worden war und meine erste Kommunion gefeiert hatte; etwas später war zu erkennen, dass immerhin der Chor des Domes mittlerweile vollendet war, mit dem Bau der Türme aber hatte man offensichtlich nicht einmal begonnen.

»Das ist die Stadt, in der ich geboren wurde«, sagte ich zu Pavel, der neben mir an der Bordwand stand und staunend den Anblick, den die Stadt bot, genoss.

»Das ist die schönste Stadt, die ich je gesehen habe«, sagte er, obwohl wir die Stadt noch gar nicht betreten hatten.

Auf dem Frankenturm

Es war ein Montag, ein grauer Herbsttag, als wir gegen Mittag langsam den Hafen ansteuerten, vorbei an den Schiffsmühlen, die im Rhein verankert waren.

Die Mannschaft ruderte das Boot auf einen Wald von Mastbäumen zu, zu den Werften, an denen die oberländischen Schiffe festmachten. Am Ufer, vor der rheinseitigen Mauer, herrschte überaus geschäftiges und lautes Treiben. Einige Kräne, betrieben mit Menschenkraft, befanden sich auf der Kaimauer, andere, so konnten wir sehen, waren auf Schiffen stationiert, ein Kranenschreiber notierte alles, was an Waren ausgeladen wurde, in einer Liste. Die eigentliche Arbeit machten die Kettenknechte, Räderknechte und Kranarbeiter, kräftige Burschen in verdreckten, durchgeschwitzten Hemden. Wir beobachteten, wie Holz aus dem Schwarzwald von Holzzählern und Holzmessern erfasst wurde, wie Wein aus dem Elsass und vom Mittelrhein von den Weinrödern geprüft wurde. Gerade machte eine Fähre aus Deutz in Höhe der Markmannsgasse fest. Nach dem Aussteigen drängten die Menschen durchs nächste Tor in die Gassen, die so eng sind, dass ein voll beladener Karren nicht selten die vor den Türen aufgehängten Lederhäute – viele Leute, die in diesen Gassen wohnen, sind Gerber – herunterzureißen pflegt.

Als wir unser Schiff verlassen hatten, lagen uns noch lange die derben Flüche der Rheinschiffer, Lastenträger und all der Tagelöhner, die sich dort herumtrieben, in den Ohren. Mehr als vierzig Wirtshäuser soll es am Hafen geben, alle sind sie von früh bis in die einfallende Nacht gut besucht.

Durch die Salzgassenpforte betraten wir die Stadt und hatten den Heumarkt erreicht.

Die vier- und fünfstöckigen Häuser kamen mir vertraut vor, an allen waren Aushängeschilder angebracht. Auf dem Platz stand eine Budenreihe neben der anderen, zur Abtei Groß St. Martin hin erstreckten sich die Stände des Obst- und Gemüsemarktes, zur Marktpforte der Hühnermarkt, wo Geflügel, Wild und Eier verkauft wurden. Auf der Marktmitte war es am lautesten, Marktschreier übertönten das Stimmengewirr, alte Frauen, die frische Butter und Milch aus dem Bergischen und Jülicher Land anboten, riefen die Vorübergehenden mit groben Worten an. Bratdünste aus Garküchen vermischten sich mit dem Gestank von Ferkeln, die in Verschlägen gehalten wurden, neben denen sich Unrat und Schweinemist häuften. An der Gasse Unter Käster, die zum Alten Markt führt, war das Warenangebot besonders groß, Hosenmacher, Krughändler, Leder- und Riemenschneider, aber auch Wechsler hatten hier ihre Stände aus Holz und Leinwand, hier waren die Fleischbänke ansässig und die Stände der Schuhflicker und der Gewandschneider. Man verstand sein eigenes Wort nicht, es wurde gehandelt, gefeilscht und geschimpft, jeder versuchte jeden zu übervorteilen.

Die Stadt, ihre Märkte, ihre Straßen, ihre Menschen – sie hatten ihren eigenen Geruch. Köln roch so, wie ich es in Erinnerung hatte, es roch nach alter Frau.

Henri tollte laut bellend um uns herum. »Seht doch, Herr Andreas, wie er *scharwenzelt*«, meinte Pavel lachend.

»Das ist Tschechisch – Henri muss ein Tscheche sein!«

Ich hatte immer gedacht, Henri sei ein Deutscher, schließlich gehorchte er nur, wenn man ihm in deutscher Zunge Befehle erteilte.

In den zwei Tagen der Bootsfahrt hatte ich mir den Kopf zerbrochen, was ich in Köln tun könnte, was mir in Köln zu tun möglich war. Natürlich wollte ich den Herren des Kölner Rats den Geleitbrief vorlegen, den Karl, der rechtmäßige König der Römer, zu meinen Gunsten ausgestellt hatte. Würden sie akzeptieren, dass ich unter königlichem Schutz stand? Und dann hatte ich mir vorgenommen, nach Katharina zu suchen, meiner damaligen Verlobten.

Was mochte aus ihr geworden sein? Eine Frage, die ich mir oft in all den Jahren gestellt hatte. Den Namen ihrer Familie hatte ich in all den Jahren nicht vergessen – Aldenhoven hießen sie, unsere Nachbarn.

Da ich allmählich Hunger hatte, gingen wir nahe der Gasse Unter Lanen in eine Schenke, in der Leute der niedersten Stände verkehrten, ungeschlachtes Lachen dröhnte von den Tischen herüber. Der Wein, den man uns hinstellte, stieg mir sogleich in den Kopf, Pavel verlangte wie üblich einen großen Krug Bier, während Henri unterm klobigen Tisch an einem Knochen nagte, den eine pralle, unsaubere Weibsperson ihm, meiner Bitte entsprechend, gebracht hatte. Er knurrte jeden an, der ihn streicheln wollte, er zeigte die Zähne und schnappte nach denen, die ihn necken wollten. Und er bewachte unser Gepäck. Braver Hund.

Nachdem ich eine Kohlsuppe gegessen hatte, bat ich Pavel, ins Rathaus zu gehen, das sich in der Nähe des Alter Markts befand – er solle den Ratsdienern meine Ankunft melden, den Geleitbrief zeigen und mich bei den hohen Herren des Kölner Rates anmelden.

Pavel trank in Ruhe sein Bier aus und machte sich dann wohlgemut auf den Weg.

»Ich führe wie immer gehorsamst aus, was Ihr von mir verlangt, Herr Andreas!«

Bald hatte sich ein Häuflein neugieriger Gäste um meinen Tisch geschart, einer wollte wissen, woher ich komme, ein anderer fragte, was mich nach Köln verschlagen habe – ich wich aus und beschied die Männer, ich sei auf dem Weg in die niederen Lande. Den fetten Wirt, der sich eine schmutzige Lederschürze umgebunden hatte, fragte ich, ob er uns für eine Nacht Herberge geben könnte.

»Mit dem Köter da?«, fragte er mürrisch zurück.

Ich wollte keinen Streit anfangen und antwortete kurz, dass dieser Hund der tapferste Deutsche in der Schlacht von Crécy gewesen sei – und mir das Leben gerettet habe.

Er warf mir einen Blick zu, der seine ganze Blödheit offen legte.

»Nun denn, meine Herren, wenn das so ist, ähm, dann zeige ich Euch Eure Kammer – aber bezahlen müsst Ihr sofort.«

Ich deutete an, dass ich einverstanden war.

Wir stiegen eine steile Holztreppe hoch, gefolgt von Henri, dem ich beruhigend zureden musste. Er erweckte den Eindruck, dass er dem Wirt am liebsten an die Kehle springen wollte. Guter Hund, dachte ich.

Das dunkle Zimmer war verdreckt, ein schäbiges Bett stellte das einzige Möbel dar, es gab keine Fensterläden, stattdessen hingen Lumpen vor den Öffnungen. Als ich sagte, dass mein Gefährte bezahlen werde, verschwand der Fettkloß wortlos. Henri legte sich brav neben das Bett, nachdem ich ihm »Nieder!« zugerufen hatte; ich warf mich, angezogen wie ich war, auf zerschlissene Strohsäcke.

Nach einiger Zeit wurde der Lärm, der vom Markt herüberklang, von erregten Stimmen übertönt – Henri sprang aufs Bett, stellte sich mit den Vorderfüßen ans Fenster und fing an zu bellen. Ich schlug den Vorhang zurück und erblickte unten mehrere Bewaffnete, die auf die Schenke zueilten, einige hatten Hellebarden in ihren Händen, andere nur einfache Holzknüppel, hinter ihnen sah ich Pavel. Als er mich am Fenster entdeckte, schrie er, so laut er konnte: »Herr Andreas, versteckt Euch, sie wollen Euch festnehmen!«

Es waren sechs Bewaffnete, sie drangen nun mit lautem Getöse in den Schankraum ein.

Sollte ich wirklich versuchen zu fliehen? Ich hatte keine Gelegenheit zur Flucht.

»Du bleibst hier!«, sagte ich zu Henri und verließ die Kammer.

Ich rief nach unten: »Bemüht euch nicht – ich komme runter!«

Langsam nahm ich jede Treppenstufe, vorsichtig stellte ich mich unten vor die Treppe, die Arme leicht ausgebreitet, um ihnen keinen Vorwand für Gewaltanwendung zu geben.

»Sucht ihr mich?«, fragte ich einen der Bewaffneten, der sich wie ihr Anführer gebärdete, er hatte die verschreckten Gäste am Herd Aufstellung nehmen lassen, er brüllte sie an und schlug einem der armen Schlucker mit der Faust ins Gesicht. Dann drehte er sich zu mir um.

»Bist du Andreas, der Sohn des Matthias Hemmersbach aus Köln?«

»Ja, das bin ich wohl – was wollt ihr von mir?«

Der Mann, der eine hässliche Narbe unterm rechten Auge hatte, zog ein kurzes Schwert aus der Scheide. Er richtete es auf mich.

»Ein Gewaltrichter des ehrsamen Rates hat mich beauftragt, dich in Gewahrsam zu nehmen und auf den Turm zu bringen. Und ich rate dir eines: Tu, was ich dir sage, sonst gibt es Ärger.«

Hinten kicherte jemand.

»Auf den Turm bringen« – das bedeutete Kerkerhaft. Verdammt noch mal, so fluchte ich innerlich, es gab offensichtlich eine Liste in Köln, in der alle gesuchten Missetäter, tatsächliche und vermeintliche, eingetragen waren – was auch immer sie nach Auffassung des Kölner Gerichtes verbrochen hatten.

»Fesselt ihn!«, befahl der Hässliche mit dem Schwert. Einer der Büttel, an dessen Gürtel eine Peitsche hing, kam mit einem Seil an die Treppe, er bedeutete mir, die Hände auf den Rücken zu legen.

»Ihr braucht mir nicht mit der Fessel zu drohen, ich komme freiwillig mit. Und damit ihr es wisst: Ich stehe unter dem Schutz des Königs.«

Die Männer lachten.

Man nannte sie in Köln Gewaltrichterdiener, es waren indessen allesamt grobe Klötze und Raufbolde, die wohl nur aus Zufall auf die Seite der städtischen Obrigkeit geraten waren.

»Du sollst ihn fesseln!«, stieß der Anführer erneut hervor.

Der Mann mit der Peitsche zögerte nicht, er ließ sich von einem Kameraden einen Knüppel geben, holte aus und traf mich mit voller Wucht an der linken Schulter, wenige Zoll über meiner kaum verheilten Wunde. Ich fiel auf die Knie und war dann von mehreren der Bewaffneten umringt.

Stöhnend streckte ich meine Hände nach vorn, damit sie mir die Fessel anlegen konnten. Einer schnürte das Seil so fest, dass es tief in die Haut einschnitt.

Sie zogen mich hoch. Ich sah Pavel im Türrahmen stehen.

»Henri ist oben, in unserer Kammer – hast du den Geleitbrief?«, rief ich.

Er hob die Pergamentrolle hoch und versuchte dann, sich zwischen die Schaulustigen hindurch in meine Nähe zu begeben, doch zwei Hellebarden, die knapp vor seinem Gesicht zusammenschlugen, hielten ihn davon ab.

»Geh ins jüdische Viertel, frage nach der Familie des Ascher ben Baruch – und nach der Familie Aldenhoven am Blaubach! Sie werden mir helfen«, konnte ich Pavel noch zurufen, bevor mich die Büttel ins Freie zerrten.

Sie brachten mich auf den Frankenturm.

Erst in den Tagen meiner Kindheit, so erinnerte ich mich, war die Rheinmauer vom Bayenturm bis zum Kunibertsturm vollendet worden, man hatte dort mehrere neue Türme über den alten Toren und Pforten gebaut, die stärksten waren der Frankenturm und der über der Trankgassenpforte. Seit ihrer Fertigstellung wurden einzelne Türme als Gefängnisse benutzt, an der Landseite der Gereonsturm, die Ehren- und die Schaafenpforte, an der Rheinseite der Kunibertsturm, der Frankenturm und eben die Trankgassenpforte, die man für die Verteidigung der Stadt wohl nicht mehr benötigte.

Als Kind, das den elterlichen Weisungen nicht folgen wollte, hatte ich oft die Drohung vernommen: »Sunst küsste in d'r Gereonsturm!« – in dessen »Löchern« wurden vornehmlich Dreizehn- und Vierzehnjährige, die bei Diebstählen erwischt worden waren oder sonst wie gegen das Gesetz verstoßen hatten, zur Verbüßung ihrer Haftstrafen gebracht. Der Kunibertsturm galt als der Ort, wo die schlimmsten Verhöre stattfinden sollten. Der Frankenturm – nicht weit vom Domhof gelegen, wo das Hohe Gericht tagte – war die bevorzugte Unterbringungsstätte für gewöhnliche Gefangene, dort hatte man sechs Gefängniskammern, vier zur Rheinseite und zwei zur Stadtseite hin, eingerichtet.

Der Burggreve des Frankenturms schloss den Gewaltrichterdienern das Tor auf.

Diese Burschen hatten sich einen Spaß daraus gemacht, mich unterwegs immer wieder zu schlagen, mit allem, was sie hatten, mit Fäusten, Knüppeln, selbst mit den flachen Seiten ihrer Hellebarden. Ich war mehr getaumelt, als dass ich hätte gehen können. Die Menschen in den Gassen hatten neugierig zugeschaut, manche gelacht. »Er ist ein Kindermörder« – riefen die Schergen der Obrigkeit, bevor sie erneut zuschlugen.

Der Burggreve, der für Bewachung und Instandhaltung des Turms sowie für die Bewahrung der Schlüssel zuständig war, ließ mir im Erdgeschoss die Fesseln abnehmen.

»Gebt mir seine Sachen von Wert« – man fand nichts.

»Sucht auch nach Messern, Scheren, Feilen und Nägeln« – auch damit konnte ich nicht dienen.

Man schleppte mich schließlich ins Obergeschoss, in eine kleine, dunkle, feuchte Kammer, die über den nackten Steinen mit Stroh ausgelegt war. Modriger Gestank empfing mich, ein paar Decken lagen herum, in der Ecke stand ein schmutziger Holzeimer für die Notdurft.

Ein Rattenloch, dachte ich.

»Gleich kommt der Turmmeister, er wird entscheiden, ob dich jemand besuchen darf«, sagte der Burggreve, ein schmieriger Typ, der nach Bier und Knoblauch stank, ehe er die Tür zuwarf und umständlich verschloss.

Dann rief er in die Zelle hinein: »Du kriegst dreimal am Tag Wasser und Brot – es sei denn, du findest jemanden, der dir bessere Nahrung bezahlt!«

Gott sei es gedankt – ich war allein in der Zelle. In früheren Zeiten, daran konnte ich mich erinnern, waren die Kölner Gefängnisse an manchen Tagen so belegt, dass man Beschuldigte, die das Bürgerrecht hatten, mit unehrenhaften Leuten, Bettlern, Latrinenfegern, Hundeschlägern und sogar mit Verbrechern zusammenlegte.

Das Verhör

Der Turmmeister hieß Peter van Polhem.

Er ließ mich von zwei Gewaltrichterdienern aus der Zelle holen. Erneut wurde ich gefesselt.

»Du bist – wenn das stimmt, was man mir gesagt hat und was

in diesem Buch geschrieben steht – Andreas Hemmersbach, du bist Anno Domini 1309 aus Köln geflohen, nachdem du deine Familie umgebracht hattest?«

Peter van Polhem saß auf einer Bank, dem einzigen Möbelstück, das sich im mittleren Raum des Obergeschosses, einer Diele, befand. In seinen Händen hielt er ein Buch.

Er hatte es sich bequem gemacht, sein Mantel war leicht geöffnet, eine federgeschmückte Mütze lag neben ihm, die Beine hatte er lässig übereinander geschlagen.

Ich entgegnete, dass ich nur den ersten Teil seiner Frage bejahen könnte – »ich bin aus Köln geflohen, *weil* man meine Familie umgebracht hatte, mit den Morden habe ich nichts zu tun. Warum sollte ich meine Familie, meine Mutter und meine Geschwister, töten? Diese Frage, Meister Peter, solltest du dir stellen.«

Er blickte mich überrascht an.

»Ich stelle hier die Fragen – dir steht nur zu, Fragen zu beantworten, mehr nicht! Ich kann dieses Verhör jederzeit beenden.«

Um ihn nicht noch mehr zu verärgern, schwieg ich.

»Es wundert mich indessen nicht, dass du solche Sätze von dir gibst, Andreas Hemmersbach, alle, die man solcher Taten bezichtigt, reden so.«

Sein Ton wurde immer lauter und ungehaltener.

»Du bist damals geflüchtet, allein das lässt den Verdacht zu, dass du Schuld auf dich geladen hattest.«

Ehe ich etwas sagen konnte, fuhr er fort: »Und was deinen Einwand betrifft – die entscheidende Frage, die ich dir stelle, ist die: Hast du, nach all den Jahren, Zeugen, die deine Angaben bestätigen können?«

Die hatte ich natürlich nicht.

Ich sagte ihm, dass ich damals ins jüdische Viertel geflohen sei, ein jüdischer Rechtsgelehrter sei dabei gewesen, als ich das Haus meiner Familie betreten habe, meine Mutter sowie die fünf Geschwister hätte ich tot in ihrem Blut aufgefunden.

»Dir ist bekannt, dass die Aussage eines Juden vor unseren Gerichten nicht viel wert ist?«

Nein, das wusste ich nicht – in Böhmen, wo ich lange gelebt hatte, galten Juden vor Gericht ebenso viel wie Christen, galt Judeneid wie Christeneid, galt Judenmord wie Christenmord.

Es war indessen kaum damit zu rechnen, dass Ascher noch lebte. Daher teilte ich diesem Turmmeister, der mich bislang voller Misstrauen befragt hatte, mit, dass der rechtmäßige König der Römer mir einen Schutzbrief ausgestellt hatte.

»Warum wird dieser Brief, in dem ich von jeder Schuld freigesprochen worden bin, von euch Kölnern nicht anerkannt?«

»Der Rat der Stadt Köln erkennt den Markgrafen Karl von Mähren nicht als rechtmäßigen König an, daher kann er auch seinen Geleitbrief nicht anerkennen – das verstehst du doch?«

Ja, das verstand ich, weil es ja so einfach war – die Stadt Köln stand in Treue fest zu Ludwig dem Bayern, einem Fürsten, den die römische Kirche als Ketzer verurteilt hatte. Das hatte also letztlich den Ausschlag gegeben, mich in ein finsteres Kerkerloch zu werfen.

Peter van Polhem blätterte in dem Buch, dann lächelte er unversehens.

»Wie kommt es, dass du, der Sohn eines, nun, sagen wir: der Sohn eines kleinen Kölner Kaufmanns, einen Geleitbrief eines Fürsten erlangst, der sich zum Gegenkönig des mächtigen Herrn Ludwig aufgeworfen hat?«

Ich trat langsam zwei Schritte nach vorn.

»Ich war viele Jahre lang Kammerherr seines Vaters, des böhmischen Königs, dessen Tapferkeit allerorten gerühmt wird. In seinem Gefolge bin ich durch das ganze Abendland gereist – du weißt sicherlich, dass er vor einigen Wochen gefallen ist. Und sein Sohn, dem ihr lediglich den Rang eines Markgrafen von Mähren zubilligt, ist wenn schon nicht allgemein anerkannter römischer König, so doch König von Böhmen und damit einer der ersten Fürsten des Römischen Reiches – das solltest du bedenken, wenn du so herabsetzend über ihn und den Geleitbrief sprichst.«

Er überlegte kurz, wiegte den Kopf.

»Deiner Ratschläge bedarf ich nicht – aber die Kunde der Schlacht von Crécy ist auch nach Köln gelangt, Tausende edler französischer Herren sollen von den englischen Barbaren niedergemacht worden sein, stimmt das?«

Als ich nickte, fuhr er fort: »Was du über Karl, den böhmischen König, sagst, scheint mir nicht so falsch zu sein.«

Irgendwie fühlte ich mich ermutigt, noch einmal das Wort zu ergreifen.

»Turmmeister, auch der zweite Mordfall – der mit dem, was man mir vorwirft, zusammenhängt – bedarf der Aufklärung: Ich habe damals, in der Nacht des neunten Januar des Jahres 1309 gesehen, wie man meinen Vater zu Tode gebracht hat. Der Mann, den er getötet haben soll, war schon tot, als wir vor dem Haus der Overstolzen angekommen sind. Ich schwöre bei Gott und allen Heiligen, dass mein Vater diese Tat daher nicht begangen hat – er konnte sie gar nicht begehen.«

Der Turmmeister blickte mich prüfend an und erhob sich von der Bank.

Dann brüllte er plötzlich los: »Andreas, das sind schwere Anschuldigungen, die du da erhebst. Statt dich zu verteidigen und Beweise vorzulegen, lenkst du ab und beschuldigst andere, denen du nichts nachweisen kannst.«

Er ging nachdenklich auf und ab.

»Ich habe mich vorher über dich und den Mord an deiner Familie erkundigt, dabei stieß ich natürlich auch auf den Tod deines Vaters; nach Aussage aller, die damals als Zeugen aufgetreten sind, hat dein Vater in jener Nacht den Herrn Werner aus dem Geschlecht der Overstolzen getötet, es müsste ein Protokoll geben, mit allen Unterschriften. Was du schilderst, steht gegen die Aussage zahlreicher Mitglieder der patrizischen Familien. Ist dir das klar?«

Ich schwieg. Und war betroffen.

Zum ersten Mal war mir gesagt worden, dass der Tote auf der Straße ein Mitglied der Familie Overstolz gewesen ist – als ich aus der Stadt geflohen bin, wusste ich nur, dass mein Vater einen Patrizier umgebracht haben sollte.

»Nenne mir Namen, nenne mir nur einen Namen – und ich werde dem nachgehen. Für mich ist es wichtig zu wissen, wen du dieser Tat beschuldigst. Du kannst doch Namen nennen, oder nicht?«

Ich schüttelte den Kopf.

Peter van Polhem setzte sich wieder hin und lehnte sich zurück. Er zuckte mit den Schultern und hob die Arme ein wenig.

»Ich bin einer der Turmmeister, bestellt vom weiten Rat, meine Aufgabe ist es, Festnahmen und Entlassungen von Häftlingen zu veranlassen. Die Mordfälle, die dich betreffen, sind – wenn ich deiner Aussage Glauben schenken kann – so verschlungen und voller Rätsel, dass ich dem Rat eigentlich vorschlagen müsste, das Gewaltgericht noch einmal einzuberufen, in dem sowohl Herren des engen wie des weiten Rates vertreten sind. Das Gericht soll entscheiden, wie mit dir weiter verfahren werden soll.«

Was hieß das? Der enge und weite Rat – und was war das Gewaltgericht?

»Meister Peter«, so rutschte mir heraus, »von diesem Gericht habe ich noch nie etwas gehört ...«

Das Gewalt- und Polizeigericht gab es erst seit einigen Jahren, so belehrte er mich umgehend. Es tritt, so sagte er mit strengem Gesichtsausdruck, immer dann zusammen, wenn der Frieden in der Stadt gebrochen wird, und nur dem Gericht oblag das Verhaftungsrecht.

»Dieses Gericht allein wird entscheiden, ob du dem Hohen Weltlichen Gericht des Erzbischofs überstellt wirst, ist dir das klar?«

Ja, antwortete ich, das kannte ich natürlich, es war für Kapitalverbrechen in Köln zuständig.

Ich fragte noch, ob mein Reisegefährte, der Sohn eines böhmischen Amtmannes, mich aufsuchen dürfte, allein schon des Umstandes willen, dass er genießbare Mahlzeiten für mich besorgen könne, ich hätte nicht die Absicht, tagelang von Brot und Wasser zu leben.

»Ich werde dafür sorgen, dass dein Gefährte nicht abgewiesen wird – und das Gewaltgericht sollte morgen oder übermorgen zusammentreten«, meinte er abschließend.

Als Polhem sich verabschiedete, rief er den Burggreven, der mich in meine Zelle zurückbrachte.

Ich hatte den Eindruck, dass er etwas höflicher war als noch am Mittag.

An Schlafen war nicht zu denken. Die Decken warf ich rasch zur Seite, sie waren mit Flöhen und aller Art von Ungeziefer belegt, die sich sofort über ihr neues Opfer hermachten. Ich ertappte mich dabei, wie ich mich an beiden Unterschenkeln kratzte.

Ich war eingenickt, als plötzlich die Tür aufgerissen wurde – ein Mann wurde in den Raum geworfen, er stürzte auf den Boden.

»Ihr Hurensöhne!«, brüllte er, als er sich aufraffte und mit den

Fäusten gegen das Holz der Tür schlug, die indessen längst wieder geschlossen war.

Nun sah er mich, ich setzte mich auf.

»Sie haben mich geschlagen, gequält, getreten, diese Schweine – und das alles nur, weil eine Magd behauptet hat, ich hätte ihr bei ihren Diebstählen geholfen!«

Er richtete sein Gewand, kam etwas näher und fixierte mich im dunklen Licht der Zelle.

»Und du – warum bist du hier?«

Sollte ich mich gegenüber jemandem, der der Hehlerei beschuldigt wurde, rechtfertigen?

»Man sagt, ich hätte fünf kleine Kinder umgebracht!«

Er stutzte, dann lachte er wie ein Besessener.

»Hochachtung, mein lieber Freund, da hat man mir aber eine feine Gesellschaft ausgesucht, bei allen Märtyrern der christlichen Religion.«

So ähnlich empfand ich auch.

Er setzte sich mit dem Rücken zur Wand.

Mein Zellengenosse war etwa fünfundzwanzig Jahre alt, kräftig gebaut, er hatte wirre Haare, sein Wams war verschmiert. Er selbst war auch schmutzig, und er stank über alle Maßen.

Wir hörten den Burggreven vor die Tür treten.

»Thomas«, so rief er, »du wirst morgen noch einmal den Gewaltrichtern vorgeführt!«

»Welche Ehre, welche Gnade! Ich will aber mein Recht«, brüllte Thomas zurück.

Dann legte er die Arme auf die Knie und ließ den Kopf nach vorne fallen – und zu meiner Erleichterung beruhigte er sich mehr und mehr.

Wochenlang, so fing er plötzlich an zu erzählen, sei er in Haft gehalten worden, er, der Sohn eines Kölner Bürgers. Er gehöre zur Familie Roppel, die am Eigelstein wohne. Eine Magd, Elsa mit Namen, sei dabei ertappt worden, als sie Schmuck, Geschirr und Bestecke aus dem Haus gestohlen habe.

»Und dann hat sie behauptet, sie sei meine Geliebte, ich hätte ihr sogar beim Verkauf der Beute geholfen, diese Hure!«

Ich stand auf und ging an das winzig kleine, vergitterte Fenster zum Rheinufer und blickte auf den Fluss.

»Thomas – so heißt du doch? Thomas, ich glaube, du erkennst nicht, dass man dir Gelegenheit gibt, deine Sache erneut darzulegen – du solltest auf die Verhandlung vor den Gewaltrichtern hoffen, berufe dich auf deine Rechte als Kölner Bürger!«

Er sah zu mir auf.

»Ja – es ist wider alles Recht, es spricht dem Kölner Stadtrecht Hohn, dass man mich in dieses stinkende Loch geworfen hat! Und weißt du, wann man mich hier eingesperrt hat? Als zu allem Unglück unser Haus am Eigelstein abgebrannt ist, vor einigen Wochen erst!«

Das habe das Gewaltgericht erst richtig auf den Fall aufmerksam gemacht, dann sei es zu weiteren schlimmen Verhören gekommen.

»Und diese verfluchte Elsa hat dann ausgesagt, ich hätte sie geschwängert, es wäre zu einer Fehlgeburt gekommen, nachdem ich sie jämmerlich und gewalttätig traktiert hätte!« Er fuhr sich mit beiden Händen durch die fettigen Haare.

»Gut, ich habe mich einmal mit Elsa fleischlich verbunden – aber das passiert nun mal bei jungen Leuten, es ist dann auch bei diesem einen Mal geblieben.«

Er spie in eine Ecke.

Mit den Diebstählen und dem Brand habe er nun wirklich nichts zu tun.

»Man bestiehlt doch nicht seine eigene Familie und steckt doch nicht sein eigenes Haus in Brand? Was meinst du?«

Er hielt kurz inne. »Wer bist du überhaupt?«

Langsam drehte ich mich um. »Ich heiße Andreas, und ich gebe dir Recht, Thomas – man bestiehlt nicht seine Familie, man zündet nicht sein eigenes Haus an, und man bringt auch nicht, wie man mir vorwirft, seine Mutter und seine fünf Geschwister um, wenn man ein christliches Leben führt, die zehn Gebote achtet, die Gott der Allmächtige den Menschen gegeben hat, und die Gesetze einhält, die sich die Menschen selbst gegeben haben. Das ist es, was ich dem Gewaltgericht morgen deutlich machen will.«

»So sitzt auch du unschuldig in diesem Loch?«

Es hörte sich fast so an, als ob dieser Mann Mitleid mit mir hätte.

»Ja«, antwortete ich kurz, »so wahr ich Andreas Hemmersbach heiße. Und ich vertraue der göttlichen Gnade und Gerechtigkeit und der Eingebungskraft unserer heiligen Religion – und nicht zuletzt der menschlichen Vernunft!«

Was hatte ich da gesagt? Menschliche Vernunft – gab es die überhaupt?

Vor dem Gewaltgericht

Am Abend brachte der Burggreve meinem Zellengenossen einen Korb, in dem sich Brot, Käse und Schinken befand, und einen großen Krug voller Wein, mir stellte er, wie angekündigt, Brot und Wasser hin. Pavel war es offensichtlich noch nicht gelungen herauszufinden, wo man mich untergebracht hatte.

Thomas blickte mich ratlos an, dann brach er ein Stück vom Käse ab und gab es mir. Auch den Krug reichte er mehrfach herüber, ich war ihm dankbar.

Es war nun bereits dunkel geworden – und es war ungemütlich und kalt in der Kammer, daher teilten wir uns die Decken. Von den Anlegestellen der Frachtschiffe schallten noch immer einzelne Rufe von Werftarbeitern und Schifferknechten herüber, in der Stadt wurde es allmählich ruhig, etwas später konnten wird sogar die behäbigen Wellen des Rheins vernehmen, die dann und wann an die Werften schlugen.

Ich schlief sehr unruhig, Läuse und Flöhe machten mir ziemlich zu schaffen. Ich glaubte, auch Ratten gesehen zu haben, die von einer in die andere Ecke huschten. Und zu alledem schnarchte Thomas – gelegentlich sprach er im Schlaf, ich verstand die hinausgepressten Wortfetzen zum Glück nicht.

Im Morgengrauen wurden wir geweckt.

Es begann der siebte Tag des Monats Oktober des Jahres 1346 nach der Geburt unseres Herrn, ein Dienstag.

»Aufwachen, ihr elendes Pack! Heute geht's euch endgültig an die Gurgel!«

Es war der Burggreve, dem es wohl Spaß machte, die Gefangenen in dieser Weise zu verhöhnen. Vergnügt schritt er von Zelle zu

Zelle, brüllte immer den gleichen Spruch und schlug dabei mit einem Knüppel an die Türen.

»Das macht er jeden Morgen so«, sagte Thomas, »man gewöhnt sich daran.«

Wir standen auf, schüttelten den Dreck und das Ungeziefer aus unseren Gewändern, wir wuschen uns mit meinem Trinkwasser das Gesicht und teilten uns den Rest seines Weins.

Zum Frühstück erhielt Thomas eine warme Suppe – »die hat deine liebreizende Schwester gebracht, ein Prachtweib, zum, ähm, zum, ja ...«, sagte der Greve mit kaum verhohlener Lüsternheit.

Für mich gab es wie gehabt verschimmeltes Brot und schales Wasser, das ich stehen ließ.

Später hörten wir schwere Schritte und Waffengeklirr.

»Andreas Hemmersbach, mach dich bereit, du wirst auf das Gericht geführt!«, rief der Burggreve.

Ich gab Thomas die Hand, dann umarmten wir uns und wünschten uns gegenseitig Glück und göttlichen Beistand.

Draußen wurde ich wieder gefesselt und von vier Gewaltrichterdienern in die Mitte genommen.

»Wo bringt ihr mich hin?«, fragte ich.

»Das wirst du schon merken«, sagte einer verächtlich.

Durch die Mühlengasse gingen wir in Richtung Alter Markt.

Der Morgennebel lichtete sich allmählich, die Sonne ließ sich erstmals blicken, als die Männer mich zum Rathaus führten. »Haus der Bürger« wurde es genannt, das Gebäude stand seit alter Zeit am Rand des Judenviertels. Nach und nach, das wusste ich noch, waren zur Unterbringung der Schreibstuben, der Schreinskarten, der Rentkammern sowie des Archivs, in dem das städtische Schriftgut verwahrt wurde, benachbarte Häuser aufgekauft oder angemietet worden – und in diesen Tagen errichtete man einen prächtigen Neubau, als dessen Zierde ein großer Saal geplant war. Ständig wurde Baumaterial aus dem Siebengebirge vom Hafen in die Gasse am Haus der Bürger gekarrt, die auch »Judengasse« genannt wird. In dieser Gasse betraten wir ein Nebengebäude, wo das Gericht zusammentreten sollte.

Der Raum war nicht besonders groß, neben dem Eingang befand sich ein Tisch mit einem Schemel, an der gegenüberliegenden Wand war eine steinerne Bank errichtet.

Gewaltrichterdiener stellten sich zu beiden Seiten der Tür auf, ich war, obwohl gefesselt, mittlerweile von sechs Bewaffneten umgeben.

Begleitet von einem Schreiber, betrat dann Peter van Polhem den Raum, er grüßte mich mit einem kurzen Kopfnicken.

Schließlich erschienen die Ratsherren, die das Gewaltgericht stellten, insgesamt sechs Männer. Zwei davon, so schätzte ich, stammten aus den Reihen der Geschlechter. Es waren nicht die aus edlen Stoffen gefertigten Gewänder, an denen ich sie erkannte, es war die Art ihres Auftretens, der hochmütige Gesichtsausdruck, der selbstsichere Blick, der Gang, mit dem sie das Gremium wie selbstverständlich anführten. Die anderen Herren, die ihnen folgten, trugen gewöhnliche Kleidung, einer, ein untersetzter, kräftiger Mann, war sogar mit einer Lederschürze erschienen – den hatte man offensichtlich von seinem Arbeitsplatz geholt, vermutete ich.

Die Richter setzten sich auf die Steinbank. Peter van Polhem trat vor.

»Ehrsame Herren des Gewalt- und Polizeigerichtes! Zunächst sollt Ihr darüber urteilen, was mit diesem Mann da« – er zeigte auf mich – »geschehen soll. Er heißt Andreas Hemmersbach …«

Er wurde unterbrochen. Einer der Patrizier war aufgestanden.

»Ich hatte doch gestern schon befohlen, dass der Delinquent an das Hohe Weltliche Gericht überstellt wird – warum müssen wir uns nochmals mit seinem Verbrechen befassen?«

Der Turmmeister blieb gelassen.

»Herr Nikolaus, so beruhigt Euch doch – ich habe den Mann gestern verhört, einiges von dem, was er aussagte, spricht dafür, dass er möglicherweise zu Unrecht beschuldigt wurde. Und Ihr wisst, dass es meine Aufgabe ist, Verhaftungen anzuordnen – nicht Eure.«

Der Mann setzte sich wütend wieder hin.

»Was spricht für seine Unschuld? Kannst du uns den Fall noch einmal schildern?«, fragte nun der Mann mit der Lederschürze.

Polhem tat sein Bestes.

Er fasste kurz zusammen, was gegen mich vorgebracht werden musste. Während er erzählte, so bemerkte ich, sank der Mann mit der Schürze immer mehr in sich zusammen, seine breite Stirn stützte er mit der rechten Hand ab. Ab und zu schüttelte er den Kopf.

Der Turmmeister berichtete auch, dass es meiner Aussage zufolge einen Augenzeugen gegeben habe, der bestätigen könnte, dass meine Mutter und meine Geschwister schon tot waren, als ich das Haus betreten hatte.

»Wer ist dieser Augenzeuge? Warum hat er sich nicht damals schon gemeldet?«

Es war der Herr Nikolaus, der den Turmmeister nicht ausreden ließ.

»Der Zeuge heißt Ascher ben Baruch, aus dem jüdischen Viertel. Er war damals bereits schon sehr alt, er ist längst tot«, sagte Polhem. »Wir haben aber eine schriftliche Aussage von ihm.«

Ich blickte auf. Hatte ich richtig gehört? Woher wusste er von Ascher? Ich hatte ihm den Namen nicht genannt. Und was war das für eine schriftliche Aussage?

Peter van Polhem öffnete die Tür und bat einen älteren Mann, der schon an seinem langen grauen Bart und an der bescheidenen Tracht als Jude zu erkennen war, hereinzukommen. Hinter ihm stand Pavel, ja Pavel, der mir voller Zuversicht zuwinkte. Der Jude nahm den eigentümlichen spitzen Hut ab und verbeugte sich mehrfach.

»Das ist Abraham Halevi, Mitglied des Judenrates«, sagte Polhem.

Halevi sei heute Morgen zu ihm gekommen, und er habe ihm ein Schriftstück übergeben – »dieses hier« – er zeigte ein gefaltetes Stück Pergament.

»Er soll Euch selbst sagen, wie er in den Besitz dieses Briefes gelangt ist.«

Abraham Halevi hüstelte.

»Gnädige Herren, nach Eurer Zählung der Weltenzeit wurde ich im Jahre 1317 in den Rat der jüdischen Gemeinde bestellt, als Nachfolger des alten Ascher, der damals an die Rechtsschule von Toledo berufen worden war, eine außergewöhnliche Ehrung für einen Sohn Israels, der nicht in den iberischen Ländern heimisch war. Bevor Ascher Köln verließ, ließ er vom damaligen Pfarrer von St. Laurenz diesen Brief in lateinischer Sprache beglaubigen, dann gab er ihn mir. Soll ich Euch den Text übersetzen?«

Polhem nickte und gab ihm den Brief.

»Ich, Ascher ben Baruch, Rechtsgelehrter«, so las Abraham vor, »bestätige beim Gott unserer Väter, Jahwe, dem Gott Israels, dass ich Zeuge gewesen bin, wie Andreas Hemmersbach vor nunmehr acht Jahren seine Mutter und seine fünf Geschwister tot in ihrem Haus gefunden hat. Er hat, das schwöre ich, seine Familie nicht getötet. Ich glaubte damals, es sei besser, dass Andreas aus Köln flüchten sollte, zumal sein Vater in derselben Nacht unter mysteriösen Umständen zu Tode gekommen war. Andreas hätte beweisen müssen, dass er unschuldig ist und dass man seinen Vater in ungerechtfertigter Weise für die Tötung eines Patriziers zur Verantwortung gezogen hat – für einen jungen Mann, der nach salischem Recht gerade volljährig geworden ist, eine schwierige, kaum zu bewältigende Aufgabe, die er ganz allein hätte durchführen müssen, gegen diejenigen, die damals in Köln herrschten. Wenn Andreas Hemmersbach eines Tages nach Köln zurückkehren sollte, so gebt ihm dieses Schriftstück, das ihm helfen soll, seine Unschuld zu beweisen. Im Jahre 4078 nach der Erschaffung der Welt, Ascher ben Baruch.

Gelesen und für richtig erachtet am Tage der heiligen Johannes und Paul von Rom, im Jahre des Herrn 1317 – Michael, Pfarrer an St. Laurentius in Köln.«

Mir perlten Schweißtropfen von der Stirn. Es herrschte Stille im Raum.

»Was soll das? Was wollt ihr mit diesem Schriftstück beweisen? Nichts, gar nichts – dieser Brief kann gefälscht sein! Dazu stammt er aus der Feder eines Hebräers!«, rief der Herr Nikolaus, der als Erster seine Fassung zurückgewonnen hatte.

»Eure Meinung in allen Ehren«, sagte daraufhin Peter van Polhem, »eines, Herr Nikolaus, solltet Ihr jedoch bedenken: Andreas Hemmersbach wusste nichts von dieser Erklärung, sonst hätte er mir im Verhör davon erzählt. Hast du jemals irgendeinem Menschen diesen Brief gezeigt, Abraham?«

Halevi schüttelte den Kopf.

»Nein – erst als dieser Böhme mit dem lustigen Hund in unserem Viertel auftauchte und nach Ascher ben Baruch fragte, kam mir das Dokument überhaupt wieder in den Sinn.«

Aha, Pavel war also ins Judenviertel gegangen.

»Wer sagt uns, dass er die Wahrheit sagt?« Die Stimme des Herrn Nikolaus überschlug sich fast.

Peter van Polhem ging langsam auf ihn zu.

»Bei aller Hochachtung, Herr – Ihr gehört dem Geschlecht der Jude an, es ist eine der ältesten Familien Kölns, zu Euren Vorfahren zählt eine Jüdin, die vor langer Zeit vom Unglauben der Hebräer zum Christentum übergetreten ist, das weiß jeder in Köln. Ich meine daher, es ziemt sich nicht, dass ausgerechnet Ihr die Aussagen Aschers und des Herrn Abraham in so grober Weise in Zweifel zieht.«

Nikolaus Jude hatte sich empört erhoben.

»Das muss ich mir nicht sagen lassen, nicht von einem, einem …«

Er brach ab und setzte sich wieder hin.

Die anderen Ratsherren wirkten ziemlich ratlos. Abraham Halevi verließ in gebückter Haltung den Raum.

Der Turmmeister blickte zu mir herüber.

»Nach unserem Recht gibt es nur eine eingeschränkte Zeugenschaft eines Juden vor einem christlichen Gericht, das ist uns allen bekannt. Es liegt uns aber noch ein Dokument vor, das ebenfalls für den Beschuldigten spricht: Der Herr Karl, der König von Böhmen, der auch beansprucht, König der Römer zu sein, hat Andreas unter seinen persönlichen Schutz genommen. Wo ist der Brief?«

Der Schreiber stand auf, ging an die Tür und ließ sich von Pavel, der noch immer draußen wartete, das Dokument geben.

»Lies vor!«, befahl Peter van Polhem.

Der Schreiber entfaltete das Pergament.

»Im Namen der Heiligen und Unteilbaren Dreifaltigkeit. Wir, Karl, von Gottes Gnaden unbesiegbarer König der Römer, König von Böhmen, Markgraf von Mähren, entbieten den Bürgermeistern der Stadt Köln, allen Herren des Rates, den Konsuln und Richtern, den Schöffen und allen Bürgern unseren Gruß. Wir möchten Euch und allen Leuten, die diesen Brief zu Gesicht bekommen, kundtun, dass Andreas Hemmersbach, ein treuer Diener meines Vaters, des verstorbenen Königs von Böhmen, in den nächsten Tagen in die Stadt Köln zurückkehren wird, seine Vaterstadt, die er vor vielen Jahren verlassen musste. Ein großes Unglück hatte seine Familie damals getroffen. Er hat in Unserer und in Gegenwart des Bischofs von Amiens einen Reinigungseid geschworen, der ihn vor Gott und den Menschen von aller angeblichen Schuld freispricht. Wir nehmen Andreas Hemmersbach daher unter unseren besonderen königlichen Schutz und befehlen Euch aufgrund unserer königlichen Majestät, Andreas Hemmersbach an Leib und Leben unversehrt zu lassen, ihn bei der Suche nach den Mördern seiner Familie mit allen Euren Kräften zu unterstützen, damit endlich die Wahrheit über diesen gemeinen Mord und Totschlag an den Tag komme und die Täter ihrer gerechten Strafe zugeführt werden. Niemand möge sich unterstehen, dieses Dokument Unserer Anordnungen und Verfügungen zu verletzen oder ihm in frevlerischem Übermut zuwiderzuhandeln. Wenn sich aber jemand untersteht, dies zu tun, so soll er wissen, dass er sich Unseren und den Unwillen aller billig und gerecht denkenden Menschen zuziehen wird. Gegeben am – und so weiter und so weiter, das muss ich ja nicht vorlesen, und hier ist das königliche Siegel.«

Der Schreiber zeigte das Siegel, dann ging er zu seinem Tisch zurück.

Ich hatte mir bislang nicht die Mühe gemacht, den Brief zu lesen. Ich wüsste nicht, dass ich einen Reinigungseid geschworen hätte, da hat er des Guten zu viel getan, dachte ich, wichtig aber war, dass Karl mir unmissverständlich meine Unschuld attestiert hatte – würde das die Gerichtsherren beeindrucken?

»Wie gehen wir mit diesem Geleitbrief um?«, fragte der Turmmeister.

»Dieses Papier ist völlig wertlos! Die Stadt Köln kennt keinen König, der Karl heißt! Wir stehen an der Seite unseres alten Kaisers, des Herrn Ludwig!«, rief empört der Patrizier, der neben Nikolaus Jude saß.

Nun meldete sich der Mann mit der Lederschürze wieder zu Wort.

»Meine Herren, das ist etwas, was ich, ein einfacher Handwerker – Ihr wisst, dass ich Brauer bin – nicht verstehe: Auf unserem großen Siegel rühmen wir unsere Stadt als treue Tochter der römischen Kirche, doch andererseits verharren wir in Treue zu einem Fürsten, den eben diese heilige römische Kirche als Ketzer bezeichnet und abgesetzt hat? Kann mir das jemand erklären?«

Einer der Männer, der bis dahin geschwiegen hatte, erhob sich.

»Die fünfzehn Herren der Geschlechter, die im engen Rat sitzen, haben entschieden, dem Kaiser, Herrn Ludwig aus dem Hause Wittelsbach, der der Stadt viele Privilegien erteilt hat, den Gehorsam zu bewahren. Entscheidend für dieses Votum war die Tatsache, dass unser größter Feind, der Kölner Erzbischof, der uns freie Bürger wieder unter das Joch der Knechtschaft zwingen will, auf Seiten des Gegenkönigs steht – nämlich auf Seiten des böhmischen Königs, des Herrn Karl. Wir sollten aber überlegen, ob das ein Grund ist, einen Geleitbrief zu missachten, der mit dem Konflikt um das Königtum nichts zu tun hat. Es geht hier allein um das Schicksal eines Mannes, der einmal Kölner Bürger war. Und, ehrsame Herren, ein Letztes: Ihr alle wisst, wie schnell sich das Blatt zugunsten des böhmischen Königs wenden kann.«

Zustimmendes Gemurmel unter den Gerichtsherren. Nur Nikolaus Jude deutete an, dass er mit dieser Meinung nichts anfangen könne. Es sah gut für mich aus.

Dann aber trat Peter van Polhem in die Mitte des Raumes und zeigte auf mich.

»Der Beschuldigte seinerseits hat gestern den Verdacht geäußert, dass Mitglieder der patrizischen Familien damals seinem Vater den Tod des Werner Overstolz angelastet haben, um ihn dann beseitigen zu können!«

Wieder herrschte Stille. Die Gerichtsherren saßen wie erstarrt auf ihren Plätzen.

»Das ist ja unerhört! Eine Ungeheuerlichkeit!«

Der zweite Patrizier war aufgesprungen.

»Allein für diese Anschuldigung sollte man ihn vierteilen, diesen Hemmersbach! Er ist wie sein Vater – ein gottloser Lügner, aufsässig und hinterhältig! Ich, Johann Spiegel, aus der Familie der Spiegel, war damals dabei, ich habe gesehen, wie Matthias Hemmersbach den Herrn Werner erstochen hat, und viele andere haben es auch gesehen, Peter von Horn, Engelbert Birkelin, Ludger Mommersloch, ja, und die anderen eben.«

Er war kaum zu beruhigen. Auch sein Amtskollege war außer sich.

Was ich immer geahnt hatte, hatte Johann Spiegel ungewollt bestätigt – die feinen Herren aus den Geschlechtern steckten hinter dem Ganzen. Sie hatten sich damals gegen meinen Vater verschworen! Trotz meiner Erregung versuchte ich, mir die Namen zu merken, die Spiegel genannt hatte.

»Darf ich dazu etwas sagen?«, fragte ich den Turmmeister, um schnell fortzufahren: »Ich habe etwas völlig anderes gesehen: Als mein Vater und ich in dieser Nacht des Jahres 1309 in die Rheingasse kamen, lag ein Toter auf dem Pflaster ...«

»Niemand hat dir das Wort erteilt, Andreas Hemmersbach«, wurde ich da vom Turmmeister scharf zurechtgewiesen.

»Bringt ihn in den Keller!«, befahl er den Bewaffneten. »Das Gericht wird den Fall nun beraten.«

Man stieß mich in den Rücken, die Gewaltrichterdiener bahnten sich den Weg durch die Neugierigen, die vor der Tür gewartet hatten. Man schleppte mich durch einen dunklen Gang, Türen wurden aufgeschlossen, Holz schlug gegen Holz, Balken wurden beiseite geschoben, dann gelangten wir in einen völlig leeren Raum. Einer der Männer sagte: »Hinlegen!« und trat mir mit dem Fuß in die Kniekehle, sodass ich auf den Boden fiel, gefesselt wie ich war. Die anderen lachten. Ich überlegte, ob ich dem Kerl einen Fußtritt versetzen sollte – was, so war mir klar, unweigerlich zu weiteren Misshandlungen führen würde. Also drehte ich mich auf die Seite, den Blick auf eine gekalkte Wand gerichtet.

Nach geraumer Weile klopfte der Schreiber an die Tür.

»Der Turmmeister sagt, ihr sollt ihn zurückführen!«

Sie halfen mir auf die Beine.

Die Gerichtsherren saßen mit unbewegten Mienen auf der Steinbank. Peter van Polhem flüsterte einem von ihnen etwas ins Ohr, ehe er den Spruch des Gerichtes verkündete: »Andreas Hemmersbach, das Gewalt- und Polizeigericht des ehrsamen Rates der Stadt Köln hat entschieden, dich bis auf weiteres auf freien Fuß zu setzen. Den Mord an deiner Familie kann man dir, nach Auffassung der Gerichtsherren, nicht nachweisen, der Reinigungseid vor dem Bischof von Amiens wird anerkannt, die schriftliche Aussage des Juden hat keine Bedeutung. Doch dieser Mord bleibt so rätselhaft wie kein anderer zuvor.«

Ich atmete tief durch.

»Du darfst dich – von heute an gerechnet – sechs Tage lang in der Stadt aufhalten, du hast die Gelegenheit, dich umzuhören, niemand soll deine Nachforschungen behindern. Es soll alles so geschehen, wie es der böhmische König gefordert hat.« Er warf Nikolaus Jude einen vielsagenden Blick zu. »Und du meldest dich am Abend des vierten Tages und am Mittag des sechsten Tages bei mir, danach wird entschieden, ob du bleiben darfst oder die Stadt zu verlassen hast.«

Die Gerichtsherren standen auf und verließen einzeln den Raum, bis auf den Brauer. Der machte den Turmmeister darauf aufmerksam, dass ich noch immer Fesseln trug.

Polhem befahl den Gewaltrichterdienern, sie mir abzunehmen.

Ich rieb mir erleichtert die Unterarme. Ich war frei.

»Turmmeister, darf ich dir danken? Ich glaube, du hast …«

»Dankt nicht ihm, dankt uns, die wir dem weiten Rat angehören«, sagte da der Brauer, bevor ich ausreden konnte. »Mit vier gegen zwei Stimmen ist deine Freilassung beschlossen worden, natürlich wollten dich die Patrizier weiter im Kerker schmoren lassen, schon allein, weil du die Geschlechter, ja, ich weiß nicht, wie ich es sagen soll, ja: angepinkelt hast.«

Ich musste lachen. Er streckte seine Hand aus.

»Ich bin Arnold van Laan, Arnold der Brauer, so nennt man mich – und damit du es weißt: Einen Teil deiner Geschichte, Andreas, kannte ich schon.« Er sah mich erwartungsvoll an – »ahnst du, wer sie mir erzählt hat?«

Ich hatte natürlich keine Ahnung. »Sag es mir, Meister Arnold.«

Er zögerte einen Moment, um es spannend zu machen.

»Katharina, Katharina Aldenhoven, deine Freundin aus Kindertagen.«

Ich war verblüfft, ziemlich verwirrt sogar und schaute blöd in die Runde.

Nun fing Arnold an zu lachen. »Erinnerst du dich nicht an sie? Sie ist mein Eheweib – sie wird sich freuen, dich gesund wieder zu sehen! Du musst uns besuchen – wir wohnen an der …«

Er redete ohne Unterlass weiter, obwohl ich ihm schon längst nicht mehr zuhörte, ich sah ein junges, hübsches Mädchen vor mir, ebenso natürlich und liebreizend wie frech, ja, Katharina war oft frech gewesen, aber deshalb hatte ich sie ja auch gemocht, sie hatte es verstanden, mich zum Lachen zu bringen, sie war – was war sie? Und was hatte Arnold mit ihr zu tun?

»Katharina ist dein Weib?«, fragte ich endlich, nachdem Arnolds Redeschwall langsam abgeklungen war.

»Ja, sie ist mein vor Gott angetrautes Eheweib, seit mehr als dreißig Jahren, und wir haben fünf Kinder, unser ältester heißt Andreas, so wie du, er ist schon achtundzwanzig Jahre alt und Brauer, so wie ich. Unsere Jüngste ist fünfzehn, sie wird womöglich noch in diesem Jahr heiraten.«

Er machte eine kleine Pause. »Du besuchst uns doch, Andreas?«

Ich versprach es. »Noch heute Abend komme ich zu euch – wo, sagtest du, wohnt ihr?«

»An der Würfelpforte, wir haben da ein Gasthaus, es heißt ›Zum weißen Löwen‹ – und du bist eingeladen, bei uns zu wohnen, du bist unser Gast, es werden dir keine Kosten entstehen.«

Ich bedankte mich bei ihm und verließ erleichtert den Raum.

Im jüdischen Viertel

Auf dem Alter Markt räumten die Marktfrauen bereits ihre Stände, nur noch einige wenige alte Frauen feilschten um billiges Gemüse und verdorbenes Fleisch, vor dem Rathaus standen noch einige Leute in der warmen Sonne des Frühherbstes, darunter Pavel.

Er kam auf mich zu und umarmte mich, das erste Mal übrigens, seitdem wir uns kannten – und er war sehr stolz auf sich.

»Na, Herr Andreas, wie habe ich das gemacht? Ein kurzer Gang ins jüdische Viertel – und ich finde den Mann, der Euch geholfen hat.«

Ich dankte auch ihm und bat ihn, unser Gepäck zu holen – und Henri, den er in unserem Quartier zurücklassen musste, wie er mir sagte.

Dann wandte ich mich an Abraham Halevi, der offensichtlich auf mich gewartet hatte.

»Ihr seid mein Retter, verehrter Herr, ohne das Schriftstück, dessen Ihr Euch erinnertet, wäre ich wohl nicht freigelassen worden.«

Ich ergriff seine Rechte und drückte sie fest mit beiden Händen.

»Ihr seid sehr freundlich zu mir, Herr. Nicht ich habe Euch gerettet, sondern Ascher ben Baruch. Eine seiner Töchter lebt noch unter uns, sie hat mich an das Schreiben gemahnt, als Euer Gefährte in unserem Viertel erschien. Möchtet Ihr sie sprechen?«

Ich sagte, ohne zu zögern, zu.

Pavel, der sich schon auf den Weg gemacht hatte, rief ich hinterher, er solle in der Kaschemme auf mich warten, ich hätte noch etwas zu tun.

Wir gingen langsam zur Gasse, die »An der Marspforte« heißt. In den Zeiten, als die Römer in Köln herrschten, soll hier einmal ein Tempel des heidnischen Kriegsgottes Mars gestanden haben.

Abraham Halevi schwieg.

»Herr, Ihr seid doch Rechtsgelehrter«, so fragte ich ihn schließlich, um ein Gespräch in Gang zu bringen, »was hat es mit dem engen und dem weiten Rat auf sich?«

Er blickte mich an und blieb stehen. »Man merkt, dass Ihr Köln vor langer Zeit verlassen habt, Herr Andreas.«

Aber dann erzählte er mir, dass es schon lange neben dem alten Gremium, das nun enger Rat genannt werde, einen weiten Rat gebe. Im ersten säßen nur Angehörige der alteingesessenen Patrizierfamilien, im weiten Rat seien dagegen auch die Vorsteher der Sondergemeinden, Kaufleute, wohlhabende Händler und die Amtsmeister der Handwerker vertreten, insgesamt zweiundachtzig Köpfe aus der gesamten Bürgerschaft.

Irgendwie kam mir das alles sehr bekannt vor. Hatte mein Vater nicht hin und wieder davon gesprochen, dass auch jenen Gruppen, die für das Gedeihen Kölns verantwortlich waren, nämlich die, die der Jude gerade genannt hatte, ein Mitspracherecht eingeräumt werden solle, wenn wichtige Entscheidungen anstünden?

»Und welche Befugnisse hat dieser weite Rat?«, fragte ich.

Man habe damals, um das Jahr 1320 »nach christlicher Zeitrechnung«, wie er betonte, wohl auch in den patrizischen Kreisen erkannt, dass auch die Stände der Händler und Handwerker am Regiment der Stadt beteiligt werden müssten, und so sei der weite Rat geschaffen worden – »zunächst nur als beratendes Gremium, das dem engen Rat unterstellt war.« Mittlerweile habe der weite Rat aber eine Reihe von Befugnissen erlangt, eine davon sei die Aufrechterhaltung von Ruhe und Ordnung in der Stadt. Alle Ratsherren würden nach einem Jahr ausgewechselt, so wie auch die Bürgermeister nur ein Jahr ihr Amt ausüben dürften.

»Es hat sich ja doch etwas in dieser Stadt verändert«, sagte ich nach einer kurzen Pause, »die Geschlechter haben nicht mehr das alleinige Sagen, kaum zu glauben.«

»Ja – es hat sich etwas verändert in dieser Stadt, auch für uns, die Juden.«

Das sagte Abraham, als wir die Judengasse erreichten. Wenige Schritte weiter hatte man eine Pforte gebaut, die mit schweren Holztüren versehen war.

»Habt Ihr die Mauer gesehen, Herr?«

Erst jetzt fiel mir auf, dass man die Häuser der Juden mit einer Mauer verbunden hatte.

»Vor mehr als zwanzig Jahren hat man uns auferlegt, diese Mauer zu bauen – wir leben jetzt, wie die Italiener sagen, in einem Ghetto, abgesondert von den Christen, in einem Viertel, das man nur durch ein Tor und ein paar Türen betreten kann.«

Ich war als kleiner Junge oft im jüdischen Viertel gewesen, es bestand aus etwa neunzig Häusern und Hofstätten – ein zusammenhängender Bereich von Gebäuden, zwischen dem Palast des Erzbischofs, der Marspforte, wo wir gerade standen, und der Pfarrkirche St. Laurenz gelegen. Etwa achthundert Juden, so hatte ich einmal gehört, lebten und wohnten dort. Mittelpunkt des Viertels war das Haus ihres Gottes Jahwe, das die Juden Synagoge nannten, daran hatte man eine Frauen-Synagoge angebaut. Neben der Synagoge stand die Mikwe, das Judenbad, wo sie sich vor den Gottesdiensten ihren Reinigungsriten unterziehen mussten. Es gab ein Hospital, eine Bäckerei und ein eigenes Tanz- und Hochzeitshaus, an das ich mich besonders gut erinnern konnte – es war immer sehr lustig zugegangen, unter den Juden.

»Warum musstet Ihr diese Mauer bauen?«, fragte ich.

Abraham Halevi seufzte. Aus einem zerfurchten Antlitz blickten mich müde, eingesunkene Augen an.

»Wie lange leben Juden schon in Köln? Seit der Zerstörung des Tempels in Jerusalem, als mein Volk in alle Welt zerstreut wurde?

Vielleicht erst seit achthundert Jahren? Es heißt ja, schon zu Zeiten Kaiser Justinians habe es eine Talmudschule in Köln gegeben – wer weiß? Zu allen Zeiten aber gab es Spannungen mit den Christen. Doch in diesen Tagen nehmen Unsicherheit und Unterdrückung wieder zu. Zuletzt gab es sogar blutige Zwischenfälle unter uns Juden – die nahmen die Kölner Ratsherren zum Anlass, unser Wohnviertel mit einer Schutzmauer, wie sie sagten, von den Häusern der Christen abzugrenzen. Und so leben wir seither in Enge und Schmutz, ständig bedroht von Verfolgung und Ausbeutung.«

Wir gingen durch eine schmale Gasse, die die Juden das »Metzloch« nannten, auf die Synagoge zu. Es war früher Nachmittag, vor den Häusern tollten Kinder, ein Bettler, der sein Gesicht unter einem zerrissenem Tuch versteckte, streckte seine verkrüppelte Hand aus, Hühner und Gänse liefen über die Straße, manche der in einfache Kaftane gekleideten Leute, Männer mit Schläfenlocken, denen wir begegneten, grüßten Abraham Halevi, der zu den *Parnassim*, den Gemeindevorstehern, gehörte.

»Begleitet mich in mein bescheidenes Haus, Herr Andreas, ich werde Sarah, die Tochter Aschers, gleich kommen lassen.«

Wir betraten sein Haus in unmittelbarer Nähe der Synagoge. Durch einen langen Flur gelangten wir in den Hof, wo wir an der hinteren Mauer an einem kleinen Tisch Platz nahmen. Abraham wies einen Diener an, uns etwas zu trinken zu bringen – »einen Krug Wein«, rief er.

»Ich bin nun seit fast dreißig Jahren Mitglied unseres Judenrates«, begann er zu erzählen, nachdem er sich am Wein gelabt hatte, »und ich habe schon bessere Zeiten als die gegenwärtigen gesehen.«

Er könne sich daran erinnern, dass man die Juden einst als Bürger behandelt habe, dass Juden Häuser kaufen durften, ohne sich die Genehmigung des Rates einholen zu müssen, dass selbst Stifte und Klöster ihre Besitzungen an die Judengemeinde oder einzelne Juden verliehen hätten.

»Heute müssen wir, wenn wir Häuser von Christen kaufen, zusätzlich den vierten Teil des Betrages an die Stadt zahlen.«

Er nahm wieder einen Schluck aus seinem Becher. Mir blieb nur übrig, auf sein Wohl zu trinken und zu schweigen.

»Wir sind noch immer autonom, wir haben unsere eigene Rechtsprechung, wir dürfen unseren obersten Rabbiner, den ihr

Judenbischof nennt, selbst wählen – aber wir haben nun zwei Herren, zwei Schutzherren, die aus dem bestehenden Schutzverhältnis das Recht herleiten, uns zu bedrücken und zu besteuern und uns immer größere Geldsummen abzupressen.«

Seit alters war der Erzbischof der Beschützer der Juden, seit dem Jahr 1321 nach christlicher Zeitrechnung stellte auch der Kölner Rat der Judengemeinde Schutzbriefe für einen gewissen Zeitraum aus, zuletzt hatten der Herr Walram, der Erzbischof, und die Stadt Köln zu Lichtmess 1342 die Juden für dreizehn Jahre in Schutz genommen.

»Und jedes Mal, wenn der Schutzbrief verlängert wird, sind nicht nur einmalige Geldzahlungen an die Schutzherren fällig, dann müssen unsere Leute dem Herrn Erzbischof, dem Domkapitel und der Stadt außerordentliche Darlehen gewähren – wenn wir Glück haben, zahlen sie die Kredite zurück, manchmal überlässt man uns einen Anteil von den Stadtzöllen. Und dann schimpfen alle über den verdammten jüdischen Zinswucher, dabei ist das die alleinige Quelle unseres Einkommens.«

Ich wusste, dass die Juden die Einzigen waren, die im lateinischen Abendland nicht zum Christentum übergetreten waren, sie waren dem Glauben ihrer Väter treu geblieben, sie hatten deswegen viel Leid ertragen müssen. Im ganzen Reich war ihnen schon lange verboten worden, ein Handwerk auszuüben, Handel oder Gewerbe zu betreiben; geblieben war ihnen fast ausschließlich die Pfandleihe, der Kredit gegen Zinsen. Nur einige wenige Juden waren aber erfolgreiche Geldverleiher geworden, von denen wiederum die meisten Gemeindemitglieder abhängig waren, die Bediensteten, die Lehrer, die Synagogendiener, die Talmudschüler, aber auch die Kranken und die Bettler.

»Und dann erregen sich die Herren Domkapitulare«, fuhr Abraham fort, »dass es im Schutzbrief eine Klausel gebe, wonach Klagen gegen Juden bei keinem christlichen – geistlichen oder weltlichen – Gericht, sondern nur bei unserem Judenbischof eingebracht und nach jüdischem Recht entschieden werden sollten, es sei höchst schimpflich, so sagen sie, obwohl sie ihre Zustimmung zum Schutzbrief gegeben haben, dass sie in einem Streit mit Juden vor dem Judenbischof und in der Synagoge erscheinen müssten.«

So werde Hass geschürt und Argwohn und Neid.

»Wie heißt es in der Schrift? Die Tücke Edoms hebt sich mächtig auf gegen Israel, sie frisst Geld, aber sie wird nicht sanfter.«

Ein Knabe betrat in diesem Augenblick den Hof – als er Abraham sah, lief er zu ihm und umarmte ihn.

»Gabriel, mein Junge – das ist einer meiner Enkel«, sagte Abraham zu mir, ehe er sich wieder dem Knaben zuwandte, »wie war es in der Schule?«

Mit der Schule meinte er die Synagoge, die auch Ort des Unterrichts und des Studiums war. Für die Juden bildete das Lernen, das Lesen ihrer heiligen Bücher, den Hauptinhalt ihres täglichen Lebens, schon die Kinder, Jungen wie Mädchen, wurden unterrichtet, ein Lehrer unterrichtete etwa zehn Schüler, in den ersten zwei Jahren wurde ihnen das Lesen beigebracht, man las die fünf Bücher Mose.

»Heute haben wir angefangen, die kleinen Propheten zu lesen«, sagte Gabriel stolz, »und wir sollen die Schriften auch ins Deutsche übersetzen.«

»Ja, mein Junge, sei fleißig und lerne, alles zu wissen und zu erfüllen, was in den Schriften geschrieben steht, so sagen es uns die Weisen unseres Volkes – wer Lernen mehrt, mehrt die Weisheit.«

»Großvater, wer ist dieser Mann, unser Gast?«

Gabriel zeigte auf mich.

»Das ist der Herr Andreas, ein Freund unseres Volkes.«

Gabriel ging um den Tisch herum und stellte sich vor mich hin.

»Herr Andreas, ein Ritter oder ein Edler hat eben, als Ihr mit dem Großvater durch das Metzloch kamt, nach Euch gefragt.«

Meine Ankunft in Köln hatte sich wohl rasch herumgesprochen. Aber wer war dieser Ritter?

»Kannst du mir den Mann zeigen?«

»Kommt mit, der müsste noch an der Pforte stehen!«, rief Gabriel. Und er rannte sofort aus dem Haus.

Ich sagte Abraham, dass ich sofort zurückkommen würde, und folgte dem Jungen, der schon in der Nähe des Tores auf mich wartete.

»Er stand hier, an dieser Ecke – aber als er Euch aus dem Haus des Großvaters kommen sah, ist er schnell weggegangen, ich glaube, in den Steinweg.«

Gabriel war ganz aufgeregt.

Er lief durchs Tor.

»Schnüffelt man Euch hinterher?«, fragte Abraham, als ich mich wieder zu ihm setzte.

Ich zuckte mit den Schultern. »Vielleicht wollen die Patrizier wissen, mit wem ich mich in der Stadt treffe.«

Beunruhigt, so versicherte ich, sei ich aber deswegen nicht, mir sei bewusst, dass man in Köln nicht auf mich gewartet habe.

»Ah, da kommt ja Sarah!«

Abraham Halevi stand auf und ging einer Frau entgegen, die langsam den Hof durchquerte. Über einem langen, taubengrauen Kleid trug sie einen schwarzen Umhang, der von einem Spitzenkragen abgeschlossen wurde.

Sie schien mir eine reizvolle Weibsperson zu sein. Aus einem schmalen Gesicht blickte sie mich mit lebhafter Neugier an. Ich bemühte mich, sie nicht minder unvoreingenommen zu betrachten, es war jedoch nicht zu leugnen, dass ich mich ziemlich schwer tat.

Ich vermochte ihr Alter nicht zu schätzen.

»Der Friede Gottes sei mit dir, Andreas Hemmersbach, mein Vater hat dich oft erwähnt.«

So begrüßte sie mich. Mir war nicht entgangen, dass sie mich vertraut mit »du« angesprochen hatte, sie nahm das Tuch ab, das um ihr Haar gewickelt war. Ich deutete eine Verbeugung an.

»Es ist mir eine große Freude, die Tochter des hochgelehrten Ascher ben Baruch kennen zu lernen.«

Ein Lächeln flog ihr übers Gesicht. Wir setzten uns der Reihe nach auf die Bank.

Abraham Halevi gebührte der Vortritt, Sarah nahm Platz zu seiner Rechten, mir verblieb die andere Seite. Abraham schaute uns von der Mitte aus abwechselnd an. Eine gewisse Ratlosigkeit war ihm anzusehen.

Ich war gefangen von ihr, das merkte ich sofort, denn es hatte mich eine Beklommenheit erfasst, die mir fremd war und gegen die ein Mann in meinem Alter eigentlich hätte gefeit sein müssen.

Sie strahlte etwas aus, was mich anzog.

Sarah – allein der Name hatte einen gefälligen Klang.

Sie war nicht groß gewachsen, aber sehr zierlich, das erlaubte ich mir nach der Art ihres Gangs zu beurteilen. Das lange, krause und dunkle Haar war hinten zusammengebunden, der tiefe Ansatz bekräftigte die Üppigkeit des Wuchses, an den Schläfen hingen vereinzelte Strähnen frei herunter.

Sarah sei seit vielen Jahren Talmudlehrerin an der Synagoge, erklärte mir Abraham.

Der Talmud, das wusste ich, war das heilige Buch der Juden, in dem ihre Gesetze und Vorschriften für das tägliche Leben niedergeschrieben waren. Dass es auch weibliche Lehrer gab, die den Talmud auslegten und Schüler unterrichteten, dass man eine Frau in derlei Verantwortung für das gemeinschaftliche Sein einband, war mir vollkommen neu.

Ich blickte sie staunend an.

»So bist du in die Nachfolge deines Vaters getreten, Sarah?«

Sie lächelte, sodass ihr tadelloses Mundwerk zum Vorschein kam. »Ich war acht Jahre alt, als er Köln verließ.«

Nüchtern, ohne dass mir eine Rührung aufgefallen wäre, fing sie an zu erzählen.

»Er war schon ein alter Mann, als ich geboren wurde, unsere Rechtsgelehrten heiraten oft spät, und dann sehr junge Weiber.« Da die Mutter nach der Geburt eines toten Kindes gestorben sei, habe er sie der Obhut seines Freundes Abraham anvertraut – »ich stand auf einmal ohne Eltern da, meine beiden Geschwister kamen in anderen Familien unter. In gewisser Weise ist mir ein Schicksal zuteil geworden wie dir, Andreas Hemmersbach.«

Sie beugte sich nach vorn, um mich anzusehen. Ich erwiderte ihren Blick.

Wie auch immer man seine Eltern in jungen Jahren verliert, warf ich ein – der Schmerz ist unermesslich.

Mehr zu sagen, fiel mir nicht ein, und so schwieg ich.

Sie erhob sich und setzte sich nun neben mich. Das wiederum machte mir Mut.

»Wie ist es deinem Vater ergangen, Sarah?«

»Die Berufung nach Toledo war für ihn die Krönung seines Lebens. Es mag dir bekannt sein oder auch nicht, jedenfalls genießen die Rechtsgelehrten aus Köln in unserer Gemeinschaft gewöhnlich höchstes Ansehen.«

Ich nickte, obwohl es mir nicht bekannt war.

»Die berühmtesten sind Eliser ben Joel Halevy, Abraham Achselrad und Samuel Halevi«, fuhr sie fort, »ihre Schriften wurden und werden im ganzen Abendland gelesen, von den Juden natürlich nur.«

Wieder lächelte sie – ein schönes, warmherziges Lächeln, dachte ich.

Ich schaute zu Abraham Halevi hinüber, mir war nicht ganz wohl zumute, die Unterhaltung hatte eine Richtung eingeschlagen, die an ihm vorbeilief. Halevi schien sich aber mit seiner Rolle als Zuhörer nicht nur abgefunden zu haben, nein, er legte eine durchweg zufriedene Miene an den Tag.

Ihr Vater, so fuhr sie fort, habe Köln und Deutschland auch verlassen, um dem Schicksal seines Lehrers zu entgehen, des allseits verehrten Rabbi Meir von Rothenburg – »der wurde im Jahre 4047 nach Jahwes Weltschöpfung, nach eurer Zeitrechnung im Jahre 1286, von König Rudolf festgesetzt, als er nach Palästina auswandern wollte.«

Bis zu seinem Tode sei Rabbi Meir in Kerkerhaft gehalten worden, weil er sich geweigert hatte, sich auslösen zu lassen, die Gemeinden seien bereit gewesen, die ungeheure Summe aufzubringen, die der König gefordert habe.

»Du siehst, christliche Fürsten nehmen sogar hochbetagte jüdische Rechtsgelehrte als Geiseln, um ihre Kassen zu füllen.«

Der schlimmste Ausbeuter der Juden, so fügte sie hinzu, sei aber der Herr Ludwig, der gegenwärtige Kaiser, der habe alle Juden zu seinem Eigentum erklärt – »wir sind nun seine Kammerknechte und Kammermägde, die den güldenen Opferpfennig zahlen müssen.«

»Sarah«, so wurde sie da von Abraham Halevi unterbrochen, »warum erzählst du das dem Herrn Andreas? Er will wissen, was mit deinem Vater geschehen ist.«

Ich sagte, dass ich meine Freilassung wohl hauptsächlich dem Brief verdanke, den Ascher geschrieben hatte.

»Verzeih, Andreas, dass ich dich mit unseren Sorgen belästigt habe«, sie faltete die Hände vor der Brust und neigte den Kopf nach vorn.

Zehn Jahre, sagte sie nach einer kurzen Pause, habe ihr Vater dann noch in Toledo gelehrt – 1327 sei er gestorben, eine Autorität in Glaubensfragen unter den spanischen und südfranzösischen Juden.

Sie wandte sich wieder mir zu.

»Dein Schicksal hat ihn immer wieder beschäftigt, ich war noch ein kleines Mädchen, als er mir zum ersten Mal erzählte, was dir widerfahren ist.«

Ich hatte inzwischen ausgerechnet, dass sie Anno Domini 1309 geboren sein musste – aber war das wirklich wichtig?

»Ich möchte dir Dank sagen, dass du dich des Schriftstücks erinnert hast, Sarah«, ich räusperte mich, »und was die Bedrängnisse und Bedrückungen eures Volkes angeht, von denen du gesprochen hast, so habe ich nicht nur davon gehört, vor zehn Jahren habe ich gesehen, wie in Oberdeutschland mit den Juden verfahren wurde.«

1336 weilte ich im Gefolge König Johanns, meines Herrn, in Innsbruck, er besuchte seinen Sohn Johann Heinrich, der mit der Erbin von Kärnten und Tirol verheiratet worden war, der hässlichen Herzogin Margareta Maultasch. Schon in Tirol hatten wir gehört, dass ein verarmter Adeliger, der ob eines ledernen Armbandes »König Armleder« genannt wurde, das Volk in Bayern und Franken dazu aufgerufen hatte, den Tod Christi zu rächen und die Juden zu töten – »die Bauern ließen alles liegen und stehen und kamen mit Äxten, Schaufeln, Schwertern, Dreschflegeln und was sie hatten. Mehr als fünftausend Mann rotteten sich zusammen, die sich Judenschläger nannten, die Juden in Franken waren so verängstigt, dass viele sich selbst und ihre Kinder töteten, sich gegenseitig erwürgten – Armleder und seine Kumpane sollen etliche Tausend Juden umgebracht haben.«

Wir waren damals durch Bayern geritten, waren auch nach Deggendorf gekommen, wo die Bürger, angestachelt vom Ritter Hartmann von Deggendorf, die Juden erschlagen, ihre Häuser geplündert und das jüdische Viertel eingeäschert hatten – »und ich habe noch Leichen kleiner Kinder auf der Donau treiben sehen«, so schloss ich meine Erzählung.

»Dann weißt du auch, was Kaiser Ludwig der Bayer, der Landesherr in Bayern, damals unternommen hat, um seine Kammerknechte zu schützen?«, fragte Sarah. Sie gab selbst die Antwort. »Einige Städte mussten geringfügige Bußgelder zahlen, weil dem

Reichseigentum Schaden zugefügt worden sei – keiner der Bauern, keiner der Bürger, die unsere Leute ermordet hatten, kein Ritter, der sie aufgehetzt hatte, wurde bestraft, mit ein paar Pfennigen konnte man sich Straffreiheit erkaufen.«

Abraham Halevi stand auf, er hatte Tränen in den Augen. Mit hoher, klagender Stimme sang er einige Zeilen eines hebräischen Liedes. Dann ging er, ohne sich von mir zu verabschieden, ins Haus.

»Soll ich dir übersetzen, was er gesungen hat?«

Sarah blickte mich traurig an, ehe sie leise den Text zitierte: »O Himmel, sind wir denn schlimmer als andere Völker? Ist denn unsere Kraft gleich der eines Steines oder aus Erz unser Fleisch, dass wir so schweres Unheil ertragen sollen? Schon mehr als tausend Jahre sind vorbei, seit der Feind uns verheert hat, und noch immer würgt er uns mit seinen scharfen Krallen. Alle nur möglichen Todesqualen ersinnt er, um uns zu vernichten, zum Schwert greift er, zu Feuer und Wasser, verbrannt und geschlachtet werden Groß wie Klein, Frauen und Kinder, Greise und Jünglinge, Bräute und Bräutigame. Fraget alle, die auf Erden wandeln: Hat je ein Volk solches zu leiden gehabt?«

Ich schwieg. Es sei ein Lied, das ein Rabbiner schon vor fünfzig Jahren verfasst hatte, als es wieder einmal geheißen habe, die Juden würden die Hostien schänden.

»Auch damals, 1298 nach christlicher Jahreszählung, wurden Tausende von Juden in Oberdeutschland umgebracht.«

Ich fühlte, dass ich etwas sagen musste.

»Ich glaube nicht, dass ihr hier in Köln etwas zu befürchten habt, der Erzbischof und der Rat halten ihre schützende Hand über euch.«

»Denkst du, Andreas Hemmersbach, die Kölner sind bessere Menschen, bessere Christen?«

Ich wollte antworten, doch Sarah ließ mich nicht zu Wort kommen.

»In Köln werden immerhin König David, Josua und Judas Machabäus, Söhne des Volkes Israel, als gute Helden verehrt, es gibt ein Benediktinerinnenkloster, in dem die Reliquien jüdischer Heiliger, der Machabäer, aufbewahrt werden, doch eure Chroniken verschweigen gerne, was vor dem ersten Kreuzzug in Köln geschah – Kreuzfahrer, die doch eigentlich das Heilige Land befreien wollten, stürmten das jüdische Viertel und steckten die Synagoge in Brand. Der damalige Herr Erzbischof versuchte, seine Juden zu retten, er verteilte die Überlebenden auf sieben Orte in der Umgebung, wo sie aber aufgespürt und umgebracht wurden, nur die, die sich in Kerpen versteckten, überlebten das Morden. Das, was ich gerade erzählte, geschah im Jahre 1096 nach der Geburt des Propheten Jesus von Nazareth, eines Juden, den ihr als Sohn Gottes verehrt und Christus nennt.«

Von diesem Gemetzel hatte ich noch nie gehört, auch nicht in der Stiftsschule von St. Georg, wo der Lehrer immer wieder die lange Geschichte der heiligen Stadt Köln mit uns durchgenommen hatte. Mir fielen die Namen zahlreicher Helden und Heiliger wieder ein, Agrippa und Marsilius, die heilige Jungfrau Ursula und ihre elftausend Gefährtinnen, der heilige Gereon und die Märtyrer der thebäischen Legion, die heiligen Bischöfe Maternus und Severinus.

Und unser Lehrer hatte immer wieder gesagt, in Köln gehe es den Juden viel, viel besser als in allen anderen Städten des Reiches.

An der Pfaffenpforte

Ich stand auf, mir wurde es langsam unbehaglich, es war an der Zeit, sich zu verabschieden.

»Sarah, ich werde nicht vergessen, was ihr für mich getan habt, du und dein Ziehvater. Ich bete zu Gott, dass er euch beisteht in dieser schweren Zeit, euch und der ganzen Judenschaft.«

Und ich meinte es aufrichtig, als ich sie fragte: »Wie kann ich euch eure Hilfe vergelten?«

Sie stand ebenfalls auf, verbeugte sich und nahm den Krug in ihren rechten Arm. Sie lächelte plötzlich, verzückt von einer Eingebung.

»Hast du ein Pferd, Andreas? Oder vielleicht zwei?«

Ich war etwas überrascht, ich verstand die Frage nicht.

»Mittlerweile hat man uns Juden sogar verboten, auf Pferden zu reiten, wir müssen mit Eseln vorlieb nehmen. Ich habe als Kind reiten gelernt, es ist einer meiner größten Wünsche, endlich mal wieder auf dem Rücken eines schnellen Hengstes zu sitzen und auf freiem Feld den Galopp aufzunehmen.«

Ich hatte sie ständig im Auge behalten, und je länger ich sie betrachtete, umso mehr fand ich Gefallen an ihr.

»Es dürfte keine Mühe bereiten, Pferde zu besorgen«, hörte ich mich sagen.

Ich sah, dass ihr Mund sich zu einem Lächeln verzog, Grübchen entstanden in beiden Wangen. Irgendwie müssten doch ein paar Gäule aufzutreiben sein. Pavel und ich hatten unsere Pferde in Koblenz verkauft.

»Dann treffen wir uns morgen, am Tag, den ihr Mittwoch nennt, zur Mittagsstunde, bring ein Pferd für mich mit, ich werde zum Bayenturm kommen, wir könnten ja am Rhein entlangreiten – oh, ich kann es kaum erwarten ...«

Sie freute sich wie ein kleines Kind. »Und keine Angst, Andreas, ich werde ein Gewand tragen, wie sie die ehrsamen Kölnerinnen auch tragen, niemand wird erkennen, dass ich eine Tochter Israels bin.«

Sie hatte mich überrumpelt – aber ich freute mich auch darauf, Sarah wieder zu sehen.

»Bei der Gelegenheit, Andreas, kann ich dir noch etwas über deinen Vater erzählen – weißt du, dass er mit unseren Leuten Geschäfte gemacht hat?«

Das war mir neu. Aber war es etwa verboten, Geschäfte mit Juden zu machen? Er war schließlich Kaufmann gewesen.

»Sarah – ich muss zu meinem Gefährten, und mein Hund wartet auch schon auf mich.«

Sie lachte wieder ihr bezauberndes Lachen und führte mich zum Ausgang.

»Gott segne euch, Sarah, dich und den Herrn Abraham.«

Sie verbeugte sich erneut.

»Und vergiss unsere Verabredung nicht!«

Nein, versicherte ich, die würde ich nicht vergessen.

Beim Gang zur Pforte kam mir Gabriel entgegen, er war außer Atem.

»Herr, seid vorsichtig, dieser Ritter ist noch immer in der Nähe!«

Ich gab ihm einen Klaps.

»Wenn du weiter so auf mich aufpasst, Gabriel, kann mir nichts, aber gar nichts geschehen!«

Pavel war betrunken, wie so oft.

»Herr Andreas, Ihr habt doch gesagt, ich soll hier auf Euch warten!«, rief er mir entgegen, als ich die verdreckte Schenke betrat und ihn an einem Tisch voller Zecher entdeckte.

Man stritt lärmend und überhitzt um irgendwelche Kleinigkeiten. Ich hatte Mühe, zu ihm zu gelangen – Henri, der unterm Tisch gelegen hatte, war wie der Blitz hochgefahren, er bellte und sprang wie immer, wenn er mich begrüßte, an mir hoch, ich versuchte ihn zu beruhigen und sagte mehrmals: »Ist ja gut! Bist ein braver Hund, Henri! Ist ja gut!« Schließlich war es auch ihm zu viel, er schüttelte sich, um sich dann streicheln zu lassen.

Er folgte mir zu Pavels Tisch.

»Na, Pavel, wie viele Krüge hast du getrunken?«

»Zwei, höchstens drei, was sollte ich denn sonst machen, in diesem ehrbaren Haus? Ihr habt gesagt, ich soll hier auf Euch warten, Herr Andreas, das habt Ihr gesagt, und ich habe auf Euch gewartet!«, wiederholte er, ziemlich laut und ein wenig aufgebracht.

»Hast du unsere Kammer bezahlt?«

Ja, die hatte er bezahlt, wie der schmierige Wirt bestätigte. Ich wollte Pavels Zeche begleichen – der Wirt berechnete fünf Krüge frisch gebrauten Bieres.

Ich gab ihm ein paar Pfennige.

»Lass uns gehen, Pavel!«

Er stolperte, als er sich erhob, seine Saufkumpane lachten. Ich griff Pavel unter den Arm und führte ihn hinaus, in der Rechten unser Gepäck tragend. Er atmete tief durch. Henri lief zu einem der Verkaufsstände auf dem Alter Markt und hob das Bein – was Pavel offensichtlich auf eine Idee brachte.

»Ich muss pinkeln, Herr Andreas, ganz dringend! In dieser Schenke ...« Er wollte noch etwas sagen, riss sich dann aber los und taumelte an eine Hauswand, wo er sich unter lautem Stöhnen erleichterte.

Es begann mittlerweile dunkel zu werden, Plätze und Gassen

waren fast menschenleer. Ich überlegte, wo die Würfelpforte war. Nicht weit entfernt von der Pfarrkirche St. Maria Ablass, so konnte ich mich erinnern, da, wo man noch Reste der alten Torburg sehen konnte, die zu Zeiten des guten Kaisers Heinrich errichtet worden war.

Wir gingen durch die Botengasse, auf der uns noch einige Leute begegneten; noch vor dem Kloster der minderen Brüder bogen wir in eine Gasse ein, sie hieß »Am güldenen Wagen«, sie ist ein Teil der Hohen Straße.

In der Dämmerung war zur Rechten die riesige Baustelle des Domes sichtbar, Steinmetze, Zimmerleute und Bauarbeiter hatten längst Feierabend. Im Hintergrund leuchtete eine Laterne an der Pfaffenpforte. An dieser Pforte sollen einst, zu Zeiten des Bürgermeisters Grin, zwei Kleriker aufgehängt worden sein, nachdem sie Grin eine böse Falle gestellt hatten – der Bürgermeister, so erzählt man in Köln, wurde in einen Käfig gelockt, in dem ein Löwe steckte, Grin konnte die Bestie aber mit seinem Messer töten.

Pavel ging es nun besser, ich musste ihn nicht mehr stützen, er folgte in einigem Abstand.

»Herr Andreas, nicht so schnell bitte!«, rief er mehrfach, dazwischen summte er böhmische Trinklieder.

Henri, das fiel mir auf, war indessen merkwürdig ruhig geworden. Er streunte immer ein paar Schritte vor mir herum, doch dann richtete er sich plötzlich auf, erstarrte zu einem Standbild und nahm Witterung auf, seine Ohren spielten.

Da sehe ich ihn – einen Reiter, der sich uns im Trab nähert, man hört kaum einen Hufschlag, er hat die Hufe seines Gauls mit Lappen umwickelt, schießt es mir durch den Kopf, er treibt das Pferd zu schnellerer Gangart an, senkt die Lanze. Henri läuft ihm entgegen, schlägt im letzten Augenblick einen Haken und weicht bellend zurück, der Gaul wiehert grell auf, als er bemerkt, dass ein kleiner Hund so grimmig sein kann – und ich sehe eine Lanzenspitze auf mich zukommen, gleich wird er mich durchbohren, sehe einen Mann im Lederkoller, sehe eine wilde, hassverzerrte Fratze, graues wehendes Haar, viel zu langsam weiche ich zurück, um mich an die Hauswand zu drücken, die Rechte geht nach oben, will in die Lanze greifen, da schreit Pavel laut auf, er reißt mich herunter, der Mann stößt ins Leere, gerät aus dem Gleichgewicht, fällt fast aus dem Sattel, dann fängt er sich wieder, Pavel läuft hinterher, er versucht, ihm das Messer von hinten in den Oberschenkel zu stoßen, und dann ist der Mann weg, halbherzig verfolgt von Henri, der triumphierend bellt.

So schnell, wie er aufgetaucht war, ist der Reiter im Dunklen verschwunden.

Ich meinte, gesehen zu haben, dass er in die Schmiedengasse gegenüber vom Domkloster geritten war.

»Danke«, sagte ich leise zu Pavel.

Mehr konnte ich nicht sagen. Mir stockte noch der Atem.

Ich atmete durch, richtete mich wieder auf und ordnete mein Gewand. Mein Kreuz schmerzte. Ich hustete.

Ein Franziskanermönch eilte herbei.

»Was ist hier geschehen? Ist euch etwas passiert?«, rief er aus.

Erst jetzt wurde mir klar, dass ich dem Anschlag nur um Haaresbreite entgangen war.

»Schade«, sagte Pavel, »ich habe das Schwein knapp verfehlt.«

Er steckte sein Messer wieder in seinen Gürtel. Fünf Krüge Bier hatte er getrunken, aber seine Reaktion auf den Angriff war die eines Kämpfers. Seine Tapferkeit hatte mich schon oft verblüfft, vielleicht, weil er sich zumeist wie ein braver und unbedarfter Dienstmann aufführte, der kein Wässerchen trüben konnte. Er war aber der Sohn eines Ritters – das hatte er wieder einmal bewiesen.

Pavel lachte. »Das haben wir drei aber gut gemacht – fast waffenlos einen Ritter in die Flucht geschlagen, alle Achtung, wenn das mein Vater erführe, der würde drei Tage lang lachen.«

Mir war nicht zum Lachen zumute. Sollte ich mir wieder eine Waffe zulegen? Seit Crécy hatte ich kein Schwert, keine Lanze mehr in der Hand gehabt. Ich beruhigte Henri, der zu uns zurückgekehrt war, die Zunge herausstreckte und hechelte.

»Du hast bestimmt Durst, mein Kleiner!«

Ich nahm ihn auf den Arm, drückte ihn fest an mich und kraulte sein Fell.

Der Mönch verabschiedete sich.

»Gott hat euch in seiner Gnade beigestanden, meine Brüder, danket ihm!«

»Ich könnte ein Bier vertragen«, sagte Pavel.

Ich glaubte, nicht recht gehört zu haben. Andererseits sah ich ein, dass der Mann es sich verdient hatte.

»Ein trefflicher Vorschlag – weißt du, wohin wir jetzt gehen?«

Ich ließ ihn nur kurz im Ungewissen.

»In ein Brauhaus, mein Lieber.«

Ich hatte ihn zum ersten Mal so angesprochen, wie ich einen Freund anzusprechen pflegte.

Wir weilten nun nicht einmal zwei Tage in Köln – einen davon hatte ich im Kerker verbracht, und am Abend des zweiten Tages hatte man versucht, mich zu töten.

KAPITEL V

Die Glocken von St. Andreas hatten gerade die Kanoniker zum Vespergottesdienst gerufen, als wir, die Pfaffenpforte hinter uns lassend, am Predigerkloster Heilig Kreuz vorbeieilten, aus dessen Kirche fromme Gesänge zu uns herüberdrangen. Das Kloster lag in der Straße, die »Unter sechzehn Häusern« genannt wird, hier hatte die Familie Overstolz, wie erzählt wird, vor nicht allzu vielen Jahren sechzehn Mietshäuser unter einem Dach errichten lassen. In der finsteren Straße gab es fast nur derartige, sämtlich heruntergekommene Mietshäuser, von Moos und Unkraut überwuchert, die ungepflasterte Straße war mit Dreck übersät, da und dort lagen sogar tote Ratten herum, Innereien von geschlachteten Tieren und überall Exkremente – Hunde stöberten im Unrat, Henri bellte sie an. Kinder kreischten, Schweine grunzten, und der Gestank der Kehrichthaufen stieg mir in die Nase.

Es war nicht die beste Gegend, hier wohnten Schuhflicker, Lumpensammler, Mützenstricker, Kaminfeger, Wolldeckenhändler, Hausierer, Korbmacher, Handlanger – und ein Leichenträger, wie ich an einer der wenigen Tafeln lesen konnte.

Die Würfelpforte stand am Ende der Straße. Man konnte im Sternenlicht, das den wolkenlosen Himmel allmählich zu erhellen begann, noch immer deutlich erkennen, dass die Pforte, aus Tuffstein errichtet, einmal ein Stadttor gewesen war, früher, bevor zu Zeiten des mächtigen Kaisers Barbarossa und des Herrn Erzbischofs Philipp die große Stadtmauer, der ganze Stolz der Kölner, angelegt worden war. Über der alten Tordurchfahrt befand sich nun ein Gasthaus, in dem Arnold das von ihm gebraute Bier ausschenkte – »Zum weißen Löwen«, wie ein großes Schild verkündete.

Zum weißen Löwen

Wir sind da«, sagte ich zu Pavel, der sich das Schild ansah und dann, mit einem spitzbübischen Lächeln, bemerkte: »Bei uns in Prag gibt es ein großes Brauhaus, das heißt ›Schwarzer Tiger‹.«

Ja, das wusste ich, oft, viel zu oft, hatte ich mich da betrunken.

Neben dem Tor befand sich der Eingang. Unter der Treppe – der Geruch wies den Weg – war der Abort, eine offene Kammer, in der zwei in den Boden eingelassene Fässer als Latrine dienten, ein altes Weib verrichtete dort gerade sein Geschäft. Die wuchtige Holztreppe führte in den beheizten Gastraum, der von zahlreichen Kerzen erleuchtet war. Über hundert Menschen, so schätzte ich, als wir oben angelangt waren, bevölkerten die Stube, es war, wie ich schnell feststellen konnte, nicht das Gesindel aus dem Viertel, sondern Schifferknechte, Fuhrleute, Handwerksgesellen, Krämer, Weibsleute mit kleinen Kindern und nicht zuletzt einige Pfaffen und Mönche. Alle redeten durcheinander, man verstand ob des Lärms sein eigenes Wort nicht. Die Gästeschar wurde von mehreren schwitzenden Mägden bedient, zwei Knaben holten immer wieder neue Bierkrüge aus einem Schrank neben der Tür, brachten sie den Schankknechten, die aus mehreren Fässern unablässig Bier zapften. An einigen Tischen, die mit groben Tüchern bedeckt waren, wurde gegessen, in großen Schüsseln dampften Suppen, mit Pökelfleisch versetzt. Die Gäste bedienten sich mit der großen Gabel, dazu gab es Brot, das man brach. Es herrschte eine gute Stimmung – und der Wirt, so dachte ich, muss ein reicher Mann sein.

Arnold, der das ohrenbetäubende Treiben neben dem offenen Herdfeuer überwachte, war gerade in einen Disput mit einem Gast verwickelt, dem die Suppe wohl nicht geschmeckt hatte.

»Such dir doch ein anderes Gasthaus«, hörte ich, wie er den Mann voller Zorn zurechtwies, »hier sind schon Grafen und Markgrafen eingekehrt, noch keiner hat sich beschwert!«

Dann hatte er uns bemerkt, eilte auf uns zu und bedeutete uns, wir sollten ins Nachbarhaus zur Linken gehen, dort wohne er mit seiner Familie, er wolle gleich nachkommen.

»Katharina ist schon ganz aufgeregt, sie freut sich sehr, dich zu sehen, Andreas!«

Ich war auch aufgeregt. Mein Herz klopfte wie wild.

Beim Hinausgehen erklärte ich Pavel kurz, wer Katharina war.

»Oh«, sagte er, »ein Wiedersehen mit der Jugendliebe, wie reizvoll!«

Das Haus, das Arnold gehörte, war ein ganz gewöhnliches Wohnhaus, es erinnerte mich an unser Haus am Blaubach. Es hatte mehrere Geschosse, der untere Teil war bis zum ersten Stock aus Stein errichtet, die überhängenden Obergeschosse bestanden aus Fachwerk, die Balken waren schwarz geteert, die Gefächer weiß gekälkt, die Fensterläden hatte man rot gestrichen. Alle Stockwerke hatten Fenster, sie waren sämtlich verglast, was zeigte, dass Arnold nicht unvermögend war. Das Haus war nicht sonderlich breit, vielleicht zwanzig Fuß. Später hörte ich, dass Arnold auch die zwei Nachbarhäuser gehörten, im Hinterhof des einen wurde das Bier gebraut.

Ich klopfte an die Tür, eine Magd öffnete.

»Die Hausfrau erwartet Euch in der guten Stube.«

Wir gingen durch das Vorderhaus, durch die Küche und eine Kammer zum Treppenhaus. Von hier aus konnte man sehen, dass das Hinterhaus noch geräumiger war. Die gute Stube befand sich in größeren Häusern wie diesem gewöhnlich im Obergeschoss des Vorderhauses.

Katharina stand vor mir.

Eine ältere Frau, die etwas in die Breite gegangen war, wie man am Rhein zu sagen pflegt. Katharina hatte sich prächtig herausgeputzt, trug blanke Schuhe nach flämischer Mode, rosa Strümpfe, über dem braunen Rock einen mit Hermelin gefütterten Umhang, das blonde Haar hielt eine kleine Kappe am Hinterkopf zusammen. Ein paar Falten im noch immer hübschen Gesicht. Sie lächelte.

Ich blickte sie starr an. Hatte ich eine Dreizehnjährige erwartet?

»Andreas, ich danke dem allmächtigen Gott, dass er dich wieder zu uns nach Köln geführt hat. Sei willkommen.«

Sie ging ein, zwei Schritte auf mich zu und breitete die Arme aus, irgendwie hilflos.

Wir umarmten uns. Länger vielleicht, als es sich geziemt.

Ich war verwirrt, wusste nicht, was ich sagen sollte.

»Dein Mann hat mich eingeladen, hat uns eingeladen, Trinchen« – durfte ich sie überhaupt so nennen? »Wir sind zu dritt, das ist Pavel, mein Freund und Gefährte aus Böhmen, und dieses Knäuel da, das ist Henri, mein Leibwächter.«

Sie gab Pavel die Hand und näherte sich vorsichtig Henri, der sie – welch Wunder – zutraulich anblaffte, sich sogar streicheln ließ.

Arnold betrat den Raum.

»Ihr Herren«, er verbeugte sich etwas übertrieben, »macht es Euch bequem, setzt Euch an den Tisch, ich werde Euch gleich Eure Kammer zeigen – und dann gibt es ein Festessen, nicht wahr, Trinchen?«

Er nannte sie Trinchen, so, so.

Allmählich legte sich dann die Aufregung.

Katharina hatte ihre erste Verlegenheit schneller überwunden als ich die meinige, sie stellte uns das einzige Kind vor, das noch im Haus lebte, nämlich Franziska, eine schlanke, lebenslustige Fünfzehnjährige, die ihrer Mutter wie aus dem Gesicht geschnitten schien – so hatte ich Katharina in Erinnerung.

Franziskas Lachen, ihr schelmischer Blick, ihre elfengleiche Natürlichkeit zogen auch Pavel in seinen Bann, er umwarb sie schon bald mit wohl gesetzten Worten, die ich ihm nicht zugetraut hätte.

»Andreas, warum hast du uns, mir und meinen Eltern, nie eine Nachricht zukommen lassen? Sollten wir damals glauben, was man in der Stadt erzählte, sollten wir glauben, du habest deine eigene Familie umgebracht?«

Katharina hatte mich ein wenig zur Seite genommen. Und diese Frage musste sie mir sofort stellen – damit hatte ich immer gerechnet, wenn ich davon träumte, sie wieder zu sehen.

Ich versuchte ihr zu erklären, dass ich anfangs auf der Flucht gewesen war, ständig in Angst, erkannt zu werden und an das Hohe Gericht überstellt zu werden, dass ich aber oft an sie gedacht hatte; dass ich in Luxemburg nicht die Mittel und nicht die Möglichkeit gehabt hatte, einen Boten nach Köln zu schicken. Und auch später, als ich in Böhmen lebte, sei das nicht möglich gewesen.

»Ich hatte immer gehofft, dass Johann, der König von Böhmen, mein Herr, auf einem seiner Kriegszüge, auf denen ich ihn begleiten musste, an den Rhein kommen werde – in seinem Gefolge war ich durch das gesamte christliche Abendland geritten, ich habe Ungarnland, das Land der heidnischen Litauer, die Lombardei, das Arelat und Okzitanien und so viele andere Länder und Städte gesehen!«

Und mehrmals war ich in Paris gewesen, der Hauptstadt der …

Katharina unterbrach mich. »Das sind doch alles nur Ausflüchte.«

Ja, das stimmte, es waren Ausflüchte.

Ich wusste bis heute nicht, warum ich in all den Jahren nie versucht hatte, mit der Familie Aldenhoven, unseren Nachbarn in Köln, Verbindung aufzunehmen.

»Ich hatte den Namen dieser Stadt aus meinem Gedächtnis gestrichen«, so hob ich an, ein letzter, halbherziger Versuch der Erklärung, »Köln war für mich die Stadt des Hinterhaltes, die Stadt des Todes, die Stadt der Mörder, die Stadt, in der ich meine Familie verloren hatte.«

Sie schaute mich lange an, mit einem unendlich traurigen Lächeln.

»Auch ich verlor damals Menschen, die ich geliebt habe, deine Familie« – sie presste die Lippen zusammen – »und dich, Andreas! Hattest du auch das aus deinem Gedächtnis gestrichen? Hattest du auch mich aus deinem Gedächtnis gestrichen?«

Ich wich ihrem Blick aus und schwieg.

Ihre Eltern hätten sie immer wieder ermuntert, die Hoffnung nicht aufzugeben, der junge Sohn der Familie Hemmersbach, so habe ihre Mutter stets beteuert, könnte dieses Unglück nicht verursacht haben – »und so dauerte es lange Jahre, bis ich die Hoffnung aufgab, dass du jemals zurückkehren wirst.«

Es war Arnold, der mich aus dieser Situation rettete – er meinte, es sei nun Zeit, uns den Schlafraum zu zeigen, und er führte uns ins Hinterhaus, wo man eine Kammer für uns vorbereitet hatte. Es gab zwei Truhen, in denen wir unsere Gewänder verstauen konnten, einen Waschtisch und einen Nachttopf, die Betten, das sah man auf den ersten Blick, waren mit frischen linnenen Tüchern bezogen.

»Gebt der Magd Eure Sachen, die gewaschen werden sollen. Und, so glaube ich, ist es auch angebracht, dass die Herren nun ein Bad nehmen, oder irre ich mich da?«

Im Nachbarzimmer stand ein großer Zuber, gefüllt mit heißem Wasser. Wir zogen uns aus, stürzten uns in den Trog, die Magd, die uns geöffnet hatte, näherte sich vorsichtig mit einer Bürste, wollte uns den Rücken schrubben. Pavel juchzte auf wie ein kleines Kind, griff ihr unter den Rock und hätte sie am liebsten gleich ins Wasser gezogen. Das arme Mägdelein fauchte ihn wütend an und lief aus der Kammer, begleitet von unserem Gelächter, verfolgt von Henri.

Nachdem wir uns ausgiebig gereinigt hatten, kam der Hund an die Reihe – es war wahrscheinlich das erste Mal in seinem Leben, dass er in einem Trog, dazu in warmem Wasser, gewaschen wurde. Als ich ihn ins Wasser warf, wäre er zuerst fast ertrunken, sodass ich ihn aus der Brühe fischen musste. Er zitterte am ganzen Leib, ließ sich dann aber widerstandslos von Pavel und mir säubern.

Böhmische Helden

Das hellblaue, schon etwas abgewetzte Wams war das einzige, das ich noch anziehen konnte – alle anderen Kleidungsstücke, die ich besaß, waren verdreckt.

Henri schlief.

Zum Essen gingen wir wieder nach unten, ins Vorderhaus.

Katharina stand am Herd, mehrere Kochtöpfe hingen über dem Feuer.

»Was gibt es denn zu essen?«, fragte Pavel, wie immer etwas vorlaut.

Katharina wies uns zum Tisch, der von einigen Kerzen erhellt war. Man hatte die Tafel mit Leintuch bedeckt, Holzteller und hölzerne Löffel sowie tönerne Becher standen bereit, gerade brachte einer der Schankburschen einen großen Krug mit Bier, direkt aus der Brauerei.

»Der ist für dich, Pavel«, versuchte ich zu scherzen.

»Schenkt euch ein, liebe Gäste!«, rief Katharina und klatschte dabei in die Hände, »es gibt auch guten Wein, Arnold holt ihn gerade aus dem Keller.«

Pavel füllte einen Becher mit Bier, murmelte kurz: »Auf das Wohl der Hausfrau!« und trank ihn leer, in einem Zug.

»Mein Gefährte würde gerne wissen, was du für uns zubereitest hast«, sagte ich, um davon abzulenken, dass Pavel sich schon den zweiten Becher füllte.

Katharina wischte sich beide Hände an der großen Schürze ab, die sie sich umgelegt hatte.

»Ich werde euch einen Entenvogel reichen, mit Pfeffer, danach Reis und Rebhühner und Schnepfen, alsdann werden Hechte aufgetischt, Fladen, mit Honig bestrichen, und schließlich gebratene Regelsbirnen, ebenfalls mit Honig versüßt.«

Ich verspürte großen Hunger, ich hatte immerhin den ganzen Tag noch nichts gegessen.

Arnold erschien, in beiden Händen Weinkrüge haltend.

»Fränzi«, rief er nach oben, »wo bleibst du denn? Hier warten zwei weit gereiste Männer, zwei Helden, die die ganze Welt gesehen haben, auf dich!«

Schließlich, nachdem Franziska erschienen war und ihrer Mutter geholfen hatte, einige Schüsseln mit Entenbraten aufzutragen, gingen wir zu Tisch.

Katharina setzte sich neben Arnold, zu dessen Linken hatte Franziska Platz genommen. Pavel und ich saßen auf der gegenüberliegenden Bank.

Arnold sprach langsam und mit tiefem Ernst das Tischgebet, dann brach er einen großen Brotlaib und legte jedem von uns ein Stück davon auf den Teller.

Erst jetzt erzählte ich von dem Vorfall an der Pfaffenpforte.

Katharina brach in Tränen aus.

»Deine Feinde geben keine Ruhe«, sagte sie, offensichtlich der Verzweiflung nahe.

»Macht Euch keine Sorgen«, Pavel ergriff das Wort, »solange ich bei ihm bin, wird dem Herrn Andreas nichts geschehen!«

Franziska blickte ihn bewundernd an, sie staunte, als ich berichtete, wie er mir beigestanden hatte – was für ein Mann, welche Tapferkeit, welche Ruhe, welche Gelassenheit!

Auch ich versuchte, Katharina zu beruhigen – Arnold fiel mir ins Wort.

»Du kannst auf mich und viele andere Leute zählen, auf die Handwerker, die einfachen Leute – es geschehen in dieser Stadt auch heute noch zu viele Dinge, die zum Himmel stinken – die meisten Kölner sind der Ränkespiele der Patrizier und ihrer Kränzchen überdrüssig, ihres Gezänks, ihrer hemmungslosen Geldgier, ihrer schamlosen Art, sich zu bereichern.«

Ich dankte ihm und klopfte ihm auf die Schulter.

Franziska war die Neugierigste, und so musste ich, weil sie darum bat, schon wieder erzählen, wie die Mordnacht des Jahres 1309 verlaufen war, wie ich nach Luxemburg floh.

Das Entenfleisch lag unberührt auf meinem Teller, als ich endete.

»Wir haben deine Mutter, deine Brüder und deine Schwestern auf dem Kirchfriedhof von St. Jakob begraben, da, wo auch meine Eltern später bestattet worden sind, im Bereich, der unserer Familie zugewiesen ist«, sagte Katharina nach einer Weile, »deinen Vater haben sie, weil er ein Mörder gewesen sein soll, auf dem Elendsfriedhof verscharrt.«

Ich hätte sie längst danach fragen müssen, denn ich hatte mir stets Gedanken darüber gemacht, ob den Eltern und Geschwistern ein christliches Begräbnis zuteil geworden ist.

Manchmal dachte ich, es sei eine große Sünde von mir gewesen, dass ich mich nicht um sie gekümmert hatte – ich hatte sie, um des eigenen Überlebens willen, im Stich gelassen, nach ihrem Tod.

»Zeigst du mir morgen ihr Grab?«, fragte ich.

Katharina nickte. Ich erhob meinen Krug.

»Lasst uns deiner Eltern und meiner Familie gedenken, Katharina! Mögen sie durch die Gnade Gottes das ewige Leben gefunden haben!«

Wir stießen an.

»Und ich danke euch, Katharina, Arnold, Franziska, dass ihr uns so gastfreundlich aufgenommen habt – ich fühle, dass ich wieder zu Hause bin, nach so vielen Jahren in fremden Landen.«

Auch Franziska trank Wein, allerdings mit frischem Quellwasser verdünnt, das Arnold aus dem Vorgebirge bezog – »das Wasser aus den Kölner Pützen kannst du nicht trinken«, sagte er, »deshalb saufen die Leute hier den ganzen Tag Bier und Wein, und viele sind ständig betrunken.«

Er kicherte.

»Oheim« – so nannte mich Franziska – »wie kam es eigentlich, dass du nach Prag gelangt bist, ins Königreich Böhmen? Du bist doch zuerst nach Luxemburg geflohen.«

Ich war froh, dass sie das fragte. So wurde ich von meinen eigenen Gedanken abgelenkt.

»Pavel, wie war das damals? Wieso wurde Johann, der Sohn des deutschen Königs, König von Böhmen?«

Pavel blickte auf.

»Ganz einfach«, antwortete er mit vollem Mund, »ich kenne mich etwas aus in der Historie des Königreichs Böhmen: Weil Johann, dem der Herr Andreas damals schon diente, Elisabeth heiratete, die Tochter unseres Königs Wenzel.«

Ganz so einfach war es natürlich nicht gewesen, warf ich ein.

»Doch, so war es«, rief Pavel, »mein Vater hat mir erzählt, dass es die böhmischen Großen waren, die Johann für den böhmischen Thron ausgesucht hatten, nachdem der junge König Wenzel Anno Domini 1306 ermordet worden war.«

Mit Wenzel dem Dritten – so erinnerte ich mich – waren die Premysliden, die uralte böhmische Königsdynastie, in männlicher Linie ausgestorben, danach hatten die Habsburger ihre Hand auf Böhmen gelegt, eine böhmische Partei hatte den blöden Herzog von Kärnten, Heinrich hieß er, ins Land gerufen, und so war es zu blutigen Auseinandersetzungen gekommen.

Um den Bürgerkrieg zu beenden, hatten sich große Teile des tschechischen Adels zu Beginn des Jahres 1310, als ich bereits ein Jahr zum gräflichen Hausstand in Luxemburg gehörte, darauf geeinigt, Verbindung zu König Heinrich aufzunehmen und eine Heirat seines Sohnes mit Elisabeth, der jüngsten Schwester des ermordeten Wenzels, einzufädeln.

Über die Verhandlungen, die damals geführt wurden, hatten wir, die Hausknechte in der Burg in Luxemburg, nur wenig erfahren, es gingen aber Gerüchte über eine bevorstehende Eheschließung Johanns um. Ein Stallmeister hatte davon gesprochen, dass König Heinrich lieber seinen Bruder, den Herrn Walram, der etwa dreißig Jahre alt war, als Ehemann der Prinzessin gesehen hätte. »Wehe dem Reich, das einen Knaben zum König hat!« soll der König ausgerufen haben. Die Böhmen aber waren stur geblieben, sie ertrotzten den Königssohn für sich. Und schon bevor man sich auf Johann einigte, hatte der römische König alle Privilegien und Rechte des Königreichs Böhmen bestätigen müssen.

Schließlich hatte uns der Stallmeister noch ein Geheimnis verraten: »Als Elsa, eine ungefähr zwanzigjährige Jungfrau, groß und schwarzhaarig, die Tochter des Königs von Böhmen, in größter Sittsamkeit nach Speyer gekommen war, nahm der Herr Heinrich, unser Herr, wegen des Verdachtes ihrer Unkeuschheit davon Abstand, seinen Sohn mit ihr zu vermählen; da sie nun die Ursache der Verzögerung wissen wollte und dieselbe mit Mühe von den Ihrigen erfahren hatte, soll sie gesagt haben: ›Das sei ferne, dass der Herr König mir aus dieser Ursache seinen Sohn verweigere, ich werde meine Jungfrauschaft durch körperliche Untersuchung beweisen.‹ Sie wurde also untersucht – und als Jungfrau befunden.« Alle Dienstmannen, die dem Stallmeister zugehört hatten, waren in lautes Lachen ausgebrochen.

Ich wurde aus meinen Gedanken gerissen, als Katharina gerade die Fladen auftischte.

Pavel, der die ganze Zeit geredet hatte, war in den Hinterhof gegangen, um im heimlichen Gemach Wasser zu lassen. Er hatte wieder einmal zu viel getrunken.

»Es gab damals genug Leute in Luxemburg«, sagte ich, »die vor dieser Heirat warnten.«

Doch das ungleiche Alter der zu Vermählenden, so hatten die böhmischen Unterhändler argumentiert, sollte den römischen König nicht beirren, die nächsten zwei Jahre würden das physische Missverhältnis der beiden ausgleichen, so hatten sie behauptet.

»Und wahrlich, ehe Majestät ein so schönes Reich aus den Händen lassen, eher solltet Ihr Euch entschließen, den Sohn selbst einer fünfzigjährigen Frau anzuvertrauen.«

König Heinrich soll durch diese Rede belustigt gewesen sein, aber überzeugen konnte man ihn zunächst nicht.

»Alter Mann und Jungfrau, das geht – alte Frau und Jüngling, das geht in der Regel schief!«, meinte nun Arnold.

Und schmunzelnd fragte er, ob uns die Geschichte der alten Markgräfin bekannt sei, die einen jungen Herzog geheiratet hätte.

»Erzählt«, rief Pavel, der gerade in die Stube zurückgekehrt war.

Arnold blickte kurz zu seiner Tochter.

»Na, Franziska, auch wenn du schon fünfzehn Jahre zählst: Diese Geschichte ist nicht für deine Ohren bestimmt!«

Dann beugte er sich vor und tat so, als würde er nur zu uns, zu Pavel und mir, sprechen.

»Erst in der dritten Nacht nach dem Hochzeitsfest, so wird erzählt, hat eine Markgräfin, die vierundvierzig Jahre alt war, einen erst siebzehnjährigen Herzog allein in die Schlafkammer geführt. Sie stellte in die Mitte derselben Dreifüße und legte darüber eine Tischplatte; dann zeigte sie sich ihm so nackend, wie sie aus der Mutter Leib gekommen war und sprach: ›Siehe, hier ist dir alles offen, was verborgen war.‹ Jener aber stand da mit hängenden Ohren, wie ein missvergnügter Esel. Nachdem sie aber lange auf dem Brett gesessen hatte, wie eine Gans, die, wenn sie sich ihr Nest macht, ihren Schwanz hierhin und dorthin wendet, ohne Erfolg, stand die nackte Frau endlich zornig auf, fasste mit der linken Hand das Vorhaupt des Halbmannes, und in die rechte Handfläche spuckend, gab sie ihm einen großen Backenstreich und warf ihn hinaus.«

Arnold prustete, am lautesten aber lachte Pavel. Auch die beiden Frauleute zeigten sich amüsiert, Katharina in Maßen, Franziska kicherte.

Ich dagegen war empört.

Und so sagte ich ihnen mit brüchiger Stimme, dass Elisabeth damals nicht fünfzig, auch nicht vierundvierzig, auch nicht zwanzig Jahre alt gewesen sei – sondern achtzehn, süße achtzehn Jahre. Johann, der ihr zugedachte Gemahl, zählte gerade vierzehn Jahre.

»Doch die Böhmen wollten ihn unbedingt haben – der Herzog von Kärnten, den einige Edle zu Hilfe gerufen hatten und der sich als König von Böhmen aufführte, wurde durch den Spruch der Reichsfürsten für abgesetzt erklärt. Dann belehnte König Heinrich seinen Sohn mit Böhmen und Mähren, und am Festtag des heiligen Ägidius, am ersten Tag des Monats September des Jahres 1310, wurde die Hochzeit gefeiert. Johann, der Sohn des römischen Königs, der Graf von Luxemburg, war nun König von Böhmen.«

»Warst du bei der Hochzeit zugegen?«, fragte Katharina.

Nein, das war ich nicht. Ich war damals einer von zahllosen Hausdienern, die für das leibliche Wohl der gräflichen Familie, die seit der Wahl Heinrichs die Königsfamilie stellte, zu sorgen hatten.

Im Winter hatten wir in aller Frühe das Kaminfeuer zu entzünden, wir stellten Schüsseln mit frischem Wasser in ihre Schlafgemächer, wir entleerten und reinigten die Nachttöpfe, wir säuberten die Betten, wir legten den Herrschaften gewaschene und geplättete Gewänder bereit, wir kleideten sie an und aus, wir badeten sie, wenn sie verschwitzt von der Jagd zurückkehrten, wir bedienten sie, wenn sie speisten, wir brachten ihnen Musikinstrumente, wenn sie zu musizieren verlangten, wir reichten ihnen Erfrischungen, wenn sie im Burggarten Muße suchten.

Zur Hochzeit des königlichen Paares wurden nur ausgesuchte Höflinge nach Speyer mitgenommen.

Da Johanns Vater, König Heinrich der Siebente, im Begriff stand, mit Heeresmacht nach Italien zu ziehen, um sich in Rom zum Kaiser krönen zu lassen, wurde im Herbst 1310 ein zweites Heer gebildet, das, verstärkt durch ständigen Zuzug böhmischer Parteigänger, Prag noch vor Jahresende einnehmen konnte. Die Großen von Böhmen und Mähren hatten daraufhin ihrem neuen König gehuldigt.

Ich gehörte zu denen, die erst nach Böhmen kamen, nachdem Johann und Elisabeth im Veitsdom zum böhmischen Königspaar gekrönt worden waren. Im März des Jahres 1311 waren wir nach Prag aufgebrochen, etwa Hundert Bedienstete und Jagdknechte – und einige Geistliche. Die zweirädrigen Karren, die von Ochsen gezogen wurden, und die Pferdefuhrwerke waren voll beladen, nicht zuletzt mit Johanns persönlicher Habe.

»Wollte dich König Johann in seiner Nähe haben?«, fragte Katharina.

Ich zuckte mit den Schultern.

»Ich weiß es nicht – ich hatte ihn schon lange nicht mehr gesehen, und wenn er in Luxemburg weilte, hielt er großen Abstand zu den Gemeinen, zur Dienerschaft und zu mir – er war ja nun der König von Böhmen.«

Ich erzählte, dass wir damals die Römerstraße von Trier nach Mainz benutzt hatten. Wie alle alten römischen Straßen war sie längst verfallen, wir marschierten auf ungepflasterten Wegen, die ein Dutzend oder mehr Fuß breit waren, damit Gespanne aneinander vorbeifahren konnten. Schlaglöcher waren notdürftig ausgebessert worden, indem man sie mit Erde und Reisig aufgefüllt hatte. Die meisten Straßen waren oberhalb der Talsohle angelegt worden, am Fuß von Gebirgen, oder sie folgten Höhenzügen. Wo es möglich war, hatte man die Straßenränder teilweise mit Holz und Stützmauern befestigt, als Belag war Schotter aufgetragen, es gab immer wieder kurze Strecken mit Pflasterung, und – Gott sei Dank – es waren einige Brücken gebaut worden, deren Überquerung aber nur nach Zahlung von Brückengeld möglich war. Entlang des Mains mussten wir ständig Wegezoll entrichten. »Das sind keine Zöllner, das sind Wegelagerer!«, sagte ein Fuhrknecht, nachdem wir wenige Meilen hinter einer Zollstelle erneut eine Maut beglichen hatten.

Nach vielleicht drei Wochen erreichten wir ein großes Waldgebiet, das die Grenze zwischen deutschen Territorien, der Burggrafschaft Nürnberg sowie der Oberpfalz, und dem Königreich Böhmen bildete. Seit den Zeiten des Kaisers Friedrich Barbarossa, so hatte uns einer der Geistlichen erklärt, hielten die böhmischen Könige getreulich und hilfreich zur römischen Krone und führten deutsche Fürstentöchter auf ihren Thron, einer ihrer Könige schrieb sogar deutsche Minnelieder. Kaufleute, die in deutscher Zunge reden, lebten seit langem im Land, das Stadtrecht, erst nur der deutschen Niederlassung in Prag verliehen, galt nun für die ganze Stadt Prag. Und die böhmischen Könige hatten viele deutsche Siedler, Händler, Bauern, vor allem aber Bergleute, ins Land gerufen, es gebe Gebiete, wo nur die deutsche Sprache gesprochen wird.

Pavel war schon ein wenig berauscht. Er fing an zu schwärmen.

Der mächtigste aller böhmischen Könige, so sagte er, sei Ottokar der Zweite gewesen, der habe vor mehr als drei Menschenaltern nicht nur Böhmen und Mähren beherrscht, sondern auch die Länder Österreich, Steiermark, Kärnten und Krain seiner Herrschaft unterworfen – »er war der reichste Fürst Europas!« Allerdings in unseligen Zeiten, in denen das deutsche Reich ohne Herrscher gewesen sei. Doch dann, Anno Domini 1276, habe der neu gewählte römische König, Rudolf von Habsburg, beschlossen, Ottokars Macht zu brechen – »denn Ottokar hatte mehr Macht als der römische König, und viele Fürsten neideten Ottokar seinen Reichtum und sein Glück.«

Und so habe man eine große Verschwörung gegen Ottokar verabredet, viele seiner einstigen Freunde und Verbündete hätten ihn treulos verlassen, Österreich sei von einem Heer Rudolfs besetzt worden, nur die Stadt Wien widerstand tapfer allen Angriffen des deutschen Heeres, doch letztlich hätte der Verrat böhmischer Großer zum Fall Ottokars geführt.

»Auf allen Seiten«, Pavel machte ein kurze Pause, um erneut zum Krug zu greifen, »vom gräulichsten Verrat umstrickt, ergab sich Ottokar schließlich in sein Schicksal – doch der Habsburger wollte ihn demütigen, und so musste Ottokar, der große böhmische König, sein Knie beugen vor Rudolf, dem siegreichen König, alle seine Feinde triumphierten und ließen Ottokar ihren Triumph auch fühlen, er aber zeigte bei all dem Unglück eine bewunderungswürdige Haltung.«

Pavel wischte sich den Mund ab.

»Und«, fragte Franziska ungeduldig, »wie endete dieser Ottokar?«

»Tragisch, ganz tragisch.«

Pavel lächelte in sich gekehrt.

»Der Habsburger«, so fuhr er raunend fort, »verschärfte die Friedensbedingungen immerfort, und so hatte Ottokar schließlich keine andere Wahl, als in verzweifeltem Entschluss nun das Äußerste zu wagen, um seine Ehre zu retten – er machte einen letzten Versuch, die österreichischen Lande, die er hatte abtreten müssen, wiederzugewinnen, doch auch diesmal war Verrat im Spiel, selbst in der entscheidenden Schlacht verließen ihn Gefolgsleute und wechselten ins feindliche Lager – zum Schluss kämpfte er ganz allein, deutsche Kriegsleute warfen einen Strick um seinen Hals, um ihn fortzuschleppen. Um ihn seines kostbaren Helmes zu berauben, schlug man diesen an seinem Kopf entzwei und riss ihm auch die übrige Rüstung vom Leibe, er wollte sich ergeben, doch mehrere Österreicher rissen den wehrlosen König zu Boden, durchbohrten zuerst seinen Nacken mit einem Speer und töteten ihn dann mit siebzehn Stichen. Dann verhöhnten sie noch den Toten und trieben verruchten Spott mit dem aller Kleider beraubten Leichnam – mit dem Leichnam eines gewaltigen Fürsten, vor dem sie kurz vorher noch gezittert hatten!«

Pavel trank seinen Krug leer und rülpste.

»Sag, Pavel«, fragte Arnold nach einer kurzen Pause, »du nennst diesen Ottokar den größten aller böhmischen Könige – was aber war mit eurem blinden König, dem ihr so lange gedient habt? War der nicht der ritterlichste, der streitbarste aller Könige, in diesen unseren Erdentagen?«

»Das müsst ihr euren Freund, den Herrn Andreas, fragen, der kannte unseren König, der so ruhmvoll in den Tod gegangen ist, viel besser als ich – ich weiß nur, dass König Johann bei meinen Landsleuten in Böhmen nicht besonders beliebt war.«

König Fremdling

Alle blickten mich an. Ich hatte mir gerade eine Birne auf den Teller gelegt und nahm einen großen Schluck Bier.

Zwei Tage weilte ich nun in Köln, ich war in den Kerker geworfen worden, das Gewaltgericht hatte mich freigelassen, ich hatte es mit Gottes Hilfe geschafft, Katharina zu finden – und nun saß ich in einem Gasthaus in vertrauter Runde, und ich fühlte mich wie unter Freunden, als sei ich nie weg gewesen aus dieser Stadt.

Wollten sie wirklich wissen, was ich von einem böhmischen König hielt?

Was Pavel gesagt hatte, stimmte in gewisser Weise.

König Johann, von den Böhmen und den Mährern mit großen Erwartungen empfangen, hatte sich ziemlich schnell die Sympathien seiner neuen Untertanen verscherzt.

Ich erzählte, wie ich in Prag angekommen war, einer Stadt am Ufer des Flusses Moldau, die zahlreiche Türme und schöne Gebäude aufweise, die von einer gewaltigen Mauer und einem tiefen Graben geschützt war; die Burg, auf dem anderen Ufer gelegen, war zu dieser Zeit allerdings eine Ruine, zerstört durch einen Brand.

Wir, die Dienerschaft, wurden in einem großen Bürgerhaus in der Unterstadt untergebracht, das junge Königspaar wohnte in einem heruntergekommenen Palast.

Ich bin, so glaube ich, ziemlich begabt, fremde Zungen zu sprechen. In Lyon, wo ich einen Teil meiner Lehrzeit verbracht hatte, konnte ich mich schon nach drei Monaten einigermaßen in französischer Sprache unterhalten – und so begann ich, Tschechisch zu erlernen, als Einziger von den vielen Luxemburgern und Deutschen, die der neue König nach Prag beordert hatte. Ein Priester der Hofdienerschaft gab mir bereitwillig Unterricht. Tschechisch ist eine sehr schöne, sehr weiche Sprache, sie wird vornehmlich in Böhmen gesprochen, die meisten edlen Herrschaften sprachen allerdings auch Deutsch, viele von ihnen hatten tschechische und deutsche Namen.

Nach einigen Wochen war ich imstande, allein in Prag herumzustreifen, ich ging auf die Märkte, in Wirtshäuser und Badestuben, ich hörte den Leuten zu, sprach mit ihnen, ich lernte viele brave, gastfreundliche Menschen kennen, die erstaunt und dankbar waren, wenn man als Deutscher mit ihnen in ihrer Sprache redete. Und ich gewöhnte mich daran, das dunkle, herbe böhmische Bier zu trinken, das in zahlreichen Schenken gezapft wurde. Damals hörte ich nur Gutes über den neuen König, die Leute waren begeistert – Johann hatte dem leidgeprüften Land endlich wieder Frieden gebracht, hieß es allerorten, unter der neuen tatkräftigen Herrschaft habe Böhmen wieder zu lang entbehrter Ruhe und Ordnung gefunden, endlich könne man sich wieder dem Genuss ungestörter Freude überlassen, dem Gesang, der Musik und dem Tanz.

Das war in der Tat so. Johann hatte zahlreiche Fehden beendet, er hatte Frieden mit den habsburgischen Herzögen von Österreich geschlossen, Mähren wieder mit Böhmen vereinigt; doch über all dem war den meisten Böhmen entgangen, dass – zum Glück für ihr Land – der eigentliche Regent der Mainzer Erzbischof war. Der war früher einmal böhmischer Oberstkanzler gewesen und kannte die Verfassung des Landes, und mit seinen Zuständen war er bestens vertraut: »Johann regierte zwar dem Namen nach, aber unter ständiger Anleitung des Herrn Peter, des weisen Mainzer Bischofs.«

Doch schon ein Jahr nach der Hochzeit verließ Johann erstmals Böhmen – sein Vater, Kaiser Heinrich, der in Welschland von den Guelfen und dem König von Neapel schwer bedrängt wurde, hatte die deutschen Fürsten um Hilfe angerufen. In Zürich versammelte sich ein großes Heer, das unter der Führung Johanns über die Alpen gehen sollte. Unfern der Stadt Biberach, so erzählte mir später ein böhmischer Ritter, wurde Johann die Nachricht überbracht, dass der Kaiser am vierundzwanzigsten Tag des Monats August im Jahre 1313 in der Toskana gestorben sei, an Gift, wie es hieß. Der Mainzer Erzbischof soll damals ausgerufen haben: »Seit fünfhundert Jahren hat kein Mann gelebt, dessen Tod der Welt mehr Unheil gebracht hat!«

König Johann dagegen hatte sich, so ging in Prag um, bei seinem leichten Temperament den Tod des Vaters nicht lange zu Herzen genommen. Das Heer löste sich auf, die Böhmen, die mitgezogen waren, um für das Reich zu kämpfen, sahen sich bald inmitten Deutschlands wie Feinde behandelt – »die Deutschen brauchten uns nicht mehr, und sie brauchten nicht mehr auf das Ansehen des Kaisers Rücksicht zu nehmen«, hatte ein Teilnehmer des so verheißungsvoll begonnenen Zuges später voller Bitterkeit berichtet.

Johann kümmerte sich von nun an nicht mehr um die böhmischen Angelegenheiten – nur vom Wunsche beseelt, seinem Vater in der Kaiserwürde zu folgen, verweilte er mehr als ein Jahr außerhalb seines Königreiches, umgeben von einer Schar luxemburgischer und böhmischer Höflinge, die sich ihm als üble Schmeichler angedient hatten.

Da ich damals in Prag im Hofstaat der Königin diente, erfuhr ich von den Dingen, die im Reich geschahen, nur bruchstückhaft, ich hörte zu, wenn Kaufleute, die aus deutschen Landen kamen, in Vorstadtkneipen vom Kampf um die Krone des Reiches berichteten. Auf die vielen Gerüchte, die ohne Ende in der Stadt verbreitet wurden, gab ich nichts – die meisten Neuigkeiten wusste indessen die kleine Rada mitzuteilen, eine Zofe der Königin, mit der ich mich angefreundet hatte.

»Hattest du näheren Umgang mit ihr?«, fragte Katharina.

Ich musste lachen.

»Wo denkst du hin?«, gab ich zurück. »Rada war schließlich von edler Herkunft, ich dagegen der Stallbursche!«

Jetzt lachten alle.

»Stallburschen sind immer gute Reiter!«, rief nun Arnold, der auch schon etwas angetrunken wirkte.

Die beiden Kurfürsten, so erzählte ich weiter, die Erzbischöfe von Trier und Mainz, die schon die Wahl Heinrichs des Siebenten betrieben hatten, waren damals, nach dem frühen und schmerzlichen Tod des Kaisers, mit der Kandidatur Johanns einverstanden. Doch es gab auch einen habsburgischen Kandidaten, den Herzog Friedrich, den man den Schönen nannte. Durch die Umtriebe beider Parteien verzog sich das Wahlgeschäft bis in den Sommer des folgenden Jahres.

»Der damalige Kölner Erzbischof«, so sagte ich mit betontem Widerwillen, »hat seine Stimme für eine große Summe an die Habsburger verkauft.«

Alle Stimmen, das sagte ich nicht, wurden damals gekauft, es war ein einziges Schachern und Feilschen. Rada erzählte schließlich eines heißen Junitages des Jahres 1314 ganz aufgeregt, dass König Jan, wie sie sagte, auf den Rat der beiden Erzbischöfe seine Kandidatur zurückgezogen habe – er sei noch zu jung für den römischen Thron, so hätten sie argumentiert.

»Bei uns in Böhmen sind die Männer mit achtzehn Jahren volljährig«, sagte sie mir, und der König werde doch bald achtzehn. Bei uns am Rhein, so entgegnete ich, sogar schon mit fünfzehn – ich hätte keine Ahnung, wie alt ein Fürst zu sein habe, um die Krone des Reiches zu erwerben. Ein Herzog aus Bayern, so wusste Rada, ein Herr Ludwig, ein bewährter Kriegsmann, sei nun Kandidat der luxemburgischen Partei. Viele Jahre später hörte ich, wie der greise Abt von Viktring, eine Zeit lang einer von Johanns engsten Vertrauten, sagte: »Der Böhmenkönig hat den Verzicht auf die römische Krone sein Leben lang nicht verwunden.«

»Und so kam es« – ich wollte langsam enden, denn ich glaubte, schon mehr als genug erzählt zu haben – »dass König Johann leer ausging, dass damals zwei Herrscher im Reich gewählt wurden, Ludwig der Bayer, der sich heute noch Kaiser nennt, und Friedrich der Schöne, der Habsburger – zwei Herrscher, die sich jahrelang bekämpften.«

»So wie heute – wieder haben wir zwei Herrscher, den Herrn Kaiser Ludwig und den Gegenkönig, Karl, den Sohn des blinden böhmischen Königs«, sagte Arnold zu Franziska gewandt.

Er wollte wohl allen zeigen, wie kenntnisreich ein einfacher Brauer sein konnte.

Nun meldete sich Pavel zu Wort, der genussvoll an einer Birne kaute.

»Verzeiht, Herr Andreas, Ihr habt Euren Freunden noch immer nicht erzählt, wie es der König bewerkstelligt hat, die Böhmen gegen sich aufzubringen – man nannte ihn im Volk nur noch *Jan Lucembursky*, Johann den Luxemburger.«

Nach der gescheiterten Kandidatur kam Johann wie verändert nach Prag zurück – er ließ sich gehen, er gab seinen Launen nach, er fing an zu trinken, und wie alles, was er tat, tat er es im Übermaß, er trank oft, und er trank viel. Ich habe damals zahlreiche Geschichten über den zügellosen Lebenswandel des Königs gehört, er trieb sich am liebsten in Hurenhäusern und übelsten Gasthäusern herum, ich war oft dabei, wenn er wie ein gewöhnlicher Trunkenbold, nicht selten in den dunkelsten Vierteln Prags, aufgefunden wurde, in der Gosse liegend.

Und so entwickelten sich die Dinge auch im Königreich nicht zum Besten, der böhmische Adel widersetzte sich den Absichten des Königs, der – entgegen seinen feierlichen Zusagen – eine starke Zentralverwaltung unter der Führung seiner deutschen Ratgeber aufbauen wollte. Es kam zu einem regelrechten Bürgerkrieg, die Böhmen erhoben die Waffen gegen ihren König, und die Adelspartei behielt schließlich die Oberhand – im April des Jahres 1318 sah sich Johann gezwungen, auf einem Landtag eine Amnestie für die Anführer der Opposition zu verkünden, zudem musste er versprechen, alle Deutschen aus ihren Ämtern zu entlassen.

»Das war der Zeitpunkt, wo es auch zum Bruch in der königlichen Familie kam – die gute Königin Elisabeth konnte sich mit der Niederlage ihres Gemahls nicht abfinden, schließlich entzog Johann ihr, unter Einsatz von Gewalt, sogar die Erziehung der Kinder.«

Eine echte Liebesbeziehung, das wusste ich – und dabei blickte ich Katharina an –, hatten die so unterschiedlichen Eheleute, sie voller Leidenschaft, er voller Leichtsinn, ohnehin nicht gehabt. Dennoch suchte Johann die Gattin auch danach gelegentlich heim, aber nur, um sie zu schwängern – in seinen Kindern, so bemerkte einmal ein Hofgeistlicher, sähe der König lediglich Faustpfänder seiner Heiratspläne, für keines seiner Kinder brächte er irgendwelche Gefühle auf. Katharina wollte wissen, wie viele Kinder die beiden hatten.

»Ich weiß nicht«, antwortete ich wahrheitsgemäß, »wann die Ehe erstmals vollzogen worden ist – das erste Kind kam Anno Domini 1313 zur Welt, eine Tochter, bei der Geburt der zweiten Tochter, die Guta genannt wurde, war der väterliche Missmut darüber, dass es kein Sohn war, so groß, dass die gekränkte Königin gesagt haben soll: Da niemand dieses Kind gerne sieht, werde ich es umso mehr lieben müssen.«

Ihren ersten Sohn, den heutigen König Karl, habe Elisabeth dann 1316 zur Welt gebracht, und der König sei eine Zeit lang ganz zufrieden durch Prag geritten, schließlich schien mit der Aussicht auf eine regelmäßige Thronfolge auch die Ruhe des Landes für alle Zukunft gesichert. Danach hatte die Königin noch vier Kinder bekommen, von denen allerdings zwei schon im Kindesalter gestorben sind.

»Das Schlimmste für die Königin war«, so fuhr ich fort, »dass Johann sich nicht mehr um seine böhmischen Obliegenheiten kümmern wollte, er weilte immer öfter am Rhein und nahm an jedem Turnier teil, das irgendwo ausgeschrieben war.«

Damals erwarb er sich den Ruf, mehr ein Abenteuer suchender Ritter zu sein als ein König. Wenn er, oft nach jahrelanger Abwesenheit nach Prag zurückkehrte, erhob sich kein Jubel wie einst, alle Böhmen harrten in banger Erwartung darauf, welche neue Steuer er seinen Untertanen auferlegen würde, Johann war ständig in Geldnot.

»Wenn sich im Land Widerstand gegen die königlichen Steuereintreiber regte, dann zog er mit deutschem Kriegsvolk aus, um die Aufrührer zu bestrafen, und so wurde das arme Landvolk, das durch Missernten ohnehin Hunger litt, durch Raub, Brand und Mord vollends zugrunde gerichtet.«

In einigen Gegenden des Landes, so hatte ich gehört, waren die Bauern damals so sehr verwildert, dass sie auf Menschenraub ausgingen und ihre unglücklichen Opfer verzehrt haben sollen.

In diesen Tagen war dann schließlich auch das Gerücht aufgekommen, der König plane, alle Böhmen aus ihrem Land zu vertreiben und dieses mit Deutschen zu besetzen – was nicht stimmte, er hatte auch nicht die Möglichkeit, dies zu tun, so widerwärtig ihm Böhmen mittlerweile auch geworden war. Irgendwann war es dem böhmischen Adel endlich gelungen, Johann zu bewegen, sein früheres Versprechen in die Tat umzusetzen und alle seine deutschen Ratgeber und die deutschen Kriegsknechte ins Reich zu entlassen.

Mittlerweile waren die Kerzen fast niedergebrannt.

»Und was war mit dir«, fragte Arnold nach einer Weile, »du bist doch auch Deutscher?«

»Mich hat er erst in seine Dienerschaft geholt, als alle Deutschen das Land verlassen hatten – aber ich war ja nur ein Gemeiner aus der Dienerschaft.«

Dennoch habe er des Öfteren mit mir geredet – »du bist nun der Einzige, mit dem ich mich in der Sprache der Courtoisie unterhalten kann«, hat er irgendwann mal geäußert, wenn er mich auf Französisch nach der Stimmung im Volk befragte. Seine Regierungstätigkeit beschränkte sich zu dieser Zeit darauf, Turniere zu veranstalten.

»Dem Zureden einiger Barone und seiner eigenen Lust nachgebend, schrieb er unter großem Pomp ein Turnier nach Prag aus, zum Besten aller Turnierhelden der Christenheit, denn er wollte dem legendären König Artus nachahmen.« Doch obwohl Einladungen in alle Reiche und Länder ergingen, erschien niemand in Prag, und die ganze Veranstaltung diente seinen zahlreichen Feinden nur zum Spott.

»Ein Jahr später war er glücklich, denn endlich kam einmal ein Turnier auf dem Hauptmarkt von Prag zustande – aber für den König nahm es wieder ein trauriges Ende, denn er stürzte dabei vom Pferde und wurde im Gewühl so sehr im Kot gewälzt und von Hufen getreten, dass man ihn furchtbar entstellt und halb tot wieder aufhob und er gerade mit dem Leben davonkam.«

Alle lachten, am lautesten Pavel.

»Mein Vater hat mir erzählt«, sagte er nun, und er schien wieder ernüchtert zu sein, »der König habe nie aufgehört, sich als Fremder in seinem eigenen Königreich zu fühlen, und er soll aus dieser Gesinnung auch kein Geheimnis gemacht haben.«

»Das ist richtig, lieber Freund«, rief ich ihm zu, »und ihr Böhmen habt ihn deswegen ja auch König Fremdling genannt, *král cizinec* in eurer Sprache.«

»Lieber Herr Andreas«, erwiderte Pavel nun bedächtig, »Ihr habt zwar leidlich gut Tschechisch gelernt, was sonst kein Deutscher tut – aber Ihr beherrscht diese Sprache immer noch nicht richtig: *král cizinec* – das bedeutet: der König, der in der Fremde weilt.«

Er setzte sich voller Genugtuung in Positur.

»Wir haben ihm diesen Namen gegeben, weil er sich nur noch selten in unserem schönen Böhmen aufhielt und sich umso mehr in allen Königreichen der abendländischen Christenheit herumtrieb.«

Verhör im Bierkeller

Von draußen drang plötzlich Lärm herein. Dann flog die Tür auf, und einer der Schankburschen stand vor unserem Tisch. Er war außer Atem und ganz aufgeregt.

»Meister Arnold, da war ein Mann im Wirtshaus, der einige Gäste fragte, ob sie den Andreas Hemmersbach, Euren Freund, gesehen hätten.«

Arnold sprang auf. »Und – was ist mit dem Mann? Habt ihr ihn festgehalten?«

»Ja, Meister, natürlich, Meister, wie Ihr befohlen habt! Es dauerte eine Weile, bis wir ihn in den Kühlkeller sperren konnten, es gab nämlich eine große Rauferei, an der sich viele Zecher beteiligt haben.«

Wir waren ebenfalls aufgestanden, Katharina sah mich erschrocken an.

Arnold beruhigte uns – er habe dem Schankpersonal aufgetragen, ihm Leute zu melden, die sich nach Pavel und mir erkundigten – oder sich irgendwie auffällig benähmen.

Wir, Arnold, Pavel und ich, gingen schnellen Schrittes ins Nachbarhaus. Wir konnten erkennen, dass viele Gäste den Weißen Löwen nun verließen, vor dem Eingang stand eine Gruppe Betrunkener, es wurde lauthals geschimpft und gelacht.

Arnold schloss das Tor der Brauerei sorgfältig ab, nachdem wir den Hof betreten hatten.

»Dorthin« – Arnold zeigte auf ein unscheinbares Gebäude am Ende des Hofs. Es roch nach Bier, nach Hopfen, nach Malz. Zwei seiner Braugesellen standen vor dem Eingang. Einer, ein großer Bursche in blauem Wams, deutete lässig mit dem Daumen hinter sich: »Der Kerl sitzt da drin.«

Arnold schob den Riegel nach oben und öffnete vorsichtig die Tür. Langsam ging er, eine Fackel in der Rechten, eine hölzerne Treppe hinunter, wir folgten ihm. Pavel hatte sich vorsichtshalber von einem der Gesellen einen mächtigen Knüppel geben lassen. Wir gelangten in einen großen, aus klobigen Steinen errichteten Keller, ein gewaltiges Gewölbe. Davon gab es viele in Köln, alte Leute erzählten, es seien Überreste römischer Bauten.

Arnold drehte sich um.

»Wo ist der Dreckskerl?«

Er hielt die Fackel nach vorn.

Dann sahen wir den Mann. Er hockte am Ende des Gewölbes und blickte uns an, vom Licht geblendet.

»Ihr Schufte, ihr habt kein Recht, mich hier festzuhalten – ich werde mich bei den Gewaltrichtern über euch beschweren. Ich bin ein freier Bürger dieser Stadt.«

Ich erkannte den Mann schon an der Stimme. Es war Thomas Roppel, mein Genosse vom Frankenturm.

»Lasst mich mit ihm reden.« Ich ging nach vorn. »Thomas, hat man dich auch entlassen?«

Er antwortete nicht.

»Wieso hast du Erkundigungen über mich eingeholt?«

Er stand auf und blickte mich voller Zorn an: »Das hättest du nicht gedacht, du Kindermörder, dass wir uns so schnell wieder sehen!«

Ich hob beruhigend beide Arme.

»Thomas – es wird dir nichts geschehen! Bleib ganz ruhig – es wird dir nichts geschehen, wenn du mir sagst, wer dich beauftragt hat, unseren Aufenthaltsort herauszufinden.«

Er spie mir vor die Füße.

»Nichts werde ich dir sagen – ihr habt kein Recht, mich hier zu verhören!«

Pavel drängte sich an mir vorbei. Er baute sich vor Thomas auf und hob den Knüppel.

»Hör zu, guter Mann: Es macht mir nichts aus, dich mit diesem Prachtstück windelweich zu prügeln, also überleg dir, ob es richtig ist, weiterhin das Maul so weit aufzureißen – überleg dir das gut!«

Wie zur Bestätigung ließ er den Knüppel heruntersausen, stoppte aber im letzten Moment ab – Thomas hatte schon schützend die Arme vor den Körper erhoben.

Mir war gar nicht wohl bei der Sache.

Ich schob Pavel zur Seite.

»Thomas, gestern auf dem Turm, da hast du Brot und Wein mit mir geteilt, wofür ich dir noch immer dankbar bin, ich möchte nicht, dass dieser böhmische Klotz dich zusammenschlägt, ohne jedes Erbarmen – aber glaube mir, er wird es tun, wenn du nicht redest.«

Er überlegte eine Weile.

»Was sollte ich denn machen, Andreas? Man hat mich heute Nachmittag aus dem Kerker geholt, ich sollte die Stadt verlassen – aber wo soll ich denn hingehen? Unser Haus ist abgebrannt, meine Familie irgendwo auf dem Land.«

Ich nickte.

»Erzähl weiter. Wer waren deine Auftraggeber?«

Thomas atmete tief durch.

»Was gebt ihr mir, wenn ich es euch sage?«

Er ist ein verkommener Bastard, eine verdammte Ratte, ein geldgieriger Nichtsnutz, dachte ich wütend und drehte mich kurz um.

»Pavel – brich ihm ein paar Rippen, fürs Erste!«

Pavel schlug zwei Mal voller Wucht auf den Wehrlosen ein, der jammernd in sich zusammensank – und da wusste ich, dass es ungerecht war, wie ich über Thomas dachte, und es war auch nicht richtig, ihn zu schlagen.

Er war ein armer, vom Schicksal geschlagener Wicht.

Ich ging zu ihm und beugte mich herab.

»Mein Freund – lass uns vernünftig miteinander reden: Du sagst mir, was heute Nachmittag geschehen ist, ich werde dafür sorgen, dass du sicher aus der Stadt kommst – und es soll dir von Nutzen sein, wenn du uns hilfst.«

Ich lächelte ihn an und rieb verheißungsvoll den Daumen am Zeigefinger.

Er schaute verzweifelt zu mir auf.

»Und wer sagt mir, dass ich dir vertrauen kann?«

»Thomas, es bleibt dir nichts anderes übrig, als mir zu vertrauen. Wir müssen ja auch darauf vertrauen, dass du uns die Wahrheit sagst.«

Er schlang die Arme um die Knie, dann hustete er lange. Nun kam Arnold näher, der sich bis dahin im Hintergrund gehalten hatte.

»Du kannst für ein paar Tage nach Nievenheim gehen, dort habe ich Verwandte, sie haben eine Mühle – wenn du ihnen bei der Arbeit zur Hand gehst, geben sie dir Herberge und Nahrung. Und wenn du später wieder hier auftauchst, merkt es eh keiner.«

Ja – so war das in Köln. Das Gesindel, das sich kleinerer Vergehen schuldig gemacht hatte, wies man, nach ein paar Tagen Haft auf dem Turm, meistens aus der Stadt. Doch viele der Ausgewiesenen waren schneller, als es sich die Herren der Obrigkeit vorstellen konnten, wieder in der Stadt – und diese Leute schlugen sich dann erneut mit kleinen Diebstählen und Betrügereien durch, mehr schlecht als recht.

Thomas erzählte, wie er nach dem Verhör durch die Gewaltrichter freigelassen worden war; schon auf dem Alter Markt habe er zwei Männer gesehen, die ihn beobachteten, ein Edler und sein Knecht, so habe er zumindest aus ihrer Kleidung geschlossen.

»Wann war das?«, fragte ich.

»Am Nachmittag, es wurde bereits dunkel.« Der Knecht habe ihn dann angesprochen – »und der hat auch gewusst, dass wir zusammen in einem Verlies gesessen haben.«

Er schaute zu mir herüber. Bislang, so dachte ich, sah es nicht so aus, als ob er uns belügen wollte.

»Er bot mir drei Turnosen der erzbischöflichen Münze, wenn ich bereit wäre, dir in den nächsten Tagen heimlich zu folgen, wie ein Schatten – natürlich habe ich zugesagt, das ist viel Geld für einen armen Mann wie mich.«

Das war viel Geld, in der Tat. Die Turnose, die der Kölner Erzbischof, der Herr Walram, nach Vorbild des Groschens aus Tours prägen ließ, galt etwas mehr als zwanzig Pfennig, der Tagelohn eines Baumeisters betrug – wenn das, was ich gehört hatte, stimmte – nur zehn Pfennig.

»Hast du von dem Geld schon etwas erhalten?«

Nein, das hatte er nicht.

»Der Knecht sagte mir, ich solle morgen früh wieder zum Alten Markt kommen und ihm erzählen, wo ihr euch aufhaltet. Dann wollte er mir die erste Turnose geben.«

Ich dachte nach.

Wenn es mir gelingen würde, Thomas auf meine Seite zu ziehen, dann könnte er ein Doppelspiel betreiben, und ich würde stets darüber Bescheid wissen, was seine Auftraggeber wissen wollten – aber nein, ich verwarf den Gedanken schnell, zu viele Leute im Weißen Löwen hatten gesehen, wie Arnolds Gesellen ihn aus dem Wirtshaus hinausgeführt hatten, so etwas sprach sich herum in Köln.

Thomas musste die Stadt verlassen, das war die einzige Lösung. Das sagte ich ihm auch – und er nickte.

»Hast du den Knecht und seinen Herrn schon mal gesehen?«

Den vornehmen Herr, ja, vielleicht, der sei wahrscheinlich ein Angehöriger der Geschlechter, aber das wisse er nicht so genau.

»Würdest du ihn wieder erkennen?«

Da war er sich ziemlich sicher, wie er sagte. Er wirkte nun nicht mehr so verbissen wie zuvor, er hatte wohl erkannt, dass er sich mit uns einlassen musste – seinen Auftrag hatte er jedenfalls vermasselt.

Mir blieb, noch eine Frage zu stellen.

»Woher wusstest du, dass wir im Weißen Löwen waren?«

Thomas schaute mich verwundert an.

»Vom Knecht des Patriziers, von wem sonst? Der Knecht hat mir gesagt, dass du dich lange mit Arnold, dem Brauer, unterhalten habest, und so kam ich hierher.«

Arnold gab ihm auf meine Bitte etwas zu trinken, Pavel holte ein paar Pfennige aus seinem Beutel und reichte sie Thomas, und er murmelte etwas, das wie eine Entschuldigung klang.

Wir beschlossen, dass Thomas morgen in aller Frühe nach Nievenheim gehen sollte, zu Arnolds Verwandten.

Thomas Roppel hatte nichts von der Pfaffenpforte erzählt. War der Mann, der mich dort töten wollte, jener Patrizier, der Thomas beauftragt hatte, uns zu folgen?

Pavel machte sich ähnliche Gedanken.

»Einer, der einen Spitzel für einige Tage anwirbt, versucht nicht kurze Zeit später, Euch umzubringen, Herr Andreas, da stimmt irgendetwas nicht«, meinte er, als wir ins Haus zurückgingen. Meine Rückkehr war offensichtlich mehr Leuten, als ich dachte, ein Ärgernis.

Pavel fing wieder an, ein Soldatenlied zu pfeifen.

Die Königin Elisabeth

Wir kamen in der guten Stube an. Arnold war mit seinen Leuten in den Weißen Löwen gegangen, um die letzten Gäste nach Hause zu schicken – und um aufzuräumen.

»Nach Prügeleien sieht es immer schlimm aus in Kölner Wirtshäusern«, hatte er gesagt.

Franziska war schon schlafen gegangen. Katharina war damit beschäftigt, Teller in einem Bottich abzuwaschen. Sie blickte uns fragend an. Ich erzählte, was geschehen war. Pavel verbeugte sich.

»Gute Hausfrau, ich danke Euch für das wunderbare Essen. Es ist lange her, dass ich so schmackhaft beköstigt worden bin – das war mein Abschiedsessen vor zwei Jahren, eine Muhme hat es für mich gekocht.«

Dann wünschte er uns eine gute Nacht.

Bevor er in Richtung Hinterhaus verschwand, deutete er eine zweite Verbeugung an: »Und einen Gruß an Euer Fräulein Tochter – sie ist eine Jungfer voller Liebreiz.«

Katharina musste lachen. Endlich sah ich sie wieder lachen.

Sie hatte den Tisch abgeräumt, trocknete sich die Hände und bat mich, Platz zu nehmen.

»Komm, wir warten auf Arnold – und wir trinken noch ein Gläschen.«

Sie holte zwei kleine Krüge, die sie mit Elsässer Wein füllte. Wir lächelten uns an, als wir uns zuprosteten.

Bevor ich ihr sagen konnte, wie wohl ich mich im Kreise ihrer Familie fühlte, ergriff sie das Wort.

»Du hast vorhin viel erzählt, Andreas, aber kaum etwas über dich – bist du eigentlich verheiratet? Hast du Kinder?«

Schon wieder hatte sie eine Frage an mich gerichtet, die mir unangenehm war.

Ich antwortete, dass ich es nicht geschafft hätte, eine christliche Ehe einzugehen – warum ich das nicht vermocht hätte, wisse ich nicht: »Es hat sich nicht ergeben.«

»Aber es gab doch bestimmt Weibsleute in deinem Leben?«

Ja – die hatte es natürlich gegeben. Sollte ich ihr jetzt von der einen oder anderen Liebschaft berichten? Oder von Sabina, der damals neunzehnjährigen Tochter eines sächsischen Kaufmanns, der mit seiner Familie in Prag lebte? Von der einzigen Frau, von dem ich heute noch manchmal träume? Der Vater hatte Sabina verboten, mit mir Umgang zu pflegen, nachdem er erfahren hatte, dass ich zu Johanns Gefolge gehörte – was Sabina aber eher anspornte, sich heimlich mit mir zu treffen. Aus purem Leichtsinn gab ich sie nach einigen wunderbaren Monaten auf, erst später ist mir dann klar geworden, was sie mir bedeutet hatte, wie sehr ich das körperliche Zusammensein mit ihr genossen hatte, nicht nur den Beischlaf, wie sehr sie mir das Gefühl von menschlicher Wärme, von der Freude des Betrachtens, des Fühlens und des Betastens des anderen vermittelt hatte, vom wohligen Geruch ihrer Haare, ihrer Haut ganz zu schweigen. Ich musste sehr oft daran denken, dass sie mir, wie niemand sonst, echte Anteilnahme gezeigt hatte – so wie sie mir die Glückseligkeit geschlechtlichen Beisammenseins zuteil werden ließ.

Dann war da noch Anna gewesen, das junge Eheweib eines schlesischen Arztes, der immer an den Hof gerufen worden war, wenn die jüdischen Ärzte nicht mehr weiterwussten – Anna und ich liebten uns über Jahre hinweg voller Genuss, ich verspürte indessen meist ein schlechtes Gewissen. Ihr Mann hieß ebenfalls Andreas, er wusste, so glaube ich, dass sein Weib ihn betrog. In meiner Gegenwart ließ er sich einmal über die Liebe aus, voller Nüchternheit, wie über eine Krankheit: »Liebe ist ein angeborenes Leiden, ausgelöst durch den Anblick und die übermäßige Beschäftigung mit dem Erscheinungsbild einer Person des anderen Geschlechts, was dazu führt, dass man mehr als alles andere wünscht, diese Person zu umarmen und in gegenseitigem Einverständnis in der Umarmung alle Gebote der Liebe zu erfüllen.« Ein anderes Mal äußerte er, bei einem Ehepaar könne die Liebe ihre wahre Kraft nicht entfalten. Er zeigte keinerlei Eifersucht, er war immer freundlich mir gegenüber, er akzeptierte, ja er duldete, dass ich regelmäßig den Beischlaf mit Anna vollzog. Da wir unser sündiges Treiben allerdings in äußerster Heimlichkeit führten, stellten wir ihn auch nicht bloß in der Öffentlichkeit. Und so betrachtete und behandelte er die Kinder, die Anna gebar, als die seinigen – und er wandte große Liebe und Aufmerksamkeit darauf, die Kinder zu guten Christenmenschen zu erziehen.

»Andreas, was war mit den Frauen in deinem Leben?«

Katharina gab nicht auf – Frauen sind in dieser Hinsicht furchtbar neugierig.

Sollte ich ihr erzählen, wie ich – zumeist im Kreise von Johanns Höflingen – auf Kriegszügen und Reisen so ziemlich alle Hurenhäuser des Abendlandes aufgesucht hatte? Dass wir, berauscht, meist sogar volltrunken, wie wir waren, die Weiber genommen hatten, wie sie sich uns anboten, gegen Geld oder ein paar Geschenke? Kebsweiber, Metzen, Dirnen und wie sie auch immer genannt wurden? Die uns in Badehäusern mit obszönen Sprüchen aufgeilten, die alles daran setzten, dass wir unsere Lust so schnell wie möglich vergeudeten, für eine Hand voll lausiger Münzen. Johann war immer der Anführer gewesen, ich erinnere mich, wie er in einem Damenstift in Arezzo, wo man uns eine Herberge geboten hatte, selbst die Mutter Priorin zu unzüchtigen Handlungen zu verführen imstande war. Das abendliche Mahl hatte sich, weil der Wein in Strömen floss, allmählich zu einem Gelage entwickelt, Johann stand plötzlich fast nackt auf dem mit wohlfeilen Speisen überladenen Tisch, wir alle hatten schon jegliches Schamgefühl verloren – dann zog er eine Hure, die uns auf dem Weg begegnet war, eine sich allen anbiedernde Schlampe, die irgendwie sein Wohlgefallen gefunden hatte, zu sich hoch, riss ihr den Rock vom fülligen Leib und hieß sie niederknien. Dann hielt er ihre Hinterbacken geradezu sanft auseinander – es sah aus, als ob er die weißen Blätter eines Messbuches aufschlüge, ich habe noch genau vor Augen, wie er ganz besessen ihren Arsch betrachtete, der wie beseeltes Elfenbein schimmerte. Dann hatte er ausgerufen: »Edle Signorina Oberin, schönste Braut Christi – das allein ist unser Altar, unsere Vesper und unsere Messe!« In diesem Moment war, zu unser aller Erstaunen, die Priorin eingeschritten, eine nicht mehr ganz junge Dame von edler Abkunft, aber offensichtlich auch eine verständige Frau – sie hatte seinen angeschwollenen Penis in die Hand genommen, wie eine Reliquie an ihren Mund geführt, ihn zärtlich geküsst, sie hatte daran herumgebissen und gekaut, mit andächtiger Inbrunst, mit inbrünstiger Andacht. Wir, die Hofschranzen, hatten geklatscht, gelacht, vor Vergnügen wie Pferde gewiehert und vor lauter Wollust geschrien. Johann genoss das alles, er lachte, deutete auf sein dickes Glied, am lautesten aber lachte die Mutter Priorin, die Vorsteherin dieser Heimstätte christlicher Nächstenliebe.

»Und was war mit Elisabeth, der Königin?«

Ich schreckte auf. Ahnte Katharina etwas?

»Wieso fragst du das?«

Sie blickte mich an, mit dem Wissen einer Frau, der nichts fremd ist in der menschlichen Natur.

»Als du vorhin von ihr erzähltest, hast du manchmal den Ton gewechselt, hast versonnen in dich hineingeblinzelt, als ob es ein Geheimnis zwischen euch, dir und der Königin, gegeben hätte.«

Warum, so dachte ich, sollte ich ihr nicht sagen, was damals geschehen war?

Ich hatte Elisabeth, die junge Frau des noch jüngeren Königs, wenige Monate nach ihrer Hochzeit zum ersten Mal gesehen – und ich war hingerissen ob ihrer Schönheit. Sie war nun neunzehn Jahre alt, eine hübsche, mittelgroße Frau mit brünetten Haaren, einem schönen Mund, mit vollen Lippen. Mit großen Augen hatte sie auf den Prinzen geschaut, als sich die Brautleute in Speyer zum ersten Mal begegnet waren. Alle, die sie sahen, waren von ihren durchdringenden, aber freundlichen Augen begeistert. Sie trug nach der neuesten Mode nur enge Gewänder, die ihre schlanke Figur in äußerst vorteilhafter Weise nachzeichneten. Auch nach der Krönung verbrachte sie ganze Tage damit, die schönsten Stoffe, die dichtesten Felle, die weichsten Seiden zu vergleichen und für sich auszuwählen. Nichts war zu schön für die Königin von Böhmen.

Und sie war fest davon überzeugt, mit dem Sohn des Kaisers einen Gemahl gefunden zu haben, den man eines Tages als edelsten Ritter der Christenheit feiern werde.

Nach unserer Ankunft in Prag war ich ihrem Gesinde zugeteilt worden, warum, weiß ich bis heute nicht. Der Haushofmeister, er war ein feister Kerl, hieß Bohumil, brüstete sich ständig damit, dass er schon mehrere Könige bedient habe, »den von Ungarn, den deutschen, ja ich habe sogar den englischen König bedient«. Ansonsten war er ein freundlicher, gutmütiger Mann, er stammte aus Pilsen. Ihm war bald aufgefallen, dass ich des Öfteren über die teuren Einkäufe schimpfte, die Elisabeths Hofdamen tätigten. Ich sagte ihm, dass ich kaufmännisches Blut in meinen Adern hätte, dass man den königlichen Haushalt viel besser handhaben könne – und dass man dabei viel Geld einsparen könnte. Fortan durfte ich ihm helfen, die Rechnungen zu überprüfen und die Lieferanten zu ermahnen, ihre Waren zu vernünftigen Preisen zu verkaufen. Nach wenigen Wochen erledigte ich einen Großteil seiner Arbeit – er ernannte mich schließlich zu seinem Sekretär, und so war ich nicht mehr der Diener hochmütiger, blaublütiger Damen, die Leute niedrigen Standes wie mich nicht einmal wahrnahmen, wenn sie sich von ihren Zofen entkleiden ließen.

Der Unterhalt beider Haushalte, Johanns wie Elisabeths, wurde hauptsächlich von den Einkünften der Silberbergwerke in Kuttenberg bestritten. Johann hatte als böhmischen Kanzler den Herrn Heinrich von Lipa akzeptieren müssen, einen mächtigen, selbstbewussten Adeligen, der auf die Befriedigung der einheimischen Staatsgläubiger drang und die Kuttenberger Einkünfte vornehmlich darauf verwendete. Des Kanzlers Feinde stellten dem unerfahrenen König vor allem das Gehässige dieser Maßnahme vor Augen, durch gelegentliche Bemerkungen, dass in der Reihe der Staatsgläubiger eben Lipa mit seinen Verwandten obenan, an erster Stelle, stehe – er sich somit selbst bereichere, während die königliche Hofhaltung, die früher fünf- bis sechshundert Mark Silber pro Woche aus Kuttenberg zu beziehen gewohnt war, nun oft nur mit nicht einmal zwanzig Mark Silber vorlieb nehmen musste. Und Heinrich von Lipa führte einen glänzenderen Hof, als es der königliche war.

»Andreas, was erzählst du da für Sachen? Dieses Geld aus Köttenberg« – in ihrer kölnischen Sprache sang Katharina das Wort beinahe, und sie sagte »Köttenberg« – »hat das etwas mit dir und Elisabeth zu tun?«

Sie schüttelte verwundert den Kopf.

Es hatte, das musste ich zugeben, nichts mit mir und Elisabeth zu tun, es war aber Teil meiner Geschichte. Johann hasste schließlich diesen Heinrich von Lipa, weil er sich von ihm betrogen fühlte – Elisabeth hasste Lipa, weil der ihrer Stiefmutter, der zweiten Gemahlin ihres Vaters, mit einer Neigung anhing, die von vielen übel gedeutet wurde. Die Königinwitwe, wie die Böhmen diese Frau nannten, hieß ebenfalls Elisabeth. Beide Frauen, die beiden Königinnen, waren, so tuschelte man am Hof, in nie endendem Streit und Verdrießlichkeiten einander verbunden. Als sich der böhmische Adel erstmals gegen Johann erhoben hatte, konnte es seine Gemahlin, stolz und herrisch, wie sie nun einmal war, dem Herrn von Lipa nicht verzeihen, dass er den Wünschen der ungeliebten Stiefmutter, unter Übergehung der ihrigen, willfahren hatte.

»Dann aber«, ich machte ein Pause, um anzudeuten, dass ich endlich zum Kern meiner Erzählung kommen wollte, »beging Johann einen unverzeihlichen Fehler, den größten Fehler seines Lebens – er ließ sich, in seinem angeborenen Leichtsinn, dazu herab, der Königinwitwe zuzuneigen, ihr den Hof zu machen und sich Gelüsten hinzugeben, die, so sagte man zumindest in Prag, mit der ehelichen Treue nicht vereinbar waren.«

»Willst du damit sagen, dass Johann sich mit der Stiefmutter seiner Frau eingelassen hat?« Katharina schlug die Hände vor dem Gesicht zusammen. Sie war empört, aufrichtig empört.

Dieses Prag war ja schlimmer als Sodom und Gomorrha!

Über die Dinge, die damals geschehen waren, zwischen König und Königinwitwe, hatte ich keine genaue Kenntnis. Doch in der Stadt Prag wurde unablässig über dieses Thema geredet – als ob es nichts Wichtigeres gegeben hätte im böhmischen Königreich. Mir aber war aufgefallen, dass die Königin immer trauriger wurde.

Ich war wahrscheinlich der Einzige, der wusste, welch unglückliche Gemeinsamkeit Elisabeth und Johann aufzuweisen hatten, als sie verheiratet worden waren. Pavel hatte in seinen Schwärmereien über die herrlichen Zeiten Böhmens nicht erzählt, dass Elisabeths Vater, König Wenzel, der Sohn des unglücklichen Ottokar, einige Jahre später ausgerechnet die Tochter des Mannes hatte heiraten müssen, der für den Tod seines Vaters verantwortlich gewesen war, nämlich die Tochter Rudolfs von Habsburg. Sie hieß Jutta – sie war Elisabeths Mutter, sie starb indessen sehr früh. Elisabeth, die schöne Erbin Böhmens, war also die Enkeltochter zweier Männer, die gnadenlos und bis zum Tod des einen von ihnen um Macht und Besitztümer gekämpft hatten. Auch Johanns Großväter – das war mir irgendwann wieder eingefallen, weil er es mir ja selbst erzählt hatte – waren Todfeinde gewesen, sie hatten in Worringen so lange aufeinander eingeschlagen, bis einer von ihnen ums Leben gekommen war. Aber – wie Johann so gerne sagte – so war das eben, im Spiel der Großen und Mächtigen.

Die Königin wurde immer trauriger. Sie fühlte sich von Johann vernachlässigt, gedemütigt, ja erniedrigt – und dem Mangel preisgegeben, denn der König kürzte stetig ihre Einkünfte, er hatte schließlich selbst ihre Tafelgüter versetzt. Bei den seltenen Zusammenkünften des Paares gab es endlose Streitereien, es wurde eigentlich immer nur gestritten, wenn sie sich trafen.

»Auch im Streit war Johann maßlos – wie oft hat er sie vor aller Ohren beleidigt.«

Welch erniedrigenden Worte er dabei verwendete, haben die meisten Höflinge, Gott sei es gedankt, nicht verstanden, denn Johann und Elisabeth sprachen nur Französisch miteinander. Sie sei oft wie von Sinnen, sagten die Hofdamen, sie sei verliebt in ihren Gemahl, aber grenzenlos eifersüchtig auf seine zahllosen Frauen, bald hänge sie ihm an, bald hasse sie ihn wild – ja, sie verfluche ihn mehr und mehr.

Schließlich war ich, an einem denkwürdigen Tag, eher zufällig Zeuge, wie Johann wutentbrannt aus ihrem Gemach stürzte – als er mich am Ende des Ganges erblickte, rief er mir in seiner herrischen Art zu: »Geh da hinein – und hilf deiner Herrin, sie ist gestürzt!«

Ich lief los und näherte mich vorsichtig der Tür, die noch offen stand – und schaute ins königliche Schlafzimmer. Elisabeth lag, lang ausgestreckt, auf dem Boden, den Oberkörper leicht zur Seite gedreht. Mir brach der Schweiß aus – sie war doch nicht etwa tot? Ich wollte zu ihr gehen, hielt dann aber unwillkürlich inne, noch vor der Türschwelle. Ein Gewirr dumpfer, schrecklicher Gedanken ging mir durch den Kopf.

Wieso hatte Johann seiner Frau nicht geholfen? Wieso hatte er fluchtartig ihr Schlafzimmer verlassen? War das eine Falle? So wie bei meinem Vater? Wenn die Königin tot sein sollte und man mich bei ihrer Leiche fand, könnte man mich für ihren Tod verantwortlich machen.

Ich drehte mich Hilfe suchend um, wo war Rada?

Dann hörte ich ein Stöhnen. Ich ging hinein. Elisabeth bewegte sich. Ich näherte mich ihr vorsichtig.

»Frau Königin, hört Ihr mich?«

Sie reagierte nicht.

Ich konnte keine Spuren von Gewalt entdecken, als ich neben ihr stand.

Ich wollte sie auf das Bett legen. Ich stellte mich hinter sie, griff mit beiden Händen unter ihre Achseln. Sie trug ein Brokatgewand, eines der neuesten Mode, das die linke Schulter frei ließ. An meiner Linken spürte ich ihre Brust, ich fühlte, dass ihre Achselhaare ausrasiert waren. Während ich versuchte, Elisabeth aufzurichten, stöhnte sie erneut leise auf.

»Majestät, was ist mit Euch?«

Ich zog sie zwei, drei Schritte über den Boden, dann hatte ich es geschafft, sie am Bettgestell aufzurichten, sie saß nun, von mir gestützt, auf einem Stück Teppich, das als Bettvorleger diente.

Sie kam zu sich. Sie blickte um sich.

»Er hat mich geschlagen, dieser Hund – mich, die Königin!«

Ich kniete neben ihr, mit dem linken Arm hielt ich sie aufrecht. Auf Tschechisch fragte ich, was ich für sie tun könnte, ob ich einen Arzt rufen sollte. Sie schüttelte langsam den Kopf.

»Niemand darf wissen, dass er mich geschlagen hat – niemand, verstehst du?«

Ich nickte. Es stiegen ihr Tränen in die Kehle, sie schluckte.

»Hol mir Wasser, schnell!«

Auf einer Anrichte stand ein goldenes Gefäß. Ich füllte einen Kristallbecher. Ich kniete mich wieder hin und setzte ihr den Becher an die Lippen. Sie nahm einen Schluck, dann blickte sie mich mit ihren traurigen Augen an.

»Herrin, was ist geschehen?«

Rada stand plötzlich in der Tür. Sie stieß einen Schrei aus und schlug die Hände vors Gesicht.

Dann setzte sie sich neben mich, zog ein gesticktes Tuch aus ihrem Gürtel und tupfte der Königin den Schweiß von der Stirn.

»Es ist nichts, keine Sorge, Rada, nur ein kleiner Schwächeanfall, nichts Schlimmes«, sagte Elisabeth mit leiser Stimme.

Rada schaute mich böse an.

»Was machst du eigentlich hier, Andreas? Und warum hast du den Medicus noch nicht geholt?«

Sie stapfte aus dem Zimmer.

»Es darf niemand erfahren, dass er mich geschlagen hat!«, flüsterte Elisabeth erneut, während sie wieder versuchte, sich aufzurichten. Ich nickte mehrfach mit dem Kopf, um sie zu beruhigen, half ihr, als sie nochmals zu trinken begehrte.

»Frau Königin, Ihr könnt Euch auf mich verlassen ...«

Ehe ich weitersprechen konnte, kam Rada zurück, an ihrer Seite der Medicus, es war Andreas Troppauer, der Arzt aus Breslau. Ihm vertraute Elisabeth mehr als den jüdischen Ärzten, die in Prag hohes Ansehen genossen.

Er trat an die Königin heran und fühlte ihren Puls. Auf sein Geheiß holte ich Wasser. Er zog ein Fläschchen mit Riechsalz aus seinem Koffer und hielt es Elisabeth unter die Nase.

Gemeinsam legten wir sie schließlich aufs Bett, Rada schob ein großes Kissen unter Elisabeths Kopf.

Der Medicus nahm nun Rada beiseite, gab ihr ein Säckchen mit Pulver.

»Das ist ein Heiltrank«, sagte er halblaut, »gebt einen kleinen Löffel davon in einen Teller Brühe, den sie heute Abend essen sollte – morgen wird sie wieder auf den Beinen sein.«

Rada gab mir ein Zeichen, dass ich verschwinden sollte. Ich ging in meine Stube.

Katharina hatte die ganze Zeit zugehört, ohne etwas zu sagen.

»Der König hat sie also geschlagen?«, fragte sie, als ich in meiner Erzählung innehielt, um den Wein zu kosten.

»Ich glaube, ja«, sagte ich. Ich fühlte mich sehr müde. »Soll ich weitererzählen?«

Sie nickte. »Es wird noch eine Weile dauern, bis Arnold kommt.«

Der Schwur

Du bist also einer von den Luxemburgern?«

Einen Tag nach diesem Ereignis war ich zur Königin befohlen worden. Sie empfing mich kühl und gemessen in ihrem kleinen Audienzsaal, ihre Robe war karmesinfarben, von zahllosen zierlichen Vogelzeichnungen überdeckt, ihr kleiner Hut war mit Pfauenfedern geschmückt. Nur der edle Herr Wilhelm Zajic von Waldeck, einer ihrer Vertrauten, und Rada befanden sich noch im Raum.

Ich verbeugte mich so formvollendet, wie es mir möglich war.

»Majestät«, entgegnete ich endlich, um ihre Frage zu beantworten, »ich bin im Gefolge Eures Herrn Gemahls, des Herrn Königs, aus Luxemburg nach Prag gekommen – ich bin aber kein Luxemburger, sondern stamme aus der Stadt Köln, die am mächtigen Rheinfluss liegt.«

»Wie lange hast du ihm in Luxemburg gedient?«

Ich berichtete, dass ich Anno Domini 1309 in Köln sein Dolmetsch gewesen sei und dass ich wenig später in die gräfliche Dienerschaft aufgenommen worden sei. Warum wollte sie das wissen?

»Andreas – so heißt du doch? Du hast mir gestern, als es mir nicht gut ging, sehr geholfen. Der Herr von Waldeck wird dich dafür belohnen.«

Wilhelm von Waldeck trat nach vorn und überreichte mir ein Kistlein. Ich verbeugte mich und brachte meinen Dank zum Ausdruck – und ich sagte, ich hätte nur das getan, wozu ich als Bediensteter ihres Hofstaats ohnehin verpflichtet sei.

Am Nachmittag suchte mich Rada auf.

»Was hat sie dir geschenkt, Andreas? Erzähl, ich bin ganz neugierig!«

Ich sagte ihr, dass sich in der Kiste ein kleines Kreuz befunden hätte, verziert mit einem winzigen Edelstein. Dass auch einige Prager Groschen darin gelegen hatten, verriet ich nicht.

Rada war ganz verzückt.

»Pass gut darauf auf – das ist sicher ein sehr wertvoller Stein.«

Im Kistlein, das ich unter einer Bohle meiner Stube versteckt hatte, verwahrte ich fortan auch jene Münze aus Lucca, die mir mein Vater im Augenblick seines Todes gegeben hatte.

»Die Königin möchte dich noch einmal sprechen«, sagte Rada nun unvermittelt.

Wir gingen in den Bereich des Stadtpalastes, in dem sich die königlichen Gemächer befanden. Vor ihrem eigenen Zimmer blieb Rada plötzlich stehen. Sie öffnete die Tür – und drängte mich eilig hinein.

Hinter mir fiel die Tür ins Schloss.

Die Königin saß auf Radas Bett.

Um mein Erstaunen zu verbergen, verbeugte ich mich tiefer und länger als üblich.

»Frau Königin, womit kann ich Euch dienen?«

Sie lächelte, mit einem Fächer verschaffte sie sich etwas Luft, es war ein heißer Tag.

»Andreas, du kennst meinen Herrn Gemahl, den König, länger als ich – erzähl mir etwas über ihn, sei dabei so ehrlich, als ob du mit einem Freund im Wirtshaus redetest.«

Was sollte das? Was wollte sie von mir? Ich blickte sie ratlos an. Mir wurde unwohl.

»Majestät, ich bin nur Euer unwürdiger Diener – es steht mir nicht an, irgendwelche Dinge über unseren Herrn, den König, von mir zu geben.«

Sie stand auf. Sie hatte sich umgezogen, trug nur ein dünnes weißes Kleid aus ägyptischer Baumwolle, das vorne mit metallenen Schließen zusammengehalten wurde.

»Nun denn, mein Retter, so werde ich dir einiges über meinen Gemahl erzählen, der allein mir die Herrschaft über das Königreich Böhmen zu verdanken hat.«

Ich blickte zur Tür.

Wie komme ich hier heraus? Das war mein einziger Gedanke.

Elisabeth blieb einige Schritte vor mir stehen, noch immer den Fächer in der Hand haltend.

»Fünf Jahre nun bin ich mit ihm verheiratet – und weißt du, was ich über ihn denke? Er ist ein Dummkopf, ein törichter Knabe, ungeschickt, trotzig, blöde. Er will nicht Tschechisch lernen, seine Untertanen, unser böhmisches Land kümmern ihn nicht, unsere beiden Töchter kümmern ihn noch weniger, und mir gegenüber zeigt er kein Verlangen mehr – obwohl er ein geiler Bock ist, der hinter jede Schürze her ist. Und wenn er sich herablässt, mir beizuwohnen, dann befriedigt er sich an mir wie ein Maultier, so schnell, wie die Natur ihn dazu zwingt.«

Ich wagte es, sie zu unterbrechen.

»Majestät, ich bitte Euch – was Ihr da sagt, ist nicht für Ohren wie die meinen bestimmt. Bitte erlaubt mir, dass ich mich entferne.«

Sie lachte auf, verbittert, höhnisch.

»Nein, das erlaube ich nicht – weißt du, was einer unserer Bischöfe über den König gesagt hat? Er, der König, sei ein Lump und ein Verbrecher – ohne seine Krone wäre er schon hundert Mal gehängt worden! Und das stimmt sogar, mein Gemahl hat, wie Alarich, der König der heidnischen Goten einst in Rom, Klöster und Abteien brandschatzen lassen, Kirchen und Kapellen hat er zerstören lassen, nur um an ihre Schätze zu kommen! Er hat nur Geld im Sinn! Und er ist der größte Schuldenmacher dieses Jahrhunderts – und das alles auf Kosten des Reiches Böhmen, das krank geworden ist an diesem König!«

So konnte sie nur reden, weil sie tief in ihrer Ehre gekränkt war, dachte ich.

»Ich hörte, du sprichst Tschechisch wie ein Tscheche«, sagte sie auf einmal, ganz ruhig.

Ich hätte mich bemüht, es zu erlernen, erwiderte ich.

»Du bist ein guter Mann, Andreas, du bist kein Knabe, du bist ein richtiger Mann.«

Sie kam nun langsam auf mich zu, legte ihre rechte Hand auf meine Schulter.

»Du sollst einer unserer gehorsamsten Diener sein, so sagte man mir.«

Mir wurde immer unbehaglicher. Mir wurde heiß, ich atmete tief durch.

»Tust du alles, was ich dir befehle, Andreas?«

Nun knöpfte sie langsam ihr Kleid auf und ließ ihre Brüste sehen.

Ich schaute Katharina an. Und ich verspürte auf einmal wenig Lust, über Elisabeth zu reden. Wollte Katharina wirklich hören, was dann passiert war?

»Andreas – sei ehrlich, hast du diesem schändlichen Befehl gehorcht?«

Was hätte ich damals anderes tun sollen?

Ich war verwirrt gewesen an diesem Abend – es war das erste Mal, dass eine Frau mir unmissverständlich angedeutet hatte, dass sie zum Beischlaf mit mir bereit sei, noch dazu eine so schöne Frau, die Königin! Seitdem ich Sabina ohne jeden Grund verlassen hatte, war ich ohne Frau.

Ich wurde Elisabeths Liebhaber.

Beim ersten Mal kam ich ihrem Verlangen angstvoll und widerwillig nach, doch auch ein wenig neugierig, wie ich mich erinnere – ich wollte wissen, wie eine edle Frau ihre Geilheit zeigt, wenn sie Unzucht treibt. Nach dem ersten Beischlaf lagen wir wie überwältigt nebeneinander, später gewöhnte ich mich daran, einmal in der Woche zu ihr gerufen zu werden, meistens am Dienstag. Es wurde nicht viel geredet – sobald ich mich in ihr Gemach geschlichen hatte, zog sie sich aus, ich tat es ihr nach. Dann, wenn ich die Kerzen gelöscht hatte, vollzogen wir den Geschlechtsakt, ohne große Leidenschaft, wie ich zugeben muss, unter stummen Liebkosungen und Küssen. Ich dachte zumeist an Sabina, wenn ich an Elisabeths Seite lag, ich dachte an Sabinas Brustwarzen, die etwas schielten, worauf sie mich immer wieder aufmerksam gemacht hatte, stets lachend. Sabinas Geruch, der Geschmack ihres Körpers hatten mich angezogen, ihre knabenhafte Gestalt hatte mich erregt, und wenn ich ihr beigewohnt hatte, war die Befriedigung meines Geschlechtstriebs lediglich eine angenehme Folge unserer Liebe gewesen, nicht das Ziel.

Bei Elisabeth war alles anders. Unser Zusammensein war von jener Art, die man allgemein Eheleuten nachsagt, deren Fleischeslust sich schon abgenutzt hat. Wenn die Lust gegangen war, musste auch ich das Zimmer verlassen.

»Andreas, wenn das stimmt, was du da erzählst – und ich hoffe, es stimmt nicht – so hast du fleischlich gesündigt, wie man schlimmer nicht sündigen kann! Du hast Unzucht getrieben! Unzucht mit der Königin, die die Frau deines Herrn war«, Katharina schüttelte schluchzend den Kopf, »und schlimmer noch: Du hast dich mit einer Frau eingelassen, die Ehebruch beging – du bist selbst ein Ehebrecher!«

Sie bekreuzigte sich. Einmal, zweimal. Sie schluckte. Und schüttelte den Kopf.

Ich schwieg, ich schwieg ziemlich lange.

»Hast du sie wenigstens geliebt?«

Wieder einmal zögerte ich – was sollte ich ihr antworten?

Ich zuckte mit den Schultern.

»Katharina, glaube mir, ich weiß es nicht – ich habe sie verehrt, sie war eine außergewöhnlich kluge Frau. Doch ich glaube, sie hat mich nur benutzt, ich war ein Werkzeug in ihren Händen, ein Mittel in ihrem hasserfüllten Kampf gegen den König. Sie wollte sich rächen für all die Demütigungen und all die Erniedrigungen und all das Leid, das er ihr zugefügt hatte.«

Diese Erkenntnis war mir schon nach wenigen Wochen unserer sündhaften Zusammenkünfte gekommen.

»Ahnte der König etwas von diesem ehebrecherischen Tun?«

Nein, danach hatte es nicht ausgesehen – zumindest hatte ich damals inständig gehofft, dass nichts bekannt wurde. Johann, König Fremdling, weilte ja meistens nur kurze Zeit in Prag, wenn er denn überhaupt in Böhmen weilte. Und bei den meisten Höflingen war er nicht gut gelitten, niemand von der böhmischen Dienerschaft Elisabeths hätte sich bereit gefunden, ihm etwas zuzutragen.

Und ich glaube, nur Rada hat damals wirklich gewusst, was zwischen der Königin und dem Sekretär ihres Haushofmeisters aus Pilsen vorging. Als ich Rada einige Jahre später auf einem Fest wieder sah und ihr zu später Stunde, betrunken und geil, wie ich war, in die Weichteile griff und sie lautstark zum Beischlaf aufforderte, hatte sie mich wutentbrannt angefaucht: »Mit einem, der die Königin gestopft hat, gehe ich nicht ins Bett!«

Das war die schönste Abfuhr, die mir je zuteil geworden war. Am nächsten Tag bat ich sie reumütig um Verzeihung und schenkte ihr das königliche Kistlein, dem ich die Münze entnommen hatte.

Wenn Johann sich in Prag aufhielt, war der Dienstag, der Tag des Dienstes an der Königin, wie ich mir selbst spottete, zumeist ausgefallen. Doch, wenn ich mich richtig erinnere, an einem Tag im Monat September des Jahres 1315 teilte mir Rada überraschend mit, dass die Königin mich sehnsüchtig erwarte – und das, obwohl Johann einige Tage zuvor in Prag eingeritten war, was unter den Böhmen wieder einmal die schlimmsten Befürchtungen hervorgerufen hatte.

Kurz vor Mitternacht schlich ich mich zu ihr. Etwa eine Stunde später verließ ich sie, wie immer ohne Gruß, aber mit einigen Prager Groschen in der Tasche.

Die Spitze eines Schwerts berührte plötzlich meinen Adamsapfel. Derjenige, der dieses Schwert führte, trug einen stark riechenden Lederkoller – es war, so wusste ich sofort, König Johann, er stand vor mir, als ob er auf mich gewartet hätte, am Ende des Flurs, der die beiden Flügel des Stadtpalastes verband.

Er sah mich an, im Schein einiger Kerzen, die noch immer den Gang erhellten, sein Gesichtsausdruck verhieß nichts Gutes – Johann sah aus, als wäre er entschlossen, mich zu vierteilen.

»Was ist da drinnen, in diesem Gemach, aus dem du gerade gekommen bist, vorgefallen? Was ist da geschehen, alter Freund? Mann aus Köln, überleg dir gut, was du sagst!«

Sein Blick war hasserfüllt.

Ich war darauf gefasst gewesen, dass ich irgendwann einmal bei meinen nächtlichen Ausflügen ertappt werden könnte, ich hatte mich auf diesen Moment innerlich vorbereitet – und so antwortete ich, so gelassen wie möglich mit den Worten, die ich in meinen Gedanken schon oft gesagt hatte.

»Nichts, Sire, was sich Eure Gemahlin, die Frau Königin, nicht gewünscht hätte.«

Ein gemeines, niederträchtiges Lächeln huschte über sein Gesicht – das machte mir etwas Mut.

»Majestät, mein König, damit Ihr mich richtig versteht: Es ist nichts geschehen, was die Königin, Eure Gemahlin, nicht befohlen hätte.«

Nun lachte er sogar.

Das Schwert umkreiste gefährlich nahe meine Nase.

»Du versteckst dich unter dem Rock einer Hure – solch dreiste Ausrede habe ich noch nie in meinem Leben gehört!«

Er lachte noch lauter.

Aber es war ein böses, ein hinterhältiges Lachen, das ich oft vernommen hatte – wenn er so lachte, dann rollten meistens Köpfe.

»Was ich hier gesehen habe«, sagte er nach kurzer Pause, nun wieder sehr beherrscht, »ist Grund genug, an eine saubere Trennung zwischen deinem Kopf und deinem Rumpf zu denken, meinst du nicht auch?«

Er liebte solch gekünstelte Redewendungen.

Das war dann also das Ende. Ich hatte es geahnt – wenn er so lachte, dann konnte man das Totenglöcklein läuten hören.

Würde er mich sofort, hier auf dem Flur, eigenhändig ins Jenseits befördern? Würde er mich in irgendeinem verrotteten Kerker elend zugrunde gehen lassen? Oder würde er den Prager Bürgern das Schauspiel einer öffentlichen Hinrichtung gönnen?

Ich sollte zu beten anfangen, ging es mir durch den Kopf, jenen Kopf, der bald neben meinem Körper liegen würde.

Johann überlegte. Und er überlegte sehr lange – er hielt mich weiterhin mit seinem Schwert in Schach.

Schließlich aber zog er das Schwert zurück, steckte es mit einem Seufzer in die Scheide.

»Ich schenke dir dein armseliges Leben – vielleicht sagst du ja die Wahrheit.«

Er wandte sich zum Gehen.

»Ja, du sagst bestimmt die Wahrheit, *tu dis la vérité!*«

Ich zwang mich, stehen zu bleiben, seinen Blick zu erwidern, ich zwang mich, ihn mit gespielter Furchtlosigkeit anzublicken.

»Sire, ich stehe nun seit sechs Jahren in Eurem Dienst und im Dienst der Frau Königin – nie käme es mir in den Sinn, Euch etwas zu sagen, was nicht der Wahrheit entspricht – das war, daran wage ich Euch zu erinnern, schon in Köln so.«

Er zuckte kaum wahrnehmbar zusammen – »ja, das war so schon in Köln«, sagte er dann mit tonloser Stimme.

War ich noch einmal davongekommen?

Johann schien endlich gehen zu wollen, blieb dann jedoch abermals stehen.

»Andreas, alter Gefährte aus Köln – morgen meldest du dich bei dem Vorsteher der königlichen Kammer! Von sofort an gehörst du zu meinem Gefolge! Meine Frau Gemahlin« – er setzte wieder sein gefährliches Lächeln auf – »hat mir des Öfteren erzählt, welch wertvolle Dienste du ihr geleistet hast.«

Spielte er wieder mit Worten – und mit meinem Leben? Ich durfte keine Schwäche zeigen.

»Du wirst mein Kämmerling, ich brauche jemanden, dem ich vertrauen kann, die Böhmen, diese verfluchten Böhmen, ich hasse sie, sie betrügen mich, wo sie können« – er begann, sich in Rage zu reden – »sie geben dem König nicht, was des Königs ist, wie es die Heilige Schrift vorgeschrieben hat, niemand will Steuern zahlen – und die frechen Barone verschwören sich hinter meinem Rücken und stehlen Einkünfte, die von Rechts wegen mir zustehen! Wohin man auch schaut in diesem gottlosen Land – man sieht nichts als Geiz und Geldgier!«

Das musste ausgerechnet er sagen, dachte ich.

»Du wirst dich um meine Schatulle kümmern, sorge dafür, dass sie immer wohl gefüllt ist – und ich sage dir, bei Gott, wenn ich feststellen sollte, dass auch du mich betrügst, dann werde ich persönlich den Strick aussuchen, an dem du enden wirst, hast du mich verstanden?«

»Sire«, sagte ich nach einer Weile, »ich danke Euch für die Gnade, die Ihr mir erweist – und für das Vertrauen, das Ihr in mich setzt, ich werde alles tun, was in meinen bescheidenen Kräften steht, dieses Vertrauen zu rechtfertigen.«

Das war ein Satz, den ich schon oft gehört hatte, wenn der König einen neuen Minister ernannt hatte – doch was hätte ich anderes sagen sollen?

»Lass es gut sein, Andreas«, höhnte er, dann nestelte er an seinem Gürtel, seine Linke umfasste wieder bedrohlich den Griff des Schwerts, »ich habe dir heute das Leben geschenkt, doch damit ich dir vorbehaltlos trauen kann, sollst du mir Treue schwören, bei allem, was dir heilig ist – Treue bis in den Tod!«

Ich tat, wie er mir geheißen hatte.

Ich kniete vor ihm nieder und leistete den geforderten Schwur, bei der Heiligen Jungfrau Maria und den Heiligen Drei Königen – nur so, dachte ich, könnte ich dem entgehen, was ich schon so oft erlebt hatte, einer plötzlichen Änderung seiner Launen, die schon so vielen Leuten das Leben gekostet hatte.

Er zog nun wieder sein Schwert und berührte mich damit auf beiden Schultern – als wolle er mich zum Ritter schlagen. Dann lächelte er, strich sich um das sorgfältig rasierte Kinn und lächelte versonnen. Es war ein zufriedenes Lächeln, wie das eines Mannes, der Tieren Kunststücke beibrachte, eines Mannes, der einen Bären das Tanzen gelehrt hatte.

Als er den Flur verlassen hatte, ließ ich mich erneut auf die Knie fallen und hob die Hände vors Gesicht.

»Herr im Himmel, barmherziger Gott, ich danke dir, dass du mir beigestanden hast! O Herr, du bist mein Hirte in diesen dunklen Stunden.«

»Von diesem Tag an«, so schloss ich meine Erzählung, der Katharina noch immer mit großer Aufmerksamkeit zu lauschen schien, »suchte ich die Königin nicht mehr auf. Und als ein Dreivierteljahr später, am vierzehnten Tag des Monats Mai Anno Domini 1316, die Königin den kleinen Wenzel zur Welt brachte, den Thronfolger, den man später Karl nannte, herrschte wieder eitel Freude in der königlichen Familie.«

Auch Rada, die Hofdame Elisabeths, strahlte, sie raunte mir wenige Tage nach Wenzels Geburt zu: »Andreas, es ist ein süßer Säugling, ein kleiner Sonnenschein, und dir wie aus dem Gesicht geschnitten.«

Katharina blickte mich verständnislos an.

Es fügte sich, dass Arnold in diesem Moment den Raum betrat, er sah müde und abgekämpft aus. Er kam wie immer zur rechten Zeit.

»So, das haben wir hinter uns«, sagte er und fuhr sich durchs Haar, »es ist aufgeräumt in der Gaststube, es sind nur ein paar Schemel zu Bruch gegangen.«

»Andreas hat mir noch eine Geschichte erzählt, von der Königin Elisabeth.«

»So, so«, sagte Arnold und gähnte, »war es denn wenigstens eine aufregende Geschichte?«

Katharina warf mir einen bösen, verachtungsvollen Blick zu, ehe sie antwortete.

»Jawohl, bester Gemahl, eine aufregende Geschichte – unser Andreas scheint überhaupt ein aufregendes Leben geführt zu haben!«

Ich winkte ab.

»Dein Weib, mein Freund, übertreibt wieder einmal – ich war die meiste Zeit meines Lebens Kammerdiener, da erlebt man nicht viel. Ich habe Katharina aber soeben erklärt, warum ich erst nach dem Tod des blinden Königs Johann nach Köln zurückkehren konnte.«

Ich dankte ihnen nochmals für ihre Gastfreundschaft und wollte mich ins Bett verabschieden.

»Was ist aus der Königin geworden?«, wollte Katharina noch wissen.

»Sie ist etwa im Jahre 1323, nachdem der kleine Wenzel nach Paris geschickt worden war, mit ihrer ältesten Tochter, die einem bayerischen Herzog versprochen war, nach Kamb in Bayern gezogen und führte dort einen kleinen Hof – sieben Jahre später, sie war inzwischen nach Prag zurückgekehrt, ist sie gestorben, sie wurde neununddreißig Jahre alt.«

Ich wünschte beiden eine gute Nacht und ging ins Hinterhaus.

Henri döste vor sich hin. Als ich in unsere Kammer trat, sprang er auf und schüttelte sich. Ich hielt den rechten Zeigefinger vor den Mund.

»Psst, mein Kleiner, ganz ruhig – schlaf weiter.«

Ich kraulte sein Fell, während er mich treuherzig wie immer anschaute, dann legte er sich wieder in eine Ecke.

Als ich endlich im Bett lag, konnte ich lange nicht einschlafen – nicht nur, weil Pavel, wie immer, wenn er zu viel getrunken hatte, hemmungslos und laut schnarchte.

Katharina stand vor meinen Augen, eine füllige Weibsperson, die schon zahlreiche Enkelkinder hatte. Nie zuvor ist mir so deutlich gemacht geworden, dass auch ich ein alter Mann war, an der Schwelle zum Greis. Viele Jahre meines Lebens waren heute wieder lebendig geworden. Ich war nun über fünfzig Jahre alt, stand mit leeren Händen da, das Leben, so wie ich es geführt hatte, war mir aufgezwungen worden.

Je mehr ich darüber nachdachte, umso wütender wurde ich, vor allem auf die, die ich gar nicht kannte, diejenigen, die für den Tod meiner Familie verantwortlich waren. Ich war oft verzagt gewesen, doch nun fühlte ich eine wachsende Entschlossenheit in mir, die Sache zu Ende zu bringen: Wenn einer von den Mördern noch lebte – dann würde ich ihn zur Strecke bringen, ohne Gnade.

»Andreas, ich habe lange darüber nachgedacht: Ist es nicht eigenartig, dass der König dich nicht hat töten lassen, als er von deinem schändlichen Umgang mit der Königin erfahren hatte? Warum hat er sich dir gegenüber so großmütig gezeigt?«

Katharina stand in der Küche und bereitete das Frühstück. Sie hatte uns geweckt, als Arnold schon aus dem Haus war.

»Ich hoffe, ihr habt gut geschlafen – es war ja doch ein anstrengender Tag gestern, und spät geworden ist es auch.«

Franziska hatte Pavel gefragt, ob er sie auf den Markt begleiten wolle. In Begleitung von Henri hatten sie das Haus verlassen.

Es war der achte Tag des Monats Oktober im Jahre des Herrn 1346, ein Mittwoch.

Ja – warum hatte Johann Gnade walten lassen? Warum hatte er mich nicht getötet, als er mich vor dem Schlafzimmer der Königin stellte? Darüber hatte ich oft nachgedacht. Und keine Antwort gefunden. Weil er kein Mann von Ehre war? Keine Moral kannte? Weil ihm seine Gemahlin völlig gleichgültig war? Weil im Falle meines Todes der Seitensprung der Königin vielleicht aufgeflogen wäre? Dann hätte er als gehörnter Ehemann dagestanden, und als solcher wäre er mit Sicherheit zum öffentlichen Gespött geworden.

»Ich glaube«, so sagte ich schließlich, »dass er doch kein so schlechter Mensch war, wie viele Leute dachten – oft habe ich ihn auch als edelmütigen und freigiebigen Fürsten erlebt.«

Hatte er mich wirklich aus Edelmut verschont? Ich war mir nicht sicher, ob das stimmte.

Während Katharina eine Suppe, »das Warme«, wie sie sagte, mit einer Prise Salz würzte, erzählte sie von ihrem Alltag, als Hausfrau eines ehrsamen Brauers. Es sei ein arbeitsreiches Leben, sie habe den Haushalt geführt, die Kinder erzogen – »es sind alles brave und gottesfürchtige Kinder« – und in den ersten Jahren ihrer Ehe, als Arnold noch keine eigene Brauerei besaß, in einem Wirtshaus in der Küche ausgeholfen. Sie wolle aber nicht klagen – »seitdem wir den Weißen Löwen haben, geht es uns gut, wir haben unser Auskommen, Arnold ist in seiner Zunft ein angesehener Mann, er war sogar schon Amtsmeister der Brauer.«

Nicht umsonst habe man ihn in den weiten Rat entsandt, das zweite Mal übrigens schon. Sie hatte Arnold an Fastabend Anno Domini 1313 kennen gelernt, »als alle hier im Viertel sich vermummt hatten.«

Es war angenehm, ihr zuzuhören, ich war noch etwas müde, ich ließ sie erzählen, fragte dann und wann, was in Köln noch alles geschehen sei, sie beantwortete meine Fragen, so gut sie konnte, vieles wusste sie nicht, sie gab beiläufig eher zum Besten, was in der Nachbarschaft und im Kirchspiel und in der Verwandtschaft passierte – »du siehst, wir haben unsere kleinen Sorgen und Nöte, ich danke aber täglich dem Allmächtigen, dass er uns vor Krankheit und Tod bewahrt hat.«

Sie drehte sich zu mir um.

»Mir ist nur ein Kind kurz nach der Geburt gestorben, ein Mädchen, das wir Fygen genannt hatten, Gott sei Fygens Seele gnädig.«

Sie bekreuzigte sich. Ich stand auf und nahm sie fest in meine Arme.

St. Jakob

St. Jakob, meine alte Pfarrkirche, sah aus wie eine kleine Landkirche, sie hatte einen unscheinbaren, einfenstrigen Chor, das Langhaus war mit Brettern bedeckt, der Turm reichte gerade an das Dach der benachbarten Stiftskirche St. Georg heran. Und ich erinnerte mich, dass es einmal Streit gegeben hatte wegen der Wahl des Pfarrers. Die Stiftsherren durften nämlich seit alters her den Pfarrer bestimmen, der ihrem Kapitel angehören musste. Wie der Streit ausgegangen war, habe ich vergessen. Die Kirche, so hat man uns Kindern erzählt, soll vom heiligen Bischof Kunibert zu Zeiten eines Königs Dagobert gegründet worden sein. Und in dieser Kirche hatte ich im Alter von zehn Jahren das erste Mal das Sakrament des Leibes und Blutes Jesu Christi empfangen.

Katharina und ich standen auf dem Waidmarkt. Es ging hoch

her auf dem weiten Platz, Bauern aus dem Jülicher Land verkauften seit dem Morgen lautstark ihren Waid, Handwerksmeister gingen prüfend von Stand zu Stand, es wurde gefeilscht, dass sich die Balken bogen.

»Warte einen Augenblick auf mich, ich will nur einen Blick auf unser Haus werfen.«

Ich sagte »unser Haus«, obwohl es natürlich längst jemand anderem gehörte.

Katharina hatte mir erzählt, dass das Haus, nachdem meine Flucht bekannt geworden war, vom Rat beschlagnahmt und dann einem Kaufmann aus Reifferscheid verkauft wurde. Ich steuerte auf die kleine Brücke zu und überquerte den Blaubach, der wie früher einen üblen Geruch verbreitete. Entlang der Bäche saßen in lärmender Betriebsamkeit Handwerker, Gerber, Färber, Filzhersteller und viele andere, bisweilen trieben sie auch derbe Scherze mit Vorübergehenden. Als ich klein war, so hatte mir meine Mutter erzählt, trug mich einmal eine Magd über diese Brücke und stolperte dabei, ich soll auf einen Stein gefallen sein und heftig am Kopf geblutet haben.

Und dann stand ich vor dem Wohnhaus, das ich vor siebenunddreißig Jahren das letzte Mal betreten hatte. Man hatte nicht viele Veränderungen vorgenommen, das Fachwerk der Obergeschosse war gerade neu gestrichen worden, die geteerten Balken glänzten noch, die Gefache erstrahlten in frischem Weiß. Früher nisteten hier im Frühjahr Vögel, Schwalben und Spatzen, unter dem kleinen Dach, das die Fenster im ersten Stock vor Regen schützte. Als Kinder hatten wir mit dem Bogen auf sie geschossen, die Pfeile trafen aber meistens die Butzenscheiben im oberen Teil des Fensters, und deswegen hatte mein Vater mich mehr als einmal verprügelt.

Auch meine Großmutter hatte mich oft geschlagen, einmal hatte sie mich gescholten, weil ich mit anderen Kindern am Bach gelegen hatte, mit bloßem Hintern. Bei meinen Eltern hatte sie sich beklagt, weil sie mich ohne Aufsicht ließen, sie sollten mich von der Straße fern halten, »tut ihn auf eine Schule«, rief sie, »damit er Stillsitzen lernt!« Es half aber wenig, ich lief immer wieder auf die Gasse hinaus und fing oft Händel mit den Nachbarskindern an. Einmal hatte ich gleich zwei Jungen in den Bach gestoßen, die fast ersoffen wären – meine Mutter war so aufgebracht, dass sie mich mit der Rute schlug. Sie hat mich aber nur dann geschlagen, wenn ich es verdient hatte.

Und dann dachte ich daran, dass ich mit Hermann, meinem Bruder, der drei Jahre jünger war als ich, und unserer kleinen Schwester Anna in die gute Stube gebracht worden war, als wir zur gleichen Zeit Kinderpocken hatten. Und nur weil wir gut gepflegt worden waren, war damals keiner von uns gestorben. Später hatte ich unter faulem Zahnfleisch gelitten, meine Eltern schickten mich zum Bartscherer, der das Übel mit der Schere wegschnitt und mir mehrere Zähne mit der bloßen Hand zog.

»Weißt du noch, wie eure Dienstmagd hieß, die Verrückte?«

Katharina war mir gefolgt. Sie stand neben mir, sie wusste wohl, was mich beschäftigte.

Ich musste lachen.

»Ich glaube, sie hieß Gretchen, ja, sie war verrückt, na ja, zumindest war sie ein ganz verrücktes Huhn.«

Gretchen war immer lustig und zu Scherzen aufgelegt – sie hat mich einmal beim Armbrustschießen beobachtet und zeigte sich wenig beeindruckt von meinen Schießkünsten. »Andreas«, hatte sie mir zugerufen, »wenn du schießen kannst wie ein Mann, so schieß mir in den Arsch!« Sie hatte den Hintern hochgereckt, den Rock gehoben und sich nach vorne gebeugt. Gott sei Dank hatte ich das Ziel verfehlt, weil meine Mutter im letzten Moment dazwischengetreten war.

»Und weißt du noch, wann die Ungarn hier waren?«

Nein, an das Jahr konnte ich mich nicht mehr erinnern. Alle sieben Jahre machten Ungarn, Böhmen und Österreicher ihre Heiltumsfahrt, die sie auch nach Aachen und Trier führte. Zwei- oder dreitausend Ungarn weilten damals in Köln, viele waren bei uns an den Bächen untergebracht, auch meine Eltern hatten einigen Quartier gegeben, aus Barmherzigkeit, wie sie sagten. Ich hatte mich indessen gewundert, dass die Pilger in unserem Stall liegen mussten.

»Die haben unseren Obstgarten kahl gefressen«, sagte Katharina und prustete vor sich hin, »und von den vielen Kirschen und Pflaumen kriegten sie Durchfall, und dann verrichteten sie ihre Notdurft in der hintersten Hofecke, sodass die Kirschbäume dort ausschlugen wie wild, ein richtiger Wald ist da gewachsen! Aus Ehrfurcht vor den Pilgern hat mein Vater diese Bäume aber nicht abgehauen.«

Ich musste an die vielen Streiche denken, die wir Knaben den Nachbarn auf der Hochpforte gespielt hatten, wir klopften an allen Türen, liefen dann weg, und niemand wusste, wer geklopft hatte.

»Und dort«, Katharina zeigte auf eine Ecke des Waidmarktes, »haben wir immer Topfschlagen gespielt.«

Ich fühlte, dass mich die Erinnerungen zu überwältigen drohten.

Ich nahm Katharinas Hand.

»Lass uns zum Friedhof gehen!«

Ahnte ich nicht, welche Erinnerungen mich dort erwarteten?

Der Friedhof von St. Jakob lag neben der Kirche, er war von einer kleinen Mauer umgeben. Die Pfarrer und verdiente Mitglieder des Kirchspiels wurden zumeist in der Kirche unter Steinplatten beerdigt, die einfachen Leute auf dem Kirchhof begraben.

Wann immer wir als Kinder zum Gottesdienst gegangen waren, kamen wir am Friedhof vorbei, nein, wir mussten ihn durchqueren. So waren wir ständig gemahnt worden, an den Tod zu denken, der uns unser Leben lang begleitet – und Bestandteil unseres Lebens ist. Zahllose kleine Holzkreuze standen, unregelmäßig angeordnet, über den Gräbern. An manchen Stellen hatte man einfach nur neue Erde aufgeschüttet, um Platz für neue Gräber zu schaffen.

Katharina führte mich zielstrebig zu einem Kreuz, *familia Hemmersbach* war in den Querbalken eingeritzt.

»Hier liegen sie, deine Mutter und deine Geschwister – sie haben ihre eigenen Kastensärge, alle sechs, ich war dabei, als man sie in die Leichentücher gelegt und eingenäht hat. Die Glocken von St. Jakob haben geläutet und auch die der Karmeliter, als wir sie zu Grabe trugen. Gott war ihrer Seelen gnädig und hat ihnen, das ist gewiss, das ewige Leben verliehen.«

So sehr ich mich auch dagegen wehrte, mir kamen die Tränen.

»Trinchen, lässt du mich für einen Augenblick allein?«

Katharina blickte mich verständnisvoll an. Sie legte eine Hand auf meine Schulter, ehe sie den Friedhof verließ.

Ich kniete nieder, faltete die Hände und sprach ein Gebet, das mir plötzlich wieder einfiel, ein Gebet, das ich irgendwann einmal gelernt hatte. Ich glaube, es war ein deutscher Priester in Prag, der es mir beigebracht hatte. Ich ging immer gern zu ihm, um zu beichten. Eine ehrliche Beichte, so dachte ich, kann man nur in seiner Muttersprache ablegen. So blöde war ich damals.

»Herr im Himmel, barmherziger Erlöser, du unser Heiland Jesus Christus! Du bist unsere Vergebung, du bist das Licht des Heils, du bist das Lamm, das für uns geschlachtet wurde, du bist unser Lösegeld, unser Leben, unsere Auferstehung, unser König! Führe uns empor zu den Höhen des Himmels, führe uns zu deinem Vater im Himmel! Dir gebührt die Ehre und die Macht, in alle Ewigkeit! Amen!«

Und ich betete für das Seelenheil meiner Familie.

Als ich aufstand, schlug ich das Kreuz und ging.

Katharina kam mir langsam entgegen und küsste mich auf den Mund.

Ritt am Rheinufer

Arnold hatte mir empfohlen, zu den Mönchen von St. Pantaleon zu gehen – »die haben eine ganze Menge Pferde in ihrem Wirtschaftshof, dort kannst du zwei gute Zossen mieten.«

Natürlich hatte er mich gefragt, wozu ich die Pferde benötigte.

»Oh, ein Ausritt mit einer schönen Frau – Andreas, pass auf, dass sie dich nicht zu schnell reitet!«

Und er hatte dabei gelacht.

Er war ein kleines Ferkel, das hatte ich schon am Abend zuvor gemerkt.

Ich war die Bäche entlanggewandert, Katharina hatte mich, weil ich noch immer benommen war, schweigend bis zur Bachstraße begleitet, die zum weitläufigen Klostergelände und schließlich zur Bachpforte führte.

Nun stand ich vor dem Eingang von St. Pantaleon, das erste Mal, seitdem ich dem Königssohn Johann die Abtei gezeigt hatte, Anno Domini 1309.

Ein mürrischer, zahnloser Alter stellte seine Holzkarre ab und wollte wissen, was mein Begehren sei. Dann drehte er sich um.

»Meister Gottfried«, hob er an, »hier ist ein Bürger, der ...«

Ich war nicht fähig, alles zu vernehmen, was er nuschelnd in den Stall hineingerufen hatte.

Es war mir in den vergangenen Tagen bisweilen schwer gefallen, die kölnische Sprache zu verstehen – zu viele Jahre hatte ich sie nicht mehr gehört und gesprochen.

Ein Mann in einem schmutzigen kurzen Kittel erschien, eine löcherige Strumpfhose umhüllte gekrümmte Beine, wie ich sie noch nie in meinem Leben gesehen hatte. Der Mann war der geborene Reiter, wahrscheinlich war er auf einem Sattel zur Welt gekommen.

In der Rechten hielt er lässig einen Krug. Es war Gottfried, der Stallmeister.

»Wie viele Gäule brauchst du, und wie lang benötigst du sie?«, fragte er barsch.

Dann setzte er den Krug an, nahm einen kräftigen Schluck und wischte sich den Mund mit dem Handrücken ab.

Ich nannte ihm meinen Namen, erklärte ihm, das ich zwei Pferde für einen Tag anmieten wollte, einer davon sollte ein zahmer, folgsamer Gaul sein, für eine Dame halt.

»Wisst ihr, du und deine Dame« – er zog die Nase hoch und spuckte den Rotz aus – »mit Rössern umzugehen?«

Ich nickte.

»Einer meiner Lebensgrundsätze ist«, sagte er nach einer Pause, in der er mich mit schiefem Blick beäugt hatte, »man muss mit Gäulen umzugehen wissen. Die Kölner und auch die Franzosen sind nicht freundlich zu Pferden – sie essen sie! Dabei sind diese Tiere sanfte Kreaturen, wild manchmal, aber nicht boshaft, und wenn man sie gut behandelt, so gut behandelt, wie man seine Kinder behandeln soll, dann verstehen sie alles, was man ihnen ins Ohr flüstert. Pferde einzureiten ist wie Kinder zu erziehen, was sage ich, wie ein neues Leben zu beginnen! Nie tun sie jemandem absichtlich etwas zuleide. Sie beißen nur solche Leute, die sie schlecht behandeln oder gar quälen. An einem solchen Biss habe ich einmal einen bösen Knecht erkannt, der sich unseren Pferden gegenüber manche Verfehlungen geleistet hat, und den habe ich fortgejagt!«

Mit diesem Pferdeflüsterer zu schachern, hatte ich kein Verlangen, und so bot ich ihm einen ganzen Prager Groschen, einen der wenigen, die ich noch besaß.

Er war mehr als zufrieden und verschwand.

Er führte zwei Gäule aus dem Stall, zwei prachtvolle Tiere, wie ich sofort erkannte.

»Der Braune ist für den Herrn, der Rappe für die Dame!«

Ich schlug den Pferden mehrfach mit der flachen Hand auf den Hals, sie schnaubten, und ich konnte mich davon überzeugen, dass sie von freundlicher Wesensart waren – und gut gesattelt.

Ich nahm beide am Zügel und führte sie hinaus. Bereitwillig folgten sie mir, und ihr Schnauben und ihr Geruch beruhigten mich.

Es war noch etwas Zeit bis zur Mittagsstunde.

An der Bachpforte saß ich auf, lenkte den Braunen in die Wallgasse, die zu dieser Zeit fast menschenleer war. Ich ließ ihn langsamen Schrittes gehen, der Schwarze trottete hinter uns her, es war nicht notwendig, ihn an der Leine zu halten.

Als Kinder hatten wir uns oft nur schaudernd in die Wallgassen getraut, es war ein unheimlicher Platz, auf der einen Seite einige wenige elende, mit altersgrauem Stroh gedeckte Hütten, die von Tagelöhnern bewohnt wurden, kleine Höfe und Holzschuppen, vor denen Handkarren standen, Hühnerställe, die sich an verdreckte Lehmmauern lehnten, die die Weingärten umgaben, auf der anderen Seite die mächtige Stadtmauer mit ihren Zinnen und Wallgängen, mit ihren Halbtürmen, die zwischen den mächtigen Torburgen angelegt worden waren, Halbtürme, die zur Stadtseite offen waren. In Köln nannte man sie Wichhäuser. Habenichtse, Bettler und anderes Gesindel nutzten sie oft als Schlafstätten.

Je näher ich der Severinstorburg kam, umso ferner kamen mir die Ereignisse vor, die mich in den vergangenen Tagen in Köln in Beschlag genommen hatten. Ich spürte eine gewisse Freude, Sarah wieder zu sehen, ja, der Gedanke, sie zu treffen, rief sogar ein Kribbeln in mir hervor.

Der Lärm einer Baustelle riss mich schon bald aus meinen Gedanken – zur Linken, auf dem Martinsfeld, waren Mönche und Arbeiter damit beschäftigt, das Dach eines Wirtschaftsgebäudes zu decken, der gütige Herr Erzbischof Walram, so hörte ich, hat dem Orden der Kartäuser Bauland und Gelder zum Unterhalt vermacht, damit auch in Köln eine *Kartause* an den heiligen Bruno aus Köln erinnere, den Gründer des Kartäuserordens.

Als ich die wenig belebte Severinstraße überquerte, tauchte der Bayenturm auf, ein in der oberen Hälfte achteckiger Bau, der das Rheinufer sicherte. In Köln wird immer wieder erzählt, wie wichtig dieser Turm zur Verteidigung der Stadt sei. So sei ein früherer Erzbischof, der Herr Engelbert, der mit den Kölner Bürgern in heftigem Streit gelebt hatte, vor vielen Jahren mit Heeresmacht in der Stadt erschienen. Seine Scharen hatte er, zum Ärger der Kölner, auf den Bayenturm und den Kunibertsturm am anderen Ende der Stadt verteilt. Doch als er nicht aufgehört hatte, die Bürger mit hohen Geldforderungen zu bedrängen, hätten die Geschlechter die Zunftgenossen zu den Waffen gerufen. Und den Kölnern war es nach hartem Kampf gelungen, die zu Zwingburgen ausgebauten Türme einzunehmen und die Kriegsknechte des Bischofs zu vertreiben. Seither war der Turm für die Bürger Kölns ein Sinnbild ihrer Freiheit. Sobald sie den Turm sehen, so hatte mir mein Vater einmal gesagt, denken sie daran, dass sie sich in Einheit vertragen – damit sie nicht wieder ihre Freiheit verlieren.

Im Schatten des Turms stieg ich ab, denn ich wollte Sarah nicht aus dem Sattel heraus begrüßen.

Obwohl die Luft warm war, fröstelte mich seltsam.

»Andreas Hemmersbach, wie schön, dich wieder zu sehen!«

Ich drehte mich um. Die Frau, die mich ins Grübeln gebracht hatte, mit der ich einen halben Tag verbringen wollte, trat aus dem Dunkel der Bayenpforte heraus – sie hatte mich also schon erwartet.

Ich spürte, dass ich rot wurde, bis unters Haar.

Sarah war, so wie sie versprochen hatte, gekleidet wie die Frau eines Kölner Bürgers, über einem langen schwarzen Rock trug sie einen grauen Tabbard, der von einem beschlagenen Gürtel zusammengehalten wurde und ihre schlanke Taille erahnen ließ.

Ich stellte Sarah die Pferde vor, das eine nannte ich Noah, den Rappen Hiob – ich gab ihnen Namen, die aus dem Alten Testament stammten. Dann forderte ich sie auf, die schöne Frau zu begrüßen.

Nur Noah scharrte wie auf Geheiß mit den Hufen.

Sarah nahm beide in Augenschein, ging um sie herum, streichelte, tätschelte und beschnupperte sie.

Dann nahm sie mir Hiobs Zügel aus der Hand. Damit war geklärt, welches der Tiere sie reiten würde – dasjenige, das der Stallmeister für sie ausgesucht hatte.

»Die Bayenpforte ist geschlossen wie immer – wieso wolltest du mich hier treffen, Andreas?«

Das stimmte natürlich, da musste ich ihr zustimmen, aber ich konnte mich noch daran erinnern, dass die Wächter gegen gewisses Entgelt ein eisernes Tor im Befestigungswerk an der Rheinseite öffneten, ein Tor, das auf den Leinpfad führte.

Der Bewaffnete gähnte, als ich ihm einen Pfennig in die Hand drückte. Dann schob er das Gitter zur Seite. Die Vierbeiner folgten uns artig, sie hatten schnell und widerspruchslos unseren Schritt angenommen. Der Wächter schaute gelangweilt hinter uns her.

Die Pferde seien schön und stark, meinte Sarah, und vom Geruch her angenehm, viel, viel angenehmer als Esel und Maultiere. Ich erwartete, dass sie gleich losreiten wollte, und so fragte ich sie, wie es zu schaffen sei, mit so langen und schweren Röcken auf ein Pferd zu steigen.

Unter dem Rock, so ließ sie mich wissen, habe sie Hosen an – »wenn es denn so weit ist, bitte ich dich darum wegzusehen.«

Wenige Schritte hinter dem Graben machte sie Anstalten aufzusitzen. Ich bestieg schnell den Braunen und ritt langsam los, um ihr Zeit zu geben.

Der Morgennebel hatte sich längst verflüchtigt, auf dem Wasser des Stroms glitzerte das Sonnenlicht in unendlichen Widerspiegelungen. Auf dem anderen Ufer waren die kleinen Häuser des Weilers Poll zu sehen, dicht zusammengedrängte Hütten mit niedrigen Strohdächern, Fischersleute lebten dort, man sagt, ihre Vorfahren seien aus den niederen Landen gekommen. Ich entsann mich, dass meine Mutter des Öfteren Poller Maifisch aufgetischt hatte.

Bald hatte mich Sarah erreicht, sie setzte sich an meine Seite. Sie hatte Rock und Tabbard ausgezogen, über einer blauen Hose trug sie lediglich einen weißen Sarrock, sie hatte auch die weißlinnene Rantze abgenommen, ihre Locken schimmerten im strahlenden Licht, nie zuvor hatte ich so schönes Haar gesehen. Ich war entzückt – sie sah wunderschön aus.

Ich konnte mich des Wunsches nicht entschlagen, sie immer wieder anzuschauen.

Und sie konnte reiten, das war auf den ersten Blick zu erkennen.

Sie lachte. Sie legte ihre Hand auf meinen Oberschenkel.

»Andreas, ich bin dir so dankbar!«

Wir ließen die Pferde in Trab fallen, nahmen den Leinpfad. Wir überholten ein Gespann mit vier treidelnden Kleppern, die einen überladenen Lastkahn flussaufwärts zogen. Ein junger Knecht saß querseitig auf der ersten Mähre, mir fiel auf, dass er das mühselige Geschäft bloß durch Zurufe steuerte. Verwegen sah er alle Mal aus, ein langes Messer hing an seinem Gürtel. Die ausgemergelten Tiere trugen Scheuklappen vor dem linken Auge.

Still floss der Rhein dahin, wie es sich für einen goldenen Oktobertag gehörte. Der Wind hatte sich verzogen, in der Biegung des Flusses schien das Wasser wie in einem See zu ruhen.

»Wir können froh sein, dass es heute nicht regnet – das kann ein wunderschöner Tag werden!«, rief ich Sarah zu.

Etwas Klügeres fiel mir nicht ein. Sie antwortete nicht – wahrscheinlich hatte sie gar nicht gehört, was ich da von mir gegeben hatte.

Wir näherten uns dem Dorf Rodenkirchen. Ich hatte mich, während wir nebeneinander herritten, einige Male umgesehen, wohl mehr aus Gewohnheit denn aus Besorgnis. Am Ufer vor Rodenkirchen hatte ein kleines Boot angelegt, ich zählte vier Männer, die es entluden. Eine alte Frau schöpfte daneben Wasser aus dem Strom. Hatte das etwas zu bedeuten?

Ich gab Sarah ein Zeichen anzuhalten.

Katharina hatte mir einen Sack voller Köstlichkeiten mitgegeben, gebratene Hühnchen, gedünstete Äpfel, Pfefferbrote und Pfannkuchen. Ich könnte unmöglich, so hatte ich ihr erklärt, mit einer Jüdin in das Rodenkirchener Gasthaus gehen, das von vielen Kölnern gern aufgesucht wurde. Katharina hatte Verständnis geheuchelt, schien sich aber für alles zu interessieren, was Sarah anbetraf – wie alt sie sei, hatte sie gefragt, wie sie aussehe, wie sie sich aufführte und was ich mit ihr vorhätte. Mir war ihre Anteilnahme fast schon lästig geworden. Dann hatte sie mir eine Decke überreicht – »damit ihr beim Rasten eine Unterlage habt und nicht auf dem blanken Hinterteil liegen müsst.« Mir war das Lachen im Halse stecken geblieben, so verblüfft und verlegen war ich.

»Sarah, warte hier, ich hole Wein aus der Schänke!«

Katharina hatte an alles gedacht, nur die Kürbisflasche suchte ich vergeblich.

Als ich aus dem Wirtshaus zurückkam, schlug Sarah vor, ein Rennen auszutragen – »bis nach Sürth!« Sie deutete mit dem rechten Arm nach vorne. Hinter abgeernteten Feldern duckte sich ein armseliges Gehöft ans Rheinufer. War das Sürth? Ich war noch nie in Sürth gewesen.

Ehe ich mich versah, war sie losgeprescht, ich versuchte gar nicht, sie einzuholen.

Ich verstaute den kleinen Krug und saß auf. Es war ein schöner Anblick, wie sie Hiob in gestrecktem Galopp über dem sonnenüberfluteten Feldweg dahinjagte, ihr langes Haar flatterte im Wind. Ja, sie war eine gute Reiterin, und ich gönnte ihr das Vergnügen.

Sie wartete auf mich, Hiob tänzelte schwitzend von einem Bein auf das andere. Es war windstill, der Kies knirschte unter den Pferdehufen, das Zaumzeug klirrte.

»Das ist der erste Tag seit langem, mein lieber Freund, an dem ich Luft atmen kann, Landluft, frische Luft, die nicht nach Enge, nach Unfreiheit und Kerker riecht« – sie strahlte mich an und strich sich das Haar nach hinten – »ich bin so froh, dass ich mich aus dem Ghetto davonstehlen konnte. Du kannst dir gewiss nicht vorstellen, wie schön es ist, all der Gedrängtheit der Gassen, Höfe und Häuser zu entfliehen.«

Sie habe niemandem von unserer Zusammenkunft erzählt – »eigentlich, mein Lieber, müsste mich ein schlechtes Gewissen plagen, da ich mich mit einem Goi treffe.«

Ein Goi sei in der Sprache der Juden ein Ungläubiger, fügte sie an – und zeigte auf mich.

Aber sie hatte mich »Lieber« genannt.

Wir sollten am Ufer rasten, schlug ich vor, nicht weit weg vom Flecken Weiß, nicht weit von der Stelle, wo wir uns befanden.

Ich hatte ein ideales Plätzchen gefunden, eine kleine Wiese, von

Weiden umgeben, die sich bis in den Fluss hinzog, zu beiden Seiten hatte sich Schilf gebildet. Ich breitete Katharinas Decke aus, stellte den Krug darauf, holte die Wegzehrung aus dem Beutel und machte es mir bequem. Sarah kümmerte sich um Noah und Hiob, die neben den Weiden grasten.

Nachdem sie sich neben mich hingekauert hatte, blickte sie mich aus offenen, braunen Augen lange an.

Ich war ratlos. Hin und her gerissen. Ein alter Mann, der die Hoffnung noch nicht aufgegeben hatte, ein bisschen Zuneigung, menschliche Wärme von einem Weib zu erfahren.

War es das, was dieser Blick verhieß? Oder war es Wehmut? Trauer?

»Sarah, ich tue es ungern, aber ich muss dir eine Frage stellen – was hatten unsere Väter miteinander zu tun, auf der einen Seite ein Kaufmann, auf der anderen ein jüdischer Rechtsgelehrter? Wie kam die Bekanntschaft dieser beiden Männer zustande, weißt du etwas darüber?«

Sie zog die Beine an, umfasste sie mit beiden Armen.

Sie ließ sich Zeit mit der Antwort.

»Damals war ich acht Jahre alt, Andreas – wie sie zueinander fanden, ist mir nicht bekannt, aber ich kann mich gut daran erinnern, dass mein Vater immer wieder das Unglück deiner Familie erwähnt hat, es sei der grausigste Mordfall gewesen, der in Köln in seinen Erdentagen geschehen sei, hat er gesagt. Als feststand, dass er nach Toledo gehen würde, hat er das Schreiben verfasst, das du ja kennst, seit gestern. Ich war dabei, als er daran ging, es aufzusetzen.«

Und als ihr Vater das Pergament damals Abraham Halevi übergeben hatte, habe er gesagt: »Dieser Matthias Hemmersbach ist der einzige Goi, der mit uns Juden in gerechter Weise gehandelt und uns nie übervorteilt hat.« Er wisse, dass Gerüchte umgingen, Hemmersbach sei in dunkle Umtriebe verstrickt gewesen, habe er hinzugefügt. Hemmersbach habe womöglich einen großen Fehler gemacht, als er sich mit gewissen Leuten eingelassen hatte, üblen Leuten, die auch den Juden Übel wollten – »und das ist ihm, so fürchte ich, zum Verhängnis, zum Verderben geworden.« Ja, das seien seine Worte gewesen, betonte Sarah, ihr Vater habe von Verhängnis und Verderben gesprochen, doch mehr als diesen dunklen Verdacht habe er aber nicht geäußert.

»Sarah«, fragte ich, und die Unruhe in mir wuchs, »weißt du, welche Leute er meinte?«

Wahrscheinlich lombardische Geldwechsler, sagte sie kurz, beinahe beiläufig, und sie zuckte mit den Schultern.

Ich fuhr zusammen.

Trug ich vielleicht den Beweis für ihre Vermutung mit mir herum, seit vielen, vielen Jahren?

Die Münze aus Lucca? Ich zog sie aus der Tasche.

»Dieses Kupferstück gehörte einst meinem Vater, es stammt aber nicht aus der Lombardei – prägen ließ es ein Kaufmann aus der Toskana, der mit Gold handelte, auch hier in Köln.«

Sarah lachte. Und an der Münze schien sie kein Interesse zu haben.

»Andreas, du scheinst wenig gelernt zu haben in deinem Leben, und dazu bist du noch ein Korinthenkacker – alle Geldwechsler, die aus Italien an den Rhein kommen, werden hier Lombarden genannt.«

Ich war beleidigt. Sie hatte mich einen Korinthenkacker genannt.

Sie war eine kluge Frau, sie war gebildet, aber wusste sie wirklich, welche Landschaften es in Italien gab?

»Sarah, ich habe mit dem Mann gesprochen, als ich in Lucca weilte – er war stolz darauf, ein Tuszier zu sein, und mit Lombarden wollte er nichts zu tun haben.«

Nun war es an ihr, mich überrascht anzuschauen.

»Du warst in Welschland? Wann? Andreas, erzähl, bitte, erzähl mir davon!«

Es hätte ihrer Bitte nicht bedurft – ich wollte ihr ohnehin berichten, was ich in Welschland erlebt hatte.

Das italienische Abenteuer

In den letzten Tagen des Jahres 1330 nach der Geburt unseres Herrn – so begann ich meine Erzählung – hatte König Johann an der Spitze eines kleinen Heeres, darunter etwa vierhundert Ritter, den Boden Italiens betreten, Welschland pflegen es die Oberdeutschen zu nennen. Abgesandte des Adels und der Bürger Brescias waren zuvor in Trient erschienen und hatten den König ersucht, ihre schwer bedrängte Stadt unter seinen Schutz zu nehmen – »sie hatten ihm sogar die Herrschaft über ihre Stadt angetragen.«

Seit dem Herbst weilten wir in Tirol. Johann hatte es damals geschafft, seinen zweiten Sohn, den zehnjährigen Johann Heinrich, mit der Erbin von Kärnten und Tirol zu vermählen, der hässlichen Herzogin Margarete, die hinter vorgehaltener Hand nur »Maultasch« genannt wurde, wegen ihrer wulstigen Lippen und ihres großen Unterkiefers. Die Hochzeit war pompös in Innsbruck begangen worden, anschließend waren Johann und sein Sohn durch Tirol gereist, um die Huldigungen der Untertanen entgegenzunehmen. Ich befand mich in seinem Gefolge, als wir in Trient eingeritten waren – wo die Gesandten Brescias schon auf den König warteten.

Brescia und ganz Welschland – das versuchte ich Sarah zu erklären, obgleich ich es selbst nicht verstand – litten zu dieser Zeit noch immer unter dem unentwirrbaren Hader der Guelfen und Ghibellinen, der Parteiungen, die zu Zeiten des mächtigen Stauferkaisers Barbarossa und seiner Gegenspieler aus dem Haus der Welfen entstanden waren – wie im Reich hatten sich auch in Italien Anhänger und Gegner des Kaisers bekämpft, und mir war erzählt worden, die Ghibellinen seien die kaiserliche Partei und die Guelfen die der Gegner des Kaisers.

Es gab aber schon lange keine staufischen Kaiser mehr – doch bei den Welschen hatten sich die alten Parteien gehalten, niemand indessen wusste mehr, welche Ursprünge sie hatten und warum sie entstanden waren, und dennoch kämpfte jeder gegen jeden, Tyrannen gegen Kommunen, Kommunen gegen Bischöfe, Bischöfe gegen Kardinäle, Kardinäle gegen den Papst, der Papst gegen den Kaiser, der Kaiser gegen die guelfische Liga, die Liga gegen Gewaltherrscher – und so nahmen die Kämpfe kein Ende, in vielen Städten ging selbst durch die Familien ein tiefer Riss.

In Brescia hatten in diesen Tagen wieder einmal die Guelfen die Oberhand gewonnen und ihre ghibellinischen Mitbürger aus der Stadt vertrieben. Die suchten bei den Führern der lombardischen Ghibellinen, bei Azzo Visconti, dem Herrn von Mailand, und Mastino de la Scala, dem Herrscher von Verona, Hilfe, beide nahmen sich der Vertriebenen an, und Mastino zog mit einem Heer gegen Brescia.

»Das war der Grund, Sarah« – um meine Worte zu unterstreichen, richtete ich mich auf – »dass sich die Leute von Brescia in Johanns Arme warfen.«

»Und dein König hat sich diesem Hilferuf nicht verschlossen?«, fragte Sarah zögernd.

Der Gedanke, nach Italien zu gehen, war für Johann viel zu verlockend, als dass er ihn von sich gewiesen hätte – »er träumte von einem großen Reich diesseits und jenseits der Alpen, das an Macht und Glanz dem Königreich Böhmen weit überlegen gewesen wäre.« Er glaubte wohl, es sei möglich die neuen Besitzungen seines Hauses, Tirol und Kärnten, durch Eroberungen in Italien zu vermehren, er war Feuer und Flamme und nicht davon abzubringen, den Zug anzutreten. Ich hatte zufällig gehört, wie einer seiner Hauptleute ihm zurief: »Majestät, diese Pläne sind haltlos und auf Luft gebaut, sie können nicht gelingen!« Der König entließ ihn wutentbrannt sofort aus dem Dienst.

Dann befahl er, Kriegsvölker zu werben, in Böhmen und Mähren, in Kärnten und Tirol, und er sandte an Mastino die Aufforderung, von der Belagerung Brescias, das jetzt seine Stadt sei, unverzüglich abzusehen.

»Und was niemand von uns erwartet hatte, trat ein, Mastino, der Gewalthaber Veronas, der mehr Blut an seinen Händen hatte als alle lombardischen Großtyrannen zusammen, wagte nicht, Widerstand zu leisten, er ließ sich in Unterhandlungen ein, in deren Folge er von Brescia abzog.«

Ludwig der Bayer, der vom Papst abgesetzte Kaiser, ließ bei Johann anfragen, was er mit seinem Zug nach Italien beabsichtige. Johann antwortete, er habe nichts im Sinn, was gegen die Hoheit des Heiligen Römischen Reiches gerichtet wäre, er wolle Italien durch neue Bande näher an Deutschland knüpfen, den Frieden herstellen und des Reiches Macht und Ansehen fördern – »mit allem Angebotenen, Erworbenen und noch zu Erwerbenden werde er dem Reich Gehorsam leisten, ließ er dem Kaiser ausrichten, und er lachte hinterher darüber.« Im Übrigen wolle er auch die Gräber seiner Eltern besuchen und, wenn möglich, ihre Gebeine in die Heimat zurückführen; Johanns Mutter war auf dem Italienzug seines Vaters, Heinrichs des Siebenten, in Genua gestorben, der Kaiser selbst war nach seinem frühen Tod im Jahre 1313 in Pisa bestattet worden – »viele Leute glauben, er sei vergiftet worden«, bedeutete ich Sarah.

Der Papst, der damals schon in Avignon residierte, musste sich mit der Mitteilung begnügen, der König von Böhmen wolle die Ungehorsamen in den Schoß der Kirche zurückführen.

»Und – was geschah dann?«, fragte Sarah, als ich eines von Katharinas Pfefferbroten zu mir nahm.

»Es begann eine verrückte Zeit in meinem Leben«, erwiderte ich und öffnete den Krug.

Am Tag des heiligen Papstes Silvester Anno Domini 1330 hielt König Johann seinen festlichen Einzug in Brescia. Es war die Stadt, die seinem Hause einst so verderblich gewesen war, im Jahre 1311 hatte sein Vater die widerspenstige Guelfenhochburg belagert, dabei war der tapfere Bruder des Kaisers, Johanns Onkel, ums Leben gekommen, und Johanns Mutter hatte sich eine Krankheit zugezogen, der sie später erlag. Nun empfing diese Stadt den Sohn des einstigen Feindes mit willigem Gehorsam und den ausgesuchtesten Ehren. Ich ritt unmittelbar hinter seinen Lehnsleuten.

»Sarah, ich werde diesen Tag nie vergessen – fast die gesamte männliche Bevölkerung kam ihm festlich gekleidet und in Reihen geordnet unter ihren Fahnen, mit grünen Zweigen in der Hand, entgegen, edle Jünglinge, alle gleich kostbar gewandet und beritten, die vornehmsten Männer führten die Zügel seines Pferdes oder trugen den Baldachin über seinem Haupt. Beim Einritt in die Stadt wurde er von den Frauen und Jungfrauen mit Musik, Gesang und Tanz empfangen – alle suchten sich in Bezeugungen der Anhänglichkeit zu überbieten, die Freude nahm kein Ende mehr, und alles ging vortrefflich vonstatten.«

Johann gelang es, die verfeindeten Parteien zu versöhnen, er versprach, Friede und Einigkeit, Gerechtigkeit und Sicherheit herzustellen, es dürfte keine Guelfen und Ghibellinen mehr geben – diese Namen, die Hass und Parteiung bedeuteten, so forderte er seinen neuen Untertanen auf, sollten auf immer vergessen werden.

Der Friede, den er so herbeiführte, nur durch seine Autorität, ohne Zwangsmittel, erschien allen Nachbarn umso wünschenswerter, als der König zunächst gar keinen Anspruch auf Gehorsam erhoben hatte – dass dieser Gehorsam dennoch geleistet wurde, hatte seinen Grund nur im freien Entschluss der Stadtgemeinde und in der Wirkung von Johanns ritterlicher Persönlichkeit – »und auch seine Gefolgsleute wurden überall begeistert gefeiert, man steckte uns Geld zu, lud uns zu köstlichen Speisen und reichlichem Trank ein, junge Weiber boten sich uns an, es waren herrliche Tage! Und, Sarah, es glich einem Wunder – fast alle lombardischen Kommunen trugen dem König nun freiwillig ihre Signorie an, die schwachen, um sich mit seiner Hilfe der mächtigen zu erwehren, die mächtigen, um noch mächtiger zu werden.«

Sarah blickte mich etwas ungläubig an, und so nannte ich ihr die Namen der Städte, die sich ihm unterwarfen: »Bergamo, Cremona, Mantua, Como, Pavia, Vercelli, Novara, Parma, Reggio, Modena, Bobbio – selbst der mächtige Herr von Mailand, Azzo Visconti, unterstellte sich und seine Länder der Oberherrschaft des Königs.« Im Februar Anno Domini 1331 wurde Johann im Kommunalpalast von Mailand zum neuen Herrn der Stadt ausgerufen, und der Herr Azzo begnügte sich mit dem Titel eines königlichen Statthalters.

»Weißt du, wie die Welschen, die Lombarden, Johann damals nannten? Den neuen Hannibal, so nannten sie ihn, wie Hannibal habe er die Alpen überschritten und die cisalpinischen Provinzen unterworfen.«

Ein schmeichlerisches Wort ging damals durch die christlichen Länder: »Ohne Gottes und des böhmischen Königs Hilfe vermag niemand etwas auszurichten im Abendland.«

Schließlich schickte auch die von den Florentinern hart bedrängte Stadt Lucca eine Gesandtschaft zum König, die ihn um Schutz und Hilfe bat und ihm die Stadtherrschaft anbot.

Ich war damals zusammengezuckt, ich hatte aufgehorcht, als der Name Lucca zum ersten Mal fiel.

Im Rat des Königs war beschlossen worden, eine kleine böhmische Truppe in die Stadt zu legen, um die Florentiner zur Aufhebung der Belagerung zu bewegen.

»Sire«, ich sprach den König auf dem Flur des Mailänder Palastes an, »lasst mich mit nach Lucca ziehen, es gibt dort etwas zu tun für mich, ich bitte Euch alleruntertänigst, lasst mich ziehen, für eine Woche oder zwei!«

Johann stutzte, fragte aber nicht nach dem Grund meiner Bitte, sondern brach in lautes Lachen aus.

»Wohlan, Andreas, geh mit nach Lucca, wir brauchen dort jeden Mann – hiermit ernenne ich dich zum Burggrafen von Lucca!«

Und er lachte wie ein Verrückter, er lachte Tränen, der neue Hannibal, und auch seine Paladine schlugen sich auf die Schenkel und lachten wie irre. So war das damals – jeder, der ein Schwert führen konnte, erhielt eine Stadt und einen Titel dazu, der König ernannte den einen zum Generalvikar, den anderen zum Podestà, manche der neuen Würdenträger nannten sich Prokuratoren, andere Governatoren oder Konsuln, ich weiß es nicht mehr – und ich sollte nun Burggraf werden.

Doch es war ein böser Scherz, den der König mit den Luccheser treiben wollte. Ich war kein Edelmann, und in Lucca führte der edle Herr Gherardino Spinola das Regiment. Als ich die Herren darauf hinwies, lachten sie wieder – »dieser Spinola«, erzählte einer der königlichen Räte prustend, »ist ein reicher Krämer aus Genua, deutsche Söldner, die der Kaiser nicht mehr bezahlen konnte, haben ihm die Stadt verkauft, für lumpige dreißigtausend Florenen. Und ich glaube, da gibt es gar keine Burg!«

Das Lachen wollte kein Ende nehmen.

Sie schickten den Sohn eines Kaufmanns zu einem Krämer, der eine Stadt beherrschte. Ihnen war die Gabe, andere zu erniedrigen, angeboren.

Der Luccheser Kaufmann

Ich hielt in meiner Erzählung für einen Augenblick inne.

»Und, bist du Burggraf von Lucca geworden?«, fragte Sarah.

Während ich mir ein Stück des Hühnchens nahm, bat ich sie um etwas Geduld, ich hatte Hunger und biss kräftig zu.

»Als wir uns Lucca in den ersten Tagen des Monats März näherten«, so fuhr ich fort, »einer wunderschönen Stadt, Sarah, waren die Florentiner schon abgezogen, und Gherardino kam uns an der Spitze einiger Reiter entgegen, wir waren ein Häuflein von etwa zweihundertfünfzig Lanzen.«

Ich weiß noch, dass ich die Truppe anhalten ließ, als Gherardino in leichtem Trab heransprengte. Es nieselte, und wir froren etwas. Wenige Schritte von unserem Standartenträger entfernt, sprang er vom Pferd und verbeugte sich – er verbeugte sich vor mir, dem Kammerherrn des Königs, einem Gemeinen. Ich tat es ihm nach, er kam auf mich zu, umarmte mich, und dann küsste er mich auf die Wangen, dankte uns und dem böhmischen König für die rasche Hilfe und hieß uns willkommen – »in diesem Moment, liebe Sarah, war mir klar, dass ich seitens dieses Mannes keine Schwierigkeiten zu erwarten hatte.«

Gherardino war ein freundlicher, etwa vierzigjähriger Herr, der nach der neuesten Mode gekleidet war, er trug katalanische Tracht, enge Beinkleider, enge Jacken aus vielfarbigem Stoff, die mit weiten Ärmeln verziert waren. Und er hatte – wie in jenen Tagen alle hohen Herren – einen Vollbart und langes, lockiges Haar.

Er zeigte mir zuerst die gewaltige Stadtmauer, dann ritten wir durch die Porta Gervasio in die Stadt ein, Gherardino führte mich durch Kirchen und Paläste, den Dom San Martino, San Frediano, die älteste Kirche Luccas, und andere Kirchen, ich weiß nicht mehr, wie sie alle hießen, und dann bot er uns die Hälfte des herzoglichen Palastes als Quartier an.

»Das Schönste an diesem Palast«, so erzählte ich weiter, »war sein Garten, in dem die ersten Knospen des Frühjahrs ausschlugen, und inmitten dieses Gartens stand ein kleines Häuschen – ich fragte Gherardino, ob etwas dagegen spreche, dass dieses Gartenhaus mir als Wohnung diente. Er schmunzelte, ließ es dann aber für mich einrichten.«

Es bestand nur aus einem einzigen Raum, der nach allen vier Seiten je ein Fenster hatte. Diener brachten ein Ruhebett, einen großen, kostbaren Tisch und einige Schemel.

Schon am ersten Abend, als unsere Leute ihre Unterkünfte aufgesucht hatten, bat ich Gherardino, mir die Ehre zu erweisen, mein Gast zu sein, im Gartenhaus. Wir unterhielten uns in französischer Sprache, die er formvollendet beherrschte, ich sagte ihm, dass ich mich als Burggraf keineswegs in die Geschicke der

Bürger und der Kommune einzumischen gedachte, dass die böhmischen Reisigen nur gegen die feindlichen Florentiner eingesetzt werden sollten. Er jedoch erzählte mir von seiner Familie, zuallererst von seinem Vater, dem berühmten Opizzino Spinola, der gegen die verfluchte Genueser Sippe der Doria gekämpft hatte und der treueste Anhänger des Kaisers Heinrich gewesen war, des seligen Vaters des neuen Hannibals, wie er etwas spöttisch anfügte; dann schwärmte er von seiner Mutter, seiner Gemahlin, seinen sechs Kindern, und wir tranken einige Krüge toskanischen Weins.

Als die ersten Kerzen niedergebrannt waren, hatte ich die Münze aus der Tasche gezogen. Gherardino hatte das Stück in die Hand genommen und prüfend betrachtet. Dann sagte er »ja, die stammt aus unserer Stadt, da gibt es keinen Zweifel«. Er drehte sie um, hielt sie sich vor die Augen und nickte noch einmal, wie zur Bestätigung.

»Seigneur Andreas, ich habe die Signorie dieser Stadt noch nicht lange inne, die nun Euch übertragen wurde, aber ich kenne dieses Wappen – es ist das der Ugolini, einer reichen Kaufmannsfamilie, die mit allem handelt, vor allem mit Geld. Seht Ihr?« – er deutete mit einem Finger auf die Rückseite – »das Gebäude soll, so vermute ich, den Tempel von Jerusalem darstellen, es heißt, der Urahne der Ugolini sei Jude gewesen, er habe sich vor vielen hundert Jahren zum wahren Glauben der römischen Kirche bekannt – darauf soll sich das Wappen der Familie beziehen. Die Ugolini haben an der Piazza San Matteo einen prächtigen Palast. Wenn Ihr wollt, kann ich Euch morgen beim alten Messer Riccardo einführen.«

Ich holte tief Luft und blies sie wieder aus.

Ich wusste nun, wer die Münze hatte prägen lassen, immerhin.

Aber was hatte mein Vater mit Geldhändlern aus Lucca zu tun gehabt? Er hatte, soweit ich mich erinnern konnte, mit Seide aus Lyon sein Geld verdient. Ich selbst hatte schließlich einige Monate in Lyon erlebt, wie die Geschäfte abgewickelt wurden.

Lucca, so hatte mir Spinola indessen erzählt, war ein Zentrum der tuszischen Seidenproduktion. Die Toskaner nannten ihre Heimat Tuszien, sie seien Tuszier, und sie erwähnten des Öfteren ein sagenhaftes Volk, das einst sogar die Römer beherrscht hätte, das Volk der Etrusker, und von den Etruskern stammten sie ab, so behaupteten sie.

Wer war dieser Riccardo Ugolini? Seltsam, den Namen hatte ich nie gehört.

Ich fühlte mich auf einmal unwohl.

Gherardino trommelte lustig mit den Fingern auf die Achatplatte des Tisches, als wartete er auf eine Antwort.

»Ich danke Euch, Sire«, so sagte ich schließlich, »ich werde – und ich verspreche Euch, es wird das einzige Mal sein – meiner Würde als Burggraf dieser wunderbaren Stadt entsprechen müssen und den Messer Ugolini einbestellen, und wenn Ihr nichts dagegen habt, so soll er in diesen schönen Garten kommen.«

Gheradinos Blick verriet nicht gerade Zustimmung, er meinte aber, nach einigem Nachdenken, Ugolini werde sich diesem Ansinnen bestimmt nicht widersetzen.

Ich wünschte ihm eine gute Nacht und machte es mir, nachdem Gherardino gegangen war, bequem in diesem zauberhaften Häuschen.

Es war eine ruhige, milde toskanische Frühlingsnacht – wider Erwarten schlief ich schnell ein, es hätte schlimmer kommen können in dieser Stadt, so dachte ich, wenn ein anderer als dieser Gherardino hier das Regiment ausübte.

Riccardo Ugolini trug ein Barett aus rotem Samt, das er elegant lüftete, als er sich vor mir verbeugte. Seine Augen waren kalt, sein Gesicht glatt und gepflegt, Wangen wie Stirn hatten eine gelbliche Tönung, sein kurzer Kinnbart stieß spitz hervor. An den schmalen Fingern der Linken entdeckte ich schwere goldene Ringe. Er war einfach, aber kostbar gekleidet, sein schwarzer Überrock wurde von einem Kragen aus weißer Seide umrahmt – der ganze Mann war mir auf Anhieb zuwider.

»Ich fühle mich geehrt, dem Abgesandten des edlen böhmischen Königs, des mächtigen Beherrschers der italischen Provinzen, meine Aufwartung machen zu dürfen«, sagte er in französischer Sprache.

Er war ein Heuchler. Das war mein erster Gedanke.

Mir fiel ein, dass Gherardino Spinola beim Abschied bemerkt hatte: »Riccardo Ugolini ist ein schlauer Mann, nun ja, manchmal allzu schlau – seid also auf der Hut, Seigneur Andreas!«

Ich hatte in diesen Tagen in Lucca genug zu tun, ich musste

mich um die Böhmen kümmern, die sich über schlechtes Essen und hochmütige Dienstleute beklagten, ich hatte bäuerliches Volk zu empfangen, das sich über Gherardinos Herrschaft und seine Steuereinnehmer beklagen wollte, das ich indessen mit wohlfeilen Versprechungen abspeisen musste, der Bischof der Stadt wollte empfangen werden – daher verspürte ich kein großes Verlangen, mich mit diesem welschen Handelsherrn lange einzulassen.

Ich legte das Kupferstück auf den Tisch.

»Messer Riccardo, sieh mir nach, dass ich gleich zur Sache komme: Diese Münze, die das Wappen deiner Familie zeigt, hat mir einst mein Vater gegeben, in dem Moment, als er starb. Kanntest du ihn?«

Ich sprach ihn an wie einen Gemeinen, um ihm zu zeigen, dass ich es ernst meinte.

Er musterte mich mit einem schnellen, erstaunten, aber gelassenem Blick.

»Ihr müsst wissen, dass es eine Vielzahl dieser Stücke gibt, *Signore Andrea*, Ihr seid ein *tedesco*, das sagte man mir, aber ich habe viele Geschäftsverbindungen nach *Germania* – sagt mir, wer Euer Vater war, und ich werde Euch sagen, aus welchem Grund er diese Münze besaß.«

Seine Worte waren ein Gemisch aus französischer und toskanischer Zunge.

Widerstrebend teilte ich ihm mit, dass ich der Sohn des Kaufmanns Matthias Hemmersbach sei, aus der heiligen Stadt Köln.

»Ah – *la bella città di Colonia!*«

Er verfiel in seinen toskanischen Dialekt – »*Colonia*, die Stadt mit den schönsten Frauen von *Germania*! *Si, si, Signore* – ich war in *Colonia*.«

Er ekelte mich an, dieser glattgesichtige Herr.

Ich versuchte, beherrscht zu bleiben.

»Riccardo«, so fügte ich schnell an, »ich möchte eine kurze, ehrliche Auskunft von dir, mehr nicht, du sollst aber wissen, dass es mir, im Namen meines Herrn, des Königs von Böhmen, an dessen Stelle ich in Lucca stehe, auch möglich sein sollte, diese Auskunft zu erzwingen.«

Er lächelte.

Es war falsch, dachte ich, ihm zu drohen. Ich bereute, was ich gesagt hatte.

Ernst und ruhig begann er zu sprechen. »Es stimmt, *Signore Andrea*, ich kannte deinen, oh verzeiht, allmächtiger Vikar des neuen Großkönigs« – der Spott in seinen Worten war nicht zu überhören, aber ich musste das ertragen, und ich war auch bereit, es zu ertragen – »ich kannte *Euren* Herrn Vater. Als Zeichen unserer Freundschaft habe ich ihm damals diese Münze überreicht, und es ist bedauerlich, dass Ihr von dieser Freundschaft offensichtlich keine Kenntnis hattet und haben wollt.«

Ich war etwas müde, die vielen Tage auf dem Pferderücken hatten mich zermürbt.

»Wir haben Geschäfte gemacht«, so hörte ich ihn endlich sagen, »Geschäfte mit Seide, Seide aus Lyon, Seide aus Lucca, ganz normale Geschäfte, die viel Gewinn gebracht haben, ihm, Eurem Vater, und auch mir. Und da war noch ein Dritter, ein Geschäftsfreund Eures Vaters, ein stattlicher Mann, er war von edlem Geblüt« – er schaute mich irgendwie geringschätzig an – »ich habe seinen Namen vergessen, bei der Muttergottes, das ist zwanzig Jahre her, vielleicht noch ein paar Jahre mehr!«

Und er schwärmte weiter von der schönen Stadt Colonia.

Dann hatte er noch einen Satz gesagt, der mir seltsamerweise erst jetzt wieder einfiel: »Ich empfehle Euch, geht hin und findet den dritten Mann, er wird Euch Auskunft geben können.«

Und er führte mit beiden Händen, wie es die Welschen gerne tun, eine übertriebene Geste aus, die wohl besagen sollte, mehr wisse er nicht.

Er erhob sich.

»Und was diese Münze betrifft, *Signore Emmersbach*: Sie ist in sich ohne Wert, aber sie kann Euch noch von großem Nutzen sein! Achtet auf das gute Stück!«

Er nahm sein Barett und verbeugte sich. »Königlicher Vikar, gestattet, dass ich mich meinen Verpflichtungen zuwende! Vielleicht sehen wir uns mal wieder! Und vielleicht solltet Ihr dann mehr als diese eine Münze mitbringen!«

Ich hatte ihn gehen lassen, ohne auf seine Worte zu achten.

»Was bedeutete das, Andreas: Sie ist ohne Wert, aber sie kann von großem Nutzen sein?«, fragte nun Sarah.

»Sarah, du bist eine kluge Frau! Wieso glaubst du, dass ich das wüsste?«

Ich schwieg und dachte daran, dass ich bislang nicht einen einzigen Gedanken an diesen dritten Mann verschwendet hatte, den Messer Riccardo erwähnt hatte. War das einer von den Patriziern, mit denen mein Vater Umgang pflegte? Etwa der edle Herr Tilman?

Ich verscheuchte den Gedanken. Sarah schwieg ebenso.

Sie legte mir ein Stück Pfannkuchen hin.

»Wie lange warst du Kommandant in dieser Stadt?«

»Nicht lange«, erwiderte ich. Etwa einen Monat später hatten der König und die Florentiner Frieden geschlossen, und wir, die böhmische Besatzung, konnten abziehen. Zum Abschied schenkte mir Gherardino hundert Florenen – nie wieder in meinem Leben habe ich solch eine große Summe besessen. In der Umgebung der königlichen Gefolgsleute wurde man indessen zum Leichtsinn verführt, in Wirts- und Hurenhäusern warf ich, als wäre ich ein Edelmann, mit Goldmünzen um mich. Nach einem halben Jahr war das Geld weg.

Zu der Zeit hatten sich die Dinge in der Lombardei schon zu Johanns Ungunsten gewendet – der König musste erkennen, dass die Behauptung der ausgedehnten Herrschaft wesentlich schwieriger geworden war, als es ihre Erwerbung gewesen war. Seine Erfolge hatten nämlich alle benachbarten Fürsten erschreckt, und bald umgab eine Kette von mächtigen Feinden alle böhmischen Länder und Besitzungen – die Könige von Ungarn und Neapel gaben ihren Streit auf, die Herzöge von Österreich versöhnten sich mit dem polnischen König, und Kaiser Ludwig klagte auf einem Reichstag zu Nürnberg über die Okkupation Italiens durch den böhmischen König.

Um seine neuen Besitzungen abzusichern, um den drohenden Sturm abzuwenden, eilte Johann nach Deutschland zurück, er traf sich mit dem Kaiser, konnte ihn mit 120 000 Dukaten besänftigen, dann ritt er nach Prag, hob Kriegsvölker aus, zog an die ungarische Grenze, vertrieb Österreicher und Ungarn, schließlich ritt er mit einem Gefolge, dass nur aus zehn Mann bestand, nach Paris, um den französischen König in seine Pläne einzuweihen – »seine Reisen, so sagte man damals, waren mehr ein Fliegen denn ein

Reiten, und ich, Sarah, war immer dabei.« In Avignon verhandelte er, vergeblich allerdings, mit dem Papst, einem verstockten Greis, der die Deutschen hasste.

Den Lombarden war es unterdessen innegeworden, dass auch die böhmische Herrschaft eine wirkliche war, dass es eine Fremdherrschaft war, mit großem Verdruss sahen die republikanisch gesinnten Bürger der Städte, dass der König in ihrer Nähe Kastelle errichten ließ und dass er Edelleuten aus Böhmen Grundstücke als Lehen verlieh. Dies und der Ernst, mit dem die Steuern erhoben wurden, und die Gewissheit, dass Johann weder am Papst noch am Kaiser einen sicheren Verbündeten und wirklichen Rückhalt hatte, und endlich die maßlose Herrschsucht der lombardischen Gewaltherrscher, der Visconti, der de la Scala in Verona, der Este in Ferrara und vieler anderer, die sich nicht länger auf diese demütigende Abhängigkeit einlassen wollten, wo sich ihnen die Aussicht auf eine gänzlich unabhängige Stellung bot – »dies alles, Sarah, führte dazu, dass im August Anno Domini 1332 eine Liga der ehrgeizigsten Machthaber Welschlands gebildet wurde, die nur zwei Ziele hatte, die Vernichtung jeder fremden Herrschaft und die Aufteilung der Besitzungen unter die Verbündeten.«

Die letzten Sätze hatte ich in einem verachtungsvollen Ton von mir gegeben – denn ich hatte miterlebt, wie die Großtyrannen leichten Herzens ihre Eide brachen und sich heimtückisch und voller Hinterlist gegen den König verschworen, wie Vasallen die angelobte Treue brachen, wie einer den anderen in seinen Verrat mit einbezog. Ein Kaufmann aus Athen hat mir damals gesagt: »Ja, so sind sie, die Lateiner, auf Geld und Macht versessen und gewohnt, für einen Obolus selbst das, was ihnen das Liebste ist, zu verkaufen.« Auch der Graf von Savoyen, dem Haus Luxemburg durch enge verwandtschaftliche Bande zugetan, zeigte sich mit den Feinden einverstanden, entfernte sich und ließ den Prinzen Karl, den Johann als seinen Stellvertreter in Italien eingesetzt hatte, im Stich.

»Welschland heißt nicht umsonst Welschland, Sarah«, sagte ich, »es ist das Land der Falschheit, das Land der Lüge, das Land der Ruchlosigkeit.«

Sarah blickte mich wieder fragend an.

»Wie ist es ausgegangen, euer italienisches Abenteuer?«

Johanns Lage war schließlich immer bedenklicher geworden, zumal sich auch seine finanziellen Mittel erschöpften und er zu Maßnahmen griff, die in schreiendem Widerspruch zu seinem Ruf als ritterlicher König und zu seinem allseits gerühmten Edelmut standen – »schließlich, nach vielen, vielen Rückschlägen, erkannte er, dass Italien unhaltbar war, und so verließen wir Italien im Oktober des Jahres 1333 nach der Fleischwerdung unseres Herrn, ohne jede Ehre. Die Welschen aber riefen uns hasserfüllt hinterher, wir hätten nichts, aber auch gar nichts Gutes getan, sondern nur unermessliche Kosten verursacht.«

Ich nahm einen großen Schluck Wein.

Ja – so war das damals gewesen.

»So hast du keine guten Erinnerungen an dieses Land, Andreas?«, fragte Sarah.

Nein, das stimmte nicht.

Wenn ich mich nicht an Fürstenhöfen und in Stadtpalästen aufhalten musste, wo Ränke geschmiedet und Verschwörungen angezettelt wurden, hatte ich mich stets wohl gefühlt, unter den Gemeinen, in den Straßen und auf den Plätzen all der schönen Städte, in denen ich weilte, in Lucca, in Ferrara, in Parma, in Mailand und wo auch immer – »für mich war Italien das Land, wo Milch und Honig fließt.« Und mit Italien verband ich unendliche Großzügigkeit, Gastfreundschaft und Hilfsbereitschaft, vor allem seitens einfacher Leute, von Bürgern und Landleuten, die ohne Arg den Fremden beherbergten, mit ihm einfache Speisen teilten, ihm ihren wohlschmeckendsten Wein einschenkten. Mit der Lombardei verband ich Tanz und Gesang, fröhliche Liebeslieder und Lebenslust, mit der Toskana verband ich leidenschaftliche Frauen, allein der Liebe zugetan, strotzende Weintrauben, süße Früchte und Oliven, violette, bräunliche Berge, hügelige Landschaften voller Zypressen, friedvolle Seen, ewige Sonnenbläue – und nicht zuletzt das Meer. Es gab dort so viele wunderschöne Plätze am Meer.

»Ich war noch nie am Meer«, rief Sarah aus, »wie schön muss es am Meer sein!«

Sarah hatte ihre Hose hochgekrempelt und ging langsam ins seichte Uferwasser des Rheins.

Sie freute sich wie ein kleines Kind, sie tanzte, ließ die Arme kreisen, spritzte Wasser mit ihren Beinen in alle Richtungen, ich genoss den Anblick ihres schönen Leibes, der von Sarrock und Strumpfhose kaum verhüllt wurde.

Sie hatte kleine Brüste und einen mädchenhaften Körper, ich schätzte, den einer Zwanzigjährigen.

Sie entstieg dem Wasser, und dann kam sie auf mich zu, lachte, prustete, gluckste.

Lachend entledigte sie sich der nassen Hose, schwenkte sie hin und her. Unter dem Sarrock war ihre Scham sichtbar.

Schamloses Weib, dachte ich, für einen Moment nur, bis sie sich umdrehte und mit dem Hintern wackelte.

Nun war es, wie sie prophezeit hatte, doch so weit gekommen – und ich hatte alles andere zu tun, als wegzusehen.

Vor der Severinspforte

Es lag ein Zauber über uns.

»Ich hoffe, dass dieser Tag nie endet, Andreas, dass die Sonne nie untergeht.«

Ich empfand genauso, ein ewiger Tag mit Sarah – war das das Paradies? Hatte ich mir je etwas Besseres wünschen können?

Wir hielten uns fest in den Armen. Ein warmer Wind strich über unsere verschwitzten Leiber.

Ich spürte den Schweiß auf meiner Haut, eine Mischung aus Hitze und Kälte hielt meine Lebensgeister wach, mein Herz klopfte, und das Klopfen durchdrang meinen Körper.

War mir eigentlich bewusst, was geschehen war?

»Hast du dir schon einmal vorgestellt, weg zu sein, Andreas, weit weg zu sein, so weit weg wie der Mond?«

Die meiste Zeit meines Lebens hatte ich weit weg von Köln verbracht, dachte ich und nahm den Kopf von ihrer Schulter.

Warum stellte sie mir solche Fragen? Warum stellten Frauen immer solche Fragen?

»In und an mir ist alles Jüdin«, sagte sie nach einer Weile, »Andreas, ich bin im Ghetto geboren und eingesperrt, dort bin ich eine Jüdin, außerhalb des Ghettos bin ich eine Jüdin. Ich trage die Kleidung einer Jüdin. Du bist der erste Mann, Andreas, bei dem ich das Gefühl habe, als Weib geachtet zu werden – und geliebt zu werden, wie ein Weib es verdient hat.«

»Sarah, wieso klagst du über dein Leben?«

Eine blöde Frage. Gerade hatte sie etwas von sich gegeben, was mir keine andere Frau je offenbart hatte, und ich stellte diese saublöde Frage. So konnte sich der Zauber nicht halten.

»Wenn ich denke«, antwortete sie nach kurzer Zeit, »wie viel Freude – Freude, die von innen gekommen ist, die niemand mich gelehrt hat, plötzliche, unvernünftige Freude – ich nie habe ausleben können, die Freude am Leben, am Wandern, am Reiten, am Sehen, am Aufnehmen von Wolken und Wind, von Wald und Fluss, dann erscheint mir das Leben so manches Mal als wertlos, und dann werde ich unfroh.«

Mir war nicht nach Reden zumute. Ich war auf einmal ziemlich müde. Und ich fühlte eine wohlige Zufriedenheit in mir aufsteigen.

»Lass dich nicht zu dem Gedanken verleiten, Andreas, ich hätte Zweifel, dass es einen Gott gibt! Ich weiß mich in Gottes Hand und in seiner Hut, bei all meinem Tun, beim Einschlafen und beim Aufwachen, beim Waschen, beim Gang in die Synagoge, beim Gebet, beim Unterricht in der Schule. Selbst in der Enge unseres Viertels gibt es Momente, wo ich Freude an Menschen und Tieren habe – und dann frage ich mich: Woher sollte das alles kommen, wenn nicht von Gott? Meine Mutter hat diesen Gedanken, solange sie lebte, nur befördert, sie hatte ein frohes, dankbares Herz, das nun in mir schlägt – und so bin ich meiner Mutter oft ganz nahe.«

Ich musste gähnen. Ihre Worte hörte ich wie von ferne.

Sarah war meine Unaufmerksamkeit nicht entgangen, sie drehte sich auf die Seite und stützte ihren Kopf in die Hand und blickte mich tadelnd an.

Brummend stieß ich Entschuldigungen hervor.

»Du bist auch nicht besser als andere Männer«, schnitt sie mir das Wort ab – und lachte dabei.

Ich protestierte halbherzig.

»Bitte, Andreas, sag jetzt lieber nichts – denn ich möchte dich wissen lassen, dass es mir großes Vergnügen bereitet hat, mich mit dir zu vereinigen.«

Ich hatte all die Jahre, als ich an der Seite des böhmischen Königs ritt, immer das Fremde gesucht und als Fremder unter Fremden gelebt, fremd waren mir auch die meisten Frauen gewesen.

Ich hatte stets in Erwartungen gelebt und immer das Vergängliche gesucht, nun kam ich nicht umhin, mir einzugestehen, dass ich die Gegenwart noch nie so genossen hatte wie in diesem Moment.

Lag das an Sarah?

Wirre Gedanken schwirrten mir durch den Kopf. Was bedeutete mir Sarah? War es für mich nur die übliche Kurzweil – oder war es mehr?

Sarah hatte mir ein Gefühl zuteil werden lassen, das ich noch nie in mir gespürt hatte.

In meiner ganzen Verirrung, die mich völlig unvorbereitet getroffen hatte, war ich auf einmal bereit, mich zu öffnen, mich anzuvertrauen, mich hinzugeben – einem Weib aus dem Volke der Juden, Sarah.

Ja, ich war bereit, mich diesem Weib zu öffnen.

»Sarah«, hörte ich mich sagen, »ich glaube, es könnte gut ausgehen mit uns, ja, es wird gut ausgehen mit uns, wenn wir beide den Willen haben zusammenzubleiben, ich glaube an dich, und ich bin immer für dich da!«

Das waren Worte, die ich nie zuvor einem Weib gesagt hatte.

Ich blickte in den Himmel.

Es dauerte eine Weile, ehe sie antwortete.

»Ich halte dich für einen ehrlichen Menschen, Andreas, du bist bestimmt nicht leichtsinnig, bist kein Verführer und kein Geldverschwender, bist kein Raufbold und Schänkengänger« – sie zögerte einen Moment, in dem ich mir eingestand, dass ich natürlich ein Verführer, Geldverschwender, Raufbold und Schänkengänger war – »aber du machst wie viele Männer einen großen Fehler, wenn du Ehrlichkeit für eine Tugend hältst.«

Der Zauber war weg – das wurde mir schlagartig klar.

Ihre Augen hatten nicht mehr den gelassenen, heiteren Ausdruck wie zuvor.

»Wie stellst du dir das vor, Andreas, unser Zusammenbleiben? Willst du etwa zu mir ins jüdische Viertel ziehen? Willst du Synagogendiener werden? Soll ich die christliche Religion annehmen und mich taufen lassen, um dein Eheweib werden zu können?

Werden wir dann irgendwo einen Kramhandel betreiben? Und soll ich dir schnell noch ein paar Kinder gebären, ehe ich unfruchtbar werde? Denk bitte nach, bevor du solche sinnlosen Dinge, solchen Unfug von dir gibst!«

Sie war nun sehr ernst, fast zornig. Ich wollte sie noch einmal in den Arm nehmen, aber sie wehrte mich ab.

Ich schwieg.

»Andreas, ich kenne dich nicht, gestern haben wir uns zum ersten Mal gesehen.«

Gestern erst?, dachte ich. Ich glaubte, sie schon lange zu kennen.

»Ich habe einen Traum«, sagte sie, als ich weiter schwieg, »einen großen Traum. In Safed, einer Stadt in Israel oder Palästina, wie ihr Christen das Heilige Land nennt, ohne zu wissen, dass es auch unser Heiliges Land ist, leben Verwandte von mir, dort gibt es eine berühmte Talmudschule. Es ist mein größter Wunsch, sie zu besuchen – und ich will auch Jerusalem sehen, ich will sehen, wo der Tempel Salomons einst stand! Im Schlaf fragte mich einst der Prophet Elijahu: Was hast du in diesem fremden, unreinen Land zu suchen? Er meinte euer Deutschland. Und er sagte, geh ins Heilige Land und geh nach Safed! Und er forderte mich auf, stark und tapfer in der Erfüllung der Gebote zu sein, und er verhieß mir, dass ich dann den ›Heiligen Geist‹ erlangen werde, nein, nicht den der Christen, Andreas – und Elijahu sagte: Nichts, Weib, wird dir verborgen bleiben!«

Ich verstand so gut wie nichts, und mir war die Lust zum Reden endgültig vergangen – warum erzählte sie mir das bloß?

»Andreas, du warst eben Zeuge, wie schwach ich in der Erfüllung unserer Gebote bin« – sie seufzte und errötete leicht – »darf ich dich etwas fragen?«

Ich nickte.

»Warst du schon einmal in Jerusalem, in der Stadt, in der euer Heiland seinen Kreuzestod erlitt?«

Verständnislos blickte ich sie an.

»Jedes Jahr wallfahren Tausende von Christen aus dem ganzen Abendland ins Heilige Land«, sie stockte und zeigte ein winziges Lächeln, »Andreas, begleite mich, wenn du in Köln getan hast, was du dir vorgenommen hast! Unternimm eine Pilgerfahrt ins Heilige Land!«

Ich war sprachlos vor lauter Verblüffung – sie wollte mit mir nach Jerusalem reisen?

Sie schaute mich erwartungsvoll an. Es dauerte eine Weile, ehe ich mich gefasst hatte.

Der Himmel war noch immer wolkenlos, aber im Schatten der Bäume wurde es kühl.

Eine Pilgerfahrt ins Heilige Land?

Warum nicht? Das bedeutete, so rechnete ich aus, dass wir mehrere Monate zusammenbleiben konnten, der Vorschlag gefiel mir – je länger ich darüber nachdachte, umso besser gefiel er mir.

Mit belegter Stimme sagte ich schließlich, sie möge mir ein wenig Zeit lassen, darüber zu befinden – »doch ich könnte mir denken, liebe Sarah, es wird mir großes Vergnügen bereiten, dein Begleiter zu sein.«

Nun fiel sie mir in die Arme und bedeckte mich mit einem Schwall von Küssen, sodass ich sie beschwichtigen musste.

»Sarah, aber erst reisen wir ans Meer – ich werde nicht ruhen und rasten, bis wir beide mit dem Arsch im Salzwasser sitzen!«

Sie gluckste. Und dann lächelte sie wieder, mit Mund und Augen zugleich.

Die Pferde hatten sich etwas entfernt. Sarah kleidete sich an, dann pfiff sie durch zwei Finger – eine Frau, die so pfeifen konnte, hatte etwas, was andere Frauen nicht hatten.

Wir ritten langsam, im Licht der allmählich schwächer werdenden Sonne, auf die Severinspforte zu, die klobige Torburg, Ausgangspunkt der Landstraße nach Bonn.

»Da drüben«, Sarah hatte die linke Hand erhoben und zeigte auf eine Fläche nicht weit von der Straße, »befindet sich der Friedhof unserer Gemeinde, früher lag direkt daneben eine Richtstätte.«

Erst vor etwa achtzig Jahren habe der Erzbischof weitere Hinrichtungen auf diesem Platz untersagt – »weil sie das religiöse Empfinden der Juden verletzen könnten, er war ein feinsinniger Mann, dieser Erzbischof.« Den Namen des Erzbischofs wusste sie nicht.

»Andreas – sollen wir wetten, dass ich eher am Tor bin?«, rief sie auf einmal und trieb Hiob zu schneller Gangart an. Noch einmal wollte ich nicht der Verlierer sein, mein Gaul, der gute Noah, dachte wie ich, er verfiel in rasenden Galopp, und bald hatten wir Sarah überholt.

Nicht weit vor der Pforte hielt ich Noah an – Sarah blickte etwas verbissen drein, als sie mich erreichte. Doch dann beugte sie sich aus dem Sattel, um mir zu gratulieren, ich glaube, sie wollte mir einen letzten Kuss geben, hier draußen vor der Stadt, wo wir vertraulichen Umgang haben konnten.

Da hörte ich ein Surren. Das gleiche Surren wie damals in Crécy.

Sarah schreit nicht, sie stöhnt nur kurz auf und stürzt aus dem Sattel, Hiob macht sich aufgeschreckt davon. Ich habe Mühe, Noah ruhig zu halten, er ist nervös geworden und macht eine Drehung, ich sehe Sarah am Boden liegen, ein Pfeil steckt in ihrem linken Arm, ein Mann mit einer Armbrust versteckt sich hinter den Zinnen, verlässt eilig den Wallgang neben der Torburg.

Jemand hat auf Sarah geschossen. Ich springe vom Pferd.

»Sarah, kannst du mich hören?«

Ich knie neben ihr nieder, sie ist dabei, das Bewusstsein zu verlieren, der Pfeil ist ziemlich tief in den Arm gedrungen, Blut spritzt aus der Wunde, ich muss etwas tun. Tu etwas, Andreas Hemmersbach, schreie ich mich an, und ich reiße ein Stück meines Ärmels ab, ziehe den Stoff um ihren Oberarm, um die Blutung ein bisschen wenigstens zu mindern. Dann lege ich meine Arme unter Sarahs Körper, hebe ihn hoch, und irgendwie schaffe ich es, mich dem Gaul zu nähern, ich will Sarah vor den Sattel legen, es bereitet mir Mühe, sie quer über den Pferderücken zu hieven, verdammt noch mal, warum hält der Gaul nicht ruhig? Ich besteige Noah, werfe Katharinas Beutel weg, Noah galoppiert los, ich beuge mich nach vorne, um Sarah zu schützen, mit der Linken halte ich sie an der Taille fest. An der Pforte ist Unruhe aufgekommen, man hat mich gesehen, zwei Bewaffnete heben ihre Lanzen, sie schreien »Halt!« Es gelingt mir, Noah zum Stehen zu bringen, »lasst mich durch!«, so rufe ich, »seht ihr nicht, dass dieses Weib verletzt ist?« Die Männer sind ratlos, ich brülle sie an. »Lasst mich durch, ihr Narren, es geht um Leben und Tod!«

Endlich machen sie Platz, schon bin ich durch das Tor, reite in die Severinstraße ein, einige Kleriker springen entsetzt zur Seite, ich muss Noah zügeln, dass er nicht zu schnell trabt, viele Menschen sind zu dieser Zeit auf den Gassen unterwegs.

»Holt den Arzt, holt Rabbi Eliser«, rief Abraham Halevi, als ich vor seinem Haus stand, Sarah in beiden Armen haltend.

»Was ist geschehen?«, fragte er mich, nachdem wir sie in eine Kammer getragen und vorsichtig aufs Bett gelegt hatten.

»Ein großes Unglück ist geschehen, Herr Abraham, jemand wollte mich töten, hat aber Sarah getroffen, deine Tochter.«

Mir kamen die Tränen, ich begann zu weinen, ich heulte wie ein kleines Kind.

»Es ist nicht gut, wenn jüdische Weiber sich mit Ungläubigen einlassen«, murmelte er – als ob er eine Ahnung hätte, was sich am Nachmittag am Rheinufer ereignet hatte. Dass ich verzweifelt war, vielleicht wie noch nie in meinem Leben, wollte er nicht bemerken.

Schließlich schickte er mich weg.

Ich wusste nichts Besseres zu tun, als den Braunen zu Meister Gottfried zurückzubringen. Ich führte Noah durch Gassen und Straßen, ohne richtig wahrzunehmen, wo ich mich befand. Er trottete brav hinter mir her.

Irgendwann standen wir vor St. Pantaleon.

»Der Rappe ist schon heute Nachmittag zurückgekommen, allein, ohne die Dame – hat das etwas zu bedeuten?«, sagte Gottfried und grinste blöd.

Ich musste an mich halten, um ihm nicht die Zähne auszuschlagen.

»Meine Gäule sind sehr klug, sie wissen, wo ihr Stall ist, sie wissen, wer sie versorgt und pflegt, sie wissen, wer ihnen Wasser und Hafer gibt, und so finden sie allein den Weg zurück zu ihrem Väterchen, ich bin das Väterchen all dieser Tiere hier, und ich liebe sie wie meine Kinder.«

Und nun streichelte er Noah und führte ihn in den Stall.

Und er sang dabei ein Kinderlied, ich glaubte, etwas zu hören wie »Hoppe, hoppe, Reiter, wenn er fällt, dann schreit er« – oder etwas Ähnliches.

Der Mann war verrückt.

Es gibt viele Verrückte in Köln.

KAPITEL VII

In der Nacht, in der ich geboren wurde, heulten die Wölfe.

So hat meine Großmutter einmal erzählt. Das sei hoffentlich kein schlechtes Zeichen, hat sie seufzend hinzugefügt.

Keinem, auch Pavel nicht, hatte ich es bisher gesagt – ich habe Angst. Große Angst.

Angst, die einem den Mund ausdörrt und die Kehle zuschnürt.

Was hatte ich bisher erreicht? Nichts.

Und Sarah war schwer verletzt. Sie wird vielleicht sterben.

Ich kam mir vor wie ein armer Wicht, schwach im Glauben, verlassen von Gott. Ich taugte zu nichts. Und mehr denn je war ich von der Vergeblichkeit meines Tuns überzeugt – weil ich nicht sicher war, ob es im Einklang mit dem göttlichen Willen stand.

Und ich konnte nichts für Sarah tun.

Ich verließ Arnolds Haus, als es noch dunkel war. Wieder hatte ich eine schlaflose Nacht hinter mir.

Ich wollte noch einmal in St. Jakob beten, für Sarah beten, ich wollte den heiligen Jakob bitten, Fürsprache einzulegen für Sarah, in meiner alten Pfarrkirche, wo ich getauft worden bin. Der Weg, den ich ohne viel Nachdenken einschlug, führte mich über eine arg verdreckte Gasse, die Katzenbuich genannt wird, und die Loeregasse in die Breite Straße. Manchmal blieb ich stehen, versteckte mich hinter Häuservorsprüngen und wartete.

Folgte mir jemand? Ich fühlte es – oder war es einfach nur Angst?

Die Breite Straße, die auf das Ehrentor zulief, war – wenn man sie mit den meist engen Kölner Gassen verglich – ausnehmend geräumig angelegt worden, an einigen Stellen standen sogar Linden und Kastanien vor den Häusern. Zu meiner Rechten tauchte dann die Kirche der heiligen Kolumba auf, wo schon die Frühmesse gefeiert wurde. Gernot, einer meiner Mitschüler an der Stiftsschule von St. Georg, so fiel mir unwillkürlich ein, stammte aus dem Kirchspiel St. Kolumba – und er hatte immer ganz stolz erklärt, dass Kolumba zu den ältesten Kölner Kirchen gehöre, dass die Pfarre die größte und auch volkreichste der ganzen Stadt sei, und zwei Männer- und drei Frauenklöster sowie zahlreiche Beginenkonvente seien der Beweis für die einzigartige Frömmigkeit, die den Pfarrbezirk vor allen anderen auszeichnete. Wir ließen ihn jeweils die Namen der Klöster und Konvente aufzählen – das Kloster der minderen Brüder, Mariengarten, das Kloster der Zisterzienserinnen, das Dominikanerinnenkloster St. Gertrud, das Klarenkloster, das Kreuzbrüderkloster; doch bei den Namen der Beginenhäuser war er regelmäßig ins Stottern gekommen, allein weil es vier gab, die »Zum Lämmchen« hießen und die man zur Unterscheidung mit komischen Beinamen wie »Zum Graloch« bedacht hatte; ältere Schüler hatten Gernot dann immer damit aufgezogen, dass auch das Hurenhaus in der Schwalbengasse zum ach so frommen Kirchspiel St. Kolumba gehörte – worauf es oft zu Keilereien gekommen war.

In Gedanken war ich noch immer ganz woanders, in meiner Kindheit, als ich Unter Speermachern erreichte, die Gasse, die zur Hohen Pforte, dem alten römischen Tor, führte. Ich musste an die Jahre in der Stiftsschule denken – da hatte man uns vor allem zwei Dinge beigebracht, still zu sitzen und zu schweigen, aber immerhin lernten wir auch das ABC und konnten schließlich lesen und schreiben, und mit großer Strenge war darauf geachtet worden, dass wir Gebete auswendig lernten, das *Paternoster*, *Ave Maria*, *Benedicite*, *Gratia* und so viele andere, die ich längst vergessen hatte.

Fünfzehn bessere Familien

An der Hochpforte – es waren nur noch einige Schritte bis zur Jakobskirche zu gehen – blieb ich einen Moment stehen. Es war nun bereits hell, ich genoss das Licht der aufgehenden Sonne, kein Wölkchen ließ sich am Himmel blicken. Vor St. Jakob standen noch ein paar Leute, die die Messe besucht hatten. Ich ging über die kleine Brücke und drängte mich durch eine Gruppe, die den Eingang versperrte. Ein altes Weib, das ich gerempelt hatte, schickte mir ein paar böse Worte hinterher – doch als ich mich umsah, fiel mein Blick auf die Hohe Pforte. Ein Mann in einem dunklen Lederwams verdrückte sich schnell in ein Seitengässchen, als er bemerkte, dass ich ihn gesehen hatte.

Ich wurde schon wieder verfolgt. Nein – ich wurde Tag und Nacht beschattet. Hätte ich etwas anderes erwarten können? War das der Mann, der mich töten wollte und Sarah statt meiner getroffen hatte?

Wenn er mich von Arnolds Haus an verfolgt hatte, hätte er die Gelegenheit gehabt, mich zu töten.

War er nur ein bezahlter Spitzel, wie es Thomas, dieser armselige Kerl, gewesen war?

Ich verwarf den Gedanken, dem Mann hinterherzulaufen, und betrat stattdessen die Kirche. Vor dem Kreuzaltar, den der große Albert, so erzählte man im Kirchspiel, geweiht hatte, kniete ich nieder und verharrte in demütiger Haltung. Ich betete lange. Ganz zum Schluss bat ich unseren Heiland, der die Brücke ist zum Seelenheil aller Menschen, sich der Seelen meiner Geschwister anzunehmen.

Und dann betete ich für Sarah: »Zeige ihr deine Liebe, o Herr, zeige ihr deine Liebe, auch wenn sie Jüdin ist!«

Es war seit langer Zeit das erste Mal, dass ich den Gottessohn, Jesus Christus, den Erlöser, mit eigenen, selbst formulierten Worten ansprach.

Am Altar, der dem heiligen Franziskus und dem heiligen Jakob geweiht war, warf ich mich nieder und versank erneut im Gebet.

St. Jakob, das einst mir so vertraute Gotteshaus, hatte nur einen Eingang, unbemerkt konnte ich die Kirche nicht verlassen. Ich wusste aber noch, dass sich neben der Krypta eine kleine Öffnung im Mauerwerk befand, durch die man in den Keller eines Lagerhauses des St. Georgstifts gelangen konnte. Als Kind war ich bisweilen durch diesen Gang gekrochen, um ein paar Äpfel aus dem stets reich gefüllten Vorratsraum der Stiftsherren zu stehlen.

Schließlich ging ich doch durch das Portal ins Freie, wo sich bereits einige Bettler hingehockt hatten, schmutzige, stinkende Gestalten, in Lumpen gehüllt. Sie streckten mir ihre dürren Hände entgegen.

»Edler Herr, zeige Erbarmen!«, rief einer, dessen Gesicht über und über mit Pusteln bedeckt war. Ich ließ einige Münzen fallen, um die sie sich schreiend balgten.

Dann schlenderte ich ziellos über den Waidmarkt, am Karmeliterkloster vorbei. Tagsüber, so redete ich mir ein, war ich vor dem Schützen ziemlich sicher, wenn ich mich in belebten Straßen und Gassen aufhielte; ein Mann, der allein mit einer Armbrust durch die Stadt streift, fällt auf, macht sich verdächtig, und die Leute in Köln schreien schnell nach den Gewaltrichterdienern.

Pavel maulte, ich sei zu leichtsinnig – »habt Ihr denn nichts aus dem Vorfall gestern gelernt?«

Ich sollte nicht ohne Begleitung unsere Herberge verlassen, meinte er, nachdem ich so töricht gewesen war zu erzählen, was an der Hohen Pforte vorgefallen war.

»Der hätte Euch doch im Morgengrauen erledigen können. Warum bin ich denn mit Euch nach Köln gekommen? Um bei Eurem Begräbnis dabei zu sein?«

Er löffelte voller Unmut den Rest einer Suppe aus. Katharina reichte mir nun auch eine Schüssel.

»Er hat wie immer Recht, dein Freund – du bist zu leichtsinnig.«

Pavel fühlte sich geschmeichelt. Die Frauen in der heiligen Stadt Köln, so malte er sich aus, hatten schnell erkannt, welch kluger Kopf er war. Er rülpste zufrieden.

Ich dagegen brachte kein Wort heraus, während ich mich bemühte, ein wenig zu essen. Ich dachte nur an Sarah.

Wir saßen in der guten Stube. Arnold kam herein, strich sich über seine Schürze, ehe er am Küchentisch ein Stück Brot brach und sich zu uns setzte.

Er fragte, ob ich schon etwas von der Jüdin gehört hatte. Nein, so antwortete ich, Abraham Halevi habe aber versprochen, heute noch einen Boten zu schicken.

Um mich abzulenken, wollte ich die Gelegenheit nutzen, Arnold etwas auszuhorchen.

»Meister Arnold«, begann ich förmlich, »Ihr habt im weiten Rat der Stadt Köln gesessen« – Arnold begann zu lachen, ich musste auch schmunzeln, und so gab ich meinen Versuch auf, ihn zu necken – »Arnold, lieber Freund, du musst es wissen – was sind das für Leute, die Geschlechter, die in Köln die Herrschaft ausüben?«

Er hob abwehrend die Hände.

»Stell mir nicht solche klugen Fragen, sonst komme ich noch in Versuchung, sie so zu beantworten, wie mir eingegeben ist.«

Er lachte immer noch. Doch dann wurde er plötzlich ernst. Es war nicht seine Art, sich seine Sätze lange im Voraus zu überlegen, doch er gab in aller Ruhe wider, was ihm, dem stolzen Kölner Bürger, über die Patrizier zu Ohren gekommen war, er berichtete, was er wusste und selbst erlebt und erfahren hatte, der einfache Handwerker, der er nun mal war.

Seit Generationen hätten einige reiche Kaufmannsfamilien an der Spitze der Kölner Bürgerschaft gestanden – »doch über ihnen stand der Erzbischof, der Herr der Stadt in geistlichen und weltlichen Dingen.« Es seien diese Familien gewesen, die sich Geschlechter nannten, die im Fernhandel reich geworden waren, und sie seien es gewesen, die die Bürger in den Konflikt mit dem Bischof getrieben hätten, und seit der glorreichen Schlacht von Worringen führten sie sich auf, als seien sie die Alleinherrscher über die Stadt.

»Vielen dieser Herrschaften ist diese plötzliche Macht, in deren Besitz sie sich wähnen, zu Kopf gestiegen – einige, wie die Horn und die Lyskirchen, haben ein ›von‹ vor ihren Namen gesetzt, sie fühlen sich als Ritter, manche haben die Ritterwürde gar gekauft. Sie glauben, sie seien Edelleute, sie haben sich Wappen anfertigen lassen, sie veranstalten Turniere und Tanzfeste. Sie heiraten nur untereinander, und sie verheiraten, natürlich unter Einsatz großer Summen, ihre Töchter an den Landadel. Sie bauen sich prächtige Stadtpaläste, die kunstvoll ausgestattet und ausgemalt sind. Und sie erhöhen sich selbst, indem sie sich *nobiles domini*, edle Herren, nennen, und sie verlangen, dass wir, die einfachen Leute, sie als ›Herren‹ ansprechen und vor ihnen kuschen.«

Nur Angehörige dieser Familien würden in das Schöffenkolleg, das Hohe Gericht des Erzbischofs, berufen, nur sie seien in der Gemeinschaft der Richerzeche vertreten, und nur sie stellten die Mitglieder des engen Rats.

»Früher bezeichneten sie sich als *meliores*, die Besseren, heute sind sie die *maiores*, die Großen der Stadt, deren Regiment sich die gewöhnlichen Bürger zu unterwerfen haben.«

Arnold steigerte sich allmählich in einen richtig gesunden Ärger hinein.

»Und zu allem Überfluss bezahlen sie noch gebildete Kleriker dafür, in der Stadt herumzuerzählen, die Geschlechter – fünfzehn an der Zahl, die Hardefust, die Gir, die Scherfgin, die Quattermart, die Aducht und die anderen, die ihr ja alle kennt – seien einst, schon im ersten Jahrhundert nach der Fleischwerdung unseres Herrn Christus, vom heidnischen Kaiser Trajan als Abkömmlinge römischer Senatorenfamilien in Köln angesiedelt worden, das muss man sich mal vorstellen: So lange es römische Kaiser gibt, gibt es die kölnischen Geschlechter! Der enge Rat – ein Ableger des römischen Senats, dass ich nicht lache.«

Nun musste er wieder lachen, er konnte gar nicht aufhören zu lachen.

»Was ist mit den Kleingedanks?«, fragte ich.

Arnold stutzte und machte mit beiden Händen eine abwehrende Bewegung.

»Die sind wie die anderen – eine Sippe von hochnäsigen, eingebildeten, überheblichen Leuten, die Glück hatten, weil sie in den Reichtum hineingeboren wurden. Keiner von denen käme auf einen grünen Zweig, müsste er seinen Unterhalt durch ehrliche Arbeit verdienen. Die Söhne des alten Herrn Tilman geben aus, was ihr Vater und ihre Vorväter erwirtschaftet haben. Sie leben von den Erträgen der Rheinmühlen, von Renten, sie haben Geschäftshäuser und Backstuben verpachtet, sie besitzen Häuser in der ganzen Stadt, den Schwerthof, den Vaitalmershof ...«

Ich unterbrach ihn. »Wo wohnen sie?«

»Im Kirchspiel St. Laurenz steht ihr Stadthof, das Haus Kleingedank, vor der Marspforte. Ach, ich vergaß, einer von ihnen, Richwin, hat sich neulich erst den Rittertitel erkauft – und natürlich stellen die Kleingedanks die Amtleute des Kirchspiels, sie sitzen im Schöffenkolleg, gehören der Richerzeche an. Andreas, ich könnte dir noch so viel erzählen!«

Ich warf ein, dass mein Vater seine Lehrzeit bei den Kleingedanks verbracht hatte.

»Und du weißt natürlich auch, wer gegenwärtig das Oberhaupt der Familie ist?«

Arnold musste nicht nachdenken.

»Das ist seit vielen Jahren der Herr Everhard, er hat den Beinamen der Stolze, weil er teure Gewänder liebt und wie ein Gockel durch die Kölner Gassen stolziert, umgeben von seinen Bediensteten, und er bildet sich viel darauf ein, drei Sprachen zu sprechen – aber die Witwe des Herrn Tilman lebt noch, Frau Gertrud, sie stammt aus der Familie von der Kornpforte. Everhard darf nichts allein entscheiden, seine Mutter hat noch immer das letzte Wort in allen geschäftlichen Angelegenheiten, sie muss fast neunzig Jahre alt sein, die Leute nennen sie nur die alte Hexe.«

Diesem stolzen, sprachkundigen Gockel und einer alten Hexe musste ich also meine Aufwartung machen.

Um Pavel zu versöhnen, bat ich ihn in aller Form, mich zu den Kleingedanks zu begleiten – »du wirst mein Schild und Herold sein, und den Hund nehmen wir vorsichtshalber auch mit«.

Die Oktobersonne wärmte angenehm, als wir die Gasse, die die Kölner »boven Marspforten« nennen, erreichten. Eine mehr als mannshohe Mauer schützte – wie eine Burgmauer – ein großes Grundstück, in dessen Mitte das imposante, ganz aus Stein gebaute Haupthaus stand, zu beiden Seiten von Wirtschaftsgebäuden umgeben, Stallungen, Backhäusern, einer Schmiede.

Das Tor zum Innenhof war geöffnet, wir gingen hinein. Das Bild des Hauses, das von einem Turm überragt wurde, prägten Fensterarkaden mit kunstvollen Bogenformen, Kleeblattbögen, Vierpässen und Zackenbögen. Dass die Kleingedanks der Weinbruderschaft angehörten, war schon bei einem Blick in eines der Vorratshäuser ersichtlich – der Keller war mit riesigen Tonnen- und Kreuzgewölben angelegt, darin lagerten unzählige große Weinfässer.

Ich bedeutete Pavel, mich anzumelden.

Er stellte sich vor die Pforte und schlug zweimal mit dem gusseisernen Klopfer gegen die Tür. Henri, der um mich herumtollte, bellte ebenfalls zweimal.

Die schwere, hölzerne Tür wurde geöffnet. Ein Diener fragte nach unserem Begehren.

»Der Herr Andreas, der Kammerherr des böhmischen Königs, wünscht den edlen Herrn Everhard zu sprechen«, sagte Pavel, und er bemühte sich, einen würdevollen Ton anzuschlagen.

Wir wurden umgehend in die große Eingangshalle geführt – der böhmische König hatte wohl Eindruck hinterlassen.

Ich schaute mich um und bat Pavel, sich hinter mich zu postieren und den Hund im Zaum zu halten.

Es dauerte dann auch nicht lange, bis es auf dem Etagenrundgang über der mächtigen Treppe unruhig wurde, schließlich öffneten sich mehrere Türen. Zwei Gestalten, in schlichte Gewänder gehüllt, betraten die Treppe, sie blieben auf halber Höhe stehen und schauten misstrauisch zu uns herunter – die alte Hexe und ihr Sohn.

»Was kann ich für Euch tun, Kammerherr?«, fragte der Gockel mit dünner Stimme. Er sah seinem Vater ziemlich ähnlich, er hatte, wie einst sein Vater, einen kurz geschnittenen Oberlippenbart, die dunklen Haare waren streng nach hinten gekämmt. Er trug über dem Wams einen schwarzen Tabbard, einen weiten Oberrock ohne Ärmel. Er nannte mich Herr, offensichtlich wusste er noch nicht, wer ich war. Die Alte schwieg.

Ich ging ein paar Schritte nach vorn und sagte dann, nachdem ich mich verbeugt hatte, dass ich der Sohn des Matthias Hemmersbach sei, eines Mannes, der einst dem Geschlecht der Kleingedanks gedient hatte.

»Wir haben und hatten sehr viele Knechte – nennt uns endlich den Grund, warum Ihr uns so kurz vor dem Mahl aufsucht«, antwortete Everhard, und man merkte ihm an, dass er ungeduldig wurde.

Ich wiederholte, dass ich der Sohn des Matthias Hemmersbach sei, des Kölner Bürgers, dem man den Vorwurf gemacht hatte, einen Sohn des Konstantin Overstolz getötet zu haben.

Die alte Dame zuckte zusammen.

»Die Herren des Gewaltgerichtes haben mir zugestanden, den Tod meines Vaters zu untersuchen – und so will ich Euch, ganz ohne Umschweife, mein Anliegen vortragen: Es war ein Diener Eures Hauses, ein Bote, der meinen Vater damals in die Rheingasse lockte, wo er dann getötet wurde, das habe ich mit eigenen Augen gesehen. Und – wie Ihr vielleicht wisst – damals, Anno Domini 1309, sind auch meine Mutter und meine Geschwister getötet worden.«

Der Gockel setzte einen gelangweilten Blick auf.

»Lieber Freund«, sagte er, »warum kommt Ihr dann zu mir? Ich war in dem Jahr, von dem Ihr sprecht, sechs Jahre alt, ich habe

Euren Vater« – er wechselte in einen geringschätzigen Tonfall – »glücklicherweise nie kennen gelernt, ich weiß, bei Gott, nichts von diesen Toten, die Ihr da aufzählt, nichts, gar nichts.«

Er drehte sich um und wollte gehen. Die alte Dame indessen schlug mit ihrem Stock, den ich erst jetzt bemerkte, gegen die Stufen. Everhard blieb stehen.

»Mein Sohn, das Oberhaupt des edlen Geschlechts der Kleingedank, hat dir die Wahrheit gesagt, Andreas Hemmersbach – er war damals ein Knabe, er kann also keine Kenntnis von den Dingen haben, die sich damals zugetragen haben.«

Hieß das etwa, dass Frau Gertrud Kenntnis von diesen Dingen hatte?

Obwohl es ihr Mühe bereitete, kam sie langsam die Treppe herunter. Ihr schwarzes, ärmelloses Kleid wurde von einem einfachen Gürtel in kleine Falten gelegt, die Schleppe ließ sie nachschleifen. Die engen Ärmel des Untergewandes zierten handbreite Pelzstücke. Ihr schmales, versteinertes Gesicht war von einem weißlinnenen Kopftuch eingerahmt.

Sie blieb unmittelbar vor mir stehen und blickte mich angestrengt an.

In ihren Augen loderte Feuer.

»Du kannst gehen«, rief sie schließlich nach oben und deutete mit einer ausholenden Bewegung des Stocks an, dass Everhard tatsächlich verschwinden sollte.

Und das tat er auch.

»Er war ein guter Kaufmann, dein Vater – ich kannte ihn, und alles, was man hinterher über ihn erzählte, war erfunden und erlogen.«

»Edle Herrin«, sagte ich verblüfft und verbeugte mich erneut, »Ihr erweist mir, dem Fremden, eine große Gnade, indem Ihr solch freundliche Worte für meinen Vater findet.«

Ein kurzes Lächeln huschte über ihr Antlitz.

»Ich habe kürzlich ein Gesicht gehabt, ein Mann und ein Weib in weißen Kleidern suchten mich auf, sie segneten und trösteten mich, und sie redeten mich in beschwörendem Ton an: Wisse, Gott hat Euch zu hohem Stand erhoben, auf dass Ihr das Feuer der göttlichen Liebe hütet, seid ein Spiegel der Tugend und achtet auf Eure Würde. Und sie sagten mir, bevor der Tag meines Todes eintrete, werde ein Mann kommen, der nicht die Natur eines Engels habe, der aber die Fähigkeit besitze, das Auge des Verstehens zu öffnen. Und nun, Andreas Hemmersbach, bist du in unser Haus gekommen.«

Ich war verwirrt.

Was hatte die Alte da gesagt? Hatte sie mich mit einem Engel verglichen? Ich schaute mich um, Pavel blickte an die Decke, und ich glaube, Henri hatte gewaltigen Respekt vor der alten Dame – er versteckte sich hinter Pavel.

Frau Gertrud aber redete unablässig weiter. Man habe ihr einen baldigen Tod vorausgesagt, seither verließen sie die inneren Kräfte ihres Leibes – »ich glaube, ich werde noch in diesem Jahr sterben, wenn nicht ein Wunder geschieht.«

»Ich bete für dieses Wunder«, sagte ich daraufhin.

So hätte mein Herr, der König von Böhmen, auch zu einer Dame gesprochen, kühn und galant zugleich – ich hatte doch einiges von ihm gelernt.

Sie schüttelte den Kopf. Sie habe jetzt noch Zeit, all jene Christenmenschen um Vergebung zu bitten, die sie erzürnt und denen sie Unrecht angetan und Schmerz zugefügt hatte.

»Es gezicmt sich, so sagten die weißen Boten des Herrn, in der Reinheit des Sinns und des Leibes und eines friedfertigen Herzens allen Groll und Hass aus der menschlichen Seele zu verbannen.«

»Das ist auch mein Wunsch, hohe Frau«, antwortete ich, als sie verstummte, »auch ich möchte Groll und Hass aus meinem Herzen verbannen.«

Sie blickte mich an und hüstelte.

Diese Frau, so sagte ich mir, hat am Ende ihres Lebens den Eifer für das Heil entdeckt, das Verlangen nach Gott als rettende Kraft.

»Mein Gemahl, der Herr Tilman, den der barmherzige Gott, unser Herr, schon vor langer Zeit zu sich gerufen hat, weilte an jenem Tag, von dem du sprichst, nicht in dieser Stadt. Wichtige Geschäfte hatten ihn in die niederen Lande gerufen, ich weiß nicht mehr, in welche Stadt. Er hat den Boten, der deinen Vater zu den Overstolzen lockte, wie du sagst, gar nicht beauftragen können. Das hat ein anderer getan.«

Ich war über alle Maßen erstaunt. Sie hatte die wichtigste meiner Fragen, die ich gerade noch einmal stellen wollte, schon beantwortet. Weil sie eine Erscheinung gehabt hatte. Sonderbar, dachte ich. Aber nein, die Frage war nicht ganz beantwortet.

Denn wer, wenn nicht Tilman Kleingedank, hatte den Boten dann losgeschickt?

»Bei der Ehre deines Vaters und um unser aller Seelenfrieden willen bitte ich dich«, sagte sie mit leiser Stimme, »geh zu den Minoriten im Kirchspiel St. Kolumba und frage nach Bruder Servatius – er wird dir helfen können. Gott segne dich, Andreas Hemmersbach!«

Ich trat neben sie.

»Frau Gertrud, was hat es mit dem Mönch auf sich, diesem Bruder Servatius?«

Sie blickte mich noch einmal durchdringend an.

»Das ist einer meiner Söhne, wir tauften ihn auf den Namen Christian.«

Es war ein sanfter, wehmütiger, fast schüchterner Ton, mit dem sie uns entließ – wer das Gebot der Gerechtigkeit nicht beachte, so sagte sie, falle von Christus ab, und Gott wende sich von ihm ab.

»Nun aber lebt wohl.«

Wir verließen das Haus Kleingedank um die Zeit des Mittagsgebets.

»Was hältst du von der Sache?«

Pavel zuckte mit den Schultern.

»Die alte Hexe weiß bestimmt mehr, als sie uns gesagt hat.«

»Diese Frau ist keine Hexe«, wies ich ihn zurecht, »Frau Gertrud ist endlich auf dem Weg zu Christus.«

Schon am Nachmittag, so nahm ich mir vor, wollte ich diesen Mönch im Kloster der minderen Brüder aufsuchen.

»Und da brauche ich kein Geleit, du kannst dann endlich im Dom an den kostbarsten Reliquien, die die Kölner Kirche ihr eigen nennt, am Schrein der Heiligen Drei Könige beten – oder der Tochter des Hauses van Laan ein wenig zur Hand gehen, wenn sie Besorgungen zu erledigen hat, falls dir das lieber ist.«

Pavel errötete leicht, murmelte aber etwas, was wie Zustimmung klang.

Es war der neunte Tag des Monats Oktober. Ich musste unversehens daran denken, dass in Frankreich an diesem Tag das Fest des heiligen Dionysius gefeiert wird, eines Bischofs von Paris, den die heidnischen Gallier vor langer Zeit getötet hatten. Als man ihm den Kopf abschlug, soll Dionysius, so steht es in den Schriften, mit seinem Kopf in den Händen bis zu der Stelle gegangen sein, wo man später eine Kirche für ihn errichtete.

Ich versuchte mir vorzustellen, wie viele Schritte ich mit meinem abgeschlagenen Kopf in der Hand gehen könnte.

Im Minoritenkloster

Der Pförtner, ein verkrüppelter Greis, der augenscheinlich von der Gicht geplagt wurde, ließ mich hinein. In der Eingangshalle wurde ich von einem Novizen in Empfang genommen, er verneigte sich höflich, ohne ein Wort zu sprechen, ich tat es ihm gleich. Ich versuchte, ihm ins Gesicht zu sehen, es war aber durch die Kapuze verdeckt. Ich folgte ihm durch die kahlen Gänge, bis wir uns in einem karg eingerichteten Raum einfanden. Durch ein kleines Fenster fiel Licht in das dunkle Gewölbe, in einer Ecke stand ein geschnitzter Schrank.

Er setzte sich auf eine Bank neben der Tür und wies mir einen Stuhl an.

Wir schwiegen. Als einige Zeit verstrichen und von der Person, der ich meinen Besuch angekündigt hatte, nichts zu sehen war, wurde ich ein wenig unruhig. Ich räusperte mich.

»Wir warten hier«, beeilte er sich, in die Stille hinein zu sagen. Seine Stimme klang hell und jugendlich.

Er streifte die Kapuze ab, zum Vorschein kam ein kahl geschorener Knabenkopf. Ich schätzte das Alter des Novizen auf höchstens achtzehn. Er sah unterernährt aus, dafür lächelte er schüchtern.

»Ich werde Bruder Servatius Bescheid geben, gleich nach der Non, dem gemeinsamen Gebet, zu dem wir gemäß der Regel des heiligen Franziskus zu dieser Nachmittagsstunde zusammenkommen.«

Nachdem wieder einige Zeit vergangen war, stand er auf.

»Schon lange wirken die Brüder meines Ordens, die Minoriten, in Köln – das ist dir doch bekannt?«

Ich schüttelte den Kopf, sagte aber nichts.

Die ersten minderen Brüder, so erzählte er dann, seien Anno Domini 1222 in die Stadt Köln gekommen, sie hätten zunächst Unterkunft an St. Severin gefunden, im Sionstal.

»An der Spitze der Niederlassung stand damals Bruder Thomas von Celano – er wurde später als Biograph unseres Ordensgründers, des heiligen Bruders Franziskus, gerühmt.« Auch sein Nachfolger sei zu großem Ruhm gekommen, er habe den Ehrentitel »Verbreiter des Ordens« verliehen bekommen, weil er der erste Abendländer gewesen sei, der an den Hof des Khans der heidnischen Tataren gelangt sei.

»In dieser Zeit, noch vor dem Tod des ketzerischen Herrn Friedrich von Schwaben, des Kaisers, den der Herr Papst der Verdammung anheim gegeben hat, errichteten die Brüder dieses Kloster hier, mitten in der Pfarre St. Kolumba.«

Von den Kölner Bürgern seien die Brüder bereitwillig aufgenommen worden, großzügige Schenkungen der Geschlechter hätten den Bau einfacher Konventgebäude und der schlichten Kirche ermöglicht.

»Sie ist als eine Kirche eigens für die Predigt gebaut worden, mit der Kanzel als Mittelpunkt – nachdem der Kölner Klerus nicht erlaubt hatte, dass wir, die minderen Brüder, in den Pfarrkirchen predigten.«

Die Armut seiner Mitbrüder, die einfachen Worte ihrer Predigt hätten schon damals viele beeindruckt, »die Kölner Bürger, so habe ich gehört, wurden beim Anblick der Einfalt und Demut der Brüder so betroffen, dass sie vor ihnen das Knie beugten und ihren Fußstapfen Ehre erwiesen. Und auch heute besuchen Einheimische wie Fremde gern unsere Kirche, weil hier ein sehr feierlicher Gottesdienst gehalten wird«, fügte er stolz an. Und zum Unterricht der Mönche sei ein Generalstudium eingerichtet worden. Und aus aller Herren Länder seien Mönche an die Stätte der Weisheit gekommen.

Ich hörte schon lange nicht mehr richtig zu.

Die Glocke im kleinen Kirchturm läutete.

Der Novize stand auf und verließ den Raum. Es dauerte nicht lang, dann wurde die Tür wieder geöffnet, ein älterer Mönch im schlichten Habit trat ein.

»Gelobt sei Jesus Christus! Man hat mir gesagt, dass du, Andreas, ein Kölner Bürger, mich zu sprechen begehrst.«

Ich erhob mich und ging einen Schritt auf ihn zu. Wir standen uns eine Armlänge weit gegenüber, seine Augen waren auf die meinen gerichtet, der Blick verriet starke Neugier. Mein erster Eindruck von ihm war zwiespältig. Er wirkte zwar wie ein Gelehrter, belesen und bewandert, er strahlte eine Gelassenheit aus, die weise Männer kennzeichnet, aber – so dachte ich – vielleicht war das nur eine Haltung, die er nach außen hin zur Schau trug.

Ich nahm mir vor, auf der Hut zu sein.

»Seid gegrüßt, Pater Servatius, ich danke Euch, dass Ihr mich zu empfangen gewillt seid. Euer leiblicher Bruder, der Herr Everhard, und Eure Mutter, ja, vor allem Eure Mutter, die hochverehrte Frau Gertrud, haben mich an Euch verwiesen – und so möchte ich auch nicht mit dem minderen Bruder Servatius sprechen, sondern mit dem Herrn Christian, dem Abkömmling des stolzen Geschlechts der Kleingedanks.«

»Den Herrn Christian gibt es nicht mehr, beim Eintritt in den Orden legt man die Last der Vergangenheit ab, es wird alles zurückgelassen, der Einschnitt ist vollkommen, Namen hin, Namen her, es ist die Seele, die umgepflanzt wird, es gilt, nur noch dem Herrn Jesu Christo und seiner Herrlichkeit allein zu dienen.«

Er bekreuzigte sich, ließ sich auf der Bank nieder und strich seine Kutte glatt. Ich nahm wieder auf dem Stuhl Platz.

»Ich beneide Euch darum, dass es Euch gelungen ist, die Last der Vergangenheit abzuwerfen. Doch mich beschäftigt nicht nur die Vergangenheit, auch die Gegenwart. Ihr wisst, dass gestern wieder ein Mensch fast umgebracht worden ist – womöglich wegen der Ereignisse, die so lange zurückliegen.«

Er nickte und schaute mich prüfend an. Mir war, als wollte er meine Gedanken lesen.

Sein hageres, bleiches Gesicht zierte ein wohl gepflegter grauer Bart, das graue Haar wurde von der Kapuze verdeckt. Er hatte helle, intelligente Augen.

»Mir ist bekannt, wer du bist – du bist der Sohn des Matthias

Hemmersbach, den man vor vielen Jahren bezichtigt hat, den jungen Herrn Overstolz ermordet zu haben. Ich habe dich schon lange erwartet.«

Ich blickte auf. Was hat er da gesagt? Er habe mich erwartet?

»Ihr seid gut unterrichtet, Pater Servatius, und so wisst Ihr bestimmt auch, dass ich in der gleichen schlimmen Nacht meine ganze Familie verlor.«

Er versuchte, meinem Blick auszuweichen. Und er faltete erneut die Hände.

»Ja, auch das weiß ich – und ich nehme an, dass du deswegen hier bist.«

Er hustete, ziemlich lange.

Er habe auch gehört, so sagte er dann mit fester und klarer Stimme, dass mir vom weiten Rat erlaubt worden sei, mit allen Bürgern zu sprechen – »weil der böhmische König das so wünsche«.

Er richtete sich auf und lächelte kurz.

»Nun denn, in Gottes Namen – stell deine Fragen, Andreas Hemmersbach!«

Ich blickte ihn überrascht an.

So viel Entgegenkommen hatte ich nicht erwartet. Ich sollte die Gunst der Stunde nutzen, dachte ich.

»Pater Servatius, wann seid Ihr in den Orden der minderen Brüder eingetreten?«

Er überlegte kurz, sehr kurz.

»Es war das Jahr, als der berühmteste Lehrer unseres Ordens, der ehrwürdige Bruder Johannes Duns aus Schottland, gestorben ist. Hier, in der Kirche unseres Konventes, fand er seine letzte Ruhestätte, soll ich sie dir zeigen?«

Ich schüttelte den Kopf. Ich wusste natürlich nicht, wann dieser Schotte gestorben war.

»Könntet Ihr bitte sagen, in welchem Jahr nach der Fleischwerdung des Herrn dies geschah?«

»Anno Domini 1309.«

Es war mehr ein Brummen als eine Antwort.

»Was war der Grund für Euren Eintritt in den Orden? Es ist nicht üblich, dass der älteste Sohn eines edlen Geschlechtes ins Kloster geht – oder irre ich mich?«

Ich sah ihm fest in die Augen.

Wieder lächelte er.

»Gehe hin und richte mein Haus, das verfällt, wieder auf – das hat der Gekreuzigte dem Gründer unseres Ordens, dem heiligen Franziskus, aufgetragen. Und so hat Franziskus aus Assisi Menschen um sich geschart, die wie er sich dem Ideal der Armut und Nächstenliebe verpflichtet fühlten. In den Orden der minderen Brüder wird jeder aufgenommen, gleich ob reich oder arm, ob von Adel oder nicht, ob klug oder einfach, Kleriker oder ungebildeter Laie, ob Alt oder Jung, ein jeder, der vom Geiste Gottes geführt hinzutreten will.«

»Ihr wolltet also mithelfen, das Haus Gottes, das zu zerfallen drohte, wieder aufzurichten?«

Bruder Servatius nickte.

»Du sagst es.«

»Anno Domini 1309 geschah auch der Mord an meiner Familie, wie Ihr wisst – ich stelle Euch jetzt eine Frage, die Euch vielleicht merkwürdig anmutet: Hatte Euer Entschluss, Mönch zu werden, etwas damit zu tun?«

Er stand auf und ging einige Schritte auf und ab. Dann kniete er vor dem kleinen Kruzifix an der schmalen Wand nieder. Er betete.

Nachdem er sich wieder aufgerichtet hatte, drehte er sich langsam zu mir um. Ich meinte, eine plötzliche Entschlossenheit in seinen Gesichtszügen reifen zu sehen. Er setzte sich neben mich.

»Andreas, du hast doch bestimmt schon mal etwas über die Schlacht von Worringen gehört?«

Ich war etwas überrascht – warum fragte er mich nach dieser Schlacht?

Ich antwortete, dass alle Kölner immer wieder über diese Schlacht geredet hätten, als ich noch ein Kind war. Man verehrte die Bürger, die mitgekämpft hatten, als wahre Helden – »sie hätten der Stadt die Freiheit erstritten, hieß es allenthalben.«

Ich musste in diesem Moment aber wieder an Johann denken – der war ja damals, als ich ihn durch Köln geführt hatte, so stolz darauf gewesen, dass seine beiden Großväter sich in Worringen gegenübergestanden hatten und der eine den anderen totgeschlagen hatte, in dieser Schlacht.

Ich berichtete Bruder Servatius davon.

»Ja, es passt alles zusammen«, sagte er und fuhr sich dabei mit der Linken nachdenklich übers Kinn.

»Du weißt, wie es zu dieser Schlacht gekommen ist?«

Ich zögerte etwas. Ja, so sagte ich dann, Johann hätte mir es erzählt, aber – »ich weiß es nicht mehr.«

Es sei die Entscheidungsschlacht eines Erbfolgekrieges gewesen – die Herren von Brabant und Luxemburg hätten um den Besitz des Herzogtums Limburg gestritten, sagte Servatius.

»Aus welchen Gründen die Kölner Bürger und der Herr Erzbischof in diesen Streit verwickelt worden sind – das, Herr Christian, ist mir allerdings nicht bekannt.«

Er machte keinen Einwand, als ich ihn nun Christian nannte. Er lehnte sich zurück.

»Ich werde es dir erklären.«

Und dann erzählte er mir, wie es zur Schlacht gekommen war.

Gestritten wurde im Jahre 1288 nach Christi Geburt um den Besitz von Limburg, dessen letzter Herzog einige Jahre zuvor ohne männliche Nachkommen gestorben war. Es gab mehrere Verwandte des Limburger Hauses, die natürlich Anspruch auf das Erbe erhoben, darunter der Graf von Berg sowie mehrere Mitglieder des Luxemburger Grafenhauses, die in direkter Linie von einem früheren Limburger Herzog abstammten.

Der Erbstreit hatte sich dann aber zu einer Auseinandersetzung um die Vorherrschaft in den niederen Landen entwickelt. Graf Adolf von Berg, ständig in Geldnot, hatte nämlich seine Ansprüche auf Limburg an den Herzog von Brabant verkauft – der war aber neben dem Herrn Siegfried, dem damaligen Erzbischof, der mächtigste aller Herren am Rhein und in den niederen Landen gewesen. Der Herr Siegfried, dem Grafenhaus von Westerburg entstammend, stand seit dem Jahre 1275 der Kölner Kirche vor.

»Hat man dir erzählt, wie Siegfried sich nennen ließ?« Christian wartete meine Antwort gar nicht ab. »Fürst von Köln.«

Er blickte mich gespannt an.

»Das hat die Bürger natürlich erzürnt, denn im Großen Schied, den der ehrwürdige Bruder Albert, der Lesemeister der Dominikaner, viele Jahre zuvor formuliert hatte, stand geschrieben, dass der Erzbischof zwar auch in weltlichen Dingen Herr der Stadt

Köln sei, dass er aber dazu angehalten sei, die Rechte und Freiheiten der Bürger zu achten. Der Herr Siegfried führte sich aber auf, als seien die Kölner Bürger seine Knechte, seine Dienstleute – er war, so glaubte er, der *Fürst von Köln.*«

Und dieser Fürst von Köln sei dann schließlich auf die Seite der Luxemburger getreten – und er habe verkündet, dass der Herr Heinrich, der Graf von Luxemburg – »der Großvater Johanns, des späteren Königs von Böhmen, wie du weißt« – der einzig rechtmäßige Herzog von Limburg sei.

Nach und nach hätten sich dann fast alle Grafen und Herren in diesem Teil des Reiches zur Parteinahme gedrängt gesehen.

»Und dann begann ein furchtbarer, menschenverschlingender Krieg um die Herrschaft am Rhein.«

Ich unterbrach ihn. »Herr Christian oder Bruder Servatius, wie Ihr wollt – ich begreife nicht, wie das, was Ihr mir hier schildert, mit den Dingen in Köln zusammenhing?«

Er hob beschwichtigend eine Hand.

»Geduld, Andreas, Geduld, ich werde es dir erklären.«

Wieder sagte er diesen Satz, als wolle er mir eine Predigt halten.

Der Erbfolgestreit um Limburg habe die Bürger Kölns bis in den Sommer des Jahres 1288 nur insofern betroffen, als ihr Handel von den kriegerischen Auseinandersetzungen in Mitleidenschaft gezogen worden sei. Vor allem die erzbischöfliche Burg in Worringen sei den Bürgern ein Dorn im Auge gewesen – »deren Besatzung hat vorbeiziehende Kaufleute schamlos ausgeplündert, die sollen sich wie Raubritter aufgeführt haben, diese verdammten Knechte dieses verdammungswürdigen Kirchenfürsten.« Als Angehöriger eines Mönchsordens, so dachte ich, sprach er ziemlich böse Worte aus.

In der Mitte des Jahres 1287 nach der Fleischwerdung des Herrn hatten die Herren der Kölner Richerzeche dann aber die Zusage des Erzbischofs erhalten, die Burg niederreißen zu lassen, jedoch erst nach einem Friedensschluss – »und so gelobten die Bürger dem Herrn Erzbischof feierlich die Treue, und sie versprachen, sich nie und nimmer seinen Feinden anzuschließen.«

Als aber die Brabanter den Krieg an den Rhein getragen hatten – Christian musste wieder husten – »forderten einige Herren der Richerzeche den Herrn Erzbischof auf, zum Wohle des Vaterlandes mit dem Herrn Herzog einen Landfrieden zu beschwören.« Um die Bürger von Köln hinzuhalten, habe Siegfried um ihre Vermittlung gebeten. Deshalb sei eine Kölner Abordnung nach Brühl gezogen, wo Johann von Brabant sein Hauptquartier errichtet hatte.

»Der Herzog aber erklärte den Herren des Rates, auch er wünsche den Landfrieden – und er bot den Kölnern zugleich an, ihnen bei der Aufhebung des erzbischöflichen Räubernestes in Worringen zu helfen.«

Bruder Servatius atmete tief durch.

Mit diesem Angebot habe der Brabanter die Kölner Gesandten damals überrumpelt – »sie trugen nämlich den Auftrag des Herrn Erzbischofs, als Vermittler zu dienen, gar nicht mehr vor.« Sie ließen sich, so sagte er schließlich sehr leise, als Verbündete Brabants vereinnahmen.

An einem der letzten Tage des Monats Mai 1288 sei der Herzog mit seinen Truppen in Köln eingezogen. »Die Bürger empfingen ihn wie einen Engel«. Im Stift Mariengraden sei dann der Landfrieden zwischen Rhein und Maas beschworen worden, vom Herrn von Brabant, von den Grafen von der Mark, Berg und Jülich sowie von den Bürgern der Stadt Köln. »Und in diesem Landfrieden wurde der eigentliche Feind, der Fürst von Köln, namentlich nicht genannt, aber allen war klar, gegen wen es ging – nämlich gegen den Herrn Siegfried, den Erzbischof, den Fürsten von Köln. Man sollte ihn so erniedrigen, sagten die Menschen in der Stadt, dass er keine Macht mehr habe, jemanden zu kränken.«

»Aber, Herr Christian, die Bürger hatten dem Erzbischof doch Treue geschworen!«, wagte ich einzuwerfen.

»Ja – das war ja das Anrüchige an diesem Landfrieden, und es lässt sich nicht leugnen, dass die Kölner Bürger damit den Vertrag mit dem Herrn Siegfried im Kern verletzt und die ihm beschworene Treue gebrochen haben – die Treue, die sie in Gottes Namen beschworen hatten. Das war gemeiner Verrat!«

Es war nicht das erste Mal, dass ich stutzte.

Der Sohn eines der mächtigsten Geschlechter bezichtigte die Bürger der Stadt Köln des Verrats, des Treuebruchs. Doch Christian Kleingedank, der Bettelmönch Servatius, war ein kluger Mensch, er wusste, was er sagte, und er wusste, warum er es sagte.

Er blickte in meine Richtung, sah mich aber nicht an, seine Stimme klang nun etwas niedergeschlagen.

»All das, was ich bislang erzählt habe, ist nur die Vorgeschichte dessen, was du noch wissen müsstest.«

Vor allem für die Patrizier, so fuhr er fort, sei der siegreiche Ausgang der Schlacht bedeutsam gewesen – »nachdem der Herr Erzbischof besiegt war, sei die Stadt nun frei von Willkür und unrechtmäßiger Herrschaft, so sagten sie, doch sie selbst begannen, sich als Herren der Stadt zu fühlen, da der Herr Erzbischof auf der Burg des Grafen von Berg eingekerkert war. Der Sieg von Worringen ist auch heute noch die Grundlage ihrer Herrschaft.«

Christian Kleingedank blieb nicht verborgen, wie ratlos ich war.

»Verstehst du nun, warum Worringen so wichtig ist für Köln und vor allem für die Geschlechter?«

Das Lied von der Schlacht von Worringen

Ja, gab ich zur Antwort, obwohl ich immer noch nicht verstand, wie der Tod meines Vaters mit dieser Schlacht, von der er so ausführlich erzählt hatte, zusammenhängen sollte.

»So, bei Gott dem Allmächtigen – nun komme ich zur eigentlichen Geschichte.«

Er richtete sich auf und saß nun beinahe kerzengerade an der Wand.

»An jenem Abend des neunten Tages des Monats Januar Anno Domini 1309, auf den du mich angesprochen hast, hatten die Geschlechter ein Fest vorbereitet für den Prinzen Johann, den Sohn des neuen Königs, des Herrn Heinrich aus dem Geschlecht der Luxemburger. Nur die jungen Leute aus den patrizischen Familien waren zugelassen, wie du dich erinnerst, darunter Werner Overstolz, sein jüngerer Bruder Peter, Johann Spiegel, Nikolaus Jude und sein Bruder Friedrich, Peter von Horn – bei Gott, ich weiß gar nicht mehr, wer noch alles anwesend war, einige sind ja auch schon tot.«

»Es waren noch dabei Engelbert Birkelin, Ludger Mommersloch«, warf ich ein, »und nicht zuletzt Ihr, Herr Christian.«

»Oh, du hast ein gutes Gedächtnis, Andreas – du hast bestimmt gesehen, wie wir ins Haus der Overstolzen einzogen.«

Ich ließ ihn in diesem Glauben.

»Also – ich wurde von meinem jüngeren Bruder Hilger, Gott sei seiner Seele gnädig, begleitet. Unser Vater hatte uns erzählt, dass ein Sohn des Matthias Hemmersbach, der früher einer unserer Lehrjungen gewesen sei, dem Prinzen Johann als Dolmetsch diente. Schon bevor Johann eingetroffen war, gab es Streit zwischen uns, ich glaube, wir waren einundzwanzig oder zweiundzwanzig junge selbstbewusste, stolze Männer, wir fühlten uns als Adelige, wir stammten schließlich aus patrizischen Familien, die römische Ahnen haben. Werner Overstolz, der uns begrüßte, sprach sich dagegen aus, dass ein Dolmetsch am Gastmahl teilnehmen sollte, noch dazu ein Sohn dieses verfluchten Hemmersbach, wie er sagte, eines Aufrührers, der den Geschlechtern nicht wohl wolle. Die Familie Overstolz hatte eigens einen brabantischen Sänger zum Fest bestellt, der uns unterhalten, der aber auch als Dolmetsch dienen sollte.«

Mit beiden Händen rieb ich mir die Oberschenkel. Mir trat dieser Abend plötzlich so deutlich vor Augen, dass ich glaubte, die Musiker im Haus der Overstolzen spielen zu hören.

Der Höhepunkt des Festes sollte der Auftritt dieses Sängers werden – und der versprach, ein Lied über die Schlacht von Worringen vorzutragen, das ein Landsmann, Jan van Heelu, eigens für den ruhmreichen Herzog Jan, den Sieger der Schlacht, geschrieben hatte, ein Lied von fast zehntausend Versen. Alle waren sehr gespannt, auch Johann; einer fragte ihn, ob er das Lied schon einmal gehört habe – nein, so antwortete er wohlgelaunt, und dabei versuchte er sogar, Deutsch zu sprechen. Nach dem Mahl sagte der Sänger, dass das Lied in der Sprache der niederen Lande gedichtet worden sei, die man am Rhein aber verstehen könne, er werde die wichtigsten Verse auch in deutscher Zunge singen. Sein Begleiter, ein Musikant, begann dann, seine Finger kunstvoll über die Saiten seiner Harfe gleiten zu lassen – »ihr goldener Klang ließ jedes Gespräch verstummen.«

Damals, so sagte Christian mit seltsam ruhiger Stimme, als sei er in sich selbst versunken, habe er zum ersten Mal erfahren, was in Worringen tatsächlich passiert ist. An einen der ersten Verse könne er sich noch erinnern, nur sinngemäß, an die einzelnen Verse natürlich nicht mehr.

»Gott lässt mich das Zeugnis der Dinge vollbringen«, so hatte van Heelu gedichtet, »ich will bei den Tatsachen bleiben und in aller Bescheidenheit die Taten, die zwischen Maas und Rhein vollbracht worden sind, beschreiben, was zwischen dem Herzog und den Herren vorfiel, die ihm sein Land nehmen wollten.«

Nach einer langen Einleitung, in der die Ruhmestaten des Hauses Brabant geschildert wurden, trug der Sänger in rhythmisch skandierten Reimen, in einem leiernden Singsang, halb singend, halb sprechend, vor, wie es zur Schlacht gekommen ist – »man hörte gleichsam das Schicksal einherschreiten.« Christian gab sich große Mühe, so als wolle er den Sänger nachahmen, so als wolle er in kurzen Versen wiedergeben, was er vom Lied behalten hatte. Nach dem ominösen Landfrieden seien die Verbündeten umgehend gegen Worringen vorgerückt, um die Burg zu belagern. Auch der Herr Siegfried sammelte seine Bundesgenossen. »Sie kamen alle, die er entbot, der Fürst von Köln, von überall her, denn sie hofften, ob Groß, ob Klein, Beute zu erhalten.« In seinem Kriegsaufruf habe der Erzbischof den Gegner verspottet – ein Walfisch sei an Land gekommen, man brauche nur noch ein Netz über ihn zu werfen. Heinrich von Luxemburg, dem man Limburg zugesprochen hatte, konnte daher den Waffengang kaum erwarten. »Der Herzog muss unbedingt sterben! Denn er wollte unser Geschlecht enterben. Und würde er ganz Brabant hingeben, er wird diesen Tag nicht überleben!«

Das reimte sich sogar.

Ich lauschte, den Kopf in Hände gestützt. Ich musste ihn schon an dieser Stelle unterbrechen.

»Herr Christian, wie reagierte Johann, als er diese Verse hörte?«

»Ich glaube, er verstand den Text, der in niederländischer Zunge gesungen wurde, sehr gut, und ich meine mich erinnern zu können, dass seine Wangen geradezu glühten, wenn der Sänger auf die Ruhmestaten seiner Großväter zu sprechen kam.«

Heinrich von Luxemburg hatte das Zentrum jenes Ritterheeres geführt, das sich am Morgen des fünften Tages des Monats Juni, auf den das Fest des heiligen Bonifatius fiel, in jenem Jahre

1288 nach der Geburt des Herrn, südlich von Worringen unter dem Banner des Kölner Erzbischofs versammelt und Stellung bezogen hatte. Auf der anderen Seiten der Front war Herzog Johann von Brabant auf sein gepanzertes Schlachtross gestiegen – die beiden Kontrahenten standen sich somit Auge in Auge gegenüber. Der linke Flügel der brabantischen Streitmacht, aufgestellt zwischen Rhein und Römerstraße, war hauptsächlich aus bergischen Bauern und einem kölnischen Aufgebot gebildet worden.

»Hinter dem Herzog, deutlich sichtbar, zogen dort über den Weg, zu Pferde und zu Fuß, am Rhein entlang mit kühner Gebärde, der Graf von Berg und die Seinen, nicht die ganze Stadt Köln, doch ein großer Teil der Kölner hielt sich dort unter ihrer Standarte formiert – sie zeigten tapferes Verhalten.«

Heelu, der Dichter des Liedes, hatte aber auf dem rechten Flügel gekämpft, sodass er, so ließ Christian geflissentlich einfließen, nicht so recht zu würdigen wusste, wie tapfer die Kölner wirklich gekämpft hätten.

»Wenn man diesem van Heelu trauen kann, dann ist die Schlacht ungefähr so verlaufen: Die Ritter des Erzbischofs hatten in einer ersten Attacke die kölnischen und bergischen Fußtruppen aus dem Felde geschlagen – die meistens von ihnen waren miserabel bewaffnet und hatten noch nie in einer Schlacht gekämpft, es waren zumeist Handwerker und Bauern, und so gaben sie tüchtig Fersengeld.«

Der Herr Siegfried und seine schon siegestrunkenen Gefolgsleute hätten dann aber einen großen Fehler gemacht, sie hätten die Römerstraße überquert und den Herzog von Brabant und seine Truppen im Zentrum angegriffen.

»Damit behinderten sie aber die Luxemburger, die bereits im Kampf mit den Brabantern standen.« Bis zum Mittag hatten sich, so erzählte er weiter, Kölner und Bergische wieder sammeln können. Und sie waren dann zu einem gewagten Manöver angetreten – sie versuchten, die feindlichen Linien zu umgehen. In dem Augenblick, als sie in den Rücken der erzbischöflichen Scharen gelangt seien, war allerdings Gerhard Overstolz, der Führer des städtischen Aufgebots, zu Tode gekommen – »das war der Großvater des jungen Herrn Werner, und den hast du ja kennen gelernt.«

Christian machte eine Pause.

Ich hatte daher Zeit, mich an den jungen Herrn Overstolz zu erinnern, der mich damals, in dieser Nacht, als Krämerjungen bezeichnet hatte. Werner, so fiel mir wieder ein, war ein absonderlicher, überheblicher Taugenichts gewesen, alle nannten ihn nur den »kleinen Hundsfott« – doch im Laufe meines Lebens hatte ich viele solcher Hundsfotte getroffen, junge Männer aus den besseren Kreisen, in der Regel widerliche Angeber, eitle Hohlköpfe, ungebildete Prahlhanse, grobe und laute Gesellen, die – unbelesen und ohne höfische Umgangsformen – nur auf Grund ihrer angeblich vornehmen Geburt und des ererbten Vermögens glaubten, weit über den einfachen Bürgern zu stehen. Statt voller Demut einen christlichen Lebenswandel zu führen, verschwendeten sie das Geld, das ihre Väter erworben hatten, entehrten sie Jungfrauen, die sich ihnen, verblendet oder in der Hoffnung auf Heirat, hingegeben hatten, verbrachten sie ihre Tage mit nichts anderem als Müßiggang, Jagd und Gelagen. Irgendwann standen sie an der Spitze ihres Geschlechtes – und dann, eines Tages, saßen sie, ohne jemals irgendetwas geleistet zu haben, im Rat der Stadt Köln.

»Und – wie ging es weiter?«, fragte ich schließlich, voller Ungeduld, weil ich endlich erfahren wollte, wie diese Geschichte ausgegangen war.

»Achte, Andreas, nun auf jedes Wort – Jan van Heelu hat über die Kölner und den letzten Kampf des alten Herrn Gerhard ungefähr Folgendes gereimt: Der Kampf war gut für sie verlaufen, denn nur *einen* verloren die von Köln, den man zu Recht beklagt – ohne Gefecht verloren sie Gerhard, des Mathias' Sohn, der von Herkunft der Stadt Köln sehr zugetan war. Er war aufrecht und mutig, er ließ sein Pferd stillstehen und wollte den Kölnern vorangehen und sie in den Kampf führen. Er konnte nicht zu Fuß kämpfen, so kam er um, *ohne Schlag und Stoß*, bevor er ins Gefecht kam, fürwahr. Die Stadt Köln mag wohl zu Recht um ihn trauern.«

»Wieso ist das so wichtig?«, fragte ich.

Christian blickte mich an, als forderte er mich auf nachzudenken.

»Weil Johann, als er diese Verse hörte, laut zu lachen begann.«

Christian schwieg und wartete darauf, ob ich etwas zu sagen hätte. Ich sagte aber nichts.

Er schlug sich auf die Brust.

»Es kam zur Tragödie – Johann lachte laut und lange, wie ein Besessener, wir alle waren erstaunt, ja sogar bestürzt, einer von uns fragte ihn, was er denn habe, ob er etwa unter Fieber leide oder unter Schüttelfrost. Schließlich beruhigte sich Johann.«

Johann habe dann in Deutsch, das mit niederländischen Worten durchsetzt war, gesagt: »Bei Gott, unserem gnädigen Herrn – was war Euer Anführer für ein tapferer Mann! Woran ist er denn gestorben – ohne Schlag und Stoß?«

Als alle schwiegen, hat er wieder angefangen zu lachen.

»Eine ganze Stadt hat einen Toten zu beklagen – und der stirbt noch vor der Schlacht! Alle Achtung! Und woran ist er gestorben? Weil er nicht zu Fuß kämpfen konnte? Dass ich nicht lache! Der hatte die Hose voll, dieser Anführer von Krämern und Handwerkern!«

Und, so sagte Christian, Johann habe immer weiter gelacht, wie ein Irrsinniger.

»Doch da stand Werner Overstolz, der Enkel des so niederträchtig verspotteten Herrn Gerhard, plötzlich vor dem Königssohn.«

Er lasse seinen Großvater nicht beleidigen, habe er ausgerufen – und dann sei es zum Handgemenge gekommen, zu einem erbitterten Kampf zwischen Johann und Werner.

»Wir alle, auch die Begleiter des Prinzen, haben uns natürlich bemüht, die beiden Streithähne zu trennen – doch als wir es fast geschafft hatten, stürzte Werner zu Boden, in seiner Brust steckte ein Messer, ein goldenes Messer.«

Das Komplott der Geschlechter

Ich war benommen, so benommen wie selten.

»Wollt Ihr damit sagen, dass Johann, der Sohn des deutschen Königs, an jenem Tag den Sohn eines Kölner Patriziers getötet habe?«, fragte ich, und mein Herz schlug nicht, es raste.

Ja, das sei allen Anwesenden auch klar gewesen. Zwei oder drei der königlichen Ritter hätten versucht, Johann in ihre Mitte zu nehmen, sie wurden aber abgedrängt.

Nach kurzer Zeit sei Konstantin Overstolz erschienen, Werners Vater – irgendjemand musste ihn wohl informiert haben.

»Wer hat das getan?«, habe er mehrmals leise gefragt, als er seinen Sohn am Boden liegen sah.

»Einige von uns«, sagte Christian, »hielten den Sohn des Königs fest – ich erinnere mich, dass manche auf Johann zeigten und riefen: Er war's! Er war's!«

Ich hatte den Eindruck, dass Christian nun gefasster war. Nach einer Weile fuhr er mit seiner Erzählung fort.

»Konstantin Overstolz ging auf Johann zu, und dann schlug er ihn mit seinem Handschuh ins Gesicht! Mit Hilfe einiger Gefährten gelang es mir, ihn daran zu hindern, den Sohn des Königs noch einmal zu schlagen. Es sei ein Unfall gewesen, versuchten wir zu beschwichtigen. Da kam er dann zur Besinnung: Hol deinen Vater! rief er mir zu. Und das rief er auch dem Nikolaus Jude zu und dem Engelbert Birkelin!«

Er habe dann dem Herrn Konstantin mitgeteilt, dass sein Vater gerade in Antwerpen weilte – »dann musst du eben für das Geschlecht der Kleingedanks entscheiden!« habe ihm der Herr Konstantin daraufhin barsch bedeutet.

»Ich weiß bis heute nicht, ob er um seinen Sohn wirklich trauerte – er machte schnell den Eindruck, als müsse er ein Geschäft in die Wege leiten, er befahl, den Königssohn ins Hinterhaus zu bringen, niemand dürfe das Haus verlassen, auch nicht die Ritter des Königs, dann ging er in sein Kontor im Erdgeschoss, ich folgte ihm. Bis zur Ankunft der Herren Jude und Birkelin waren wir allein, wir warteten.«

Schließlich habe er sich doch getraut, eine Frage zu stellen: »Herr Konstantin, was sollen wir jetzt tun?«

»Er sagte: Lass mich in Ruhe nachdenken, junger Kleingedank!«

Lange Zeit sei dann kein Wort zwischen ihnen gesprochen worden.

»Schließlich erschienen die Herren Daniel Jude und Hildeger Birkelin, sie waren die Oberhäupter ihrer Familien.«

Wortlos hätten sich die Herren begrüßt. Offensichtlich wussten Birkelin und Jude, was geschehen war.

Dann – Christians Stimme wurde leiser – hätte Konstantin Overstolz einen Plan entwickelt, »einen heimtückischen Plan, einen teuflischen Plan«, wie Christian betonte. Wenn es nach ihm ginge, so hätte Overstolz gesagt, müsse man den Mörder seines Sohnes – »ja, er sagte Mörder« – an den Galgen bringen. Doch es könne nicht im Sinne der besseren Bürger der Stadt sein, dass die Kölner den Sohn des römischen Königs eines Verbrechens anklagten, dass das Hohe Gericht ihn als Mörder verurteilte, diesen Taugenichts, den Sohn jenes Königs, der versprochen hatte, die Privilegien der Stadt mit Brief und Siegel zu erneuern.

»Ich will nicht, dass wir uns an diesem königlichen Knaben rächen«, habe er beteuert.

Es sei Daniel Jude gewesen, der als Erster etwas sagte.

»Warum hast du uns rufen lassen, wenn du diesen unseligen Vorfall – Gott sei der Seele deines Sohnes gnädig – auf sich beruhen lassen willst?«, habe er gefragt.

»Mein Sohn ist umgebracht worden – das wird sich in der Stadt schnell herumsprechen. Der Mord an einem Mitglied einer patrizischen Familie darf nicht ungesühnt bleiben, das sind wir der Gerechtigkeit und dem Wesen unserer Gemeinschaft der Richerzeche schuldig. Ein Mord ist geschehen, und das Recht dieser Stadt und die Gesetze des Römischen Reiches sehen vor, dass ein Mord eine Strafe für den Täter nach sich zieht. Es sind unsere Familien, die Geschlechter, die in dieser Stadt Recht und Gerechtigkeit verkörpern, wir sind sozusagen die Quelle des Rechts und damit die Herren seiner Auslegung, wir sind es, die zu Schöffen des Hohen Gerichts des Erzbischofs berufen werden, des weltlichen Gerichts, das einzig ein Todesurteil in dieser Stadt fällen darf. Meine Herren, es gibt nur eine Lösung: Wir müssen dem Volk einen Schuldigen präsentieren, einen Täter, einen, der es getan haben könnte!«

Jude und Birkelin hätten erstaunt aufgeblickt. Er, sagte Christian, habe überhaupt nicht verstanden, was Overstolz, gewohnt beherrscht und mit einer unglaublichen Kälte in der Stimme, von sich gegeben habe – was er damit meine, habe er den Herrn Konstantin dann gefragt, weil die beiden anderen Herren noch immer schwiegen.

»Wir brauchen einen, dem wir die Tat dieses königlichen Hitzkopfes unterschieben können!«, habe Overstolz kurz und bündig geantwortet.

Christian machte nun wieder eine Pause.

Erst jetzt wurde mir schlagartig klar, nein, mehr als das – nun hatte ich endlich die Gewissheit, dass mein Vater einer Intrige der Patrizier zum Opfer gefallen war, was ich immer schon vermutet hatte.

»Es war mein Vater, dem Ihr den Mord angehängt habt – oder irre ich mich, Herr Christian?«

Christian wippte mit den Beinen, ihm war unbehaglich, aus großen grauen Augen starrte er mich an.

»Erlass mir die Antwort, Andreas, ich bitte dich, erlass sie mir – ich habe genug gelitten.«

So sehr ich auch bemüht war, beherrscht zu bleiben – ich musste an Sarah denken, und ich verlor jegliche Kontrolle über mich. Ich sprang auf, brüllte wie von Sinnen, zog mit einer jähen Bewegung das Messer aus dem Gürtel, mit der linken Hand riss ich Christian zu Boden, sein Kopf schlug gegen die Wand, und während ich auf seinem Leib kniete, setzte ich ihm das Messer an die Kehle.

Ich war wie von Sinnen. Mit der Linken riss ich ihm die Kapuze vom Kopf.

»Rede, Kleingedank! Du sollst reden!«, hörte ich mich immer wieder rufen.

Er wehrte sich nicht, und er schrie nicht um Hilfe.

»Töte mich, ja, töte mich doch, ich habe den Tod verdient, aber ich habe keine Angst, ihn zu erleiden«, sagte er mit brüchiger, trauriger Stimme, als ich seinen Kopf gegen die Wand drückte.

Ja, ich sollte ihn töten, ging es mir durch den Kopf – warum sollte ich nicht kurzen Prozess mit diesem verdammten Mönch machen? Es ist sehr einfach, einem Menschen die Kehle durchzuschneiden.

Ich ließ das Messer fallen. Ich stand auf und forderte ihn auf, sich wieder zu setzen.

Er stöhnte, als er sich erhob. Ich entschuldigte mich bei ihm – »bei Gott und allen Heiligen, ich weiß nicht, was in mich gefahren ist, verzeiht mir, edler Herr, ich …«

Es war mehr ein Keuchen, als dass ich gesprochen hätte. Er klopfte sich den Staub von der Kutte.

»Und vergib mir meine Schuld«, murmelte er, während er sich hinsetzte.

Von draußen hörten wir plötzlich Stimmengewirr, die Tür wurde geöffnet, mehrere Mönche traten über die Schwelle und fragten, ob alles in Ordnung sei.

Christian beruhigte sie und bat sie, uns wieder allein zu lassen.

Wir schwiegen. Irgendwo läutete eine Glocke. Wieder stöhnte Christian auf.

»Gelobt sei der gekreuzigte Christus, unser Herr, und seine liebreichste Mutter, die Jungfrau Maria – Andreas, hör zu, du hast ein Recht darauf zu erfahren, warum dein Vater sein Leben lassen musste.«

Er bekreuzigte sich.

»Herr Christian, Euch ist bewusst, dass Ihr mir soeben offenbart habt, dass einige Kölner Patrizier meinen Vater einzig und allein darum töten ließen, um es sich nicht mit dem deutschen König zu verderben?«

Christian nickte. Und dann begann er zu erzählen. Je länger er redete, umso mehr fühlte ich mich in die Vergangenheit versetzt, als ob ich dabei gewesen wäre, an jenem Januartag Anno Domini 1309 im Haus der Overstolzen.

Der Schattenkönig

An diesem Abend hatte Christian nicht gewagt, dem Ansinnen des Herrn Konstantin zu widerstehen, auch die Herren Birkelin und Jude hatten dem Komplott zugestimmt – »es ging schließlich darum, den König, der den Kölner Bürgern sehr zugetan war, nicht mit dem Ungemach seines Sohnes zu belästigen. Es ging uns allein darum, den Wohlstand dieser Stadt, unseren Wohlstand, nicht zu gefährden. Zwanzig Jahre nach der Schlacht von Worringen war die rechtliche Stellung der Stadt alles andere als gesichert, wir wurden unablässig vom Erzbischof bedrängt, der sich weiterhin als Herr der Stadt Köln betrachtete – wir brauchten die Privilegien, die König Heinrich den Bürgern erteilen wollte, er hatte versprochen, die althergebrachten Gewohnheiten und Freiheiten der Bürger in aller Form zu bestätigen.«

Hildeger Birkelin hatte dann gefragt, wie und wann der Herr

Konstantin es bewerkstelligen wolle, einen Mann zu finden, dem man den Mord an seinem Sohn in die Schuhe schieben könne.

»Overstolz antwortete, alle Anwesenden, auch der Sohn des Königs, müssten zunächst bei der Muttergottes und den Heiligen Drei Königen schwören, über die Geschehnisse des Abends kein Wort zu verlieren, niemandem etwas zu erzählen, kein Sterblicher, auch kein Beichtvater, dürfe erfahren, was wirklich im Haus in der Rheingasse geschehen sei. Und noch in der Nacht müsse derjenige, dem man die Tat des königlichen Knaben in die Schuhe schieben könnte, in eine Falle gelockt werden. Und er könne uns auch jemanden nennen, der sich wie kein Zweiter dazu eigne, den Sündenbock zu spielen.«

Christian seufzte kurz auf.

»Und dann nannte er den Namen deines Vaters – Matthias Hemmersbach.«

Ich vermochte nicht mehr zu sitzen, ich stand auf und ging langsam auf und ab. Mir wurde warm, und obwohl ich den ganzen Nachmittag noch nichts getrunken hatte, begann ich zu schwitzen, viele Gedanken schwirrten mir gleichzeitig durch den Kopf – Christian Kleingedank, der Mönch Servatius, hatte soeben einen Schwur gebrochen, indem er mir geschildert hatte, was damals geschehen war, er war mitschuldig am Tod meines Vaters, er hatte seine Zustimmung gegeben zu allem, was Konstantin Overstolz in seiner herrischen, verschlagenen, unchristlichen Verblendung ausgeheckt hatte, doch immerhin: Christian hatte es mir erzählt. Aber warum hatten sie meinen Vater ausgewählt, warum musste mein Vater sterben?

»Warum mein Vater?«

Das war die Frage, die er wohl erwartet hatte. Christian stand ebenfalls auf.

»Was weißt du über deinen Vater?«

Ich war überrascht von dieser Gegenfrage. Warum wollte er das wissen?

Mir sei bekannt, so sagte ich ihm, dass mein Vater nicht sehr beliebt gewesen war bei den Geschlechtern, weil er, aus kleinen Verhältnissen stammend, ein erfolgreicher Kaufmann geworden sei, der immer wieder das Regiment der Patrizier als eine ungerechte, korrupte Gewaltherrschaft angeklagt und gefordert habe,

Kaufleute, Händler und Handwerker sollten in allen städtischen Angelegenheiten mitreden. Gestern erst hätte ich erfahren, dass mein Vater auch Geschäfte mit den Juden gemacht habe, dass er womöglich wohlhabender war, als er uns, seine Familie, und seine Freunde wissen ließ.

Christian schüttelte verwundert den Kopf, er wirkte nun so, als habe er seinen Gleichmut wieder gefunden.

»Dein Vater hatte keine Freunde – aber er hatte mehr Reichtümer angehäuft als viele der Patrizier, so wird noch heute gemunkelt«, sagte er kalt.

Ich blickte ihn an, und ich sah in seinen Augen, dass er die Wahrheit sagte – er hatte nur ausgesprochen, was Sarah angedeutet hatte.

»Edler Herr Christian«, so antwortete ich unsicher, »ich weiß nichts von diesen Reichtümern – wir führten ein einfaches Leben in einem bescheidenen Haus, meine Mutter und wir Kinder lebten in christlicher Demut nach den Gesetzen unsrer heiligen Kirche. Und so darf ich Euch fragen: Wo sind all diese Reichtümer meines Vaters?«

»Ich kann es dir nicht sagen, Andreas, damals, nach dieser unglückseligen Nacht, hat man in eurem Haus nach Schätzen gesucht, aber nichts gefunden, später hieß es, dein Vater habe Unmengen an Gold und Geld an einen sicheren Ort gebracht – doch wo sich dieser Ort befindet, wird wohl, wenn du keine Kenntnis darüber hast, ein Geheimnis bleiben.«

Ich musste an den alten Ugolini in Lucca denken. Und ich tastete unwillkürlich an meinen Geldbeutel – um mich zu vergewissern, dass die Kupfermünze aus Lucca noch da war. Sollte im Haus der Ugolini das Geld meines Vaters verwahrt werden?

»Weißt du nicht«, so hörte ich Christian von fern fragen, »wie er in gewissen Kreisen genannt wurde? In jenen Vierteln dieser Stadt, wo sich lichtscheues Gesindel herumzutreiben pflegt, in den übelsten Kaschemmen, wo Müßiggänger, Bettler, Huren, Diebe und Mörder ein- und ausgehen, nannte man ihn den ›Schattenkönig‹ – weißt du, wie das auf Lateinisch heißt? *Rex umbrae*, das kann man auch mit ›König der Finsternis‹ übersetzen. Er machte mit allen Geschäfte, er kaufte Diebesgut auf und verkaufte es weiter, er verkehrte mit Raubrittern, er war ein geschickter Spieler am Brett, der nie ein Spiel um Geldes wegen verlor, er hatte mit den Juden Umgang und deckte ihre dunklen Machenschaften. Es ging das Gerücht um, dass er vor seinem Tod viele schändliche Geschäfte gemacht hat.«

Nur nebenbei nahm ich wahr, dass er von schändlichen Geschäften sprach. Sollte ich von Lucca erzählen?

Doch was hatte Christian da über meinen Vater gesagt? Er sei *Schattenkönig* genannt worden – mein Vater? Er stand plötzlich vor meinen Augen – ich musste daran denken, dass wir ihn oft über eine längere Zeit hin nicht gesehen hatten, dass er viele Wochen im Jahr auf Reisen gewesen war, dass er aber auch so manche Nacht nicht nach Hause gekommen war, wenn er vorgegeben hatte, in der Stadt unterwegs zu sein. Die Mutter war dann immer sehr betrübt gewesen – »schlaft nur, Kinder, euer Vater wird schon kommen!«, hatte sie dann in unsere Kammer gerufen. Wenn er dann irgendwann wieder aufgetaucht war, hatte er uns erzählt, seine Geschäfte hätten ihn fern gehalten, er habe bis tief in die Nacht gearbeitet, und dann habe er im Kontor geschlafen. Ich erinnerte mich, wie er mich – als ich als Lehrjunge bei ihm arbeitete – weggeschickt hatte, wenn er Kaufleute erwartete. Und oft hatte ich unsere Mutter stille Tränen vergießen sehen, wenn er uns Kinder mit Schlägen, Ohrfeigen und seinen nicht seltenen Wutausbrüchen eingeschüchtert hatte. Dennoch hatte ich ihn geliebt – und so kamen mir Zweifel: Dieser Mann soll der *König der Finsternis* gewesen sein?

»Selbst wenn das alles stimmt, was Ihr da sagt, edler Christian – war das Grund genug, diesen Menschen heimtückisch zu Tode zu bringen?«

Christian setzte sich wieder hin.

»Nein, bei Gott dem Allmächtigen, das kann kein Grund sein, einen Christenmenschen töten zu lassen, ohne den Spruch des Gerichts«, sagte er leise.

Alles, was er über den *Schattenkönig* wisse, sei erst nach den Morden allmählich bekannt geworden, nachdem der Rat eine Untersuchung angeordnet hatte – »niemand wusste etwas vom Doppelleben deines Vaters, des Matthias Hemmersbach, der der *Schattenkönig* gewesen war, auch mein Herr Vater nicht, der deinen Vater außerordentlich schätzte, wie du dich vielleicht erinnern kannst.«

Er hielt inne, dann schlug er plötzlich mit der Faust auf den Tisch.

»Das, was Overstolz damals vorgeschlagen hat und was wir anderen nicht verhindert haben, war ungesetzlich, ja, mehr noch, es war ein ruchloses Verbrechen – und es war eine sündhafte Anmaßung, denn wir haben uns damals, den Argumenten des Herrn Konstantin folgend, über die Gesetze unserer heiligen römischen Kirche und gegen das Gebot der christlichen Nächstenliebe gestellt, wir haben gehandelt, wie sonst nur Tyrannen zu handeln pflegen. Und was mich betrifft: Ich habe mir zudem vorzuwerfen, dass ich unseren Boten, den Stadtboten der Kleingedanks, ins Haus deines Vater geschickt habe – ich war es, der ihn letztlich in die Falle tappen ließ.«

Er hustete.

»Jede Schuld wird im Leben gesühnt«, sagte er dann und strich sich mit der Rechten übers Haar.

»Weil Ihr von *den* Morden redet, Herr Christian – wann habt Ihr in eurer sündhaften Anmaßung beschlossen, auch noch die Frau und die Kinder des Matthias Hemmersbach umbringen zu lassen?«

Ich wunderte mich, dass ich diese Frage nicht schon eher gestellt hatte. Gestern war schon wieder der Versuch unternommen worden, einen Menschen zu töten – und ich machte mir Vorwürfe, dass ich die Verletzung Sarahs nicht längst zur Sprache gebracht hatte.

Christian blickte mich verständnislos an.

»Andreas, ich bitte dich um der Liebe zum Gekreuzigten, um der unaussprechlichen Liebe willen, mit der Gott uns geschaffen und losgekauft hat – du musst mir glauben, an jenem Abend ist mit keinem Wort über deine Familie geredet worden. Es ging nur um deinen Vater, den schlimmsten Feind der Geschlechter, wie Overstolz ihn nannte, den Aufrührer, der die geheiligte Ordnung der Stadt Köln ins Wanken bringe, nur dein Vater sollte beseitigt werden. Nachdem am Tag darauf bekannt geworden war, dass deine Mutter und deine Geschwister einem furchtbaren Verbrechen zum Opfer gefallen sind, habe ich Overstolz aufgesucht, mein Vater war noch immer nicht zurückgekehrt. Glaube mir, ich habe ihn zur Rede gestellt, voller Wut und Verachtung, weil er sich nicht an unsere Verabredung gehalten hatte, wie ich annahm – doch er schwor mir beim heiligen Apostelkönig Petrus und beim Blut seiner Mutter, dass er nichts damit zu tun habe, dass er nicht die geringste Ahnung habe, wie es zu diesem Gemetzel gekommen sei, auch ihm sei es ein Rätsel, wie jemand es fertig bringen könne, eine Mutter von sechs Kindern zu erwürgen und fünf kleine Kinder abzuschlachten. Wie konnte Gott das nur zulassen?, rief er aus, in meiner Gegenwart. Und dann sagte er, dass er sich, trotz aller Trauer um seinen Sohn, mitschuldig fühle an diesem blutigen Geschehen.«

»Und das habt Ihr ihm geglaubt?«

Er zuckte mit den Schultern.

»Was blieb mir anderes übrig, als ihm zu glauben? Er hat dann dem Pfarrer von St. Jakob das Geld erstattet, das die Gemeinde für die Beerdigung deiner Mutter und deiner Geschwister ausgegeben hatte. Andreas, nie zuvor hat ein Mord so viele Fragen aufgeworfen wie der an deiner Familie. Niemand konnte sich ausmalen, was da geschehen war, und niemand fand eine Erklärung – und du warst wie vom Erdboden verschwunden. Der Rat ordnete an, die Sache so geräuschlos wie möglich zu untersuchen – es waren ja die Tage, als König Heinrich in Köln weilte, keiner in der Stadt wollte, dass dieses Verbrechen an die große Glocke gehängt würde.«

Die Herren der Richerzeche hätten dann beschlossen, allen Spekulationen und üblen Gerüchten ein Ende zu bereiten.

»Nachdem der königliche Tross die Stadt verlassen hatte, wurde öffentlich bekannt gemacht, dass – wie viele edle Herren bezeugen könnten – der Händler Matthias Hemmersbach, dein Vater, den edlen Herrn Werner aus blindem Hass auf die Familie Overstolz ermordet habe, er habe sich dafür rächen wollen, dass seinem ältesten Sohn, wie viele Bürger gesehen hätten, der Zugang zu einem Gastmahl zu Ehren des Sohnes des römischen Königs verwehrt worden sei, und dieser Sohn – du, Andreas – habe dann, vielleicht aus einer geistigen Verwirrung, vielleicht aber aus Habgier, was wahrscheinlicher sei, seine eigene Familie umgebracht und sei deswegen aus Köln geflohen. Folgerichtig erklärte man dich für vogelfrei. Damit war die Sache erledigt – es gab aber viele gute Bürger in der Stadt, die diese Version anzweifelten. Einer davon war mein Herr Vater.«

Nach seiner Rückkehr aus Flandern sei sein Vater von Konstantin Overstolz persönlich in das Komplott eingeweiht worden – »mein Herr Vater war außer sich, er tobte, Bedienstete sollen ihn davon zurückgehalten haben, auf Overstolz loszugehen. Ihr Elenden, hat er ausgerufen, ihr habt euch zu Herren über Tod und Leben gemacht, ihr glaubt, über dem Gesetz zu stehen, ihr glaubt, ihr könntet über diese Stadt herrschen, wie es Fürsten tun, Fürsten, die sich in unglaublicher Überheblichkeit ›von Gottes Gnaden‹ nennen! Das kann aber nicht die gottgewollte Ordnung der heiligen Stadt Köln sein! Er soll dem alten Overstolz vor die Füße gespuckt haben – und bis zu seinem Tod hat er kein Wort mehr mit ihm gesprochen!«

»Und Euch hat er ins Kloster geschickt?«

Christian sah mich mit einem gequälten Lächeln an, als sei er erleichtert, dass unser Gespräch allmählich seinem Ende entgegenging.

»Das ist richtig, Andreas«, antwortete er, »Vater sagte bei jeder Gelegenheit: Es ist mein Sohn, der mich zugrunde richtet und sich selbst zugrunde gerichtet hat.«

Und eines Abends habe der Vater ihn zu sich gerufen und genau drei Sätze gesprochen, die er bis ans Ende seiner Tage nicht vergessen werde: »Er sagte: Ich verbiete dir, mir je wieder vor die Augen zu kommen. Du hast eine Tat begangen, die deiner Ehre und die deines Geschlechtes unwürdig ist. Zur Sühne wirst du in den Orden der minderen Brüder eintreten.«

So sei es dann gekommen – »er enterbte mich und bestimmte meinen Bruder Hilger, der vor einigen Jahren starb, zu seinem Nachfolger in der Leitung unserer Geschäfte. Und ich, der älteste Sohn des mächtigen Tilman Kleingedank, wurde ein Minorit, wurde mit meiner Profess zu jenem Bruder Servatius, mit dem du heute gesprochen hast.«

Christian stand auf und wollte sich verabschieden: »So, Andreas, ich habe dir alles, was am Abend des neunten Tages des ersten Monats im Jahre 1309 nach der Fleischwerdung des Herrn passiert ist, zur Kenntnis gebracht. Ich habe dir den Hergang genau erzählt und habe dir darüber hinaus alles berichtet, was auch später an meine Ohren gedrungen ist – wie es die Herren des Rates …«

Ich unterbrach ihn.

»Herr Christian, erlaubt, dass ich Euch noch eine Frage stelle: Wart Ihr dabei, als die jungen Herren den Schwur ablegten, der sie zum Schweigen verpflichtete?«

Er nickte.

»Warum ist dir das so wichtig?«, entgegnete er.

»Könnt Ihr Euch erinnern, wie Johann, der Sohn des Königs, der spätere König von Böhmen, sich dabei verhalten hat?«

Christian überlegte kurz.

»Ich glaube, er und die königlichen Ritter haben diesen Schwur leichten Herzens geleistet – glimpflicher, als dem Königssohn widerfahren ist, kann man einen solchen Vorfall nicht überstehen, und die Ritter, die Johann beschützen sollten und so kläglich versagt hatten, als sie ihn vor sich selbst hätten schützen sollen, mussten nicht befürchten, bestraft zu werden.«

Der Sohn des Königs, mein Herr, der böhmische König, hatte leichten Herzens diesen Schwur geschworen – hätte ich etwas anderes erwarten können?

»Herr Christian, ich danke Euch!«

Ich verbeugte mich und ging. Er sagte kein weiteres Wort.

Es wehte ein angenehmer Wind, als ich den Platz vor dem Kloster betrat.

Und ich dachte, dass es vielleicht ein Fehler gewesen war, Christian Kleingedank nicht getötet zu haben.

Die schwere Last der Wahrheit

Ich hätte ihn umgelegt.«

Pavel saß im Weißen Löwen und trank Bier. Henri, der unter dem Tisch lag, bemerkte mich nicht, er hatte sich auf die Seite gelegt und schlief, doch er bewegte seine Vorderpfoten, er war auf der Jagd nach dem König der Löwen, wie immer, wenn er träumte.

»Es gibt Sauerkrautsuppe«, hatte mir Arnold zugerufen, als ich das Wirtshaus betrat – »so eine gute Suppe kriegst du nirgendwo anders.«

Das Gasthaus füllte sich langsam. Schweigend nahm ich den Holzlöffel und begann in meiner Schüssel zu rühren.

»Er gehörte zu denen, die den Tod deines Vaters verabredet haben.«

Pavel blickte mich voller Missbilligung an.

Ich legte ein Stück Brot aus der Hand.

»Das stimmt, lieber Freund, aber hat er nicht gebüßt für die Schuld, die er auf sich geladen hat? Er war damals ein junger Mann – wusste er wirklich, was er tat, als er sich mit dem alten Overstolz einließ? Und hat er nicht mehr als fünfunddreißig Jahre seines Lebens in einer kargen Zelle verbracht? Er, ein Patrizier, der sonst eine Klosterkirche der Bettelmönche nur betreten hätte, um sich eine Messe lesen zu lassen?«

»Ich hätte ihn umgelegt.«

Pavel ließ sich noch ein Bier bringen.

Mir schmeckte weder die Suppe noch das Bier.

»Hat Abraham Halevi etwas vermelden lassen?«

Pavel schüttelte den Kopf. »Nicht, dass ich wüsste.«

Ich hatte Pavel erzählt, was ich im Minoritenkloster erfahren hatte, und dann hinzugefügt, dass dieser Kleingedank schwer zu durchschauen sei. »Ich weiß nicht, ob dieser Mönch wirklich die ganze Wahrheit gesagt hat.«

»Was wollt Ihr mehr, Herr Andreas? Er hat zugegeben, am Mordkomplott gegen Euren Vater beteiligt gewesen zu sein.«

Da hatte Pavel Recht. Ich aber hatte meine Zweifel, ob Kleingedank diese Aussage vor den Gewaltrichtern wiederholen würde. Hatte ich ihn überhaupt gefragt, ob er dazu bereit wäre? Nein, so fiel mir nun ein. Noch wichtiger war, dass er jede Beteiligung der Geschlechter am Mord an meiner Mutter und meinen Geschwistern abgestritten hatte.

»Warum sollte er Euch belogen haben, Herr?«

Ja – warum sollte er mich belogen haben? Das fragte ich mich auch.

Später setzten sich Katharina und Arnold an unseren Tisch.

»Wenn eure liebreizende Tochter noch kommt, ist der weise Rat vollzählig«, sagte Pavel und lachte dabei. Es war das erste Mal, dass er vom »weisen Rat« sprach – mir gefiel das Wort.

Ich musste noch einmal erzählen, was ich von Christian Kleingedank erfahren hatte.

Katharina schlug sich mehrfach die Hände vors Gesicht und atmete tief durch. Einmal nickte sie. »Ja, daran kann ich mich erinnern«, warf sie ein, »der Herr Konstantin soll das Begräbnis deiner Familie bezahlt haben, so wurde in der Pfarre erzählt, alle sagten damals, das sei eine hochedle Geste der Overstolzen, die doch selbst einen der Ihren hatten begraben müssen.«

Als ich endete, blickte mich Arnold lange an.

»Was wirst du nun machen, Andreas? Willst du, dass der Mönch Kleingedank vor Gericht gestellt wird? Und was soll mit denen geschehen, die den Schwur geleistet und von diesem schändlichen Komplott gewusst haben?«

Darüber hatte ich natürlich noch nicht nachgedacht. Und so sagte ich lange Zeit nichts.

Auch die anderen schwiegen. Nach einer Weile fühlte ich mich verpflichtet, wieder das Wort zu ergreifen – die Stille am Tisch war kaum zu ertragen, vor allem, weil es um uns herum immer lauter wurde.

»Natürlich hätten sie alle ihre Strafe verdient, diese edlen Herren – glaubt ihr, das Hohe Gericht wird sich dieses Falles annehmen, nach so vielen Jahren?«

Arnold schüttelte den Kopf. Doch auch er sagte nichts.

Und so musste ich eine Frage selbst beantworten: Wollte ich Rache?

»Ich weiß nun, warum der König von Böhmen dich nicht mit dem Tod bestraft hat, als er dich mit seiner Gemahlin ertappte«, meldete sich da unversehens Katharina zu Wort, »er hat wohl nie vergessen, welche Schuld er auf sich geladen hatte, dir gegenüber.«

Ich lachte laut auf, während Pavel überrascht aufblickte. Sie hatte ja Recht, schoss es mir durch den Kopf.

»Herr Andreas, was war da mit unsrer Königin? Habt Ihr mir irgendetwas verschwiegen?«

»Später, Pavel, später – ich werde es dir erzählen, das verspreche ich.«

Dann rief ich die Magd und bat darum, uns noch drei Krüge Bier zu bringen.

»Ich habe nicht mehr viel Zeit, liebe Freunde, um die ganze Wahrheit über die Dinge, die damals geschehen sind, zu erfahren – der Herr Kleingedank, der zum Mönch Servatius wurde, der der einzigen, der göttlichen Wahrheit verpflichtet ist, hat unseren allmächtigen und barmherzigen Schöpfer als Zeuge angerufen und mir versichert, dass die Geschlechter keinerlei Anteil am Tod meiner Mutter und meiner Geschwister hätten« – ich räusperte mich – »und, beim Blut Christi, ich neige nun fast dazu, ihm zu glauben.«

Als alle weiterhin schwiegen, legte ich, ohne mir etwas dabei zu denken, die Münze aus Lucca auf den Tisch.

Ich hatte sie im Laufe unseres Gesprächs aus dem Beutel geholt und wie eine Rosenkranzperle durch die Finger gleiten lassen.

Arnold nahm sie nach einiger Zeit in die Hand, betrachtete sie lange und drehte sie mehrfach um.

»Was ist mit dieser Münze?«, fragte er.

Ich antwortete kurz, sie sei ein Andenken an meinen Vater – doch dann raffte ich mich auf und berichtete, was mir vor mehr als fünfzehn Jahren in Lucca widerfahren war, als ich dem alten Riccardo Ugolini die Münze gezeigt hatte.

Arnold sprang auf, sein Schemel fiel um.

»Andreas, wie hießen diese Lombarden? Ugolini? Warum hast du uns nicht eher davon erzählt?«

Er war ganz aufgeregt.

»Mein Vater hatte eine kleine Summe Geldes bei diesen Geldwechslern hinterlegt, die Welschen galten in Köln als verlässlich, verlässlicher als die Juden, wie man meinte. Die Ugolini waren irgendwann aufgetaucht und boten plötzlich großzügige Kredite an, doch eines Tages, nach nur zwei oder drei Jahren, war das Bankhaus – es befand sich, so glaube ich, in der Gasse vor St. Andreas – geschlossen. Und mein Vater sah sein Geld nie wieder. Den Geschlechtern hatten Ugolinis Leute, schmierige Levantiner, welsche Tückebolde, die immer freundlich lächelten, weil sie sich so schlecht in deutscher Zunge ausdrücken konnten, das waren doch Betrüger« – Arnold wurde immer wütender, seine Stimme immer schriller, ehe er sich etwas beruhigte – »also, den Geschlechtern, so hieß es, hätten sie alle Guthaben ausgezahlt, die kleinen Leute aber waren mal wieder die Dummen, sie sind leer ausgegangen. Und dann kam sogar das Gerücht auf, die Ugolinis steckten mit den Templern unter einer Decke.«

Ich stutzte.

Das von Säulen getragene Haus auf der Rückseite der Münze zeigte das Wappen der Ugolini, wie ich wusste – war aber die Umschrift *tepl Hierosal* vielleicht auch ein Hinweis auf die Templer?

»Wann war das?«, fragte ich und sog Luft durch die Nase.

Arnold überlegte kurz.

»Warte – ich meine, es geschah in dem Jahr, in dem unser heutiger Kaiser – bitte verzeih, Andreas, wenn ich ihn so nenne – der Herr Ludwig von den Kurfürsten des Reiches …«

»Du meinst das Jahr 1314 nach der Geburt Christi?«

Arnold zögerte, doch schließlich nickte er heftig mit dem Kopf.

»Ja, das war ja auch das Jahr, als der letzte Großmeister der Templer verbrannt worden ist, in Paris.«

Die Templer – gleich zweimal war der Name des Ritterordens, den der Herr Papst vor langer Zeit verboten hatte, nun gefallen.

Allmählich erfasste mich eine sonderbare Unruhe.

Ich musste an einen Kreuzritter denken, der vor einigen Jahren, als ich mit König Johann im Pruzzenland weilte, versucht hatte, mich zu töten, völlig grundlos, wie ich damals dachte.

»Arnold, Katharina – wisst ihr irgendetwas über die Tempelritter? Hatten sie Besitz in Köln?«

Mehr als diese Frage zu stellen, fiel mir nicht ein.

Sie schauten erst einander an, dann mich. Sie blickten sich um. Ihre Schänke war mittlerweile so gut gefüllt wie immer, worauf sie ja stolz waren. Eine Magd kam an unseren Tisch und stellte drei Kerzen darauf ab, die ein Schankbursche sodann mit einem Scheit anzündete. Weil einige Fenster noch geöffnet waren, gelangte glücklicherweise etwas Kühle herein, und dann begann es zu regnen, die Tropfen prasselten aufs Dach.

Nein, so riss mich Arnold aus meinen Gedanken, er könne sich nicht daran erinnern, dass es Templer in Köln gegeben habe – »Johanniter und Deutschherren ja, aber die haben ja auch noch heute ihre Häuser in der Stadt.«

Im Treppenhaus wurde es unversehens laut.

»Lasst uns durch!«, brüllte ein Mann, wir hörten ein Gepolter, als ob jemand die Treppe heruntergefallen wäre. Dann betraten zwei Männer eilig den Raum, einer von ihnen war Peter van Polhem. Henri war wach geworden und begann sofort zu bellen.

»Ist Andreas Hemmersbach hier?«, rief der Turmmeister so laut, dass er den Lärm, der den Schankraum erfüllte, übertönte. Ganz schnell machte sich Stille breit.

»Ruhig!«, zischte ich dem Hund zu. »Du bleibst, wo du bist!«

Dann stand ich auf. Der Turmmeister sah mich, bahnte sich einen Weg durchs Gewühl der Gästeschar und stellte sich breitbeinig vor unserem Tisch hin.

»Andreas, du bringst nur Unglück in diese Stadt«, sagte er, sich mühsam beherrschend. Er keuchte noch ein wenig.

Arnold war ebenfalls aufgestanden.

»Was ist passiert, Peter? Was führt dich hierher?«

»Soeben«, antwortete der Turmmeister, nun mit gedämpfter Stimme, »hat der Lesemeister der Minoriten dem Rat mitgeteilt, dass einer der Brüder seines Konvents tot in seiner Zelle aufgefunden wurde.«

Ich war wie vom Schlag gerührt. Und natürlich ahnte ich sofort, wer der Tote in der Zelle war – es konnte nur Christian Kleingedank sein. Der einzige Mensch, der das Komplott gegen meinen Vater bezeugen konnte, war dahingegangen.

»Du, Andreas, hast heute Nachmittag noch mit diesem Mönch gesprochen – Servatius ist sein Name.«

Ich beruhigte zunächst Henri, der den Turmmeister am liebsten angefallen hätte. Dann wurde auch ich gefasster.

»Gewiss«, sagte ich mit ruhiger Stimme, »ich hatte heute eine längere Unterredung mit Bruder Servatius, das will und kann ich nicht leugnen. Aber, Meister Peter – willst du etwa behaupten, ich hätte ihn umgebracht? Als ich das Kloster verließ, erfreute sich Servatius noch bester Gesundheit, das werden dir seine Mitbrüder bestätigen.«

»Das weiß ich«, entgegnete er.

»Nun denn – was willst du also von mir?«, fragte ich, und es war ein sehr unfreundlicher Ton, den ich anschlug. »Wer hat den Mönch getötet? Weißt du das auch?«

»Deswegen bin ich hier – er wurde nicht getötet, so sagte uns der Lesemeister, Servatius hat Hand an sich gelegt, was seine Mitbrüder über alle Maßen erschüttert. Servatius hat sich erhängt.«

Entsetzen, Erstaunen und Betroffenheit wechselten sich jäh ab in den Gesichtern der Leute, die um uns herum saßen, es wurde getuschelt, einige Gäste steckten die Köpfe zusammen, andere zeigten auf mich.

»Meister Peter«, sagte ich, während ich Katharina eine Hand auf die Schulter legte, »ich kann dir alles erklären. Willst du wissen, was ich heute im Kloster erfahren habe?«

Er nickte. Und er sagte noch einmal: »Deswegen bin ich hier.«

Wir sollten in sein Kontor gehen, schlug Arnold vor. »Das, was unser Freund Andreas zu sagen hat«, murmelte er, »ist gewiss nicht für jedermanns Ohren bestimmt.«

»Gut«, sagte Peter van Polhem, »lasst uns gehen.«

Wir waren zu viert, der Turmmeister, der seinen Begleiter gebeten hatte, im Weißen Löwen auf ihn zu warten, Pavel, Arnold und ich. Peter van Polhem ergriff erst das Wort, nachdem Arnold einige Kerzen entzündet hatte.

»Gestern wurde beinahe eine Jüdin zu Tode gebracht, mit der du Umgang hast« – wie meinte er das? – »heute erhängt sich ein Mönch. Seitdem du nach Köln zurückgekehrt bist, häufen sich Mord und Totschlag – was sagst du dazu, Andreas Hemmersbach?«

Ich biss mir auf die Lippen.

»Meister Peter, du vergisst, dass man mich umbringen wollte, zweimal schon, denn auch der Pfeil, der die Jüdin Sarah traf, galt ohne jeden Zweifel mir, das habe ich dich bereits wissen lassen. Willst du nicht sehen, dass es Leute in Köln gibt, die genau das verhindern wollen, was das Gewaltgericht mir zugestanden hat – nämlich herauszufinden, was damals wirklich geschehen ist? Willst du das nicht endlich einsehen?«

Katharina brachte einen Krug Wein, stellte vier Trinkgefäße auf den Tisch und verschwand dann schnell und wortlos.

»Das vermutest du«, herrschte der Turmmeister mich an, »doch ich weiß immer noch nicht, was heute Nachmittag zwischen dem Mönch Servatius und dir vorgefallen ist! Was hast du in Erfahrung bringen können? Rede, Andreas Hemmersbach!«

Es kostete mich einige Überwindung, nicht in eben solche Erregung zu verfallen.

Doch dann hob Arnold beschwichtigend die Hände, und so begann ich zu erzählen. Ich gab mir Mühe, Christians Aussagen so treffend wie möglich zusammenzufassen. Als ich geendet hatte, starrte Peter van Polhem mich prüfend an.

»Wenn das stimmt, was du da berichtet hast, Andreas«, sagte er schließlich, mehr zu sich selbst, »dann haben sich einige Mitglieder des engen Rates der heiligen Stadt Köln zu Mitwissern eines ruchlosen Verbrechens gemacht.«

»Christian Kleingedank«, erwiderte ich, ohne auf seine Bemerkung einzugehen, »war der Letzte derer, die für den Tod meines Vaters verantwortlich waren, alle anderen sind schon lange tot. Christian hat gebüßt für das, was er getan hat, er zeigte Reue, er fühlte sich schuldig, er hat um der Wahrheit willen einen Eid gebrochen – und so empfinde ich höchste Achtung für ihn. Auch wenn er sich nun selbst entleibt hat, was eine große Sünde wider die christlichen Gebote ist. Gott sei seiner Seele gnädig.«

Ich bekreuzigte mich.

»Selbsttötung ist eine Todsünde – seine Brüder werden ihn, ohne jegliche Hoffnung auf das Heil, auf irgendeinem Acker verscharren«, belehrte uns Arnold.

Pavel, der so lange geschwiegen hatte, sagte leise, mit geschlossenen Augen: »Mehre unseren Glauben, stärke unsere Hoffnung, gütiger Vater im Himmel, gütiger Christus auf Erden.«

Alle schwiegen.

Peter van Polhem stand nach einer Weile auf. Sah er die Angelegenheit als erledigt an?

»Meister Peter, gestatte mir noch ein Wort!«

Ich hielt inne und wartete. Er deutete mit einer Handbewegung an, ich solle fortfahren.

»Wer meinen Vater im Jahre des Herrn 1309 umgebracht hat, ist nun bekannt, wir jedenfalls, du, Turmmeister, ihr, meine beiden Freunde, und ich, wir wissen es – und ich hoffe, dass es sich herumsprechen wird in dieser Stadt. Und daher bitte ich dich, nicht zu verschweigen, was damals in der Rheingasse wirklich geschah, wer der Urheber dieses Verbrechens war. Und diejenigen, die den Hergang miterlebt hatten und all die Jahre geschwiegen haben,

Mitwisser, wie du sie nennst, nichtsnutzige, erbärmliche Gesellen, wie ich sie nenne, der edle Herr Spiegel, den wir ja bei Gericht gesehen haben, die Herren Horn, Birkelin, Mommersloch und wie sie sonst noch heißen – die mögen es mit ihrem Gewissen und vor Gott ausmachen, ob sie schuldig sind oder nicht. Ich kann sie nicht zur Rechenschaft ziehen. Und du doch auch nicht, Turmmeister?«

Peter van Polhem nickte.

»Es wird wahrlich keine Zeugen geben, die deine Geschichte bestätigen, Andreas, es sei denn, Frau Gertrud lässt sich dazu herbei.«

Das konnte ich mir, trotz ihres eifrigen Gottverlangens, nicht vorstellen.

»Du aber, Turmmeister, glaubst du mir wenigstens?«, fragte ich ihn und erhob mich.

Es war eine Frage, eine ganz wichtige Frage, die starr im Raum stand.

»Ja«, sagte er ganz ruhig, »ich bin fest davon überzeugt, dass nichts von dem, was du erzählt hast, erfunden oder erlogen ist.«

Er machte eine kleine Pause. »Doch bedenke, Andreas, du bist nicht angeklagt worden, deinen Vater getötet zu haben, du wurdest damals beschuldigt, deine Mutter und fünf Kinder umgebracht zu haben, und dafür hat man dich für vogelfrei erklärt.«

Auch mir war längst klar geworden, dass ich noch nichts gewonnen hatte in diesem Spiel um Leben und Tod, das ich seit meiner Heimkehr nach Köln spielte.

»Und wenn der eine Mord doch mit dem anderen zusammenhing?«, fragte ich trotzig – und mir war bewusst, dass ich diese Frage wider besseres Wissen gestellt hatte.

Der Turmmeister runzelte die Stirn, dann schüttelte er den Kopf.

»Bist du allen Ernstes, nach all dem, was du gehört und was du uns berichtet hast, noch immer der Auffassung, die Patrizier steckten auch hinter dem zweiten Mord?«

Ich zuckte mit den Schultern – und kam mir vor wie ein störrischer Esel.

»Nein, Andreas, das solltest du nicht einmal denken.« Es war Arnold, der sich plötzlich einmischte. »Wenn wir davon überzeugt sind, dass Christian Kleingedank dir die Wahrheit gesagt hat, die Wahrheit über seine Verstrickung in den Tod deines Vaters, dann wird auch das, was er über das Blutbad an deiner Familie erzählt hat, der Wahrheit entsprechen« – Arnold warf mir einen tadelnden Blick zu – »das hast du vorhin doch selbst gesagt!«

Das war richtig. Arnold hatte mich durchschaut, dachte ich, ich brachte aber kein Wort des Bedauerns heraus. Ich setzte mich wieder hin und nahm einen Schluck Wein zu mir. Dann kraulte ich Henri, der uns in Arnolds Kontor gefolgt war.

Peter van Polhem stand bereits an der Tür, doch er wandte sich nochmals mir zu.

»Andreas, die Gewaltrichter hatten dir aufgetragen, dich am vierten Tag deiner Nachforschungen bei mir zu melden – nun geht gerade der dritte Tag zu Ende, und zweimal schon erzwangen die Umstände, dass du dich erklären musstest, nach zwei tragischen Fällen, wie ich zugeben muss. Ich habe aber die Hoffnung, dass wir morgen Abend – wenn du in das Haus der Bürger kommst – nicht über einen weiteren Unfall zu reden haben.«

Er bedankte sich für den Wein, verabschiedete sich von Arnold und Pavel. Dann öffnete er die Tür und ging.

Ich vermochte an diesem Abend nichts mehr zu essen.

Pavel ging mit Arnold in den Weißen Löwen zurück. Katharina begleitete mich in ihr Haus. Ich war müde und entschuldigte mich, weil ich die ganze Zeit geschwiegen hatte.

Sie lächelte mich an.

»Es ist so unglaublich viel geschehen in diesen drei Tagen, seitdem du wieder in Köln bist, Andreas.«

Ihr warmes Lächeln heiterte mich ein wenig auf, sollte Hilfe und Trost sein.

»Ja«, erwiderte ich, »doch was wäre ich ohne euch, dich und Arnold? Ich wäre längst verloren, in den Abgründen dieser heiligen Stadt.«

Dann ging ich mit Henri ins Hinterhaus.

Ich wusste nun, warum mein Vater damals sein Leben lassen musste. *Einen* Mord hatte ich aufgeklärt. Doch wer – darum kreisten wie immer in den vergangenen Tagen alle meine Gedanken – hatte meine Mutter umgebracht, hatte meine Geschwister, Hermann,

Anna, Hans, Weisgin und die kleine Ursula auf dem Gewissen? Und wer hatte den Pfeil auf Sarah abgeschossen?

Ich stellte Henri eine Schüssel mit Wasser hin, und er begann sogleich zu trinken. Dann legte ich mich aufs Bett.

Der Tod des Werner Overstolz, so versuchte ich meine Gedanken zu ordnen, stand am Anfang des Geschehens, das mich und meine Familie getroffen hatte – doch es war Johann gewesen, der Sohn eines Königs, der spätere König von Böhmen, der mit seiner unbedachten Tat all das ausgelöst hatte, was dann geschah: *Er* war der Verursacher allen Ungemachs.

Dann hatten die Patrizier meinen Vater, der Schattenkönig genannt wurde, töten lassen, um die Tat Johanns zu vertuschen. Noch in derselben Nacht, der Nacht des Todes des Königs der Finsternis, wie Christian Kleingedank gesagt hatte, brachte man meine Mutter und meine Geschwister auf grausamste Weise ums Leben – warum?

Irgendwie hatte ich das Gefühl, dass ich nahe daran war, Gewissheit zu erlangen, Gewissheit über jene Ereignisse, die mein ganzes Leben verändert hatten, die mich gezwungen hatten, Köln zu verlassen und mehr als fünfunddreißig Jahre einem Mann zu dienen, der letztlich die Schuld trug am Unglück meiner Familie. Und nur sein Tod, der Tod des Königs, hatte mir die Gelegenheit verschafft, dem Geheimnis, das über dem Tod einer ganzen Familie lag, auf den Grund zu gehen.

Ich hatte noch drei Tage Zeit, den Dingen nachzugehen. Doch ich durfte nicht darüber hinwegsehen, dass schon wieder ein Mensch schwer verletzt worden war. Mir stiegen Tränen in die Augen.

Sarah, liebe Sarah, halte durch, werde wieder gesund – du darfst nicht sterben.

Und heute hatte sich Christian Kleingedank erhängt.

In dieser Nacht fand ich keinen Schlaf. Als Pavel kam, ließ er sich, kaum hatte er die Kammer betreten, aufs Bett fallen, dann schnarchte er wie gewohnt. Henri hatte noch einmal an meiner Hand geleckt, ehe er sich wieder in eine Ecke verkroch und einschlief.

Ich aber blieb wach – und viele Gedanken brausten mir durch den Kopf. Mir fielen Kinder und Mütter ein, alte Weiber, Greise, die vor meinen Augen verhungert oder verdurstet waren. Und ich hatte zugesehen, wie man Unschuldige zu Tode gemartert, gehenkt, verbrannt hatte – ohne einzugreifen, weil ich Angst hatte, weil ich stets um mein Leben fürchtete, weil ich feige war. Ich hatte gesehen, wie man Menschen ungerechtfertigt um ihr Eigentum gebracht hatte, wie man ihnen alles genommen hatte.

Das ist wahrlich das Grundübel unserer Zeit: Immer wieder wird braven, gottesfürchtigen Menschen Unrecht getan, und nur wenige, die Unrecht tun, zeigen irgendwann Reue. Es gebricht, so wurde mir allmählich klar, den meisten Menschen – trotz der Botschaft Christi – an Nächstenliebe, Barmherzigkeit und der Bereitschaft, anderen zu helfen.

Einer von diesen Menschen bin ich.

Wie oft hatte ich erlebt, dass wider die Gesetze der heiligen römischen Kirche gehandelt wurde? Von Fürsten, die sich über die Gemeinen erhaben fühlten, von Mächtigen, denen das Leben einfacher Christenmenschen nichts wert dünkte, die um nichtiger Anlässe willen brave Menschen demütigten, quälten, zu Tode bringen ließen – wie oft hatte ich das erlebt? Wie oft hatte ich erlebt, dass niederträchtige, maßlose Hohlköpfe, die sich für bedeutend hielten, ihre Mitmenschen beraubten, verrieten, töteten, opferten, einzig um ihres Vorteils willen?

Ich hatte so viel Unrecht erlebt. Und immer hatte ich geschwiegen.

Aber ich war am Leben geblieben.

KAPITEL VIII

»Herr Andreas, so wacht doch endlich auf!«

Pavel stand vor meinem Bett.

Er war viel später als ich schlafen gegangen, aber schon wieder guter Dinge. Er hatte sich gewaschen und rasiert, ein frisches Wams angezogen, und er war tatendurstig. Ich stöhnte leise, während ich mich langsam umdrehte.

Franziska habe ihm erzählt, dass die Kölner heute den Festtag des heiligen Märtyrers Gereon und seiner Gefährten feierten.

»Das ist einer der Schutzpatrone Eurer heiligen Stadt!«

Ja, lieber Pavel – das stimmt.

Am zehnten Tag des Monats Oktober, daran hatte mich Katharina am Vorabend noch einmal erinnert, waren vor vielen, vielen Jahren römische Soldaten, christliche Legionäre, die keine Unbewaffneten töten wollten und sich weigerten, heidnische Götterbilder zu verehren, in der Stadt Köln umgebracht worden. Für ihren Glauben nahmen sie das Martyrium in Kauf – ihre Leichen soll man in einen Brunnen geworfen haben. Natürlich kannte ich die Geschichte, doch ich hatte Katharina weiter erzählen lassen. Die heilige Helena, die Mutter des Kaisers Konstantin, habe die Überreste der Märtyrer geborgen und zu Ehren des Gereon über diesem Brunnen die Kirche errichtet, die heute von goldenen Schreinen erfüllt ist. Und am Festtag der Märtyrer sei die Kirche durch Tausende von Wachskerzen erhellt und mit Girlanden, Kränzen, Wappen und Bildern geschmückt, die das Leben der Heiligen zeigten. Und bei der Prozession, die die Stiftsherren anführten, werde der goldene Schrein mit dem Haupt des heiligen Gereon und der Krone der heiligen Helena durch die ganze Stadt getragen, zum Dom, zur Kapitolskirche der Gottesmutter und dann wieder zurück.

»Und der Jude Halevi lässt Euch ausrichten, dass es Sarah besser geht – Ihr könnt sie heute Nachmittag besuchen!«

Ich sprang auf.

Warum hatte er das nicht eher gesagt, dieser böhmische Trottel?

Vom Flur aus rief er mir zu, er gehe jetzt mit Franziska und der

Hausfrau an den Prozessionsweg, die Leute aus den Kirchspielen von St. Christoph, St. Maria Ablass und St. Paul seien schon auf den Beinen. Franziska hatte ihm offensichtlich beigebracht, dass an der Würfelpforte drei Pfarrsprengel aneinander stießen.

Ich ließ ihn gehen. Mir war nicht nach Feiern zumute. Ich hörte noch, wie Katharina ihn lauthals fragte: »Pavel, hast du dich auch warm genug angezogen?«

Ich weckte Henri.

Er blinzelte mich erwartungsvoll an, spielte mit den Ohren, er lachte. Ich beugte mich zu ihm hinunter und kraulte ihn kräftig.

»Ja, hat dieser böse Pavel schon wieder das Wasser für dich vergessen? Ich hole dir einen Schluck, und bestimmt finde ich auch was zum Fressen für dich!«

Er war ein kluger Hund, er hatte alles verstanden, er stellte sich auf die Hinterbeine und leckte mein linkes Ohr – was ich ihm schon längst abgewöhnen wollte.

Die Johanniter-Kommende St. Johannes und Cordula

Pavel kam aufgeräumt von der Prozession zurück – er hatte sich etwas Neues ausgedacht.

»Wenn Ihr das Haus verlasst, Herr Andreas, dann folge ich Euch etwas später – das heißt, ich beschatte dann den, der Euch beschatten will.«

Obwohl wir allein waren, sah er sich um, als erwartete er allgemeine Zustimmung.

Ich entgegnete, dass ich das für einen schlauen Gedanken hielte, wir könnten diesen Plan gleich in die Tat umsetzen, wenn wir zum Haus der Johanniter gingen.

Ich hatte mich entschlossen, ihre Niederlassung aufzusuchen, weil einer von Arnolds Zunftgenossen beharrlich zu wissen glaubte, dass die Güter der Templer an den Johanniterorden übergegangen seien.

Das Haus der Brüder des Hospitals vom heiligen Johannes zu Jerusalem, das wusste ich noch, lag in der Straße, die vom Dom nach St. Kunibert führte. Kunibertstraße, so hatte man sie früher genannt – seitdem der Orden seine Kommende dort errichtet hatte, hieß sie Johannisstraße. Ich konnte mich dunkel daran erinnern, dass in der Kapelle die Gebeine der heiligen Cordula aufbewahrt wurden, einer Gefährtin der heiligen Ursula.

Um nicht dem Prozessionsweg zu folgen, ging ich am alten Graben entlang, zwischen Weingärten, Baumgärten und Gemüsegärten, die sich in diesem Teil Kölns bis zur Stadtmauer erstreckten und die zumeist von Bauersleuten und Tagelöhnern bestellt wurden. Wir hatten als Kinder zwischen den Gärten und Feldern Verstecken gespielt und waren auf den Feldwegen um die Wette gelaufen. Auf dem Gartenland pflanzten die Bauern Kohl, Wirsingkraut, Runkelrüben, ja selbst Getreide an, hinter ihren elenden Hütten hielten sie Vieh, Schweine und Schafe. Es stank erbärmlich nach Kot und Dung, überall waren Misthaufen aufgetürmt, Karren und Ackergeräte standen und lagen im Weg. Frauen in wollenen Röcken und kurzärmeligen Jacken, das Haar unter weißen Kopftüchern verhüllt, schleppten Milchkannen in die Hütten – man glaubt, auf dem Land zu sein, in den Quartieren der Bauernbänke, wie die Zünfte der Bauern genannt werden.

Nach einer Weile hatte mich mein Leibwächter eingeholt, zu meinem großen Erstaunen.

»Herr Andreas, nehmt einen Weg, wo ich Euch besser im Auge behalten kann.«

Die Prozession der Stiftsgeistlichen habe bestimmt schon die Kirche der Gottesmutter auf dem Kapitolshügel erreicht, wir könnten also ruhig durch belebtere Gassen gehen.

Ich fügte mich, verließ den Graben und ging zielstrebig durch die Stolkgasse in Richtung der großen Baustelle, wo sie nun schon seit hundert Jahren an der schönsten Kathedrale der Christenheit werkelten.

Ich hatte nicht das Gefühl, verfolgt zu werden, auch nicht von Pavel, der mir offensichtlich in großem Abstand folgte. An der alten Pfarrkirche St. Lupus bog ich in die Johannisstraße ein, eine etwas breitere Straße, die nicht so verschmutzt war wie die Gassen in der Umgebung.

Die Kommende der Johanniter befand sich am anderen Ende der Straße, eine prächtige Kapelle überragte das Bruderhaus und einige kleinere Wirtschaftsbauten. Von hier aus verwalteten die

Ritter ihre Besitztümer zu beiden Seiten des Rheinflusses und in Westfalen.

Durch ein kleines Tor betrat ich das Gelände – und ging dann aber sicherheitshalber noch einmal auf die wenig belebte Gasse zurück, um zu schauen, ob die Luft rein war: Nur einige Kinder spielten auf der Straße, ein alter Mann trottete neben einer Mähre einher, die vor einen kleinen zweirädrigen Karren gespannt war. Dann sah ich, wie Pavel um die Ecke kam. Ich machte ihm ein Zeichen, dass er in der Nähe von St. Lupus auf mich warten sollte, und ging wieder in den Hof.

Aus einem der Gebäude trat ein vornehm gekleideter Mann, dessen Gesicht ein mächtiger Vollbart schmückte, über einem roten Untergewand trug er einen schwarzen Umhang, auf das ein achteckiges Kreuz genäht war, das Kreuz der Johanniter, das an die acht Seligkeiten der Bergpredigt erinnerte. Das musste einer der Ritter sein.

»Gnädiger Herr«, so rief ich ihn an, »ich möchte gern Euren Komtur sprechen, könnt Ihr mich, einen Kölner Bürger, bei ihm anmelden?«

Er kam ein paar Schritte auf mich zu und lächelte.

»Guter Mann, du hast Glück, du hast den Komtur vor dir – Johannes von Steinwege ist mein Name. Was kann ich für dich tun?«

Ich verbeugte mich.

»Herr Komtur – wenn Ihr erlaubt, so würde ich Euch gern einige Fragen stellen, über Euren Orden ...«

»Willst du in unsere Gemeinschaft eintreten? Wir freuen uns über jeden, den wir als Bruder in unsere Reihen aufnehmen können«, unterbrach er mich, allerdings keineswegs unhöflich. Er hatte sehr freundliche Augen.

»Nein, mein Herr, das ist nicht mein Begehren – darf ich mich Euch bekannt machen? Ich heiße Andreas Hemmersbach und war bis vor wenigen Wochen Kammerherr des böhmischen Königs.«

Das hatte ich jetzt sagen müssen, damit ihm nicht in den Sinn kam, mich einfach fortzuschicken.

»Oh, so seid Ihr ein Ritter! Warum habt Ihr das nicht gleich gesagt? Dieser König war ein außergewöhnlicher Mann – und er kämpfte gegen die Heiden, er war Kreuzritter, wie wir es sind.«

Während mir auffiel, dass er mich nun als Herrn anredete, sprach er weiter: »Ich habe viel gehört über die Heldentaten des Königs – wart Ihr dabei, als er in dieser mörderischen Schlacht zwischen Engländern und Franzosen gefallen ist?«

Ich nickte und sagte dann, dass ich nicht ritterbürtig sei. Der Komtur beugte sich kurz nach vorn und strich den Schaft seiner Stiefel glatt – dann bat er mich, ihm in seine Gemächer zu folgen.

Den Orden der Brüder vom Hospital des heiligen Johannes in Jerusalem gebe es schon seit mehr als zweihundert Jahren, erklärte er, als wir über eine Treppe ins Bruderhaus gelangten; die Komturei in Köln sei dagegen erst vor etwa hundert Jahren eingerichtet worden, nachdem fromme Laien dem Orden das Grundstück an der Straße nach St. Kunibert zum Geschenk gemacht hatten.

Dann führte er mich in ein sehr schlicht eingerichtetes Zimmer, dessen Wände lediglich getüncht waren, und nur das Oberlicht der Fenster war mit kleinen, bleigefassten Scheiben versehen – er öffnete die hölzernen Läden eines der Fenster, um Licht hereinzulassen.

Johannes von Steinwege bot mir einen Schemel an, während er sich auf eine Bank neben dem schmalen Kamin setzte. Auf einem Pult lag ein aufgeschlagenes Buch.

»Wir sind das zweitgrößte Haus des Ordens im ganzen Reich«, sagte er mit sichtbarem Stolz, »dank der vielen Schenkungen, die so viele Christenmenschen meinen Brüdern zuteil werden ließen.«

Und dann zählte er auf, wo die Johanniter überall Besitztümer hätten, in Deutz, in Bonn, in Remagen, in Linz, vor allem aber in der Herrschaft Lövenich, wo sogar ein Ordensgeistlicher die Seelsorge ausübe. Der Orden setze sich, was vielen Laien nicht bekannt sei, aus drei Klassen zusammen, aus Priesterbrüdern, aus dienenden Brüdern, die in den Hospitälern tätig seien, und aus den Ritterbrüdern. In der Kölner Kommende lebten überwiegend Priesterbrüder und dienende Brüder, der Komtur müsse aber immer ein Ritterbruder sein. Ein Drittel der Einnahmen führe er regelmäßig an das Haupthaus des Ordens ab – auf die Insel Rhodos, wo der Großmeister des Ordens seinen Sitz habe, nachdem das Heilige Land Anno Domini 1291, »dem Jahr des großen Unheils«, wie er sagte, endgültig verloren gegangen war.

Er hatte »endgültig« gesagt – glaubte er nicht daran, dass die heiligen Stätten der Christenheit mit einem großen, gemeinsamen Kreuzzug aller christlichen Herrscher zurückgewonnen werden könnten?

Ich biss mir auf die Lippen, um diese Frage nicht zu stellen.

»Edler Ritter«, fragte ich stattdessen, »seit wann residiert Euer Großmeister auf dieser Insel?«

»Oh, da sind schon viele Jahre verstrichen«, antwortete er, nachdem er kurz überlegt hatte, »ich meine, es war das Jahr des Herrn 1309, als unsere Brüder Rhodos eroberten. Vorher hatten sie eine Zeit lang auf der Insel Zypern gelebt, in einer Stadt namens Limassol, die von ihnen stark befestigt wurde. Doch in dieser Stadt hatten sich auch die Templer niedergelassen – und so war der alte Streit zwischen Tempelrittern und Johannitern wieder ausgebrochen, bis unser damaliger Großmeister das Generalkapitel davon überzeugen konnte, das Seeräubernest Rhodos anzugreifen und zur neuen Heimstatt des Ordens zu machen.«

Noch immer gebe es viele Leute, leider auch verständige Leute, die in den Streitigkeiten der Ritterorden die eigentliche Ursache für den Verlust der letzten christlichen Stützpunkte im Heiligen Land sähen. Er hatte jedoch in einer Chronik der Hospitaliter gelesen, dass die Städte Tripolis und Akko von den Rittern beider Orden gemeinsam gegen die Sarazenen verteidigt worden sind – »sie sollen äußerst tapfer gekämpft haben, der Großmeister der Templer stand immer in der ersten Reihe und wurde bei den Kämpfen um Akko tödlich verwundet.« Und es waren die Galeeren beider Orden gewesen, die die überlebenden Christen gerettet und aus Palästina nach Zypern gebracht hatten.

Die Kunde von diesem heldenhaften Widerstand war aber damals nicht bis ins Abendland gedrungen – »stattdessen schmähte man die Ritterbrüder als Feiglinge, man warf ihnen ihren angeblichen Reichtum vor, es hieß, sie hätten ihr Vermögen nicht eingesetzt, um das Heilige Land zu beschützen, sondern in Wohlleben und abartigem Genuss geschwelgt, alle Ordensritter seien voller Hoffart und Habgier, dichtete gar ein französischer Troubadour.«

Einiges vom dem, was er erzählte, war mir bekannt – in der Umgebung Johanns von Böhmen war oft über die Ritterorden geredet worden, vor allem hatte man immer wieder an das unglückselige Ende der Templer erinnert, und die grausige Geschichte vom Tod des letzten Großmeisters, der als Ketzer in Paris verbrannt worden war, hatte ich oft genug gehört.

»Herr Komtur, in Jahrbüchern und Chroniken, so sagte man mir, soll überliefert sein, dass die Güter des Templerordens den Johannitern übertragen worden sind, nach dem Spruch des Herrn Papstes, den Orden aufzuheben. Ist Eure Kommende damals in den Besitz von Ländereien gelangt, die den Templern gehört hatten?«

Johannes von Steinwege lächelte.

»Die Auskunft, die Ihr eingeholt habt, ist zutreffend, Herr Andreas, es war der Herr Papst, der diese Verfügung getroffen hatte. Auch der Besitzstand unseres Kölner Hospitalhauses erfuhr einen gewaltigen Zuwachs. Die Tempelritter hatten ihre Komturei in Breisig errichtet und in deren Umgebung ausgedehnten Grundbesitz erworben. Nachdem unsere Brüder diese Besitztümer, nach vielem Hader mit Leuten, die Anspruch auf diesen Besitz erhoben, in ihre Hand gebracht hatten, letztlich nur mit Hilfe eines Generalvisitators, waren sie endlich imstande, diese Kommende auszubauen und« – er deutete nach draußen – »auch diese schöne Kapelle zu errichten.«

Er strich sich das volle Haar aus der Stirn.

Er sei Anno Domini 1326, so erzählte er, vor genau zwanzig Jahren, in den Orden eingetreten. Er hatte sich seinem Namenspatron, dem heiligen Johannes dem Täufer, dem Ordensheiligen, verpflichtet gefühlt. Damals hatten seine Ordensbrüder indessen noch immer darüber gestritten, ob man aus dem tragischen Schicksal der Templer hätte Nutzen ziehen dürfen.

»So glaubt Ihr«, wagte ich einzuwerfen, »dass der Templerorden zu Unrecht aufgehoben worden ist?«

Der Komtur wurde nachdenklich. Darüber wolle er sich kein Urteil anmaßen, sagte er dann; aber man hatte ja auch den Johannitern ähnliche Vorwürfe gemacht – wie die Templer trügen sie die Schuld für den Verlust des Heiligen Landes, wie die Templer seien auch seine Brüder der Ketzerei verdächtigt worden, wie den Templern habe man auch ihnen einen unsittlichen Lebenswandel vorgeworfen.

»Doch uns blieb das Schicksal der Templer erspart, ich erinnere mich, dass unser alter Prior des Öfteren gesagt hat: Was ihnen geschehen ist, hätte auch uns, den Brüdern vom Hospital des heiligen Johannes, geschehen können.«

Er stand auf. Das sei alles, was er mir über die Templer sagen könne.

Ich war ein bisschen enttäuscht, die Ausbeute war geringer, als ich erhofft hatte.

»Herr, ich schulde Euch großen Dank für die Güte, die Ihr mir erwiesen habt – gestattet mir noch eine Frage: Kanntet Ihr Männer, die dem Orden der Tempelritter angehört hatten?«

Johannes von Steinwege schüttelte den Kopf. Nein, lautete seine Antwort.

Er begleitete mich zum Hof hinunter und gab mir zum Abschied die Hand, ich verbeugte mich. Doch bevor er das Haus erreicht hatte, drehte er sich noch einmal um.

»Herr Andreas«, rief er, »mir ist eingefallen, dass einer unser dienenden Mitbrüder noch lebt, einer, der dabei war, als die Kölner Kommende in den Besitz der Templergüter von Breisig gelangte. Wartet, ich glaube, er heißt Heinrich Schinnern, er müsste etwa siebzig Jahre alt oder älter sein.«

Ich blieb ebenfalls stehen.

»Wo finde ich diesen Mitbruder?«, fragte ich, ein wenig aufgeregt.

Der Komtur setzte wieder sein freundliches Lächeln auf.

»Ich führe Euch hin, wenn Ihr wollt, es ist nicht sehr weit von hier.«

Er nahm meinen Arm und geleitete mich durchs Tor.

Ich suchte Pavel. Der hatte sich doch nicht etwa verkrümelt? War er schon wieder in ein Wirtshaus gegangen? Ich konnte ihn nirgends entdecken.

»Wo gehen wir hin, Herr?«

Der Komtur hatte den Weg eingeschlagen, der auf den Eigelstein führte, schnell erreichten wir die Kirche des Klosters der sieben machabäischen Brüder, die sich zur Rechten erhob.

Heinrich Schinnern, so erzählte er, habe sich vor einigen Jahren, als er altersschwach geworden sei, in die Obhut der Schwestern des Hospitals Ipperwald begeben, weil er weder seiner Familie noch dem Orden zur Last fallen wollte. Die Kommende habe seither dem Hospital regelmäßig kleine Summen Geldes gezahlt, um zum Unterhalt des Mitbruders beizutragen. Gestiftet worden sei das Hospital von einem Kaufmann, vor nicht allzu langer Zeit, zur Ehre Gottes und zur Pflege kranker Geistlicher und anderer Hilfsbedürftiger – den Namen dieses frommen Mannes habe er vergessen.

Das Hospital Ipperwald – das wusste ich – befand sich ganz in der Nähe der Würfelpforte, nicht weit vom Haus des Brauers Arnold van Laan, des Mannes, der Katharina geheiratet hatte.

Hinter uns ertönte Geschrei.

»Ihr Halunken, bleibt stehen!«

Das war Pavels Stimme.

Ich drehte mich um und sah, wie er an der Ecke zur Johannisstraße zwei Männer mit seinem Messer bedrohte. Die Männer wichen vorsichtig zurück und stellten sich mit dem Rücken zur Wand, sie hoben beschwichtigend die Hände und redeten auf Pavel ein, der sie, das Messer in seiner Rechten, den Oberkörper leicht nach vorne gebeugt, wie ein zum Sprung entschlossenes Raubtier umschlich.

Ich war sofort losgerannt, ich glaubte zu hören, dass der Komtur mir folgte. Ehe wir die Drei erreichten, rutschte ich in einer Pfütze aus und knallte mit dem Rücken auf den Boden, so heftig, dass es mir den Atem nahm, zu allem Unglück stürzte der Komtur über mich und landete fluchend auf dem Bauch.

Inzwischen hatte einer der Männer Pavel das Messer aus der Hand geschlagen, sie schrien sich an, während ich versuchte, mich aufzurichten. Johannes vom Steinwege war indessen schneller als ich, kaum dass er aufgesprungen war, versetzte er einem der Männer aus vollem Lauf einen Tritt in den Bauch. Der fiel aufs Gesicht und kroch auf die gegenüberliegende Straßenseite, der Komtur ließ ihn liegen und prügelte nun auf Pavel ein – »Pavel, pass auf!«, konnte ich noch rufen, und: »Komtur, das ist der falsche Mann!« Zu spät, Pavel wehrte sich und schlug mit aller Kraft zu, mit der geballten Faust mitten ins Gesicht des Komturs. Johannes vom Steinwege ging zu Boden, er war Gott sei Dank nicht bewusstlos, als ich mich über ihn beugte. Der zweite Mann hatte sich inzwischen aus dem Staub gemacht, Pavel lief nun zur anderen Seite und gab dem am Boden Liegenden ein paar Fußtritte in die Seite, der Mann schrie vor Schmerzen, Pavel ließ sich auf die Knie nieder und zog ihm die dreckverschmierte Kapuze vom Kopf und zerrte an den Haaren des Mannes. Ich hörte ihn fluchen: »Schweinehund! Bastard!« Und einige üble Worte mehr.

Ich kümmerte mich derweil um den Komtur. Sein Gesicht war voller Blut, und Blut floss aus der Nase.

»Habt ihr sie erwischt?«, ächzte er und fiel wieder zurück in den Dreck.

Dann erhob er sich mühsam, ich half ihm dabei, er klopfte sich den Staub aus dem Gewand, zog ein Tuch aus der Tasche, das er sich vor die Nase hielt.

»Herr Komtur, der Mann, der Euch niedergeschlagen hat, ist mein Freund, der Sohn eines böhmischen Ritters, Ihr müsst ihm verzeihen, er hat sich nur gewehrt!«

Ich legte meine Hand auf seine Schulter. Der Komtur bemühte sich zu lächeln.

»Ihr müsst mir erklären, was hier vorgeht! Ich wollte Euch doch nur helfen!«

Inzwischen waren einige Leute, Bauern und Tagelöhner, aus den umliegenden Gärten auf die Straße getreten, Männer, deren verschwitzte Gesichter unter Strohhüten hervorlugten, sie sahen, dass es zwei Verletzte zu betrachten gab, es wurde geflüstert und getuschelt. Ich ging zu Pavel, der den noch immer am Boden liegenden Mann in Schach hielt.

»Der und der andere Mistkerl hielten sich in der Nähe der Kommende auf, ich habe beobachtet, dass sie Euch erst folgten, als Ihr in die nächste Gasse eingebogen seid.«

Pavel war noch etwas außer Atem.

Ich sah mir den Mann an. Über roten, verschlissenen Strümpfen trug er ein kurzes Wams, das von einem geflochtenen Strick umgürtet war. Hatte ich so einen Strick nicht schon einmal gesehen? Der Mann machte einen erbarmungswürdigen Eindruck. Sein gerötetes Gesicht war schmerzverzerrt. Wahrscheinlich hatte er einige gebrochene Rippen.

»In wessen Solde steht ihr?«, fragte ich.

Pavel hatte inzwischen sein Messer wieder gefunden und spielte drohend damit.

Der Mann murmelte etwas, was wir beide nicht verstanden, er hatte die Arme an den Oberkörper gepresst und krümmte sich.

»Lauter, du Schwein, wir hören nichts!«

»Wir sind«, sagte der Mann mit leiser, krächzender Stimme, »Diener des Turmmeisters …«

»Du lügst«, schrie Pavel ihn an, »du bist ein dreister Lügner! Hast du noch nicht genug? Willst du, dass ich dir ein paar Zähne ausschlage? Willst du das …«

Mit einer Armbewegung deutete ich ihm an zu schweigen.

»Was war euer Auftrag?«, fragte ich und hatte eine schlimme Ahnung.

Der Mann richtete sich etwas auf. Man müsste ihm etwas zu trinken geben, dachte ich.

»Wir sollten Euch beschützen, Herr, der Turmmeister hat erzählt, dass gedungene Mörder in der Stadt sind, um Euch zu töten und …«

Der Turmmeister. Schon wieder dieser Peter van Polhem. Er hatte es gut gemeint – doch warum hatte er mir nicht gesagt, dass er seine Leute zu unserem Schutz einzusetzen gedachte?

Ich richtete den Mann auf und gab ihm einen Pfennig.

»Kannst du gehen?«

Er nickte schwach und versuchte, sich zu erheben.

»Dann geh zu deinem Meister und bestelle ihm, dass wir ihm Dank schulden für das, was er für uns zu tun gewillt war. Und dich bitte ich um Vergebung, auch im Namen dieses edlen Herrn« – ich zeigte auf den Komtur – »der dich zu Boden geworfen hat. Doch wie hätten wir wissen können, dass du und dein Genosse im Dienst des Turmmeisters der Stadt Köln steht?«

Der Mann blickte mich verständnislos an.

»Und sage deinem Herrn, dass ich ihn noch heute Abend aufsuchen werde.«

Er verzog sich. Den linken Arm vor die Brust gepresst, taumelte er mehr, als dass er ging.

Ich blickte zum Komtur. Johannes von Steinwege wirkte ratlos, er zitterte noch ein wenig.

Im Hospital Ipperwald

Ich war dem Komtur eine Erklärung schuldig, ich musste ihm in wenigen Sätzen schildern, was vorgefallen war. Pavel hatte sich inzwischen wortreich entschuldigt. Er verließ uns, es sei Zeit, Henri zu füttern, säuselte er beflissen, doch ich glaube, es war ihm unangenehm, in der Nähe des Mannes zu sein, den er mit einem mächtigen Hieb niedergestreckt hatte.

Auf dem Eigelstein begann ich mit meiner Erzählung. Johannes von Steinwege hörte lange schweigend zu. Als wir die Marzellenstraße erreicht hatten, blieb er stehen.

»Herr Andreas, ich beneide Euch nicht um die Aufgabe, die Ihr auf Euch genommen habt – doch ich verstehe nicht, warum Ihr dem Schicksal der Ritter vom Tempel Eure Aufmerksamkeit zuwendet, ich sehe keine Verbindung zu den Morden an Eurer Familie.«

Ich zog die Münze aus der Tasche und zeigte sie ihm.

»Wo habt Ihr die her?«

Ich sagte ihm, dass sie meinem Vater gehört hätte, dass sie vom Handelshaus Ugolini in Lucca ausgegeben worden sei – »da, könnt Ihr das lesen? Hier steht es: *civitas di Lucca.* Schaut, was auf der Rückseite geschrieben ist!«

Er hielt die Münze hoch, drehte sie um und kniff die Augen zusammen.

Dann las er vor: »Das bedeutet *Templum Hierosalemitanis.* Mhm, ja doch – das heißt, der Tempel zu Jerusalem.«

Es war das erste Mal, dass jemand diese Umschrift ohne Mühe entziffern konnte. Mein Vater habe mir die Münze gegeben, bevor er starb, fügte ich rasch an.

»Was hat die Stadt Lucca mit dem Tempel in der himmlischen Stadt Jerusalem zu tun? Was hat das alles zu bedeuten?«

Das wisse ich auch nicht, antwortete ich nach einer Weile, man habe mir gesagt, es sei das Wappen der Luccheser Familie Ugolini, in Köln gehe aber das Gerücht um, dass die Ugolini, die Geldgeschäfte machten, mit den Templern unter einer Decke gesteckt hätten – bevor das Konzil der heiligen römischen Kirche den Orden aufgehoben habe.

Der Komtur schüttelte den Kopf. Davon habe er noch nie etwas gehört, sagte er dann – »das klingt sehr geheimnisvoll, Herr Andreas, sehr geheimnisvoll, was Ihr da von Euch gebt.«

Mittlerweile waren wir am Hospital angekommen. Es bestand aus mehreren zweistöckigen Häusern, eins davon hatte man zur Kapelle ausgebaut. Durch das Eckhaus an der Schmierstraße führte das Eingangstor. Es stand offen, wir gingen hinein und gelangten in einen gepflasterten Hof.

Eine Schwester stand unversehens neben uns.

»Edler Komtur, der Friede Gottes sei mit Euch, seid uns willkommen – ich werde unseren Herrn Provisor verständigen, dass Ihr unserem Haus die Ehre Eures Besuchs erweist.«

Johannes von Steinwege hob abwehrend eine Hand.

»Liebe Schwester in Christo, wir beide« – er zeigte auf mich – »wünschen unseren Mitbruder Heinrich zu sprechen, der sich eurer Pflege anvertraut hat. Kannst du uns zu ihm führen?«

Sie überlegte eine Weile.

»Ihr kommt zur rechten Zeit, es geht ihm wieder gut – er weilt gerade im Kreuzhof, in unserem Weingarten.«

Sie deutete uns an, ihr zu folgen. Durch einen kleineren Garten, in dem Gemüse angepflanzt war, erreichten wir den von mannshohen Mauern umgebenen Weingarten.

»Da, seht Ihr ihn? Er sitzt dahinten. Ich lasse Euch jetzt allein – ich bin aber verpflichtet, unserem Herrn Provisor Bescheid zu geben, dass wir Gäste haben.«

Sie verschwand.

Vor der Mauer zur Rechten stand eine hölzerne Bank, auf der der alte Mann es sich bequem gemacht hatte. Die Füße ausgestreckt, die Hände vor der einfachen Mönchskutte zusammengefaltet, lehnte er mit dem Rücken an der von Weinblättern überwucherten Mauer, den kahl geschorenen Kopf hatte er etwas zur Seite gelegt, seine Augen waren geschlossen. Ich betrachtete sein schmales, verhärmtes, faltiges Gesicht, das von einigen grauen Bartstoppeln verunziert wurde. Seine Mundwinkel strahlten indessen eine innere Zufriedenheit aus, er genoss anscheinend die wohlige Wärme der Herbstsonne.

Schlief der Mann? Oder tat er nur so?

»Bruder Heinrich, wie geht es dir?«

Der Komtur war an die Bank herangetreten und hatte den rechten Arm des alten Mannes berührt. Heinrich Schinnern schreckte auf – er hob vorsichtig die Augenlider und lächelte erleichtert, als er den Komtur erkannte.

»Mein Herr und Bruder, seid gegrüßt, was führt Euch her?«, fragte er erfreut, aber mit ganz schwacher Stimme. Das Sprechen bereitete ihm offensichtlich einige Mühe.

Er wollte aufstehen, doch der Komtur drängte ihn mit sanfter Gewalt, sitzen zu bleiben. Die beiden Männer tauschten einige Freundlichkeiten aus, dann stellte der Komtur mich umständlich vor.

»Diesem Herrn, der dem blinden König von Böhmen bis zu dessen Tod diente«, sagte er schließlich, »hat das Gewaltgericht des ehrwürdigen Rates die Erlaubnis erteilt, Erkundigungen einzuziehen, Erkundigungen über Begebenheiten, die viele Jahre zurückliegen. Du, lieber Bruder, kannst ihm gewiss Auskunft darüber geben, wie unsere Brüder einst die Güter der Tempelritter in Besitz genommen haben – du gehörtest doch damals schon unserer Gemeinschaft an, wenn mich meine Erinnerung nicht täuscht.«

Der alte Mann blickte, von der Sonne geblendet, in meine Richtung.

»Warum beschreitest du diesen Weg ins Dunkel des Vergangenen?«

Ehe ich richtig verstanden hatte, was er vor sich hin gemurmelt hatte, verabschiedete sich der Komtur – er müsse zurück in die Kommende, so bedeutete er mir, zu Heinrich Schinnern beugte er sich herab und legte ihm die Hände auf beide Schultern: »Lieber Bruder, der Segen unseres barmherzigen Vaters und die Liebe seines Sohnes, des gekreuzigten Christus, sei mit dir auf allen deinen Wegen.«

Dann verließ er uns.

Bruder Heinrich verharrte in Schweigen. Mir war nicht danach, ihm meine Geschichte zu erzählen. Und so fragte ich ihn, um ihn zum Sprechen zu bringen, wann er in den Orden der Hospitaliter eingetreten sei. Er bat mich, etwas lauter zu sprechen, er höre nicht besonders gut, und so wiederholte ich meine Frage.

Es dauerte eine Weile, ehe er antwortete.

»Fremder, der du Gefolgsmann des böhmischen Königs bist –

der edle Bruder Johannes, der Meister unserer Kommende in Köln, ist ein junger Mann, so wie du einer bist.«

Er holte tief Luft und hüstelte dann kurz.

»Ihm und den meisten Brüdern in Köln ist nicht bekannt, dass ich, ein unwürdiger Diener unseres Herrn, mich einst entschlossen hatte, dem Orden der armen Ritter Christi und des Tempels Salomons beizutreten, der Speerspitze des christlichen Rittertums im Kampf gegen die verfluchten Ungläubigen, die das Grab unseres Erlösers in Jerusalem in Besitz genommen und geschändet hatten.«

Ich stutzte.

Die armen Ritter Christi und des Tempels Salomons – waren das etwa die Templer?

»Im Jahre 1291 nach der Fleischwerdung des Herrn«, so fuhr er fort, »als die Kunde umging, dass die Sarazenen die letzten Stützpunkte der Christen im Heiligen Land erobert hatten, bat ich meinen Vater, der Schreiber eines Amtmanns des Erzbischofs von Trier war, mir zu gestatten, die Gemeinschaft der Tempelritter um Aufnahme zu bitten, ich war damals noch nicht zwanzig Jahre alt, ich verspürte keinen größeren Wunsch, als zur Befreiung des Heiligen Grabes in Jerusalem beizutragen. Und so wurde ich, weil nicht edlen Standes, ein *serviens* des Ordens, ein dienender Bruder, einer, der zu keinen höheren Ordensämtern aufsteigen konnte, einer, der niedere Arbeiten leisten musste, weil die stolzen Ritter unseres Ordens sich längst keiner Arbeit mehr unterziehen wollten.«

Bruder Heinrich war also ein Templer gewesen. Ich atmete durch.

»Hast du je Gelegenheit gehabt, am Krieg gegen die Ungläubigen teilzunehmen?«, fragte ich. Langsam stieg eine gewisse Unruhe in mir auf.

»Nein, Fremder«, antwortete Heinrich ganz leise, »es hieß zwar immer wieder, wir würden nach Syrien ziehen, wo der Orden noch einige kleine Inseln vor der Küste gegen alle Angriffe der Heiden verteidigte, aber dazu kam es nicht – ich habe die ganze Zeit als einfacher Genosse der Tempelritter in Breisig verbracht, in der Kommende des Ordens. Und es war, fürwahr, keine schlechte Zeit, ich hatte ein sorgenfreies Leben und eine gute Verpflegung.«

Doch nach etwa fünfzehn Jahren sei ein neuer Komtur eingesetzt worden, der den Meister Sebastian, einen sanften und fürsorglichen Herrn, abgelöst hätte. Der Neue – »sein Name war Konrad von Ahre, ein Bruder des Edelherrn Johann von Neuenahr« – hätte nur Unfrieden in die Kommende gebracht.

»Er war ein großer, dickleibiger, derber Mann, der ständig herumbrüllte, sein bulliges Gesicht war stets vom Wein gerötet, dem er im Übermaß zusprach, er betrachtete alle Brüder in Breisig als seine persönlichen Diener und die Güter des Ordens als seinen Besitz – dabei war er ein Ritter, der ohne Hilfe kein Pferd besteigen konnte, und schreiben und lesen konnte er auch nicht.«

Er lachte kurz auf, doch es war dem alten Mann anzusehen, dass die Erinnerung ihn allmählich in heiligen Zorn versetzt hatte.

»Und dann kamen die schlimmsten Jahre meines Lebens.«

Er hielt inne und seufzte. Ein Mann im Priestergewand näherte sich der Bank.

»Bruder Heinrich, es ist dir doch nicht zu kalt?«

Es war der Provisor. Er sei der Pfarrer von Klein St. Martin, so sagte er mir, der hochherzige Stifter von Ipperwald hätte verfügt, dass der Pfarrer dieses Kirchspiels bis ans Ende aller Tage für das Hospital Fürsorge zu tragen habe.

Heinrich Schinnern hatte sich inzwischen mühsam erhoben.

»Herr Pater, ich danke Euch, und ich danke Gott, dass meine Seele und mein Körper in so guten Händen liegen. Ihr habt Recht – ich werde mich ins Bett begeben. »Du« – er sprach mich an – »kannst mich begleiten, wenn du willst, es gibt noch einiges, was ich zu erzählen hätte.«

Der Pfarrer und ich stützten den alten Mann, während wir ins Haupthaus gingen. Die Betten hatte man mit großen Laken verhängt, Heinrich steuerte langsam auf eines zu, das gleich hinter dem Eingang stand. Zwei Schwestern waren herbeigeeilt, sie schlugen den Vorhang zurück und halfen ihm, sich seiner Kutte zu entledigen und ein weißes Schlafgewand überzuziehen. Dann kroch er vorsichtig unter die Bettdecke, ließ sich ein großes Kissen unter den Rücken schieben, sodass er mehr saß als lag.

Die Schwestern und der Provisor entfernten sich.

»Gib mir etwas zu trinken, bitte.«

Ich nahm eine Karaffe, die auf einem rohen Holztisch neben

dem Bett stand, goss ein wenig Wein in einen kleinen Becher und führte ihn an die Lippen des alten Mannes. Er richtete seinen hageren Oberleib mühsam auf.

Nachdem er getrunken hatte, lehnte er sich zurück und schloss die Augen.

Die Miliz des Tempels Salomons

Bruder Heinrich, was waren die schlimmsten Jahre deines Lebens?«

Er stützte den linken Arm auf das verschlissene Polster, seine Augen irrten ängstlich ab, ehe er sich fasste.

»Da war dieser neue Komtur Konrad, wie ich dir schon erzählt habe, er führte sich wie ein Tyrann auf, er kujonierte uns, wo er konnte, wir schufteten Tag und Nacht, um die Einnahmen der Kommende zu erhöhen – wir brauchen das Geld zum Kampf gegen die Heiden, sagte er den Brüdern bei jeder Gelegenheit, und wir wiederum mussten die Bauern bis aufs Blut auspressen. Manchmal besuchte er höchstpersönlich Dörfer und Landgüter des Ordens und nahm armen Tagelöhnern und Leibeigenen die letzte Habe weg, das letzte Stück Vieh. ›Gebt dem Kaiser, was des Kaisers ist!‹, brüllte er immer wieder, und es machte ihm Spaß, den Bauernkindern mit seiner Lederpeitsche, die er immer mit sich führte, den Rücken blutig zu schlagen, und an wie vielen Jungfrauen er sich vergangen hat, will ich gar nicht wissen! Wir nannten ihn den Melker, weil er – ja, weil er aussah wie ein Melker, weil er gleichsam den letzten Tropfen Milch aus jeder Zitze herauszuholen verlangte und weil er den Bauernweibern gern an die Brüste ging.«

Ich musste schmunzeln.

Wenn aber Ordensoffiziale in Breisig erschienen seien, dann habe Konrad voller Demut den selbstlosen Diener des Herrn herausgekehrt und jede Anweisung der Meister auf Knien entgegengenommen, sie umschmeichelt und ihnen jeden Wunsch von den Augen abgelesen – »der ist dem Prior und dem Vogt und dem Marschall in den Arsch gekrochen, und erst recht dem Großprior!«

Bruder Heinrich hustete wieder.

»Er war ein Arschlecker, eine miese kleine Ratte!«, fügte er unversehens und laut an, von plötzlichen Aufwallungen getrieben, es wirkte auf mich, als kotzte er gleichsam seine ganze Verachtung für diesen erbärmlichen Menschen namens Konrad heraus. Nur einer der Brüder, so fügte er an, er hieß Stefan, habe sich ihm angebiedert und ihm regelmäßig die Stiefel gereinigt.

Ich wartete, bis Heinrich sich beruhigt hatte, und ließ ihn weiter erzählen.

»Ein Jahr nach Konrads Auftauchen kamen dann die ersten bösen Nachrichten aus Paris – aber vielleicht ist dir das traurige Schicksal der französischen Tempelritter ja bekannt ...«

Ich nickte, sagte ihm aber, dass ich nicht mehr erinnern könnte, was man den Templern damals zur Last gelegt habe. Er lehnte sich zurück und blickte zur Decke.

»Was man uns zur Last gelegt hat? Man hat uns die schlimmsten Vorwürfe gemacht, die sich ein Mensch je ausgedacht hat, die schlimmsten Vorwürfe, die man Brüdern eines christlichen Ordens überhaupt machen kann.«

Alle Ordensritter in Frankreich waren in einer einzigen Nacht festgesetzt und eingekerkert worden. Allerorten hatte man abscheuliche Beschuldigungen erhoben, von Spitzeln und Zuträgern des französischen Königs ausgestreut, des Herrn Philipp – »er trug als vierter König von Gallien diesen Namen, man nannte ihn auch den Schönen.«

Ich beugte mich zu ihm, um ihn besser zu verstehen – und um nicht allzu laut sprechen zu müssen.

»Philipp«, sagte ich in vertraulichem Ton, »war nach dem Urteil gelehrter Männer der schlechteste Mensch, der je unter Christen gelebt hat.«

Der alte Mann neigte zustimmend seinen weißhaarigen Schädel.

»Du sprichst aus, Herr, was wir alle gedacht haben: Er war der schlechteste Mensch unter Gottes weitem Himmel, dieser schöne König.«

Das, was er dann erzählte, vermischte sich, während ich zuhörte, mit dem, was ich in all den Jahren über die Templer gehört hatte. Man schrieb das Jahr des Herrn 1307 nach der Fleischwerdung

Christi, als der französische König, getrieben von seiner maßlosen Gier nach den Besitztümern der Templer, die wüstesten Anklagen gegen den Orden erheben ließ. Die Brüder der Miliz vom Tempel, die die Wolfsnatur unter dem Schafsfell verborgen hätten, seien Ketzer und verleugneten Gott und Christus, stand in der Anklageschrift, die von königlichen Legisten verfasst und in ganz Frankreich öffentlich angeschlagen worden war; bei der Aufnahme in den Orden werde jeder Novize gezwungen, das Kruzifix zu bespucken und zu beschimpfen, bei der Zeremonie tausche man »infame Küsse« aus, die Templer seien Sodomiter, praktizierten und förderten die stumme, unaussprechliche Sünde wider die menschliche Natur, sie ließen bei der Heiligen Messe die Wandlungsworte aus, verachteten das Altarssakrament. Sie betrieben Teufelskult und Hexerei und verehrten den berüchtigten Götzen Baphomet – »unsere Ritterbrüder«, Heinrichs Stimme zitterte vor Zorn, »galten über zwei Jahrhunderte als Sturmtruppe des Abendlandes, die Ersten beim Angriff, die Letzten beim Rückzug, so lautete ihr Motto, und nun hieß es, sie seien Sodomiter, verweichlichte Mannweiber!«

In Windeseile hätten sich diese Anfeindungen herumgesprochen, selbst in Breisig hätten die Brüder nicht mehr auf die Straße gehen können, ohne als Sodomiter beschimpft zu werden. Ich musste daran denken, dass meine Mutter des Öfteren uns ältere Kinder ermahnt hatte: »Hütet euch vor den Küssen der Templer!« Und in Prager Bierhäusern hatte ich den Satz »Saufen und fluchen wie ein Templer!« immer wieder gehört. Während Bruder Heinrich einräumte, dass einige derbe Scherze getrieben worden seien, als man ihn in den Orden aufgenommen hatte – »wie in jeder Zunft, wie bei den Scholaren an der Universität, das ist doch normal, dass sich Novizen einer Mutprobe unterziehen müssen« –, fiel mir ein, dass König Johann damals, noch vor dem Tod des letzten Großmeisters, eine Untersuchung gegen die Templer angeordnet hatte, obwohl der Orden nur über geringen Besitz im Königreich Böhmen verfügte. Unter Mitwirkung einiger Rechtsgelehrter hatten dann deutsche Dominikanermönche, mit der Inquisition bestens vertraut, all das zusammengetragen, was an Gerüchten und böswilligen Verleumdungen bereits unter die Leute gebracht worden war. Da wurde auch behauptet, die schwarzweiße Kriegsflagge der Templer sei eigentlich die Flagge der Katharer von Albi, das Siegel des Ordens, das zwei Ritter auf einem Pferd zeigte, beweise die Vorliebe der Templer für sodomitische Abarten, und schließlich hieß es, sie hätten sich mit den Sarazenen verbündet und deren Götzendienst übernommen, sie verehrten seither den Baphomet, den Propheten der Heiden.

Johann hatte nur gelacht, als man ihm das Dokument vorlas, und in Einvernehmen mit den böhmischen Großen nichts unternommen – doch nach der Aufhebung des Ordens ließ er dessen Güter einziehen, sie wurden dem Kronbesitz angegliedert.

»Und dann«, so ereiferte sich Bruder Heinrich, dem ich nun wieder aufmerksam zuhörte, »hat man uns unterstellt, es hätte eine zweite, eine geheime Regel des Ordens existiert, die man nur Erwählten zuteil werden ließ, und manche Brüder seien nach einer Feuertaufe, wie bei den Katharern, in den Kreis der Getrösteten aufgenommen worden, dabei hätten sie ›Yah Alla‹ ausrufen müssen.«

Er richtete sich wieder auf.

»Ich, Heinrich Schinnern, einst dienender Bruder der Miliz des Tempels Salomons, kann beschwören, was ich auch den Johannitern später berichtet habe: Alles, was man über die Tempelritter, meine Brüder, verbreitet hat, ist frevelhafte Erfindung, diejenigen, die sie verbreiten, werden sich in den eigenen Lügenschlingen verfangen und zu Fall kommen! Auf dem Scheiterhaufen drohte unser Großmeister dem König von Frankreich und dem Herrn Papst, der das schändliche Spiel mit betrieb, dass Gott der Allmächtige sie noch im selben Jahr vor seinen Thron rufen würde – was dann auch eingetreten ist, Anno Domini 1314. Mögen sie dem Höllenfeuer verfallen sein, König wie Papst! Wir, die Brüder vom Tempel, waren getreue Diener unseres Herrn Jesus Christus, und niemand von uns hat sich von den Lehren der heiligen römischen Kirche abgewandt.«

Er war müde geworden. Es wurde Zeit, dass ich ihn in Ruhe ließ.

»Bruder Heinrich, was geschah damals in Breisig?«

Der Melker, gab er zur Antwort, habe schon lange vor dem Prozess Landgüter, die dem Orden gehörten, verkauft.

»Wir müssen unseren Besitz vor der Habgier unserer Feinde schützen, pflegte er immer wieder zu sagen. Was in Frankreich geschehe, drohe auch im Reich zu geschehen. Doch niemanden von uns weihte er in seine Pläne ein, Herrensitze, ganze Dörfer mit Mensch und Vieh wechselten den Besitzer, selbst das Geschirr unseres Hauses wurde verscherbelt, doch wohin all das Geld ging, das er durch die Verkäufe erzielt hatte, blieb sein Geheimnis. Einige Brüder vermuteten, dass Konrad den Gewinn in die eigene Tasche steckte. Es fiel uns auf, dass er nur zwei seiner Neffen, die oft in der Kommende weilten, ins Vertrauen zog.«

Ich weiß bis heute nicht, warum mich der letzte Satz aufhorchen ließ. Ich sah zwei Männer vor mir, die sich vor unserem Haus am Blaubach zu schaffen machten.

»Kannst du mir sagen, wie diese Neffen hießen?«

Ich beobachtete das Gesicht des alten Mannes – es hatte wieder eine große Ruhe angenommen.

Er griff sich ans Kinn und gähnte.

»Es waren Zwillinge, daher sind sie mir in Erinnerung geblieben, sie waren damals vielleicht zwanzig Jahre alt, vielleicht jünger – einer hieß Levold, der andere Friedrich. Sie waren die Söhne von Konrads Schwester, die den Grafen von Hammerstein geheiratet hatte, Levold und Friedrich von Hammerstein, ja – so hießen sie. Und der eine, Friedrich, der hatte einen etwas verkürzten rechten Arm.«

Ich fühlte mich wie vom Blitz getroffen. Mein Herz schlug immer schneller. Ich begann zu schwitzen. Gleichzeitig getror das Blut in meinen Adern.

Ein Ritter aus dem Vorgebirge stand plötzlich vor meinen Augen, einer, der einen verkrüppelten rechten Arm hatte, der das Schwert hob und mich umbringen wollte.

Vor vielen Jahren. In heidnischem Land.

Die Reise nach Jerusalem

Es fiel mir schwer, ruhig zu bleiben. Ich nahm einen Becher und goss etwas Wein ein. Doch es machte mir Mühe zu trinken – die Kehle war wie zugeschnürt, als ich einen großen Schluck zu mir nahm.

Dann stellte ich dem alten Mann eine letzte Frage.

»Was ist aus Konrad und seinen Neffen geworden?«

Bei der Übergabe der Kommende an die Hospitaliter hatte Konrad heilige Eide geleistet, dass die Besitztümer am Rhein wenig ertragreich gewesen seien, er habe zuletzt sogar einige Ländereien verkaufen müssen, um den armen Brüdern ein Auskommen zu sichern. Er hatte sich verpflichten müssen, in ein Kloster zu gehen – »und so gab es keine Verhandlung gegen die Templer in Breisig. Den *servientes* stellte man frei, in den Dienst der Brüder vom Hospital des heiligen Johannes zu treten. Später wurden wir sogar in den Orden aufgenommen – so gelangte ich eines Tages in die Kölner Kommende.«

Wieder hustete er.

Ich musste Geduld zeigen und lenkte erst nach einer Weile zu meiner Frage zurück – ob er mir nicht doch sagen könne, welches Geschick es mit Konrad von Ahre genommen hätte.

»Ach ja, der Melker, ich vergaß – der starb im gleichen Jahr wie unser Großmeister, im gleichen Jahr wie der verfluchte französische König und der französische Papst, im besagten Jahr des Herrn 1314, in der Abtei Brauweiler. Ich bin mir sicher, niemand hat Konrad betrauert. Und wenn, dann höchstens seine Neffen.«

Graf Ludwig vom Hammerstein hatte für die Zwillinge, seine nachgeborenen Söhne, einen kleinen Herrensitz in der Nähe von Köln erworben oder gepachtet, in Liblar, fügte Heinrich an – »ich habe die beiden bisweilen in Köln gesehen, in den vergangenen Jahren indessen nur noch Levold.«

Ich räusperte mich, erhob mich und dankte ihm.

»Gelobt sei Jesus Christus, Bruder!«

Statt einer Antwort nickte Heinrich Schinnern schwach mit dem Kopf.

Und dann war er eingeschlafen.

Zum Weißen Löwen waren es nur ein paar Schritte – ich überlegte kurz, ob ich Pavel Bescheid geben sollte, doch ich musste wissen, wie es um Sarah bestellt war, Sarah, der all meine Gedanken und Gebete galten, und so entschloss ich mich, zunächst ins Judenviertel zu gehen, ohne meinen Leibwächter.

Abraham Halevi erwartete mich in seinem Haus.

Kalter, dicker Schweiß stand auf meiner Stirn. Ich hatte mich sehr beeilt, um Sarah zu sehen.

»Herr, es ist sehr freundlich von Euch, dass Ihr gekommen seid, unser Arzt, Rabbi Eliser, ist gerade bei Sarah!«

»Herr Abraham, es geht ihr aber besser – so habt Ihr mir doch übermitteln lassen?«

Ja, sagte er. Einer der Gelehrten seines Volkes habe einst geschrieben, Schmerzen seien eine Auszeichnung, und Sarah habe diese Auszeichnung mit großer Anstrengung und Würde ertragen.

Wir setzten uns und warteten.

Abraham sah müde und erschöpft aus. Sein düsterer Blick bewahrte mich davor, ihn anzusprechen und wie zwei Tage zuvor endlose Entschuldigungen zu stammeln.

Dann kam Rabbi Eliser aus Sarahs Kammer, ein junger Mann in jüdischer Tracht, er trug den Judenhut, sein helles Gesicht war fast bartlos.

Er begrüßte mich voller Ehrerbietung, sein selbstbewusster Blick war aber nicht zu übersehen.

»Herr, Sarah verdankt Euch ihr Leben, hättet Ihr sie nicht unverzüglich unserer Heilkunst anvertraut, wäre sie nun tot. Sie hat sehr viel Blut verloren – Ihr wisst, es gibt eine Menge Ärzte, die selbst dann noch einen Aderlass vornehmen.«

Er hatte die Wunde mit Terpentin und Rosenöl gereinigt und frisch verbunden, er hatte Sarah einen Trank aus Alraunblättern und Lattich verabreicht – »das Fieber ist zurückgegangen, sie ist in leichten Schlaf verfallen. Ihr solltet Euch etwas gedulden, wenn Ihr sie sehen wollt.«

Seine Sprache hatte einen fremdländischen Klang, daher fragte ich, aus welchem Land er in die heilige Stadt Köln gekommen sei.

Aufgewachsen sei er in Córdoba, einer Stadt, die schon lange zum Königreich Kastilien gehörte, so gab er zur Antwort – »dort wird das Erbe des großen Gelehrten Maimonides, des zweiten Mose, wie wir ihn nennen, in hoher Ehre gehalten, und durch das Studium seiner Schriften und derer des Galenus und des Arnold von Villanova erlernte ich die Kunst des Heilens.«

»Und für die Juden«, warf der alte Abraham mürrisch ein, »ist es lebenswichtig, die Sprache der Länder, in die uns der Herr Zebaoth verstreut hat, zu verstehen und zu sprechen. Rabbi Eliser ist erst seit kurzer Zeit in Köln – und er vermag in Hebräisch, Arabisch, Kastilisch und Lateinisch zu reden und zu schreiben, und nun lernt er Deutsch.«

Ich musste daran denken, dass in Prag die jüdischen Ärzte hoch geschätzt wurden – selbst Andreas, der schlesische Medicus, der Mann meiner Geliebten Anna, hatte einmal freimütig zugegeben, dass die spanischen und französischen Juden die besten Ärzte hätten. »Diese Leute haben eine gründliche Lehrzeit genossen, an ihren Schulen, an Akademien und Universitäten«, so äußerte er einmal, »im Römischen Reich dagegen nennt sich jeder Salbader und Quacksalber schon Wundarzt, und die Apotheker verkaufen den Kranken nicht nur Kräuter und Wurzeln, Salben und Öle, sondern auch Amulette, Steine, Zähne und irgendwelche Zauberdrogen, und für jedes Leiden des menschlichen Körpers ist irgendein Heiliger zuständig, der Abhilfe schaffen kann – das möge glauben, wer will, ich glaube es nicht!«

Er verstehe manche christliche Ärzte nicht, sagte nun Rabbi Eliser. Er kenne Mediziner, die den Staub vom Grab heiliger Männer zum Heilmittel erklärten, und das Blut Hingerichteter galt unter den Deutschen als Mittel gegen Fallsucht, aus dem Hirnschädel Gehängter gewinne man Pillen gegen die Tollwut, vieles, was er in Köln gesehen hatte, sei Magie und Zauberei und keine Heilkunst und keinen Deut fortschrittlicher als das, was die Schamanen der Ungläubigen praktizierten – »dabei hat doch schon Galenus …«

Er sagte etwas über Galenus, als von nebenan ein Stöhnen zu vernehmen war.

Ich sprang erschrocken auf, der junge Rabbi ging gemessenen Schrittes in die Krankenstube, und wir hörten, wie er in ruhigem Ton auf Sarah einredete. Sie fragte leise etwas, auf Hebräisch.

Dann stand Rabbi Eliser neben der geöffneten Tür und deutete mir mit einer Armbewegung an einzutreten. Der Raum war ziemlich finster, man hatte Decken vor die Fenster gehängt.

Vor dem Bett ließ ich mich auf die Knie nieder.

»Sarah, hörst du mich? Wie geht es dir?«

Sie lag auf dem Rücken, ihre Stirn hatte der Medicus mit einem feuchten Wickel versehen, ihren verletzten linken Arm konnte ich im Dunkeln nicht sehen.

»Andreas«, flüsterte sie nur, »Andreas!«

Ich ergriff ihre rechte Hand, die über der Decke lag und drückte sie sachte.

»Sarah, sei unbesorgt, niemand trachtet dir nach deinem Leben – der Pfeil, der dich getroffen hat, galt mir. Und ich bete für dich, und mein Gott, der Gott des Neuen Testaments, wird meine Gebete erhören, und auch dein Gott, der Gott des Alten Testaments, wird dir beistehen, und du wirst wieder gesund werden, auch dank der Kunst des Rabbi Eliser.«

Sie wandte sich mir zu. Sie war zu schwach, etwas zu sagen.

Ich rollte den linken Ärmel meines Gewandes nach oben.

»Sieh hier, meine Narbe – vor zehn Wochen hat mich ein Pfeil am linken Arm verletzt, genau an der Stelle, wo auch du getroffen wurdest, doch mit Gottes Hilfe verheilte die Wunde, und ich genas, so wie auch du genesen wirst.«

Sarah bewegte langsam den Kopf.

»Und dann, Sarah, reiten wir nach Jerusalem.«

Trotz ihrer Schmerzen versuchte sie zu lächeln. Mit ihrer Rechten suchte sie meine Hand. Und während sie sie fest drückte, schloss sie die Augen und nickte.

»Herr Andreas«, sagte der Medicus, »lasst sie nun schlafen, das ist die beste Medizin.«

Ich stand auf und verließ den Raum.

»Wann darf ich wiederkommen, Rabbi?«

»Nicht morgen, nicht am Sabbat«, erwiderte er, »vielleicht am Nachmittag des Tages, an dem die Christen den Tag ihres Herrn feiern, am Sonntag.«

Ich dankte ihm und verabschiedete mich, auch von Abraham Halevi.

»Geh mit Gott, mein Sohn, aber geh«, murmelte der.

Ich verließ das Viertel so schnell, wie ich gekommen war.

Die geheiligte Zahl Neun

Es war etwas schwül geworden in der Stadt, wie immer, wenn das Wetter einige Tage schön gewesen war. Die späte Nachmittagssonne wurde schon von einigen Wolken verdunkelt, als ich die Würfelpforte erreichte. Im Schankraum des Weißen Löwen begrüßte mich Arnold mit einer Handbewegung, während er sich an einem großen Fass zu schaffen machte.

Pavel saß an einem abgelegenen Tisch und trieb sein Spiel mit Henri, indem er ihn mit einem Stück Brot lockte, ohne es ihm zu überlassen.

Als Henri mich bemerkte, lief er auf mich zu, flink wie ein Wiesel, und umkreiste mich kläffend, er war ein guter Hund – ich gab ihm einen Klaps, worauf er sich daran machte, am Saum meines Mantels zu zerren, als wollte er mich zu Pavel führen. Mit einer plötzlichen Armbewegung schaffte ich es, ihn zu verscheuchen.

Pavel hatte eine Schüssel Lammfleisch vor sich, er kaute genüsslich an einem Weizenbrot – und er trank, zu meiner großen Überraschung, Wein.

»Ihr sagt doch immer, ich solle nicht so viel Bier trinken, Herr!«

Ich setzte mich zu ihm und sagte erst einmal nichts.

Vor meinen Augen stand Sarah.

Ein Schankbursche brachte mir einen Krug frisches, gekühltes Bier.

Ich versuchte, mich zu besinnen, versuchte das, was Bruder Heinrich mir erzählt hatte, zu einem großen Bild zusammenzufügen, vergebens. Arnold, so konnte ich beobachten, war unterdessen an einen Tisch getreten und redete auf einen Dominikaner ein, der gerade einen Holzteller mit der Zunge ableckte.

Eigentlich war es Zeit, den »weisen Rat« einzuberufen.

Nach einiger Zeit erhob sich der Mönch, er rülpste laut und folgte Arnold an unseren Tisch.

»Andreas, das ist Bruder Laurentius aus dem Kloster der Predigerbrüder in der Stolkgasse – ich weiß, dass er vor vielen Jahren an den Generalstudien in Paris als Kopist gewirkt hat, und so habe ich ihn gebeten, in den Weißen Löwen zu kommen.«

Arnold wischte sich die Hände an der Schürze ab.

»Ich glaube nämlich, er wird dir einiges über die Templer berichten können«, setzte er mit sichtlichem Stolz hinzu, als wollte er sagen, na seht her! Ich habe das Meinige getan, um seine Nachforschungen voranzubringen.

Dann ging er wieder an das große Fass.

Eigentlich war mir nicht danach, mit diesem Mönchlein zu reden, einem kleinen Manne, dessen braune Kutte die Rundung eines bemerkenswerten Bauches nicht verbergen konnte. Es wäre aber unhöflich gewesen, ihn wegzuschicken. Ich forderte ihn also auf, uns Gesellschaft zu leisten – ohne jede Verlegenheit kam er dieser Bitte nach und ließ sich neben mir nieder. Er blickte nachsichtig unter den Tisch, als Henri ihn wütend anbellte.

Bruder Laurentius hatte ein rundes, pausbackiges Gesicht, ihm fehlten bereits ein paar Zähne, und er lächelte fortwährend, eher ein Schelm als ein Mann Gottes, dachte ich.

»Wann genau, ehrwürdiger Vater, hattet Ihr das Vorrecht, in der Hauptstadt des Königreichs Frankreich, der Stadt der Wissenschaften, zu weilen?«, fragte ich.

»Werter Herr, es sind nun fast zwanzig Jahre vergangen, dass mich unser Pater Provinzial nach Paris schickte – damals, Anno Domini 1328, da herrschte große Verwirrung in Frankreich, der König war gestorben, er hieß Karl, und mit ihm war das Geschlecht der Kapetinger, das seit den Zeiten der Franken die Krone Frankreichs trug, dahingegangen. Drei Könige, allesamt Söhne des allseits verhassten Philipp, der den Orden der Tempelritter ausgelöscht hatte, waren nacheinander ohne männliche Nachkommen gestorben. Und so löste der Tod des dritten Königs« – er hob seine rechte Hand und ließ den Zeigefinger bedeutsam auf und nieder fahren – »eine Welle von Gerüchten aus. Viele Einwohner von Paris erinnerten sich plötzlich, dass Jacques de Molay, der letzte Großmeister der Templer, noch bevor sein Scheiterhaufen entzündet worden war, den Papst und den französischen König, seine Henker, verflucht habe. Und darüber hinaus habe er auch dem Geschlecht der Kapetinger sein baldiges Aussterben prophezeit. Dieser Fluch sei nun erfüllt, so flüsterten sich die abergläubischen Bürger in Paris zu – den bedauernswerten Rittern, die Philipps Folterknechte gewaltsam zu Tode gebracht hätten, sei späte himmlische Gerechtigkeit widerfahren.«

Er hielt inne, als erwartete er eine weitere Frage. Und ich tappte in die Falle.

»Denkt auch Ihr so, Herr Pater?«, entgegnete ich. »War den Templern mit dem Tod dieser Könige Gerechtigkeit widerfahren?«

Seine Gesichtszüge erstarrten, das Lächeln verschwand, in seine Augen trat eine erbarmungslose Härte – der Dominikaner wandelte sich blitzartig in einen Hund des Herrn!

»Herr, auf dieser Welt ist der wahre Weg zu Gott dem Herrn der Weg, der zum wahren, gläubigen Menschen in all seiner Güte führt. Das Konzil von Vienne ist diesen Weg gegangen – es hat allen Tempelrittern, die unschuldig waren oder gestanden oder ihren Frieden mit der Kirche gemacht hatten, Gnade erwiesen, sie durften ihr Leben in einem Kloster ihrer Wahl fortführen; nur diejenigen, die leugneten oder ihre Geständnisse widerriefen, wurden als verstockte Ketzer strengstens bestraft.«

Mir war klar, dass ich ihn schnell beschwichtigen musste. Der Arm der Inquisition reichte weit, auch in der Stadt Köln, das durfte ich nicht vergessen.

»Pater Laurentius, eines möchte ich Euch wissen lassen: So wahr ich ein gläubiger Christenmensch bin, so hege ich keinen Zweifel an der Richtigkeit der Entscheidung der ehrwürdigen Väter des Konzils von Vienne.«

Er kämpfte mich sich, er zauderte. Schließlich setzte er wieder die Miene des verständnisvollen Seelsorgers auf.

»Manches, meine Brüder, beweist das Wort, das meiste aber die Tat. Diese Templer haben mehr Verbrechen auf sich geladen, als das Konzil ihnen anlastete – vor allem dies: Sie waren Abtrünnige unseres heiligen Glaubens, einer ihrer Großmeister, den die Heiden gefangen genommen hatten, machte als Preis für seine Freilassung einen Handel mit den Sarazenen, und so wurden heidnische Riten in den Orden eingeführt. Die Ritter verehrten fortan eine weiße Göttin, *horribile dictu et visu* – Maria Magdalena wurde zur Nachfolgerin der Venus erhoben, und sie heiligten die Zahl Neun.«

Dann erzählte er, es seien neun Ritter gewesen, die sich einst ins Heilige Land begaben, um die Pilgerwege zu schützen, neun Jahre wollten sie unter sich bleiben, so hätten sie dem König von Jerusalem mitgeteilt, neun Jahre später gründeten sie den Orden, nach weiteren neun Jahren bestätigte das Konzil von Troyes die Regel des Tempels, es gab neun verschiedene Strafmaße für Vergehen gegen die Ordensregel – »selbst als ihr Großmeister am achtzehnten Tag des dritten Monats des Jahres 1314 nach der Geburt Christi sein ketzerisches Leben aushauchte, zogen sie, die Lehren der Kabbala befolgend, aus all diesen Zahlen die Quersumme –

und was ergab das? Na, was glaubt ihr? Natürlich die Neun. Wie die Juden und die Kabbalisten huldigten sie aber auch anderen magischen Zahlen, und so war es nur gerecht, dass die französischen Templer an einem Freitag, dem Dreizehnten, von den Häschern des Königs eingekerkert wurden.«

Er lehnte sich zurück, in der Gewissheit, dass seine Worte großen Eindruck hinterlassen hatten.

Endlich regte sich Pavel, der seine Mahlzeit beendet hatte.

»Mann Gottes, woher weißt du das alles?«

Bruder Laurentius blickte uns triumphierend an.

»Ein Meister des Generalstudiums zu Paris, Bruder Wilhelm oder Guillaume, wie ihn die Brüder und die Scholaren nannten, hat eine Chronik der Geschichte der Franken geschrieben, von der Zeit Karls des Großen bis zum Ende des Hauses der Kapetinger. Ich durfte jeden Abend darin lesen.«

Pavel trank unbewegt seinen Krug leer. »Es heißt, die Templer seien unermesslich reich gewesen«, sagte er und wischte sich den Mund ab.

»Du sprichst Wahres aus, lieber Sohn, sie waren reich, fürwahr, mehr noch: Das Gold war ihr Gott! Der letzte Großmeister führte hundertfünfzigtausend Goldgulden und zwölf Pferdeladungen Silbergeld mit sich, als er verhaftet wurde! Die Amtleute des Ordens demonstrierten unerträglichen Stolz, sie führten selbst dem König ihren Reichtum vor, und sie gaben sich dem Müßiggang hin, schlemmten und hurten und intrigierten gegen Kirche und König.«

Gewiss, so räumte er ein, die ersten Ritter hätten noch bescheiden und mäßig gelebt, sich schlicht gekleidet und allen Aufwand vermieden – »doch mit der Zeit, als sie reich wurden, machten sich Hochmut und Liederlichkeit breit, sie wurden ihrer Bestimmung untreu, sie gestatteten sich Gewalttaten und übten während der Kreuzzüge nicht selten Verrat an ihren Waffengefährten.«

Bruder Laurentius redete ohne Unterlass weiter. Pavel und mir verging Hören und Sehen angesichts all der Zahlen, die er nannte – als der Orden aufgehoben worden sei, hätten die Tempelritter ein Reich von fünf Provinzen im Morgenland und sechzehn Provinzen im Abendland besessen, mit Tausenden von Ordenshäusern und Burgen, Anno Domini 1307 habe der Orden mehr als sechzig Millionen Turnosen eingenommen – »wisst ihr, wie viel der französische König in eben jenem Jahr bezog?«

Nein, antworteten wir fast gleichzeitig, das wüssten wir nicht.

»Nicht ganz zwei Millionen Turnosen!«

Doch ihren Reichtum, so fuhr er fort, hätten die Templer nicht für wohltätige Zwecke verwendet, ja nicht einmal zu Gunsten des Heiligen Landes. Stattdessen hätten sie Handel- und Wechselgeschäfte getrieben und Spekulationen aller Art vorgenommen, allen möglichen Fürsten, selbst heidnischen, große Summen geliehen und sogar ihre Flotte vermietet.

Ich unterbrach ihn.

»Pater, wo befindet sich der Schatz des Ordens heute?«

Bruder Laurentius stützte seinen linken Ellenbogen auf den Tisch. Er schüttelte den Kopf, um seine Ratlosigkeit anzudeuten, sein Blick ging zu Arnold und zum Fass. Der Diener Gottes hatte Durst.

»Wenn ich das wüsste, wäre ich heute ein reicher Mann und kein Bettelmönch«, erwiderte er schließlich. Von so viel Bedürfnislosigkeit überrascht, schaute ich zu Pavel, der missbilligend die linke Augenbraue hochzog.

»Der Schatz der Templer«, sagte Laurentius nun, jedes Wort betonend, »das ist wohl das größte Geheimnis, das sie der Christenheit hinterlassen haben.«

Sie hätten ihn vergraben, so werde erzählt, in den Gewölben einer Burg in Frankreich versteckt, die neun mal neun Meilen von der Küste entfernt sei. Andere sagten, die Ritter hätten den Schatz nach Portugal gebracht; und dort befinde sich auch heute noch der Heilige Gral, dessen Hüter die Templer ja angeblich waren – abergläubische Christenmenschen seien nämlich der Meinung, die Tempelritter hätten den Gral gefunden, den Kelch des Letzten Abendmahls, mit dem Joseph von Arimathäa unter dem Kreuz Blutstropfen aus den Wunden unseres Herrn Jesu Christi gesammelt hatte.

»Es gibt heute noch viele Leute, die den Schatz und den Heiligen Gral unermüdlich suchen – und es soll eine verschworene Gemeinschaft geben, die beides, Gold und Gral, verborgen hält und beschützt. In Paris wurde das Gerücht verbreitet, ein Geheimbund ehemaliger Templer treibe sein Unwesen und vollziehe blutige Rache an allen, die zum Untergang des Ordens beigetragen hätten, ja, und es heißt, neun Jahre nach dem Tod des Großmeisters seien die letzten Denunzianten und Verräter erdolcht worden, der Großkanzler, der die Anklage geschrieben hatte, sei vergiftet worden.«

Er lachte kurz. »Also, meine Freunde – wenn ihr hinter dem Schatz her seid, seid auf der Hut! Das Schwert der Ritter vom Tempel Salomons ist auch heute noch sehr scharf, und auch den Dolch wissen sie zu führen!«

Ich stand auf, verbeugte mich und sagte ihm, er solle sich bei Arnold einen Krug Bier abholen, wir seien ihm zu Dank verpflichtet, und unsere Absicht, den Templerschatz zu finden, hätten wir natürlich aufgegeben, eingedenk dessen, was er uns zuletzt zur Kenntnis gebracht habe.

Bruder Laurentius erhob sich, schlug das Kreuz über uns, murmelte ein »Gott sei mit euch, Brüder in Christo!« und trottete zum Bierausschank.

»Gut, dass wir den los sind«, sagte Pavel leise.

Nach einer Weile setzte sich Arnold zu uns.

»Na, Andreas, weißt du jetzt genug über diese Tempelritter?«

»Hast du dem Mönchlein ein Bier gegeben?«, fragte ich zurück.

Der Hund des Herrn habe uns gleich mehrere Bären aufbinden wollen, schnaubte Pavel verächtlich.

Nein, sagte ich, ich hätte großen Gewinn aus diesem Gespräch gezogen. Arnold war erleichtert.

Dann rang ich mich dazu durch, ihnen zu berichten, was mir Heinrich Schinnern am Nachmittag offenbart hatte.

Pavel blickte mich lange verständnislos an.

Arnold war während meiner Erzählung aufgestanden. Nun setzte er sich wieder hin.

»Dieser Ritter mit dem verkürzten rechten Arm, Andreas, wieso hat dich dessen Erwähnung so getroffen?«

Ich atmete tief durch.

»Weil dieser Mann versucht hat, mich umzubringen, im Land der Pruzzen, Anno Domini 1337.«

Pavel war überrascht, tat aber gelassen.

»So, so – vor neun Jahren also«, sagte er.

Die Sarazenen des Abendlandes

»Willst du uns nicht wissen lassen, was damals geschehen ist?« Arnold sah mich fragend an.

»Du warst im Land der Pruzzen? Die Ritter des Deutschen Ordens, so sagt man, haben dort ihr Haupthaus, in einer Stadt namens Königsberg, stimmt das?«

Das Haupthaus des Ordens sei die Marienburg, eine gewaltige Burganlage, so verbesserte ich ihn – es war die größte Burg, die ich je gesehen hatte. Ich musste daran denken, wie wir voller Staunen unsere Pferde zügelten, als wir uns der Burg, an der noch gebaut wurde, zum ersten Mal näherten – und so wurde ich langsam wieder von der Vergangenheit eingeholt, und im Mittelpunkt des Geschehens stand wiederum der König von Böhmen, Johann, mein Herr.

»Im Jahre 1325 nach der Geburt unseres Herrn …«

Schon nach diesen Worten begehrte Pavel auf.

»Herr Andreas, habt Ihr eben nicht gesagt, im Jahre 1337?«

Ich schlug erbost die Hände zusammen.

»Pavel, du Hornochse, kannst du mich nicht einmal ausreden lassen? Ich muss auf mehr als auf diese neun Jahre, ich muss auf mehr als zwanzig Jahre zurückblicken.«

Pavel war beleidigt, Arnold blickte betreten zu Boden.

»Im Jahre 1325 nach der Geburt unseres Herrn«, so hob ich erneut an, »weilte mein Herr, König Johann, wieder einmal in Prag – weil er wieder einmal Geld brauchte. Und so ließ er sich eine neue allgemeine Steuer bewilligen, die Böhmen murrten und sträubten sich zuerst, einige Große drohten wie immer mit Waffengewalt, am Ende ließen sich aber doch alle bereden, der königlichen Forderung nachzugeben.«

Ich erinnerte mich, dass Johann sich im Gegenzug noch einmal verpflichten musste, böhmische Ämter nicht mit Ausländern zu besetzen. Auf diese Weise hatte es Johann geschafft, in zwei Monaten fast hunderttausend Mark Silber, eine ungeheure Summe, aufzutreiben, die ich, als der Kammerherr, seinen Gläubigern anweisen ließ. Nun hofften die Böhmen, auf längere Zeit von weiteren Abgaben verschont zu bleiben, zumal der König sein Reich rasch wieder verließ und neue Abenteuer suchte und von einem Fest und Turnier zum nächsten zog.

»Und du warst immer dabei?«, fragte Arnold.

Ja, gab ich zur Antwort, ich war immer dabei gewesen, ich hatte mich als sein Kammerherr ständig in seiner Umgebung aufzuhalten. Von einem der königlichen Räte war mir eines Tages mitgeteilt worden, dass ich mich im ritterlichen Waffenhandwerk üben dürfe, dazu gehörten Reiten, Laufen, Springen, Klettern, ein Fechtmeister brachte mir sogar das Fechten bei, und wie die Knappen des Hofs erhielt ich mehr als einmal die Gelegenheit, die Quintaine zu üben, die Krone der Kriegskunst, wo man zu Pferd mit angelegter Lanze gegen Schilde oder Strohpuppen anritt.

»Wieso hat er dir das erlaubt? Du bist doch nicht ritterbürtig?« Es war Arnold, der mir ins Wort fiel.

»Ich glaube, er wollte mir auf seine Weise seinen Dank abstatten – ich hatte ihm schließlich einige Jahre zuvor das Leben gerettet, ihm, na ja, sagen wir, aus einer unangenehmen Lage geholfen.«

Nun war wieder Pavel an der Reihe, mich zu unterbrechen – er sprang auf.

»Herr Andreas, warum habt Ihr nie davon erzählt? Ihr hattet Umgang mit der Königin, sagt die Hausfrau, Ihr habt dem König das Leben gerettet, sagt Ihr jetzt – ich bin Euer Freund, Ihr solltet etwas mehr Vertrauen zu mir haben!«

Ich wiegelte ab, es sei keine große Heldentat gewesen, in der Schlacht von Mühldorf, Anno Domini 1322, sei Johann mitten im Kampfgetümmel vom Pferd gestürzt, in seiner schweren Rüstung habe er auf dem Rücken gelegen, von niemandem bemerkt, hilflos, wie eine verunglückte Schildkröte, habe er dagelegen, und so sei er in Gefahr geraten, von den gepanzerten Gäulen der Ritter zertrampelt zu werden – »als ich ihn nicht mehr kämpfen sah, lief ich übers Schlachtfeld, wich Schwerthieben und Pfeilen aus, duckte mich unter Streitrössern weg, lief unter ihnen her – und ich fand den strampelnden König, stellte ihn auf die Beine und half ihm wieder auf sein Pferd: Das war alles, nicht der Erwähnung wert.«

Pavel verfiel in lautes Lachen, und auch Arnold musste lachen, er glaubte mir kein Wort.

»Soll ich weitererzählen?«, fragte ich, bemerkte aber, dass Franziska sich unserem Tisch näherte, gekleidet in ein schlichtes langes Kleid, das unter der Brust geschnürt war.

»Unser bezaubernder böhmischer Gast hat immer gute Laune«, flötete sie und machte einen Knicks.

»Der Herr Andreas hat aber auch eine lustige Geschichte erzählt – wie er in einer großen Schlacht eine Schildkröte rettete, das hättet Ihr hören sollen, schönes Fräulein!«

Und er lachte weiter.

»Setz dich zu uns Fränzi und lass Andreas erzählen!«, sagte Arnold.

In besagtem Jahr des Herrn 1325, so ergriff ich wieder das Wort, als die Böhmen einmal mehr Johanns leere Truhe gefüllt hatten, fand er aber eine Möglichkeit, ihnen selbst den letzten Groschen aus dem Beutel zu ziehen. Er hatte nämlich dem Papst in Avignon seine Dienste angeboten und sich bereit erklärt, an einem Kreuzzug nach Palästina teilzunehmen – »er nahm sogar offiziell das Kreuz, nannte sich Kreuzritter, und er verpflichtete sich durch seinen Eid als König und Ritter, den Kampf gegen die Ungläubigen aufzunehmen.« Zur Finanzierung dieses Kreuzzuges bewilligte ihm der Papst daraufhin großzügig den Zehnten von allen Einkünften des Säkular- und Regularklerus für die nächsten drei Jahre, nicht nur in Böhmen, sondern auch in Mähren und in Luxemburg.

»Das Üble an diesem Eid«, musste ich einschränken, »war, dass überhaupt kein Kreuzzug geplant war, kein Herrscher des Abendlandes war noch bereit, sich in ein so gefährliches Abenteuer einzulassen, alle redeten indessen unablässig davon. Bei großen Turnieren war es mittlerweile zur Regel geworden, dass Herzöge, Grafen, Barone und andere edle Herren in endlosen Zeremonien das Kreuz nahmen und unter Trommelwirbel und Trompetenschall die Heerfahrt ins Heilige Land gelobten – doch dann kümmerten sie sich herzlich wenig um ihre Gelübde. Mein Herr aber war gewillt, allen zu zeigen, dass er seinen Schwur erfüllen werde, und so begab er sich Anno Domini 1328 erstmals in das Gebiet des Deutschen Ordens, um sein Schwert gegen die Heiden zu ziehen, für sein Seelenheil und zum Ruhme der heiligen römischen Kirche.«

Der Hochmeister des Ordens, der schon lange freundschaftliche Bande zu den böhmischen Königen pflegte, war über Johanns

Eintreffen sehr erfreut. Seit mehr als hundert Jahren, so erzählte mir ein Ordensmann, kämpften die deutschen Ritter gegen die Pruzzen – manche nannten sie Preußen oder Pruthenen – und die Litauer, um ihnen das Christentum zu bringen. Ein polnischer Herzog hatte einst den Orden um Hilfe gebeten und ihm einen Teil seines Landes abgetreten. Dort hatten sie dann ihre Burgen und Städte gebaut, und dann riefen sie deutsche Siedler ins Land. Die Pruzzen aber verteidigten ihre Religion und ihre Heimat wütend und entschlossen, doch sie mussten sich schließlich unterwerfen und zum Christentum übertreten, ihr Gebiet fiel ebenfalls den Deutschrittern zu. Nun blieben noch die Litauer, die sogar stolz darauf waren, als einziges Volk des Abendlandes dem heidnischen Glauben ihrer Väter anzuhängen.

»Der raue und harte Winter« – ich bemerkte dass Arnold und Pavel nun wie gebannt an meinen Lippen hingen, und auch Franziska hörte aufmerksam zu – »begünstigte unser Unternehmen, Sümpfe, Seen und Flüsse waren zugefroren. Die vereinigten Haufen der Deutschritter und der Böhmen überschritten den großen Fluss Memel und belagerten eine Burg der Litauer, die von einem Hauptmann von riesiger Größe verteidigt wurde, Tage und Nächte bestürmten wir die Burg, bis der Hauptmann getötet wurde und die ermüdeten und erschöpften Heiden den Mut verloren und sich auf Gnade und Ungnade ergaben. Der erbitterte Hochmeister wollte alle Litauer dem Schwerte opfern – doch damals offenbarte mein Herr, der in Böhmen grausam und willkürlich regierte, erstmals seine Ritterlichkeit. Er sicherte, zum großen Ärger der Deutschherren, den Verteidigern das Leben zu – gegen die Bedingung, dass sie sich zur christlichen Religion bekehren müssten, worauf dreitausend von ihnen die Taufe annahmen.«

Ja, so wiederholte ich, sobald der König seine böhmischen Länder verlassen hatte, verwandelte er sich in einen großzügigen und gerechten Herrscher, der das christliche Gebot der Nächstenliebe befolgte und auch die höfische Etikette wie kein Zweiter beherrschte – »sogar am Hof in Paris galt er schließlich als Schiedsrichter in Fragen der Courtoisie und Galanterie.«

»Sind alle Böhmen so galant wie Euer König, Herr Pavel?«, fragte Franziska schelmisch, und Pavel murmelte nur: »Fürwahr, das sind sie, das sind sie, mein Fräulein!«

Arnold schlug beeindruckt die Arme übereinander.

»Andreas, was geschah im Jahre 1337? Das wolltest du uns doch berichten!«

»Das will ich tun, hört gut zu! Der große Kreuzzug zur Befreiung des Heiligen Landes«, erwiderte ich, »hatte damals noch immer nicht stattgefunden, und so entschloss sich mein Herr, König Johann, ein zweites Mal das Wagnis einer Preußenreise auf sich zu nehmen – ja, ihr habt richtig gehört, Preußenreise nannte man die Kreuzzüge gegen die Litauer mittlerweile.«

»Anno Domini 1337? Neun Jahre nach seiner ersten Reise? Ich sage nur: neun Jahre!«, warf Pavel mit undurchdringlichem Blick ein.

Machte er sich über mich lustig?

Die erste Heerfahrt Johanns nach Litauen hatte im ganzen Abendland Aufsehen erregt – und Edelleute aus vielen Königreichen, aber auch übelstes Gesindel aus allen Himmelsrichtungen, Halunken, Raubritter, Gebannte, machten sich nun Jahr für Jahr auf den Weg ins Land der Deutschherren, um Johanns Beispiel zu folgen. Es wurde eine ritterliche Mode, wie die Franzosen sagen, eine Preußenreise zu unternehmen – »die meisten Preußenfahrer kamen über Land, manche schifften sich in La Rochelle oder Brügge ein, und man traf sich zu Beginn des Monats Dezember in Königsberg, wo der Hochmeister seine Gäste empfing.«

Dann warteten alle darauf, dass Flüsse und Sümpfe zufroren, denn nur dann konnten die Ritter in das Land der Litauer ziehen. Um sich die Zeit zu vertreiben, wurden Turniere abgehalten und Feste und Bankette gefeiert, man nannte das die Königsberger Saison – die edlen Herren gingen aber auch in einfachen Kaschemmen und Hurenhäusern ein und aus, feierten wüste Gelage und trafen sich zum Würfelspiel, bei dem manche ihren ganzen Besitz verspielten. Oft kam es bei Saufgelagen zu Streit und Schlägereien, bei denen es sogar Tote gegeben haben soll, wie mir unser Herbergswirt, ein Deutscher, angewidert berichtete – »Ritter des Herrn töten Ritter des Herrn.«

Jeden Abend waren sie irgendwo eingeladen, und so hatten sie Gelegenheit, mit ihren Heldentaten zu prahlen, die Deutschherren taten sich besonders hervor, sie zählten auf, wie viele Litauer sie schon getötet hatten – »es sei ein gottgefälliges Werk, diese ungeschlachten Wilden zu berauben und zu misshandeln, und am schönsten sei es, ungewarnte Dörfer zu überfallen und die Ungläubigen, derer man habhaft werde, Männer, Frauen und Kinder in ihrem ersten Schlaf, niederzumachen.«

Franziska war bleich geworden bei meinen letzten Worten.

Doch die Litauer, so erzählte ich weiter, waren harte Kämpfer, einer ihrer Stämme, die Szemaiten, war ein besonders mutiger und kräftiger Menschenschlag, sie hatten kleine, aber ausdauernde und zähe Pferde, die im unwirtlichen Gelände, in den Sümpfen und auf dem Eis viel besser zurechtkamen als unsere schweren Streitrösser. Ihre Dörfer bestanden aus einer kuriosen Vielzahl winziger Hütten, denn für jede Arbeit hatten sie eigene Häuslein errichtet, eines, in dem Heu getrocknet und gedroschen wurde, eines, in dem man Getreide mahlte, eines, wo die Weibsleute buken, eines zum Waschen und dann hatte jedes Gehöft ein Badehäuschen und eines für den Honig – Honig hatten sie immer, selbst wenn das eigene Brot nicht mehr ausreichte.

Der Großfürst der Litauer hieß Gedimin, ein stolzer Herr, der auf der Jagd den Platz für ihre neue Hauptstadt gefunden hatte. Er war ein großer Krieger, der mehr auf Angriff als auf Verteidigung setzte, er hatte Tataren und Russen besiegt und sogar Kiew erobert. Wer Angst hat zu sterben, hat auch Angst zu leben, war sein Motto. Einmal sei er sogar bereit gewesen, sich zum Christentum zu bekehren – doch sein Hass auf die schwarzen Ritter des Deutschen Ordens war schließlich größer. Einem Missionar soll er voller Hochmut ins Gesicht gesagt haben: »Euer Gott muss verrückt sein, und er scheint verrückte Leute zu lieben, sonst hätte er nicht so viele eures Stammes erschaffen!«

Viele der Preußenfahrer, vor allem die aus Frankreich, wussten nichts über Gedimin und die Litauer. Während sie in Königsberg in Saus und Braus lebten, freuten sie sich darauf, einmal das Schwert gegen die Ungläubigen zu ziehen, an einem Flussübergang ein paar arme Bauern totzuschlagen, hin und wieder kurze Streifzüge zu unternehmen, die man schon als Sieg feierte, wenn nur ein Badehäuschen in Flammen aufging – »das war ihr heiliger Krieg!«

Weil die Litauer die letzten Heiden des Abendlandes waren,

nannten die Franzosen sie Sarazenen – vielleicht aber auch, wie ich vermutete, weil sie den Namen Szemaiten nicht aussprechen konnten.

Die Litauer – ja, sie waren die Sarazenen des Abendlandes. Es war nicht ratsam, diesen *Sarrasins* in die Hände zu fallen, sie übten fürchterliche Rache an gefangenen Rittern, marterten sie tagelang, beraubten sie ihrer Kleider, ließen sie nächtens in der Kälte stehen. Vielen Gefangenen schnitten sie die Fußsohlen auf und jagten sie davon, sodass die Armen, nackt, wie sie waren, auf Händen und Knien übers Eis kriechen mussten. Und auf ihrem heiligen Berg Rombinus soll ein Opferstein gestanden haben, auf dem einst gefangene Ordensritter den heidnischen Götzen geopfert wurden. Nachdem die Deutschherren diesen Stein zerstört hatten, standen dort immer wieder Lanzen, auf die die Litauer Köpfe getöteter Ritter aufgespießt hatten – so empfingen sie die Preußenfahrer, wenn die sich zu ihren Raubzügen aufmachten.

»Oheim Andreas, das sind ja schlimme Geschichten, die du uns erzählst – unser Herr Pfarrer hat immer verkündet, der Kreuzzug diene dazu, den Heiden das gerechte Wirken Christi vor Augen zu führen und sie ins Gottesreich des rechten Glaubens einzuladen«, sagte Franziska leise.

Ich schwieg. Durfte ich in ihrer Gegenwart sagen, was ich dachte? Dass diese Preußenfahrten eine endlose Kette von Blutbädern, Grausamkeiten und Scheußlichkeiten waren, dass es den Rittern ums Totschlagen und Beutemachen ging, dass man den Litauern nicht, wie die römische Kirche es verlangte, die Taufe anbot, sondern sie abschlachtete, versklavte, folterte und aus ihren Dörfern vertrieb?

Bei den Streifzügen, an denen König Johann teilnahm, hielten sich die Deutschherren, eingedenk der Geschehnisse auf seiner ersten Heerfahrt, in ihrem Blutrausch zurück. Doch am Ende des Monats Januar, als noch immer kein Frost herrschte, holte Johann sich in den Sümpfen ein schweres Augenleiden, er blieb in Königsberg, während ich mich dem Gefolge des Grafen von Hennegau zugesellte, der mit einigen hundert Ordensrittern auszog, als der Fluss Memel endlich zugefroren war.

»Ich habe einmal miterlebt, wie Preußenfahrer eine kleine, unbefestigte litauische Stadt überfallen haben, soll ich euch erzählen, wie schäbig und schmutzig und brutal die deutschen Ritter vorgegangen sind?«

Franziska stand auf und verließ den Tisch.

»Sie schickten Reiter vor, die Feuer auf die strohgedeckten Hütten warfen, die Litauer bemerkten erst jetzt die Gefahr, sie rannten um ihr Leben, gescheucht und gejagt wie Schafe und Wölfe, viele liefen voller Angst in den Tempel ihres größten Gottes Perkon oder Perkunas, wie er hieß, sie versuchten, die Pforten zu schließen, was die Ritter in ihrer Unmenschlichkeit noch mehr erzürnte, die einen betraten die Hütten, nahmen, wenn denn vorhanden, Geld, Geschmeide, Kleidung und Hausgeräte an sich, andere drangen in den Tempel ein, es begann ein Hauen, Stechen, Schlagen, Peitschen, Martern, Töten, Schänden, das man gar nicht beschreiben kann, Säuglinge und ihre Mütter, Jünglinge wie eisgraue Alte wurden niedergemetzelt, ohne Erbarmen, selbst Kinder, die niederknieten und um ihr Leben flehten, verschonten die Ritter nicht, und gegen Ende wurde der Tempel ihres Götzen angezündet, und alle, die sich noch darin befanden, kamen auf elendigste Weise ums Leben. Diejenigen, die sich zu retten versuchten und aus dem Tempel liefen, wurden von Bogenschützen, die draußen warteten, mit Pfeilen überschüttet. Ein Priester, der sich uns angeschlossen hatte, rief voller Freude, gleichsam entrückt: Kommt, seht das Blut auf den Straßen! Seht das viele Blut! Gelobt sei unser Herr, Jesus Christus! Und der Graf von Hennegau äußerte hinterher, dieser Tag habe ihm Vergnügen bereitet und großen Gewinn an Ehre gebracht.«

Arnold und Pavel hielten den Kopf gesenkt und sagten kein Wort.

»Das, liebe Freunde, war mein Kreuzzug, der mir Ablass aller meiner Sünden einbringen sollte – grausamer, als ich je geglaubt hatte, wurden hier Menschen ohne Unterschied zu Tode gebracht.«

Tod an der Memel

»Andreas, was war mit dem Ritter mit dem kurzen Arm?« Arnold erinnerte mich daran, was sich in Königsberg ereignet hatte, wenige Tage nach unserer Ankunft.

König Johann war später als gewöhnlich ins Preußenland aufgebrochen. Erst am Festtag des heiligen Rigobert von Reims, dem vierten Tag des Monats Januar, verließen wir Schlesien, Anno Domini 1337.

Zahlreiche Fürsten und Edelleute waren mit ihren Kriegsvölkern nach Breslau geeilt, um sich unserem König anzuschließen, der junge Herzog von Bayern, der Herzog von Burgund, der zugleich den Titel eines Königs von Thessaloniche führte, der Herzog von Liegnitz, der Pfalzgraf vom Rhein und viele Grafen und Barone. In Thorn am großen Fluss Weichsel hatte uns der Hochmeister des Deutschen Ordens empfangen, und er beklagte, dass der milde Winter noch keine Feldzüge ins Heidenland zugelassen habe. Über der fast fertig gestellten Marienburg hingen graue Wolken, und auch in Königsberg regnete es in Strömen, kein Frost, kein Schnee kündigte sich an. Wir nahmen Quartier in der Stadt und den benachbarten Orten Löbenicht und Kneiphof. Johann befahl seinen Böhmen, sich bereitzuhalten für einen Ritt an die Memel, jenen Fluss, der die Grenze bildete zwischen dem Land der Deutschherren und dem der Litauer.

An einem dieser trüben Tage bat ein deutscher Ritter, der sich Friedrich von Bornheim nannte, um die Ehre und Gunst, wie er sagte, an der Seite des berühmtesten Fürsten der Christenheit ins Feld ziehen zu dürfen. König Johann war anfällig für solch schmierige Schmeicheleien, und so gewährte er dem Ritter seine Bitte.

Friedrich von Bornheim hatte ich kurz zuvor erstmals in einem Wirtshaus in Löbenicht gesehen, er würfelte mit einigen böhmischen Knappen, die ich kannte, um ein paar geringe Münzen. Nach einer Weile forderte er mich auf, am Spiel teilzunehmen.

Draußen regnete es unaufhörlich, was blieb mir sonst, um die Zeit zu vertreiben?

Ich ging an ihren Tisch – und hatte schnell einige Pfennige verloren. Als ich meinen letzten Prager Groschen aus dem Beutel holen wollte, fiel die Münze meines Vaters auf den Tisch, rollte auf Friedrich zu und blieb vor ihm liegen.

»Wollt Ihr die etwa einsetzen, mein Herr?«, fragte er hämisch.

Er war im Begriff, die Münze in die Hand zu nehmen und zu betrachten, doch ich beugte mich blitzschnell nach vorn, griff zu und fischte sie ihm aus den Fingern.

»Das gute Stück«, sagte ich so unbefangen wie möglich und hockte mich wieder hin, »ist viel zu wertvoll, um es beim Glücksspiel zu verlieren.«

Als die Münze vor ihm lag, hatte ich ein Blitzen, ein gefährliches Flackern in seinen Augen wahrgenommen, das wie ein plötzliches Erkennen aussah, doch nach kurzer Verwirrung fasste er sich wieder.

Sonderbar, dachte ich, aber vielleicht war das Kupferstück ja doch mehr wert, als der alte Ugolini mir weisgemacht hatte.

Ich versuchte, mir ein Bild von diesem Ritter zu machen. Friedrich von Bornheim war mittelgroß, er hatte ein schmales, arg vernarbtes Gesicht und graue Haare. Ich schätzte sein Alter auf etwa fünfundvierzig Jahre. Er trug ein einfach geschnittenes, graues Wams, das allerdings aus feinem Tuch hergestellt war und, wie ich feststellte, kein Wappen aufwies.

Er duckte sich nun ein wenig, schob den Kerzenständer zur Seite und blickte mich durchdringend an.

»Woher habt Ihr das gute Stück, wie Ihr es nennt, mein Herr?«

War der Mann einfach nur neugierig? Oder wusste er mehr über die Münze als ich?

Einer der Knappen merkte mürrisch an, wir sollten doch weiter spielen, Zeit zum Reden bliebe immer noch. Ich sah daher auch keinen Grund, die Frage des Ritters wahrheitsgemäß zu beantworten. Mit meinem Herrn, dem König von Böhmen, so erwiderte ich, sei ich vor einigen Jahren nach Italien gezogen, und in einer der Städte, die sich seiner Herrschaft unterstellt hätten, in Lucca nämlich, habe mir eine schöne Signorina die Münze zum Abschied geschenkt, als Glücksbringer – »diese Stücke«, sagte ich, während ich sie wieder verstaute, »gibt es in Tuszien wie Sand am Meer, mein Herr.«

»So seid Ihr ein Gefolgsmann des böhmischen Königs?«

Seine Stimme klang etwas belegt, er zog die Augenbrauen hoch – »Ihr sprecht aber sehr gut Deutsch.«

Als ich ihm erklärte, dass ich in Köln geboren sei, senkte er unwillkürlich den Kopf, wieder war dieses Flackern in seinen Augen.

Ohne aufzusehen, nahm ich einen Würfel, drehte die Sechs nach oben und fügte an, dass mich ein gütiges Schicksal nach Böhmen verschlagen habe, dass ich persönlicher Kammerherr des Königs geworden sei, dank der Gnade des allmächtigen Gottes.

Er stand auf. Sein Gesicht strahlte nun eine gewisse Ruhe aus.

»Nennt mir Euren Namen, mein Herr – meiner lautet Friedrich, ich bin der Sohn des Edelherrn von Bornheim, er ist Amtmann des Herrn Erzbischofs von Köln zu Lechenich«, sagte er dann und streckte seine Hand aus.

»Ich heiße Andreas«, sagte ich und erhob mich ebenfalls.

Mir war indessen nicht entgangen, dass sein rechter Arm etwas verkrüppelt war, er war wesentlich kürzer als der linke, gleichwohl konnte er die Hand und all seine Finger – so stellte ich fest, als ich sie drückte – beinahe ohne Schwierigkeiten bewegen.

In den Tagen danach suchte Friedrich von Bornheim auffällig oft meine Gesellschaft. Er stellte mir Fragen über Fragen, wann mein Herr nach Palästina zu ziehen gedenke, welche Partei die Böhmen im Krieg zwischen den Königen von Frankreich und England ergreifen würden und wann der Papst, nach Meinung des böhmischen Hofes, endlich von Avignon nach Rom zurückkehren sollte.

»Herr!«, so rief ich verzweifelt, als er einmal mehr einen Krug Königsberger Bier vor mich hinstellte, mir zuprostete und schon leicht angetrunken »Tod den Sarazenen!« brüllte, dann aber gleich danach fragte, wer der reichste Kaufmann in Köln sei – »Herr Friedrich, woher soll ich das alles nur wissen?«

»Ihr dient einem mächtigen König, mein Freund, einem König, der im ganzen Abendland ob seiner Tapferkeit und Ritterlichkeit gefürchtet und geachtet wird«, er umkreiste mich gleichsam, »einem König, der keiner Fehde aus dem Weg geht und die halbe bewohnte Welt gesehen hat – da erfährt man doch Dinge, die einem kleinen Landedelmann nicht zugetragen werden.«

Friedrich war ein übler Schmeichler.

In einem Moment der Unachtsamkeit hatte ich den Satz fallen gelassen, mein König brenne darauf, an die Memel zu ziehen. Und so durfte ich nicht überrascht sein, dass der Edelherr von Bornheim, mein neuer Freund, am nächsten Morgen, gewappnet und mit einem Ersatzpferd im Schlepptau, sich unseren böhmischen Rittern zugesellte, die vor der Königsberger Burg, der Residenz des Ordensmarschalls, auf König Johann warteten, in Reih und Glied postiert.

Friedrich nickte mir freundlich zu und lenkte seine Gäule neben den meinen, als wir losritten.

Nach zwei Tagen hatten wir die Memel erreicht. Es waren ungewöhnlich milde Wintertage, manchmal schien sogar die Sonne, die meisten Reiter hatten nur ihren Lederkoller angelegt, um die Pferde nicht zu stark zu belasten – und weil es so warm war. Wir übernachteten in der Burg Ragnit, die wir bei unserer ersten Preußenfahrt erobert hatten. Wir waren nicht mehr als etwa zweihundert Berittene, die der König für diesen Erkundungszug aufgeboten hatte. An dem von Nebelschwaden verdeckten Memelfluss ließ er tags darauf die Reiter, Schritt vor Schritt setzend, eine lange Reihe bilden, in der Mitte wehten die Fahnen des Königreiches Böhmen.

»Lieber lasse ich meine Augen mit Erde bedecken und mein Fleisch von gierigen Raubtieren verschlingen, ehe ich mich damit abfinde, dass im christlichen Abendland noch immer Götzen gehuldigt wird – Tod den Götzendienern!«, rief Johann und setzte seinen Helm auf.

»Tod den Götzendienern!«, riefen nun auch die Ritter.

Auf der anderen Seite der Memel waren einige der Götzendiener zu sehen. Bauernknechte bemühten sich gerade, eine Herde Rinder zusammenzutreiben, wahrscheinlich gestohlene Tiere aus dem Pruzzenland. Der König ritt zur Furt hinunter und befahl einigen Knappen, die Litauer zu verjagen und die Herde zurückzuholen. Ungefähr zehn unserer Leute gaben ihren Rössern daraufhin die Sporen, durchquerten die Memel, vertrieben die litauischen Knechte und versuchten, die Rinder zur Furt zu geleiten. Viele von uns mussten lachen ob der ungelenken Versuche, die die Knappen unternahmen, um die armen Tiere durch das kniehohe Wasser zu treiben.

Aus einem nahen Wäldchen stürmte aber plötzlich ein Trupp litauischer Reiter hervor, mit viel Geschrei und Lärm, sie schossen Pfeile auf unsere Knappen ab, die wiederum versuchten, sich über die Memel zu retten.

»Ha, die kommen uns gerade recht!«, rief der König amüsiert und lenkte sein Pferd ins Wasser.

Die meisten Ritter folgten ihm durch die Furt, »wir müssen den Knappen helfen«, hörte man immer wieder, schließlich setzte auch ich meinen Braunen in Bewegung. Als ich das andere Ufer erreicht hatte, war schon alles vorbei. Es war zu keinem ernsthaften Kampf gekommen, die Litauer flüchteten schreiend in alle Richtungen, verfolgt von unseren Leuten. Wenn das keine Falle ist, ging mir durch den Kopf, denn die Ritter hatten sich bei der Verfolgung in kleine Gruppen aufgeteilt und jagten mit Triumphgeheul über die Hügel der Auenlandschaft und waren bald nicht mehr zu sehen.

»Wer am tollsten hinterherrast, kann am meisten erraffen«, sagte jemand hinter mir.

Es war Friedrich von Bornheim, der sich immer in meiner Nähe gehalten hatte. Sein Helm war vorne offen.

Wir waren die Einzigen, die noch am Flussufer verharrten.

Friedrich zeigte unversehens mit seiner Linken, mit der er das Schwert führte, auf einen Mann, der, etwa einen Steinwurf von uns entfernt, halb im Wasser, halb auf dem Ufer lag und sich bewegte – einer unserer Knappen, wahrscheinlich war er verletzt.

»Ich kümmere mich um den Mann«, sagte ich und ritt im scharfen Trab los.

Ja, es war ein böhmischer Knappe, ein Pfeil hatte ihn von hinten in den Hals getroffen, der arme Kerl war schlecht gewappnet und hatte seinen Helm verloren. Ich sprang aus dem Sattel, zog ihn aus dem Wasser, bettete ihn unter einen dürren Baum. Er war vielleicht achtzehn Jahre alt, er röchelte nur noch und blickte mich in höchster Verzweiflung an – ich versuchte ihn zu beruhigen, drehte ihn langsam auf die Seite. Vielleicht, so dachte ich in diesem Moment, schaffte ich es ja, den Pfeil aus der Wunde zu ziehen.

In der Ferne erklingt Hufgetrappel, ein einzelner Reiter scheint sich auf den Rückweg gemacht zu haben. Ich blicke auf – und sehe neben mir einen Ritter, der sein Schwert schon zum Schlag erhoben hat. Aus kalten Augen trifft mich ein hasserfüllter, mitleidsloser, teuflischer Blick, ich schreie: »Nein!« und habe mich schon zur Seite geworfen, der Ritter trifft die Armschiene des Knappen, der lauthals aufstöhnt, ich höre heiseres Gebrüll, rappele mich hoch, raffe meine Kräfte zusammen, auch meine Sinne – wo ist mein Schwert? An meinem Gaul hängt eine kurze Lanze, ich höre, wie ein Pferd in Galopp verfällt und immer näher kommt, ich will die Lanze herausziehen, ich schreie: »Friedrich, seid Ihr verrückt geworden?«, reiße die Lanze hoch und lasse mich gleichzeitig nach hinten fallen, während sein Schwert niedergeht und durch das Lanzenblatt abgelenkt wird, doch der Schaft ist gebrochen, ich hebe die Arme schützend vor den Kopf, als Friedrich sich dreht und wie von Sinnen erneut zum Schlag ausholen will. In seinem Rücken taucht ein Reiter im gestreckten Galopp auf – und trifft ihn mit einem mächtigen Schlag unterhalb der Helmkante, die Klinge dringt tief in den Hals ein, Friedrich schreit seinen Schmerz heraus und taumelt einige Schritte zur Seite, er ist von Blut überströmt, sein Schwert fällt ihm aus der Hand, ich springe auf und ramme ihm die gebrochene Lanze in den Leib, er fällt langsam zu Boden, ich habe alle Kraft in diesen Stoß gelegt, er starrt mich an, und ich weiß, dass er sterben wird.

Der Reiter hat sein Pferd mittlerweile gezügelt. Sein silberner Harnisch glänzt im Sonnenlicht. Er lenkt den Gaul in einem weiten Bogen zurück.

»Er wollte dich hinterrücks ermorden«, sagt er schließlich.

Der Reiter war König Johann. Er stieg umständlich vom Pferd, nestelte am Sattel und trat mit einer Streitaxt neben den am Boden liegenden Friedrich, der leise stöhnte; sein Körper zuckte im Todeskampf. Johann holte aus und schmetterte ihm die Axt an den Kopf, sodass der zerklumpte Helm den Schädel eindrückte und Hirn aus Augen und Ohren quoll.

Friedrich starb einen schnellen, einen gnädigen Tod.

»Keine Gnade den Verrätern!«, hörte ich nun den König rufen, seine Augen leuchteten, und auch seine Axt leuchtete, rot vor Blut.

Ich klopfte mir den Dreck vom Lederkoller und versuchte, das verklebte Haar zu ordnen.

Der Schweiß lief mir aus allen Poren, ich atmete schwer.

»Majestät, Ihr habt mir das Leben gerettet – ich stehe tiefer denn je in Eurer Schuld. Habt die Gnade und nehmt den Dank Eures Dieners an.«

Zunächst wollte ich niederknien, beließ es dann aber bei einer tiefen Verbeugung. Er nickte, zeigte aber sonst keine Regung.

»Damit du es nicht vergisst, Andreas – das war *mein* Dank für Mühldorf.« Er hatte Mühldorf also nicht vergessen.

Nach einer Pause murmelte er: »Jetzt sind wir quitt.«

Inzwischen waren mehrere Gruppen unserer Ritter wieder am Fluss eingetroffen. Ein Böhme fragte, was geschehen sei.

Ich hob die Schultern und schüttelte ratlos den Kopf.

»Andreas – warum wollte dieser deutsche Edelmann, Friedrich von Bornheim, dich umbringen? Seit wann töten Kreuzritter ihre Waffengefährten?«, fragte nun auch der König.

Ich wusste es nicht. Ich hatte keine Ahnung. Es gab keine Erklärung. Vielleicht eine – aber wegen einer Kupfermünze tötet man keinen Menschen.

Ein Ritter aus Portugal trat neben mich.

»Mein Name, meine Herren, ist Jehan Lopez Fernandez de Pacheco«, sagte er, und es fiel auf, dass es ihm Mühe bereitete, in französischer Zunge zu reden.

Er kenne den toten Ritter, man sei zusammen nach Königsberg gereist, im seeländischen Hafen Middelburg, auf der Insel Walcheren, habe sich der Ritter den Portugiesen angeschlossen – nachdem er erfahren habe, dass sie sich auf Preußenfahrt befänden.

»Er nannte sich Frederick, Frederick de, Friedrich von – ich weiß nicht mehr, wie, aber nicht Friedrich von Bornheim.«

Und auf der Überfahrt habe der Ritter sie immer wieder nach dem Orden Jesu Christi gefragt.

»Was ist das für ein Orden, Sire?«, fragte ich.

Jehan Lopez Fernandez de Pacheco lächelte.

»Das Königreich Portugal hat den Vorzug, dass Gott ihm stets kluge Herrscher zu geben pflegt. Unser König hat vor vielen Jahren den Orden der Tempelritter nicht aufgelöst, denn in Iberien brauchen wir Kreuzritter, um im Kampf gegen die Mauren zu bestehen. Er hat ihn einfach umbenannt – in den Orden Jesu Christi.«

Ich blickte zu dem schwer verletzten Knappen. Man hatte mittlerweile den Pfeil aus seinem Hals gezogen und die Wunde verbunden. Er kämpfte noch immer um sein Leben.

Ich betete für ihn.

Eine späte Botschaft

So, meine Freunde, nun kennt ihr die Geschichte des Ritters mit dem kurzen Arm.«

Ich trank einen Schluck.

Pavel und Arnold schwiegen zunächst.

»Die Frage ist doch, ob Friedrich von Hammerstein und Friedrich von Bornheim ein und dieselbe Person sind«, sagte Pavel schließlich, »Levold von Hammerstein könnte uns darüber Auskunft geben, was meint Ihr, Herr Andreas?«

Pavel war ein Denker, ein Meister der Logik. Und er hörte nicht auf, laut nachzudenken.

»Wenn es ihn noch gibt, dann weiß dieser Levold ja vielleicht auch, warum dieser Friedrich Euch töten wollte, man sollte ihn jedenfalls danach fragen.«

Wir müssten herausfinden, wo sich dieser Herrensitz befindet, von dem der alte Templer erzahlt hatte, ergänzte Arnold.

Morgen ist auch noch ein Tag, sagte Pavel.

Ich stimmte ihm zu, wenn auch widerwillig.

Das Gasthaus füllte sich nun langsam wieder, der Festtag des heiligen Märtyrers Gereon hatte mit einer Messe in der unscheinbaren Pfarrkirche St. Christophorus sein Ende gefunden, zumindest für die kleinen Leute – den Stiftsherren von St. Gereon standen indessen noch einige Stundengebete bevor, die Non, die Vesper und die Komplet und wie sie alle hießen.

Ich fragte Pavel, ob er noch immer gesinnt sei, meinen Schatten zu spielen, es sei Zeit, den Turmmeister aufzusuchen. Er sprang pflichtbewusst auf und folgte mir.

Es dunkelte bereits, als wir uns zum Haus der Bürger aufmachten. Auch andere Schänken an unserem Weg waren gut besucht, junge Frauen tanzten auf der Straße, Gelächter und Gebrüll der

Betrunkenen übertönte das Stimmengewirr. Die Kölner sind fröhlich und aufgeblasen, wenn sie voll gefressen sind, pflegte mein Vater zu sagen, und sie sind unerträglich, wenn sie trunken sind.

»Herr«, sagte Pavel unvermittelt, nachdem wir eine Zeit lang schweigend nebeneinander hergegangen waren, »Ihr habt vorhin geschildert, wie unser König an den Augen erkrankte, im Land der Litauer. Gott nahm ihm also sein Augenlicht, während er gegen die Heiden kämpfte? Wenn ich bedenke, was Ihr erzählt habt – glaubt Ihr, das war eine Strafe Gottes?«

Nein, so beruhigte ich ihn – »nein, es war eher ein Unglück.«

Johanns Sehkraft war von jeher schwach gewesen, doch als wir die Sumpflandschaft jenseits der Memel durchquerten, entzündeten sich seine Augen, sie waren rot und geschwollen. Das Übel verschlimmerte sich in den Nebeln dieses Winters mehr und mehr, sodass er in Breslau, auf dem Rückweg nach Böhmen, sich den Diensten eines französischen Arztes anvertraute. Doch statt die Krankheit zu heilen, stocherte der Medicus so lange mit einer Nadel im stärker geschwollenen rechten Auge herum, bis der König, der unerträgliche Schmerzen erduldet hatte, schließlich seine Geduld verlor.

Pavel blickte mich fragend an: »Er verlor seine Geduld, sagt Ihr – was meint Ihr damit?«

»Er ließ den Quacksalber in einen Sack einnähen und kurzerhand in der Oder ertränken.«

Pavel schmunzelte.

Doch Johann hatte aus diesem Unglück nichts gelernt – in Prag erlag er den Überredungskünsten eines Arabers, der ihm glänzende Verheißungen ob der Heilung seiner Augen gemacht hatte, doch nach neun Tagen schmerzhaftester Behandlung war sein rechtes Auge erblindet.

Den Araber rettete nur ein Schutzbrief, den er sich vor der Operation hatte ausstellen lassen.

»Und das linke Auge des Königs?«

Die Ärzte der berühmten medizinischen Fakultät der Universität zu Montpellier, so fügte ich an, versuchten schließlich, Johanns Augenlicht zu retten – »vergebens, auch ihre Mittel waren begrenzt, er erblindete vollends, und seit dem Jahr des Herrn 1340 war er nicht mehr imstande, wie er sagte, die Herrlichkeiten dieser Welt mit eigenen Augen zu schauen.«

Der König, daran musste ich Pavel indessen erinnern, habe sich dann aber in sein Schicksal gefügt und es sogar mit Humor ertragen – »nach einem Treffen mit dem lahmen Herzog von Österreich«, so schloss ich, »erhob er sich, tastete sich an der Wand entlang, konnte die Tür aber nicht finden, und der Lahme konnte ihm den Weg nicht zeigen, beiden Fürsten blieb nichts anderes, als herzhaft zu lachen.«

Pavel lachte auch.

Inzwischen hatten wir das Rathaus erreicht.

»Meister Peter, ich habe gute Nachricht für dich: Es gibt weder einen Anschlag noch eine Selbsttötung zu vermelden, das Aufregendste an diesem Tag war eine kleine Auseinandersetzung mit deinen Dienern, wie du vielleicht weißt.«

Peter van Polhem erhob sich, als ich seine karg ausgestattete Amtsstube betrat. Auf dem Tisch stand ein einziger mehrarmiger Leuchter, die Kerzen brannten in ruhigem Licht, durch das geöffnete Fenster wehte ein leichter Wind.

Der Turmmeister, so schien es mir, war peinlich berührt. Erst nach einer kleinen Pause ergriff er das Wort.

»Ich habe von dieser Begebenheit gehört, ja, ja, die Schlägerei an der Kommende. Einem unserer Männer geht es nicht besonders gut – aber, ich gebe es zu, es war wohl mein Fehler, Andreas, dich nicht einzuweihen.«

Ja, sagte ich, das sei ein Fehler gewesen, dennoch schuldete ich ihm Dank. Es sei nämlich beruhigend zu wissen, dass der Turmmeister der Stadt Köln sich zu meinem Schutz verwende.

»Meister Peter, warum tust du das?«

Die Frage schien ihn zu überraschen. Er setzte sich und ordnete eine Hand voll Papiere, die vor ihm auf dem Tisch lagen.

»Andreas, die Herren der beiden Räte dieser Stadt haben mir und meinem Kollegen ein wichtiges Amt übertragen, wir sind das Kettenglied zwischen den Ratsherren und den Gewaltmeistern. Alle anderen Ratsämter werden mit ehemaligen Ratsherren besetzt, nur wir, die Turmmeister, gehören dem sitzenden Rat an. Und wir, die Turmmeister, sind dafür verantwortlich, dass die

Bürger vor Gewalttaten geschützt werden, dass all diejenigen, die Gewalttaten ausüben, hinter Schloss und Riegel kommen. Friedensbrecher sollen ergriffen und, so sie ein Kapitalverbrechen begangen haben, an das Hohe Weltliche Gericht des Erzbischofs ausgeliefert werden, so besagen es unsere Gewohnheitsrechte und Statuten, die einzuhalten sich die Bürger durch Eid verpflichten. In der Stadt Köln ist die Friedenspflicht geboten – doch du weißt und ich weiß, dass dennoch viele Gewalttaten verübt werden, dass Menschen töten und Menschen getötet werden, dass Habgier, Lüge, Verrat und Meineid bisweilen die Seelen verderben, dass Zwietracht herrscht zwischen den einzelnen Geschlechtern, zwischen den Patriziern und den Zunftgenossen, dass Hass umgeht selbst in den Familien – manchmal überkommt mich ein Grauen, wenn ich an all die Verruchtheiten dieser Stadt denke!«

Er hielt inne.

»Andreas, dir ist – so denke ich und so denken gewiss auch die Gewaltrichter – großes Unrecht widerfahren in dieser Stadt, die sich heilig nennt. Ich sehe es als meine Aufgabe an, dem Friedensgebot unserer Gesetze Genüge zu tun, und Frieden kann unter den Menschen nur herrschen, wenn Gerechtigkeit geübt wird. Lange Zeit ähnelte das Rechtsprechen in dieser Stadt dem Würfelspiel! Unser großer Dominikaner, Meister Albert von Köln, setzte das göttliche Gesetz in engste Beziehung zu Gerechtigkeit und Ordnung – das heißt, unsere heilige Kirche und unsere Gesetze schreiben uns vor, nach Gerechtigkeit zu streben, zur Ehre Gottes und zu unser aller Seelenheil.«

Peter van Polhem nahm ein kleines Messer zur Hand und säuberte den Fuß des Kerzenleuchters. Seine Gesichtszüge waren ernst, unbewegt.

»Aus all diesen Gründen, Andreas, tue ich das, was ich in deiner Angelegenheit zu tun habe – ich tue es nicht für dich, sondern für den Frieden dieser Stadt, verstehst du mich?«

Ich suchte lange nach einer Antwort.

Peter van Polhem war kein Edelmann, aber er war von unbeugsamer Aufrichtigkeit – und er hatte eine eigene Meinung zu den Dingen dieser Welt.

Ich war tief beeindruckt.

»Meister Peter, Gott der Allmächtige hat dir nicht nur den rechten Glauben, sondern auch die Gabe der Vernunft gegeben, die Fähigkeit zur Erkenntnis und die Freiheit zum Handeln, Gaben, derer es den meisten Menschen mangelt – Dummheit und Stolz wachsen auf einem Holz, so sagt man in Böhmen. Ich wünschte, es gäbe mehr Männer wie dich, Turmmeister, in dieser heiligen Stadt wie im ganzen Römischen Reich.«

Ein wenig verwundert stand er auf und schickte sich an, mich zu verabschieden. »Gibt es andere Neuigkeiten? Wie geht es Jungfer Sarah, der Jüdin?«

Sie werde genesen, ihre Verletzung werde dank guter Pflege bald ausgeheilt sein, teilte ich ihm mit.

»Und deine Nachforschungen? Du weißt, du hast nur noch zwei Tage, dann wird das Gewaltgericht wieder zusammentreten.«

Mit Gottes Hilfe, so antwortete ich, wollte ich diese Tage sorgfältig nutzen. Dann reichte ich ihm die Hand.

Er hielt mich einen Augenblick zurück.

»Andreas, deine freundlichen Worte haben mich eben etwas erstaunt, ich weiß, du bist kein Schmeichler.«

Er zögerte, bevor er weitersprach. »Lass dir sagen, dass ich keineswegs vernünftiger, fähiger und freier bin als du und andere Menschen, wir alle sind Teil des göttlichen Heilsplans. Ich danke Gott, dass er dafür gesorgt hat, dass ich, ein Waisenkind, von Mönchen in Brauweiler in der Liebe zur Gerechtigkeit Gottes erzogen worden bin – doch die Patres haben auch einen heiteren Mann aus mir gemacht, einen Mann, der gerne lacht und fröhlich ist. Ich glaube nur, es sind nicht die Zeiten zum Lachen, und ich fürchte, viel Unheil steht der Welt noch bevor.«

Ich verstand nicht ganz, was er gesagt hatte, doch ich fühlte, dass es sich nicht geziemte, diesen Worten etwas hinzuzufügen, und so wollte ich eigentlich gehen. Doch dann stutzte ich – hatte er Brauweiler gesagt?

»Turmmeister, du bist in Brauweiler erzogen worden? Kannst du dich vielleicht an einen ehemaligen Templer, Konrad von Ahre, erinnern? Er hat seine Erdentage in Brauweiler beschlossen.«

Er blickte mich erstaunt an.

»O ja, und ob ich mich an den erinnern kann – er war ein übler Mensch, ein ungehobelter Einfaltspinsel, der sich nicht entblödete, uns Schülern, die wir vielleicht acht, neun Jahre alt waren, mit dem Schwert zu drohen, wenn wir Verstecken spielten und ihn bei einem Schläfchen störten. Und oft prahlte er mit seinen Heldentaten im Heiligen Land, unzählige Heiden habe er getötet – da war keiner darunter, so denke ich, den er nicht hinterrücks umgebracht hat. Die Mönche wollten ihn bald wieder loswerden, er hatte sich aber für eine Summe Geldes lebenslängliches Wohnrecht gesichert, und so blieb er bis zu seinem Tod in der Abtei. Ich glaube, die Patres haben ihn selbst dann noch verflucht, bis in alle Ewigkeit.«

Er musste lachen.

»Aber, Andreas, warum nur, um Gottes willen, fragst du nach diesem Grobian?«

»Weil ich glaube, dass vielleicht einer seiner Neffen derjenige ist, der mich umbringen will – und der die Jüdin fast getötet hat.«

Der Turmmeister war erstaunt. Seine Rechte fuhr übers Gesicht. Er kratzte sich hinterm Ohr.

»*Das* glaubst du? Und du sagst: Vielleicht ist er derjenige? Hast du Beweise, Andreas?«

Ich schüttelte den Kopf, hob wie zur Entschuldigung die Arme und verließ das Gebäude.

»Na, was hat er über seine Diener gesagt, diese Schwächlinge, die nicht kämpfen können? Und hat er Euch wieder Vorhaltungen gemacht?«

Pavel saß auf der Treppe und beobachtete das Treiben auf dem Alter Markt.

»Nein«, erwiderte ich, »er hat nur die Apokalypse angekündigt – und noch schlimmer: Er kannte den Melker.«

Pavel guckte entgeistert und tippte mit einem Finger an seine Stirn.

Im Weißen Löwen wurden wir schon erwartet.

»Dieser Brief ist eben für dich abgegeben worden«, sagte Arnold und überreichte mir ein geschnürtes Stück Pergament.

Ich löste die Schnüre und entfaltete den Brief.

Er enthielt nur wenige Sätze. Ich las sie vor, mit leiser Stimme.

»Die Ritter des Tempels Salomons an Andreas, den Sohn des Matthias Hemmersbach.

Dies ist, im Namen der allmächtigen Gottheit, die wir verehren, eine letzte Warnung. Du, Andreas Hemmersbach, nennst eine Münze dein eigen, um deren Besitzes willen schon acht Menschen zu Tode gekommen sind – du, Andreas, könntest der Neunte sein. Du hast aber die Möglichkeit, dein armseliges Erdenleben zu verlängern, wenn du jene Münze des Geldwechslers Ugolini in der Frühe des nächsten Tages, nach dem Morgengebet, auf dem Blutstein von St. Gereon ablegst. Komm allein, Andreas, und komm ohne Waffen – dann wird dir nichts geschehen. Falls du gewillt bist, wider unsere Weisungen zu handeln, werden mit dir noch weitere Menschen ihr Leben lassen.«

Noch vor dem Nachtmahl tagte der »weise Rat«.

»Sie haben es auf die Kupfermünze abgesehen«, stellte Pavel gelassen fest, »sie scheint wertvoller zu sein, als Ihr dachtet, Herr Andreas.«

Weshalb hatte mein Vater mir diese Münze im Augenblick seines Todes gegeben? Wie oft hatte ich mich das gefragt? Und was hatte der alte Messer Ugolini gesagt? »Sie ist an sich ohne Wert, aber sie kann dir auch von großem Nutzen sein!«

Nun lag sie auf dem Tisch, neben dem Brief.

Katharina blickte mich mit tränenverschleierten Augen an. Immer wieder hielt sie ein Tuch vors Gesicht.

»Welche acht Menschen, Andreas, sind wegen dieser Münze schon zu Tode gekommen?«, wollte sie wissen.

Diese Frage hatte ich mir auch schon gestellt: Welche acht Menschen waren in dem Schreiben gemeint? Meine Mutter und meine Geschwister, das waren sechs – aber was hatte ihr Tod mit dieser Münze zu tun? Etwa mein Vater? Nein, den hatten ja die Patrizier auf dem Gewissen – dann vielleicht Friedrich von Hammerstein, der sich als Friedrich von Bornheim ausgegeben und sein Leben an der Memel ausgehaucht hatte?

Das alles überstieg meine Vorstellungskraft.

Arnold erhob seine Hand und räusperte sich.

»Vielleicht, Andreas, sind um dieser Münze willen in Köln oder anderswo Menschen getötet worden, von denen wir noch nie etwas gehört haben, wer weiß das schon? Und diesen Halunken ist doch alles zuzutrauen, was denkt ihr?«

»Ich stimme dir zu, Meister Arnold, aber ist es nicht müßig, was wir hier gerade tun? Ist es nicht müßig, über die Opfer eine gelehrte Disputation zu führen? Die Frage ist doch, *warum* sind wegen dieser Münze so viele Menschen getötet worden?«

Wieder bewies Pavel jene Klarheit des Denkens, die ich so an ihm schätzte – wenn er sie nur öfter an den Tag legen würde.

Eine ganze Weile herrschte Schweigen am Tisch.

»Was gedenkt Ihr zu tun, Herr Andreas?«

Ich nahm die Münze in die Hand.

Innerlich verfluchte ich dieses Kupferstück, das ich siebenunddreißig Jahre auf allen Reisen und Kriegszügen mit mir herumgetragen hatte – sollte sie doch in Besitz nehmen, wer immer wollte!

»Ich werde tun, was man von mir verlangt!«

Wunder und wunderliche Dinge werden von der Kirche des heiligen Märtyrers Gereon berichtet.

Meine Mutter hat ein, zwei Mal eine Geschichte über einen Wucherer erzählt, der von seinem Gewissen geplagt wurde und daher dem Pfarrer von St. Christoph, der kleinen Pfarrkirche neben St. Gereon, versprochen hatte, all das Seine unter die Armen zu verteilen. Der Priester habe ihn in die Stiftskirche geführt und angewiesen: »Schneide aus deinem Brot Almosen und fülle diese Truhe mit ihnen.« Am anderen Tag öffneten sie gemeinsam die Truhe und stießen statt der hineingelegten Almosen nur auf Kröten und Würmer. Der Priester aber habe gesagt: »Siehst du nun, wie Gott erwucherte Almosen gefallen?« Da fragte der Wucherer: »Herr, was soll ich tun?« Der Priester antwortete: »Wenn du gerettet werden willst, so musst du diese Nacht nackt zwischen diesem Gewürm liegen!« Obwohl jenem vor solchem Lager graute, soll er aus Reue dem Gewürm getrotzt und sich nackt darauf geworfen haben. Als der Priester am nächsten Morgen die Truhe öffnete, fand er nichts als menschliche Gebeine vor. Diese wurden im Vorhof der Kirche begraben – und sie sollen von solcher Kraft sein, dass bis heute keine Kröte und kein Wurm die Grenze der Immunität von St. Gereon überschritten haben.

Aus dem Halbschlaf schreckte ich auf – und ich musste mich kratzen.

Es war an der Zeit aufzustehen. Ich öffnete leise einen Fensterladen. Das fahle Licht des abnehmenden Mondes fiel in unsere Kammer.

Die Blutsäule von St. Gereon

Vorsichtig nahm ich den Trog vom Boden, füllte die Waschschüssel und tauchte den Kopf ins Wasser. Ich bemühte mich, so wenig Geräusche wie möglich zu machen, ich wollte Pavel nicht wecken. Während ich mich ankleidete, musste ich an den Abend zuvor denken, als mich alle bestürmt hatten, nicht allein nach St. Gereon zu gehen.

»Das ist eine Falle – traust du etwa diesen Schurken? Sie haben schon mehrmals versucht, dich umzubringen, sie werden dich töten!«, hatte selbst Franziska ausgerufen, die bis dahin, an der Schulter von Pavel gelehnt, angstvoll geschwiegen hatte.

»Ich weiß um diese Gefahr, doch ich möchte diese Angelegenheit zu Ende bringen, ohne dass weiteres Blut vergossen wird, euer Blut!«

»Wieso solltest du uns in Gefahr bringen? Es ist doch alles ganz einfach – wir schnappen uns die Kerle, und dann machen wir kurzen Prozess mit ihnen!«

Arnold hatte mit der Faust auf den Tisch geschlagen, so aufgebracht hatte ich ihn noch nicht gesehen, das Gesicht angespannt, die Augen zusammengekniffen, die Faust geballt. Er sprühte vor Tatendrang, er war ein Kämpfer.

»Freunde«, so hatte ich zu bedenken gegeben, »gestern legte ein Christenmensch Hand an sich und nahm sich selbst das Leben – nachdem er mir offenbart hatte, weshalb mein Vater sterben musste. Darf ich nun euer Leben aufs Spiel setzen, nur um endlich Gewissheit über den Tod meiner Mutter und meiner Geschwister zu erlangen?«

Es war dann laut geworden am Tisch, jeder hatte einen anderen Vorschlag gemacht, und so war mir nichts anderes übrig geblieben, als mit heiserer Stimme Ruhe zu gebieten.

»Bitte, hört mir zu – und beachtet eines: Selbst wenn es uns gelingen sollte, den mysteriösen Rittern, die mir und euch mit dem Tode drohen, den Garaus zu machen, morgen in der Frühe in St. Gereon – wer von euch kann sicher sein, dass andere Mitglieder des geheimen Bundes, von dem der Dominikanermönch berichtet hat, nicht ausführen werden, was im Brief angekündigt ist? Dass sie weitere Menschen töten, vielleicht dich, Arnold? Vielleicht dich, Katharina? Oder dich, Franziska? Und alles nur wegen dieser gottverdammten Münze!«

Kurzerhand hatte ich die Sitzung des »weisen Rates« für beendet erklärt.

»Aber, vielleicht sollte ich euch ein Zugeständnis machen: Ich werde nicht allein gehen« – vier ungläubige Blicke hatten mich getroffen – »ich nehme Henri mit.«

Dann war ich aufgestanden und ins Hinterhaus gegangen, ohne etwas gegessen zu haben.

Pavel hatte unsere Kammer später betreten und etwas gemurmelt, was wie »Na dann, gute Nacht!« geklungen hatte. Er hatte die Kerze, die ich zuvor entzündet hatte, ausgeblasen und sich angezogen aufs Bett gelegt. Sein übliches Schnarchen war ausgeblieben.

»Henri, hörst du mich? Henri, komm her!«

Henri hatte sich unsicher erhoben, als er erwacht war, sich lange geschüttelt, nun streckte er die Zunge heraus und gähnte ausgiebig, ehe er mir durch die geöffnete Tür in den Flur folgte.

Ich war auf alles vorbereitet, zuletzt verstaute ich die Münze im Beutel – und ich vergaß auch nicht, mein Messer unter dem Mantel zu verstecken.

Weil ich noch das geheime Gemach aufsuchen wollte, öffnete ich die Hintertür im Erdgeschoss – seltsam, sie war nicht verriegelt. Henri knurrte. Vorsichtig betrat ich den Garten. Die Nacht war still und kalt. Auf den Hecken lag Tau.

Dann sah ich, wie die Tür der Latrine aufflog. Drinnen stand ein Mann, der an seinem Gürtel nestelte. Ich atmete auf – es war, wie ich trotz der Dunkelheit erkennen konnte, Arnold.

Ich musste lachen.

»Arnold, was treibt dich zu dieser frühen Stunde in den Garten?«

Er war vollständig bekleidet, wie ich nun feststellte, er hatte sogar einen Umhang über die Schultern gelegt. Das sollte mir zu denken geben.

Er müsse jede Nacht um diese Zeit Wasser lassen, entgegnete Arnold leise – »aber ich habe auch auf dich gewartet, Andreas!«

Er hätte sich vorgenommen, mir noch einige Ratschläge zu erteilen.

»Nimm nicht den Weg durch die Gereonstraße, Andreas, geh durch unseren Weingarten« – er zeigte nach hinten – »bis zum Kornhaus, und schleich dich dann von hinten an die Gereonskirche heran. Sie werden dich an St. Christoph erwarten – du kannst sie überraschen, wenn du aus der Buttergasse kommst. Warte dort ab, bis die Stiftsherren die Laudes gesungen haben, dann ab zur Blutsäule und nichts wie weg!«

»Arnold, ich danke dir, ich werde so vorgehen, wie du mir geheißen hast – und, so Gott will, bin ich in Bälde zurück!«

Wir umarmten uns, mein Lächeln sollte jene Art von Gelassenheit andeuten, die ich gerne in mir verspürt hätte. Dann marschierte ich los. Der Weg durch den Garten war mit Kies bestreut, der unter meinen Stiefeln knirschte.

Wo war Henri? Er sauste plötzlich an mir vorbei.

Am Kloster der Klarissen blieb ich stehen. Aus ihrer Kirche erklangen Gesänge – hatten die Nonnen das Morgengebet schon hinter sich gebracht? Henri lief zu dem merkwürdigen Eckturm der Klosteranlage, den Turm der römischen Stadtmauer, den die frommen Frauen als Abort nutzten – was der schlaue Bursche zu wissen schien, denn er hob das Bein und pisste voller Hingabe gegen das Gemäuer. Mein Helfer und Begleiter entleerte sich, um sich auf seine Art und Weise auf die Aufgabe vorzubereiten, die ich ihm zugedacht hatte – wie beruhigend.

Die Buttergasse war dunkel und leer, nur ein verschlafener Bauer begegnete uns, sein Eselskarren war mit Rüben beladen. Ich schärfte Henri ein, ruhig zu bleiben, ich hielt einen Finger vor den Mund, machte »psst«. Er verstand – Henri war ein kluger Hund.

Am Ende der Gasse erreichte ich die ersten Gebäude, die zur Immunität von St. Gereon gehörten. An diese Stelle schützte keine Mauer den Stiftsbezirk, von hier aus konnte man den ungepflasterten Platz neben der Kirche ungehindert betreten. Zu meiner Rechten standen Lagerhallen und Wohnhäuser der Dienstleute, zur Linken erhob sich der mächtige, zehneckige Hauptbau der Kirche, von einer imposanten Kuppel überdacht. Lautlos drehte ich mich nochmals um – keine Menschenseele ließ sich blicken. Auch von den Stiftsherren war nichts zu sehen, wenn sie sich denn überhaupt der Mühe des frühen Aufstehens unterzogen hatten. Es war kein Geheimnis, dass viele Kanoniker in den Kölner Stiftskirchen die Gebetszeiten nicht einhielten, sich eher dem Wohlleben hingaben, als stiller Zurückgezogenheit zu frönen.

Das Dunkel der Nacht ging allmählich in das Dämmergrau der frühen Morgenstunde über.

Ich stand vor einer kleinen Tür am Langhaus und zögerte, sie zu öffnen. Mir war nicht einmal mehr klar, warum ich Henri mitgenommen hatte. Er sollte bellen, sobald er einen Menschen in meiner Nähe witterte, so wenigstens hatte ich es mir vorgestellt.

Noch kann ich umkehren, dachte ich in diesem Moment – verwarf den Gedanken aber sofort.

Leise drückte ich die Klinke herunter und betrat die Kirche. Um den ovalen Innenraum zu erreichen, musste ich mich nach links wenden, Henri folgte mir, ohne einen Laut von sich zu geben. Im Halbdunkel erkannte ich die Blutsäule, die sich auf der anderen Seite in einer der acht Nischen befand.

Die Säule, sagt man in Köln, zeige an, wo Gereon und seine Gefährten das Martyrium erlitten hatten. Auf einer Steinplatte, so fiel mir ein, stand geschrieben, was es mit der Säule noch auf sich hat: »Glaube mir, hier wurde vor langer Zeit Blut an dem Stein vergossen, wenn ich mich übel verhalte, straft er.« Ein König ließ sich hier einst huldigen, nachdem er zuvor seinen Bruder ermordet hatte – doch dann war er zusammengesunken, er soll den Stich einer Waffe gespürt haben, und er war dann gestorben, obwohl man nur eine kleine gerötete Stelle an seinem Körper gefunden hatte. Der Brudermörder war seiner gerechten Strafe zugeführt worden – und die Säule hatte ihre Fähigkeit offenbart, das Gute vom Bösen zu unterscheiden.

Ich wollte mich nicht übel verhalten, nicht bestraft werden, ich begab mich schnell zur Säule, zog die Münze aus der Tasche und legte sie obendrauf.

Geschafft! Ich war sie los!

Mochte der Fluch auf den übergehen, der sich dieser Säule näherte und nicht imstande war, das Gute vom Bösen zu unterscheiden.

So leise wie möglich kehrte ich zur Tür zurück.

In diesem Augenblick kläffte Henri.

Ich erschrak. Mit der Linken drückte ich sachte seine Kiefer zusammen, um ihn zum Schweigen zu bringen. Ich nahm das Messer in die Hand. Und ich horchte in den Kirchenraum. Das Knarren einer eisernen Tür war zu hören, ein Geräusch, das beim

Schließen entstand, dann vernahm ich unregelmäßige Schritte, die immer näher kamen. Sie wurden lauter, aber seltsamerweise immer langsamer, ich hörte ein Stampfen, und dann war es ganz still.

Nur weg von hier.

Ich öffnete die Tür, glaubte entkommen zu sein – doch draußen erwartete mich ein Mann in voller Wappnung, seine Augen waren von einer Kapuze verborgen, und mit düsterem Grinsen hob er seinen rechten Arm und holte zum Schlag aus. Es ist aus, dachte ich.

Henri, mein Begleiter, sprang den Mann sofort an, der mit dieser Art von Angriff wohl nicht gerechnet hatte, er wich einen Schritt zurück. Ehe er seinen Hieb ausführen konnte, stieß ich mit aller Kraft zu – er stöhnte auf, er war überrascht und empört, er sank in die Knie und fiel nach hinten, ich stürzte auf ihn, umklammerte das Messer mit beiden Händen, zog es aus seinem Leib, außer mir vor Wut, und sprang auf.

Mein Mund war heiß und trocken, und ich schmeckte Blut auf den Lippen.

Nur weg von hier. Ich lief an den Weingärten vorbei, Henri, mein Retter, war an meiner Seite, er bellte pausenlos.

»Andreas«, rief jemand hinter mir her, »hab Dank für die Münze!«

Da war noch ein zweiter Mann! Ich hörte, wie eine Tür ins Schloss fiel, und rannte weiter.

An der Ecke zur Buttergasse wurde ich aufgehalten.

»Halt! Stehen bleiben!« – »Schmeiß das Messer weg!« – »Und mach keine Dummheiten!«

Es waren mehrere Männer, die durcheinander brüllten, kräftige Kerle allesamt, einige trugen Lederschürzen über dem Gewand, sie drohten mit Äxten und Knüppeln, einige führten große Holzgabeln mit sich. In ihrer Mitte stand – ich glaubte zuerst an eine Sinnestäuschung – Pavel, mein Pavel, der sich einen Harnisch umgeschnallt hatte, zum ersten Mal seit Crécy.

Ich warf das blutbeschmierte Messer zu Boden.

Pavel stellte sich schützend vor mich.

»Ruhig, Leute, seid unbesorgt – das ist der Mann, dem wir helfen wollten!«

Er zog mich hinter eine Mauer.

»Herr Andreas, wie viele sind da drin in St. Gereon?«, fragte er hastig und bedeutete den Umstehenden mit einer Armbewegung an, ebenfalls in Deckung zu gehen. Henri lief zwischen den Männer umher und knurrte sie an.

»Ich weiß es nicht, zwei oder drei Bewaffnete – ich weiß es nicht«, erwiderte ich, noch völlig außer Atem, »einen habe ich erwischt!«

Und was sind das für Männer, Pavel wollte ich fragen, doch in diesem Augenblick bemerkten wir, dass sich ein Junge auf die nicht einmal mannshohe Mauer geschwungen hatte, vom Garten des Stifts aus.

»Wir haben ihn, wir haben ihn!«, rief er uns zu. »Meister Arnold lässt euch sagen, ihr sollt zur Christofelskirch' kommen, ehrenwerte Meister und Gesellen der Brauerzunft!«

Einige der Männer hoben ihre Waffen und brachen in Jubel aus.

»Das ist Henner, mein Lehrjunge«, sagte ein graubärtiger Alter voller Stolz, »na, Henner, du warst doch bestimmt der tapferste Kämpfer?«

Unter allgemeinem Gelächter machten wir uns auf den Weg.

Pavel drängte sich an meine Seite.

»Der ›weise Rat‹ hat gestern beschlossen«, erklärte er eilig, während wir durch die Löwenpfortenstraße auf St. Christoph zu liefen, und es klang fast nach einer Entschuldigung, »nachdem Ihr Euch zurückgezogen habt, Herr Andreas, hat er einstimmig beschlossen, Euch nicht allein gehen zu lassen – und Meister Arnold war dann ins Amtshaus der Brauer gegangen und hat seine Zunftbrüder zusammengetrommelt, und alle, wirklich alle, sind zu dieser frühen Stunde erschienen.«

So, so, der »weise Rat« hatte gegen mich gestimmt, und von den Genossen der Brauerzunft war ich errettet worden.

Wir erreichten den großen Platz im Laufschritt – zwischen der unscheinbaren Pfarrkirche und dem Chor von St. Gereon hatten etwa zwanzig Männer einen Kreis gebildet. Sie hielten einen Reiter in Schach, fuchtelten mit Lanzen und Maischgabeln. Ich hörte, wie sie Flüche und Drohungen ausstießen gegen den Reiter, der sich nur mit Mühe im Sattel halten konnte. Er hatte sein Schwert erhoben und versuchte, seinen bockenden Gaul auf der

Hinterhand zu drehen, sodass niemand an ihn herankam, ohne Gefahr zu laufen, von den Hufen des Pferdes getroffen zu werden.

Arnold hatte mich als Erster gesehen. Er verließ seine Genossen und kam mir entgegen.

»Kennst du das Schwein?«, fragte er, noch erhitzt.

Ja, sagte ich tonlos.

Der Mann trug über einem schwarzen Wams einen schwarzen Lederkoller, wie vor vier Tagen an der Pfaffenpforte, dachte ich, die Kapuze war ihm vom Kopf geglitten – er sah aus wie Friedrich von Bornheim, er hatte dieselben schmalen Gesichtszüge, das graue Haar, und sein Antlitz war von Blatternarben überdeckt, wie das von Friedrich. Er musste sein Zwillingsbruder sein.

»Gebt mir ein Schwert!«, rief ich, als ich mich in den Kreis der Männer einreihte.

Keiner von ihnen besaß ein Schwert. Einer gab mir seine mit Eisenspitzen bestückte Keule.

»Levold von Hammerstein – runter vom Pferd oder ich schlag dich tot!«, brüllte ich – um ihn zu erschrecken, um ihn einzuschüchtern, um ihn unsicher zu machen. Ich dachte an Sarah. Und gleichzeitig fühlte ich eine merkwürdige Ruhe in mir, Wut und Zorn waren plötzlich wie verflogen, ich wusste, dass ich diesen Mann nicht töten durfte.

Noch nicht, denn erst sollte er das Mysterium der Münze preisgeben.

Levold blickte gehetzt um sich und richtete seine Waffe gegen mich. Sein Gesicht verzerrte sich zu grimmigem Entschluss. Sein Pferd tänzelte weiter hin und her, kam aber plötzlich ein wenig ins Straucheln – das war der Moment, auf den ich gewartet hatte, blitzschnell hob ich die Keule und traf die linke Flanke des Tieres, das wiehernd hochging, Levold schrie auf, als mein zweiter Schlag gegen seinen linken Oberschenkel krachte, das Schwert entfiel seiner Hand, er stürzte zu Boden. Sofort sprangen einige Männer vor und prügelten mit ihren Knüppeln auf ihn ein – bis ich mich über ihn gestellt hatte.

»Haltet ein, dieser Mann gehört mir!«

Ich breitete die Arme aus.

Die wackeren Bierbrauer murrten und ließen widerwillig von

Levold ab. Ich bückte mich schnell und ergriff sein Schwert, schwang es hoch über den Kopf. Ein einfacher Stoß mit der schweren Waffe – und Levold wäre tot. Ich konnte der Versuchung nicht widerstehen, mit der Schwertspitze auf ihn zu zielen. Für mich war es nur ein Spiel, doch die Männer schrien nun wieder durcheinander, auch Levold stieß einen gellenden Schrei aus, er rechnete damit, dass ich den tödlichen Streich unverzüglich folgen ließ.

Ein Mann griff mir in den Arm.

»Irrtum, Andreas Hemmersbach, du wirst diesen Mann nicht töten – er gehört vor das Hohe Gericht!«

Es war die Stimme des Turmmeisters.

Ich blickte mich um.

Peter van Polhem stand schwer atmend neben mir, an der Spitze eines Trupps von Lanzenträgern war er herangehastet. In unserer Nähe tummelten sich mittlerweile zahlreiche Neugierige, aufgeregt tuschelnd verfolgten sie das Geschehen. Es war leidlich hell geworden, es war die Stunde, in der Handwerker, Gesellen, Tagelöhner, Knechte und Mägde gewöhnlich ihr Tagewerk begannen.

Der Turmmeister gebot den Brauern, ihm Platz zu machen. Er zeigte auf Levold, der wimmernd im Staub lag, auf seinen rechten Arm gestützt.

»Ist das der Mann, der die Jüdin verletzte und zwei Mal versuchte, dich zu töten?«

Ich ließ das Schwert sinken, trat zur Seite und nickte.

»Heute hat er es zum dritten Mal versucht!«

Einer seiner Spießgesellen habe diesen Versuch mit dem Leben bezahlt, fügte ich an und bat Arnold, nach dem Mann zu sehen.

Levold versuchte nun sich aufzurichten. Erst jetzt bemerkte ich, dass seine Strumpfhose blutüberströmt war. Ich hatte ihm den Oberschenkel zerschlagen.

»Wo ist die Münze?«, fragte ich.

»Der Teufel soll dich holen, Andreas Hemmersbach!«

Bevor der Turmmeister einschreiten konnte, trat ich zu – Levold brüllte vor Schmerzen. Mit meiner Stiefelspitze hatte ich seine Wunde getroffen. Ein Ritter muss auch grausam sein und mit einem Fuß in der Hölle stehen, so hatte ich mal gehört.

Levold griff langsam an seinen Gürtel. Es dauerte eine Weile, dann hatte er einen kleinen Beutel in der Hand, den er scheinbar achtlos vor meine Stiefel warf. Ich ließ ihn nicht aus den Augen, als ich den Beutel aufhob – tatsächlich, die Münze meines Vaters befand sich darin.

Ungerührt steckte ich sie ein und verließ den Kreis, von einem hasserfüllten Blick Levolds verfolgt.

»Legt den Mann in Ketten und bringt ihn auf den Turm«, befahl Peter van Polhem seinen Leuten.

Das zweite Kupferstück

Edler von Hammerstein – Ihr wisst, dass es seit alters her zu den Gewohnheiten der Bürger der Stadt Köln gehört, Unrecht nicht hinzunehmen, auch wenn es hohe Herren sind, Fürsten, Edelleute, Bischöfe oder niedere Prälaten, die den Bürgern in ihrer Gesamtheit oder einzelnen Bürgern unrecht getan haben?«

Das war die erste Frage, die der Turmmeister stellte.

Er hatte lange gezögert, ehe er meiner Bitte entsprach, beim Verhör Levolds anwesend sein zu dürfen, als Zuhörer.

»Meister Peter, ich besitze das wichtigste Beweisstück gegen ihn – einen Brief, in dem er die Übergabe der Münze in St. Gereon fordert und mir und anderen mit dem Tode droht.«

»Komm nach dem Mittagsgebet, nach der Sext, zum Frankenturm«, hatte er geantwortet, »und bring mir diesen Brief. Der Ritter vom Hammerstein ist verwundet, ich werde ihn in seiner Zelle aufsuchen – du aber, Andreas, hast zu schweigen, wenn ich ihn befrage.«

Nun stand ich, flankiert von zwei Gewaltrichterdienern, die den Turmmeister auf Schritt und Tritt begleiteten, in jener schmutzigen Gefängniskammer, die mir in meiner ersten Nacht in Köln als Herberge gedient hatte. Dieses Mal sitzt einer in diesem Loch, der schuldig ist, dachte ich, und sonderbarerweise fiel mir auf, dass das Stroh in eine Ecke gekehrt worden war.

Levold von Hammerstein lag ausgestreckt auf einer verdreckten Matratze, die man wohl wegen seiner Verletzung in die Kammer gebracht hatte; sogar ein großes Kissen war vorhanden, sodass er eigentlich mehr saß als lag. Seine Wunde war noch immer nicht verbunden. Mit seiner Linken betastete er den Oberschenkel.

Levold hatte bislang geschwiegen.

Der Burggreve, der mich übertrieben freundlich begrüßt hatte, brachte einen Stuhl herein. Peter van Polhem setzte sich. Er hatte den Brief in der Hand.

»Herr Ritter, Ihr habt Euch zur Zeit des Morgengebetes in St. Gereon aufgehalten, und die Münze, die dieser Mann da, Andreas Hemmersbach, auf die Blutsäule gelegt hatte, ist in Eurem Besitz gefunden worden. Das spricht dafür, dass Ihr der Verfasser dieses Briefes seid« – er wedelte mit dem entfalteten Pergament – »unterbrecht mich, wenn Ihr meinen Schlussfolgerungen nicht zustimmen könnt!«

Eine Antwort blieb aus. Levold spielte den Unbeteiligten, Teilnahmslosen.

»Edler von Hammerstein, Ihr seid also der Verfasser dieses Briefes.«

Levold glaubte wohl, in seiner gleichgültigen Haltung verharren zu können, einer Mischung aus Trotz und Hochmut.

»Herr«, sagte der Turmmeister betont höflich, »es spricht zwar für Eure Vernunft, dass Ihr Euch nicht mit Leugnen behelft, Ihr scheint Euch aber nicht über Eure Lage im Klaren zu sein. Es steht mir, dem Turmmeister, nach den Maßgaben unserer Statuten frei, Aussagen Beschuldigter auch zu erzwingen, notfalls mit Gewalt. Noch befindet Ihr Euch in einer Zelle, in der Ihr nicht angekettet seid, Ihr bekommt gute Nahrung und guten Wein aus dem Ratskeller …«

»Und was ist mit meiner Wunde«, rief Levold empört, »wieso ist noch kein Wundarzt gekommen?«

Ich bewunderte Peter van Polhem ob seiner Beherrschung.

»Es hängt auch ein wenig von Euch ab«, sagte er ruhig, »es hängt davon ab, wie lang diese Befragung dauern wird – gesteht, und in Kürze wird ein Medicus Euch behandeln.«

Levold blickte ihn an, seine Gesichtszüge verhärteten sich.

»Aha, die Folter hat also begonnen.«

»Turmmeister, erlaube mir, dass ich einen Vorschlag mache« – als Peter zustimmend nickte, wandte ich mich an Levold – »Euch, mein Herr, wird gewiss bekannt sein, dass ein jüdisches Weib vor zwei Tagen durch einen Pfeilschuss schwer verletzt wurde, vor der Stadtmauer, das wisst Ihr doch?«

Er nickte schwach.

»Dieses Weib lebt noch, durch die Gnade unseres Heilands und Erlösers lebt es noch, und dieses Weib wird überleben, weil ein guter Arzt die Pflege übernommen hat. Wenn Ihr voller Aufrichtigkeit bekennt, was es mit der Münze auf sich hat, werde ich diesen Arzt, einen Juden, in eigener Person auf den Turm führen, damit er auch Eure Wunden pflegt.«

Das war aufrichtig gemeint.

Levold sollte hängen oder unter dem Schwert des Scharfrichters enden, das war mein größter Wunsch. Aber vorher sollte er genesen, damit er bei vollem Bewusstsein und unversehrten Leibes in den Tod gehen konnte.

Er überlegte diesmal nicht lange.

»Was begehrt Ihr zu wissen, ähm, ehrenwerter Herr Richter?«

Der Turmmeister lehnte sich zurück und schaute kurz zu mir herüber. Den Spott Levolds hatte er geflissentlich überhört, und er schien sich seiner Sache sicher zu sein.

»Wegen dieser Münze, so heißt es im Brief, sind schon acht Menschen getötet worden? Welche acht Menschen? Wir wollen Namen hören!«

Ich spürte mein Herz klopfen.

Levold hatte sich mühsam aufgerichtet. Er hatte schon viel Blut verloren.

»Der Letzte war mein Bruder Friedrich …«

Er stockte, weil ich unwillkürlich nach vorne getreten war.

»Aus welchem Grund nehmt Ihr an, dass Euer Bruder um einer einfachen Kupfermünze willen zu Tode gekommen ist?«, rief ich aufgebracht dazwischen.

Der Turmmeister warf mir einen tadelnden Blick zu, forderte aber Levold auf, die Frage zu beantworten.

Vor etwa zehn Jahren, so entgegnete Levold mit matter Stimme, habe er einen Brief seines Bruders aus dem Ordensland empfangen. Friedrich habe mitgeteilt, dass er sich auf Preußenreise befinde, und dass er in Königsberg mit göttlicher Hilfe auf den Mann getroffen sei, der die zweite Münze besitze – »nämlich auf dich, Andreas Hemmersbach! Das aber war das letzte Lebenszeichen meines Bruders! Ich liebte ihn über alles.«

Die zweite Münze? Welche zweite Münze? Ich war verwirrt.

Ehe ich weiter darüber nachdenken konnte, wandte sich Levold zu mir.

»Weißt du, welches Ende er genommen hat?«

Sollte ich ihm berichten, dass der böhmische König, der allseits bewunderte Held der christlichen Ritterschaft, seinen Bruder höchstpersönlich ins Jenseits befördert hatte?

»Ja«, antwortete ich so gelassen wie möglich, »aber er starb nicht wegen einer Münze.«

Soweit ich wüsste, sei Friedrich bei einem Gefecht an der Memel vom Geschoss eines Heiden getroffen worden, er sei mit dem Schwert in der Hand als Kreuzfahrer gefallen, dem die heilige römische Kirche bekanntlich alle Sünden vergebe.

Levold senkte, während ich ihm diese Gewissheit verschaffte, mehrmals den Kopf.

»Lasst uns mit der Untersuchung fortfahren: Wer sind die anderen Toten?«, fragte der Turmmeister.

Seine Stimme klang nun etwas schärfer, als wollte er mir zu verstehen geben, dass es an der Zeit sei, wieder in den Hintergrund zu treten und den Mund zu halten. Er war, das sollte ich endlich begreifen, der Inhaber des wichtigsten Ratsamtes der Stadt Köln. Er führte das Verhör.

Aber hat er denn keine Ohren?, dachte ich empört, hat er nicht mitbekommen, dass von einer zweiten Münze die Rede war?

»Werdet Ihr dann einen Arzt holen? Den jüdischen, von dem Andreas erzählt hat?«

Levold hatte nochmals sein Bein betastet, er biss sich auf die Zähne, um nicht zu stöhnen. Er bat um einen Becher Wasser.

»Wer sind die Toten? Und was ist mit der zweiten Münze? Sobald wir Klarheit darüber erlangt haben und Euer Geständnis vorliegt, Herr, wird der Medicus kommen«, versicherte Meister Peter.

Ich war erleichtert, dass er die zweite Münze angesprochen hatte.

Der Burggreve stellte einen Krug neben das Lager.

Levold griff zu und nahm einen großen Schluck.

Die Nacht, als die Dämonen kamen

Zu Beginn des Jahres 1309 nach der Geburt des Herrn – so begann Levold stockend seine Erzählung – weilten er und sein Zwillingsbruder in Breisig, in der Kommende der Templer.

Der Bruder ihrer Mutter, Konrad von Ahre, war dort der Komtur, er hatte sie eingeladen, er wollte mit ihnen nach Köln reiten, um am Einzug des neuen römischen Königs, Heinrichs des Siebenten, teilzuhaben. In der Kommende war der Alltag in dieser Zeit von großen Spannungen geprägt, weil Konrad seit einiger Zeit Landgüter des Ordens verkauft hatte, sich aber beharrlich weigerte, den Brüdern mitzuteilen, was mit den eingenommenen Geldern geschehen war.

»Nur dem Prior«, so hatte er seinen Neffen erklärt, »bin ich Rechenschaft schuldig, nicht diesen Tölpeln.«

Eines Abends nahm er Levold und Friedrich zur Seite.

»In Frankreich geht es mit den Templern zu Ende, der Papst tut alles, was der geldgierige König Philipp vorgibt, und so wird er den Orden gänzlich vernichten, im gesamten Abendland.«

Und für diesen Fall habe er vorgesorgt, eine schöne Summe befinde sich an einem sicheren Ort – »damit unsere Brüder nicht mittellos sind, wenn christliche Fürsten ihnen alles entzogen haben, was sie besitzen.«

Friedrich hatte ihn daraufhin gefragt, wie er es bewerkstelligt habe, das Geld unbemerkt vor aller Augen beiseite zu schaffen.

»Nun, meine lieben Neffen«, hatte Konrad geantwortet, schwellend vor Stolz, »viele Möglichkeiten habe ich geprüft, habe zuerst mit den Kölner Juden verhandelt, ja, ihr mögt einwenden, sie sind Ungläubige, sie schlecken in allen Tellern, sie sind unterwürfige, zappelige Leute, die die Hostien schänden und Kinder grässlich martern – aber sie sind die besten Geldhändler und Geldwechsler im Lande und die Geschicktesten, wenn es darum geht, Gold und Silber in beliebiger Höhe mit großem Gewinn zu vermehren.«

Die Mitglieder des Kölner Judenrates hätten indessen entschieden, sich nicht mit dem Orden einzulassen.

»Sie waren jämmerlich, ängstlich, feige«, so schilderte Konrad die Männer, denen er das Geschäft vorgeschlagen hatte, »sie wackelten mit ihren Köpfen, zerrten an ihren Bärten, riefen immer wieder ihren Gott an, es sei zu gefährlich, einen Handel zu betreiben, der sich gegen die römische Kirche richte, sie erinnerten an die vielen Verfolgungen, denen sie ausgesetzt gewesen waren – dass ich nicht lache. Und da wusste ich, warum ich diese Leute noch nie riechen konnte.«

Einer aus dem Judenrat hatte sich aber zu ihm geschlichen und vorgeschlagen, einen Kölner Kaufmann das Geschäft abwickeln zu lassen, er kenne einen, der ausnehmend gute Verbindungen zu lombardischen Geldhändlern habe.

»Wie heißt der Mann?«, hatte Konrad den Juden gefragt. So war ihm der Name des Matthias Hemmersbach erstmals genannt worden – und Hemmersbach hatte sich sofort auf den Handel eingelassen.

»Herr Oheim«, so hatte er, Levold, wissen wollen, »gab es einen Grund, diesem Mann zu vertrauen? Ihr wart ihm doch noch nie begegnet.«

Ja, so hatte Konrad eingeräumt, begegnet sei er diesem Matthias Hemmersbach noch nie, aber sein Ruf sei über jeden Zweifel erhaben.

»Das ist ein gewissenloser Geschäftemacher, der sich als ehrbarer Kaufmann ausgibt, er ist nur auf seinen Vorteil bedacht, und er verscherbelt ohne Skrupel sogar Waren, die Raubritter anderen Kaufleuten, oft genug seinen Zunftgenossen, abgepresst haben. Man nennt ihn den *Schattenkönig*, so sagte man mir. Und da sprach eine innere Stimme zu mir: Folge der Spur des Schattens, folge der Spur des Geldes!«

Friedrich, in der Ecke hockend, hatte bis dahin noch nichts gesagt.

»Oheim, ist das wahr? Ihr habt das Geld des Ordens einem dahergelaufenen Halunken anvertraut? Ohne jede Sicherung?«

Konrad war empört aufgestanden.

»Haltet ihr mich etwa für einen Blödian, einen Gimpel?«

Er hatte eine Kupfermünze aus der Tasche gezogen.

»Levold und Friedrich, ihr seid meine Blutsverwandten, ihr sollt die Einzigen sein, denen ich das Geheimnis dieser Münze anvertraue.«

Dann war er auf der Bank hin und her gerutscht und hatte eine wichtige Miene aufgesetzt, er ließ die Brüder aber erst einmal zappeln.

»Wir haben eine Abmachung getroffen, Matthias Hemmersbach und ich – er verpflichtete sich, die Erlöse aus unseren Landverkäufen nach Italien zu schaffen, per Wechsel, über Lyon und die Rhone hinab, wo man ihn kennt, und so wurde das Gold schließlich in einer lombardischen Handelsbank hinterlegt, doch das Guthaben, das eingerichtet wurde, besteht zu einem Drittel aus Geld, das Hemmersbach mit seinen schmutzigen Geschäften verdient hat.«

Seine Neffen hatten so gut wie nichts verstanden.

»Und nun passt auf, hört aufmerksam zu: Das hier« – Konrad hatte nochmals auf die Münze gedeutet – »das ist die Sicherung: Keiner von uns kann eine Summe ohne den anderen abheben, es gibt zwei dieser Münzen, die eine habe ich, die andere besitzt Hemmersbach, und wer bei dem Geldhändler, einem gewissen Riccardo Ugolini, vorstellig wird und sich Geld, und sei es nur ein geringer Betrag, auszahlen lassen will, muss auch die andere Münze vorweisen.«

Und die nächsten fünf Jahre, so habe man vereinbart, solle das Geld erst einmal ruhen. »Vor dem Jahr 1314 wird Ugolini keinen Pfennig auszahlen, selbst wenn Hemmersbach und ich mit beiden Münzen in der Hand vor der Tür stehen«, hatte Konrad bekräftigt – er war sichtlich stolz auf all die Vorsorge, die er getroffen hatte. Und bei seinem Tod, so hatte er schließlich verkündet, werde er die Münze an den Älteren der Zwillinge weiterreichen.

Levold hatte die letzten Sätze mit angestrengter Stimme gesprochen, um noch anzufügen: »So war das mit der zweiten Münze, Ihr stolzen Kölner Bürger, nun wisst Ihr es.«

Ich war wie betäubt, so viele Gedanken waren mir gleichzeitig durch den Kopf gegangen, als Levold geredet hatte. Dieser Konrad von Ahre – war das der dritte Mann, von dem der alte Ugolini in Lucca gesprochen hatte? Dieser fette Kerl?

Ja, es war wohl unumgänglich: Konrad von Ahre war der dritte Mann, er musste der dritte Mann sein.

Während ich mich zu fassen versuchte, stellte der Turmmeister unbeeindruckt seine nächste Frage.

»Wer von Euch Herren war der ältere? Wer hat die Münze bekommen?«

»Friedrich war der ältere, er wurde vor mir geboren, seit seiner Geburt hatte er diesen kurzen Arm. Aber, Ihr Herren, um Euch weiteres Bemühen zu ersparen: Mir ist nicht bekannt, ob unser Oheim ihm die Münze tatsächlich übergeben hat, und ich weiß auch nicht, wo sie aufbewahrt wird.«

Er hatte sehr schnell geantwortet, viel zu schnell.

Ich glaubte ihm kein Wort.

»Turmmeister, lasst Ihr jetzt den Juden holen?«, fragte Levold, nun wieder leiser werdend.

Peter van Polhem beugte sich ein wenig nach vorn und hob die Augenbrauen.

»Es gilt da noch eine Kleinigkeit zu klären, Herr«, er ließ sich Zeit, machte eine Pause, »Ihr habt eingangs gesagt, Konrad, Euer Oheim, wollte mit Euch nach Köln reiten, um den neuen römischen König zu sehen – und bei dieser Gelegenheit habt Ihr beschlossen, dem Hemmersbach die Münze abzuknöpfen?«

Levold richtete sich wieder auf, wütend, ohne an seine Verletzung zu denken.

»Ich habe bereitwillig ausgesagt, was ich über die Münze weiß, nun haltet Ihr Euer Versprechen und ruft nach einem Arzt«, bellte er den Turmmeister hasserfüllt an, und er ballte die Linke, um sich in die Gewalt zu bekommen, um nicht unflätig über den Turmmeister herzufallen, doch vor allem fühlte er die Schmerzen.

»Zum Teufel mit Euch!«

Das war alles, was leise über seine Lippen gekommen war.

»Herr Ritter« – man sah dem Turmmeister nun an, dass er verärgert war – »ich möchte Euch bitten, mich nicht in Versuchung zu bringen, Euch ohne Umschweife der heiligen Inquisition zu übergeben – was ich, das solltet Ihr mir glauben, nur mit großem Unbehagen tun werde.«

Levold blickte ihn verständnislos an.

»In Eurem Brief«, fuhr Peter van Polhem fort, »steht geschrieben, dass Ihr eine Gottheit verehrt – das ist nicht der Gott der heiligen römischen Kirche, der christliche Gott in seiner ungeteilten Dreieinigkeit, Vater, Sohn und Heiliger Geist, die Trinität des Neuen Testamentes, nein, das ist ein eindeutiger Hinweis auf die weiße Göttin, die die Templer angebetet haben. Und das ist Ketzerei, das wisst Ihr! Und das bedeutet, dass Ihr im günstigsten Fall, wenn Ihr Glück habt, auf dem Scheiterhaufen endet! Jeder Inquisitor wird so entscheiden! Wenn Ihr aber auf einen gewissenhaften Dominikaner treffen solltet, dann wird der Euch vorher mit pflichtschuldiger Sorgfalt foltern lassen, Ihr werdet Höllenqualen erdulden müssen, tagelang, man wird Euch jeden einzelnen Knochen brechen, man wird Euch Daumenschrauben ansetzen, man wird Euch die Fingernägel ausreißen, man wird Euch die Augen ausstechen, und die Trümmer Eures Körpers und Eurer Seele wird man – soll ich fortfahren?«

Um Levolds Selbstsicherheit war es geschehen.

Der Turmmeister erhob sich.

»Ich habe indessen Achtung vor Menschen, die den Anstand haben, für Ihre Vergehen einzustehen. Nach diesem Verhör ist mir freigestellt, dem Gewaltgericht zu empfehlen, Euch nicht der Inquisition, sondern dem Hohen Erzbischöflichen Gericht zu überstellen. Dieses Gericht könnte, mit Rücksicht auf Euren Stand und weil Ihr Eure schändlichen Taten bereut und ein Geständnis abgelegt habt, ein Urteil fällen, das Euch lediglich Kerkerhaft einbringt, wahrscheinlich bis ans Ende Eurer Tage – doch ein Gnadengesuch an unseren Herrn Erzbischof, den gütigen und sanftmütigen Herrn Walram, wird vielleicht bewirken, dass Ihr nach einigen Jahren sogar aus der Haft entlassen werdet.«

Er blickte Levold aufmunternd an.

»Es liegt an Euch, Edler von Hammerstein, welche Entscheidung ich zu treffen habe.«

Was der Turmmeister geäußert hatte, missfiel mir, missfiel mir zutiefst. Er gab diesem Mann, einem heimtückischen Schurken, zu verstehen, dass er auf Milde rechnen konnte.

Ich wollte Levolds Kopf rollen sehen.

Dessen Gesicht war eingefallen, Furcht hatte ihn ergriffen, er presste die Lippen zusammen, er hatte erkannt, dass der Turmmeister einen letzten Versuch unternommen hatte, ihn auf den Weg der Vernunft zu geleiten.

Levold hob beide Arme, dann richtete er sich auf.

»Ich bin damals in Breisig krank geworden«, sagte er unvermittelt, »Konrad und mein Bruder ritten ohne mich los, erst nach ihrer Rückkehr habe ich erfahren, was sich in Köln begeben hat.«

Etwa in der Mitte des Monats Januar Anno Domini 1309 seien der Oheim und sein Bruder Friedrich zurückgekehrt, beide hätten einen niedergeschlagenen Eindruck gemacht.

Nach einigen Tagen habe ihm Friedrich dann erzählt, dass sie nach dem umjubelten Einzug des neuen Königs, des Herrn Heinrich, gefeiert hatten, wie alle, die sich in der Stadt Köln eingefunden hatten, Edelleute, Kleriker, Bürger und sogar Landvolk aus der Umgebung. Spät am Abend sei aber, inmitten ausgelassenen Trubels, ein Gewährsmann Konrads im Wirtshaus am Rhein aufgetaucht, in dem sie sich hemmungslosem Trunk hingaben.

Er hatte dem Oheim etwas zugeflüstert, worauf jede Farbe aus Konrads stets gerötetem Gesicht gewichen sei.

»Er war plötzlich bleich wie der Tod«, habe Friedrich gesagt.

Konrad sei aufgestanden, habe seinem Neffen bedeutet, ihm zu folgen. Sie hätten die Kaschemme verlassen, ohne die Zeche zu bezahlen. »Die Münze ist in Gefahr«, habe Konrad vor sich hin gebrabbelt, er habe nur noch von der Münze gesprochen.

»Friedrich hat ihn dann gefragt, was geschehen sei. ›Hemmersbach ist tot! Die Patrizier haben ihn umgebracht!‹, hätte Konrad ausgerufen, wir müssen seine Münze an uns bringen, ehe es die verfluchten Kölner Bürger tun, wir müssen an die zweite Münze kommen!«

Es sei Konrads Plan gewesen, zum Blaubach zu eilen, wo Hemmersbach ein Haus besaß. Sein Eheweib wird wissen, wo er die Münze aufbewahrt, ja, sie wird es wissen, soll Konrad unterwegs ständig wiederholt haben. Sie hätten vor dem Haus gewartet, bis kurz vor Mitternacht, dann hätten sie lange geklopft und der Hausfrau weisgemacht, sie seien Boten ihres Mannes.

»Hemmersbachs Weib hatte sie eingelassen, so schilderte mir Friedrich mit verstörter Miene, der Oheim soll die Hausfrau sofort gefragt haben, wo die Münze versteckt sei, und als sie nicht antwortete, ging Konrad sie grob an, sie hätte zu schreien angefangen, worauf Konrad sie gefesselt und geknebelt habe, dann seien sie ebenso mit den Kindern verfahren, von denen eines nach dem anderen wach geworden sei und ebenfalls zu schreien begonnen habe.«

Ich konnte nicht mehr zuhören.

Ich lehnte mit dem Rücken an der Wand, bleich und schweißgebadet, frierend und zitternd, das Blut pochte hämmernd an meine Schläfen, in meinem Innern war ich tiefer aufgewühlt denn je, ich atmete schwer – und ich hatte Angst, dass sich mein Magen umdreht.

Ich musste diesem Verhör ein schnelles Ende machen – *ich* wusste ja, was Levold noch zu berichten hatte.

Ich tupfte mir den Schweiß von der Stirn. Ich räusperte mich, gab dem Turmmeister ein Zeichen und stellte mich vor Levold hin.

»Und als dieses arme, gefesselte Weib, meine Mutter, das Versteck nicht preisgab, was sie gar nicht preisgeben konnte, weil sie nicht eingeweiht war in die Geschäfte meines Vaters – da haben Euer feiner Oheim und Euer geliebter Bruder sechs wehrlose Menschen kurzerhand umgebracht, einen nach dem anderen, die fünf Kinder haben sie geköpft, die Mutter erwürgt – hat er das auch erzählt, Euer geliebter Bruder?«

Levold blickte zu Boden.

»Antwortet – hat er Euch das erzählt?«, fragte nun auch Peter van Polhem.

»Ein Dämon sei in den Oheim gefahren, das hat Friedrich damals zu mir gesagt, Konrad hätte getobt, als Hemmersbachs Weib, gegen den Knebel im Mund ankämpfend, immer wieder verzweifelt den Kopf schüttelte, das Weib hätte sich auf die Knie geworfen und mit gefesselten Armen um Schonung gebeten, während die Kinder voller Angst auf einer Bank ausgeharrt hätten, doch Konrad stellte immer die gleiche Frage: ›Wo ist die Münze? Ich bring euch um, ich bring dich um, und ich bring deine Kinder um, wenn du mir nicht sagst, wo die Münze ist!‹ habe er geschrien, und dann habe er den Verstand verloren – und dann, nun ja, Ihr wisst, was dann geschehen ist. So war der Hergang.«

Ich war ein wenig zusammengesunken und kriegte keine Luft mehr.

»Ich gehe und hole den Arzt«, sagte ich leise und verließ die Zelle.

Die Tür fiel hinter mir ins Schloss.

Pavel und Henri trieben sich am Rheinufer herum, auf dem Leinpfad. Einmal mussten sie schweren Treidelgäulen ausweichen, die Boote flussaufwärts zogen.

Die Mittagssonne tauchte Schiffe und Werften in ein goldenes Licht. Es herrschte nicht viel Betrieb an den Anlegestellen.

Ich atmete mehrmals tief durch.

Pavel warf ein ums andere Mal Stöckchen durch die Luft, die der kluge Hund brav zurückbrachte.

Pavel winkte mir zu.

Mir war nicht danach, mit Stöckchen zu spielen.

Die Spur des Blutes

Auf dem Weg ins jüdische Viertel teilte ich Pavel mit, dass Levold ein Geständnis abgelegt hatte.

»Nein, er hat nicht gestanden, sondern er hat lediglich zugegeben, dass sein Oheim, der Templer, und sein Zwillingsbruder meine Familie ausgelöscht haben, um in den Besitz dieser Münze zu gelangen.«

Ich nahm sie in die Hand.

Es gebe ein zweites Stück – und wer beide besitze, sei ein reicher Mann.

»Levold behauptet«, fügte ich an, »den Ort nicht zu kennen, wo sich die zweite Münze befindet, sein Oheim hätte sie seinem Bruder übergeben – und angeblich wusste er auch nicht, wie dieser Friedrich zu Tode gekommen ist, in Litauen.«

»Glaubt Ihr das? Glaubt Ihr diesem Dreckskerl? Das stinkt doch zum Himmel, Herr Andreas! Er weiß nicht, wo sein Bruder das kostbare Stück versteckt hat – aber er verfolgt Euch seit Tagen, um an Eure Münze heranzukommen. Da stimmt doch was nicht, Herr!«

Ja, Pavel – du hast mal wieder Recht. Da stimmte etwas nicht, in der Tat.

Als Levold berichtet hatte, dass Konrad und Friedrich lange vor unserem Haus gewartet hätten, damals in der Nacht des Schreckens, waren zwei junge Männer, zwei Edelleute, deutlich vor meine Augen getreten, ich erinnerte mich an den Moment, als ich auf meiner Flucht vor den Mördern meines Vaters den Blaubach erreicht hatte – zwei junge Edelleute hatten vor dem Haus gestanden, da war kein fetter, alter Komtur dabei gewesen, der ständig zu sich selbst gesprochen hatte.

Die beiden Männer, das stand für mich mit einem Mal so fest wie nichts sonst auf der Welt, waren Friedrich und Levold von Hammerstein gewesen! Das könnte ich vor jedem Gericht des Römischen Reiches beschwören!

»Pavel, ich glaube, Levold war damals der zweite Schlächter, er war an der sinnlosen Metzelei meiner Familie beteiligt, und ich glaube auch, dass er die zweite Münze besitzt – und das werde ich dem Turmmeister deutlich zu verstehen geben.«

Wir trafen Rabbi Eliser vor der Synagoge.

»Entschuldigt, Ihr Herren«, so begrüßte er uns, »ich stehe Euch gleich zu Diensten, ich muss mich reinigen, ich habe gerade eine schwierige Geburt hinter mir, ich musste das Kind mit einer Zange aus dem Bauch der Mutter holen, wahrscheinlich wird das Kind sein Leben lang einen lahmen Arm haben.«

Er verschwand.

Ich überlegte, ob ich zu Sarah gehen sollte. Ich könnte ihr schließlich ihre Ängste nehmen, derjenige, der auf sie geschossen hat, könnte ich ihr sagen, sei hinter Schloss und Riegel und werde vor Gericht gestellt.

Der Rabbi aber hatte mich gebeten, sie erst am Sonntag wieder aufzusuchen. Zudem war der alte Halevi tags zuvor alles andere als glücklich gewesen, mich zu sehen.

Ich gab den Gedanken auf.

Das jüdische Viertel war wie ausgestorben, kein Mensch ließ sich blicken. Heute ist ihr Sabbat, so fiel mir ein, der Tag, an dem sich die Juden jeder Tätigkeit enthalten und sich nur der Lektüre ihrer religiösen Schriften zuwenden sollen. Was aber war mit dem Arzt?

Rabbi Eliser trat aus einem Gebäude heraus, das von einem kleinen Turm überragt wurde, dem Reinigungsbad.

»Was führt Euch zu mir, Herr Andreas? Bitte bedenkt, nur in Fällen wie dieser Geburt, wo es um Leben und Tod geht, darf ich am geheiligten Sabbat tätig werden!«

»Es geht um Leben und Tod, ehrwürdiger Rabbi«, antwortete ich hastig, »ein Mann im Frankenturm droht zu verbluten, er braucht die Hilfe eines verständigen Wundarztes, ich habe dem Mann versprochen, dass Ihr ihn vor dem Tod bewahren werdet.«

Rabbi Eliser rollte mit den Augen.

»Gut, dann lasst uns gehen!«, sagte er kurz entschlossen und schulterte seine Ledertasche.

Im Gehen teilte ich ihm mit, dass der Mann derjenige sei, der Sarah verletzt hatte, was er ohne jede Regung aufnahm. Ein Satz, den der Rabbi vorhin ausgesprochen hatte, war mir unterdessen nicht entfallen: »Das Kind wird sein Leben lang einen lahmen Arm haben.«

»Rabbi, ich muss Euch etwas fragen, Euch, den Arzt: Wenn Zwillinge geboren werden, einer hat später einen verkürzten Arm, der andere ist gesund – wer war dann der ältere von ihnen?«

Wir hatten die Mühlengasse erreicht, als ich ihn das fragte. Der Rabbi sah mich erstaunt an und blieb stehen.

»Was für eine Frage, Herr Andreas! Der Gesunde ist zuerst entbunden worden, so sagt mir meine Erfahrung, denn wenn er im Mutterleib auf die glückliche Geburt des Schwachen warten müsste, desjenigen, den der Arzt mit der Zange herauszuholen gezwungen ist, so hätte er sein Leben schon ausgehaucht, bevor er auf diese sündige Welt geworfen wird.«

Hatte ich es mir doch gedacht! Levold hat uns beim Verhör wieder und wieder getäuscht, *er* war der Erstgeborene, er hatte als der Ältere die Münze vom Oheim empfangen.

Vor dem Turm wartete bereits Peter van Polhem. Er begrüßte den Rabbi und bedeutete ihm, in die Zelle im zweiten Geschoss zu gehen, zwei Bewaffnete seien dort zu seinem Schutz zurückgeblieben.

Dann wandte sich Meister Peter an mich.

»Komm mit zum Haus der Bürger, Andreas, ich werde gleich einen Bericht schreiben und dem Gewaltgericht empfehlen, alle Anschuldigungen gegen dich fallen zu lassen und dir das Kölner Bürgerrecht zurückzugeben – du bist ein freier Mann, dir wird das Recht erteilt, dich in dieser Stadt niederzulassen.«

Schweigend ging ich neben ihm her. Schließlich legte er eine Hand auf meine Schulter.

»Andreas, du bist zurückgekehrt, um die Morde an deiner Familie aufzuhellen – und es ist dir gelungen, sie aufzuklären, es ist nun an dir, stolz zu sein, du solltest dich freuen.«

Sollte ich das wirklich?

»Turmmeister, du musst diesen Ritter Levold von Hammerstein noch einmal verhören – er hat dich belogen, er ist der Ältere, er hat die zweite Münze in Besitz, und er war wahrscheinlich einer der Mörder meiner Familie.«

Peters Lächeln verblasste. Hastig legte ich ihm meine Gründe für diesen Verdacht dar – er schüttelte zunächst ungläubig den Kopf, doch als ich geendet hatte, überlegte er.

»Vielleicht trifft ja zu, was du da sagst. Wenn ich es recht bedenke, so muss ich dir beinahe zustimmen. Ja, ich werde ihn mir in einigen Tagen, wenn es ihm besser geht, noch einmal vornehmen – aber, Andreas, das war ein großer Tag für dich, das solltest du nicht vergessen!«

Ich war versucht, laut zu lachen, denn in meinem Herzen regte sich nichts, kein Gefühl des Triumphs, kein Gefühl der Freude, nicht einmal Genugtuung.

Wir waren gemächlich an der Rheinmauer entlanggeschlendert, hatten den lärmerfüllten Fischmarkt aufgesucht, wo Marktfrauen unentwegt ihre Waren feilboten, ein fettes Weib nach dem anderen rief uns an und lud uns ein, seinen geräucherten Hering zu kaufen, Fischer aus Rheindorf priesen grünen Fisch und gesalzene Salme an, wir drängten uns langsam durch die Menge. Vor den zahlreichen Gasthäusern, die vom mächtigen Turm der Abteikirche Groß St. Martin überragt wurden, hatten Wirte Fässer angeschlagen, um Marktgängern einen schnellen Trunk schmackhaft zu machen.

Als wir die Lintgasse erreicht hatten, kam hinter uns Unruhe auf.

Einer der Gewaltrichterdiener bahnte sich den Weg durchs Markttreiben. »Turmmeister«, rief er mehrmals, »Turmmeister, so wartet doch!«

Meister Peter drehte sich um und ging dem Mann schnellen Schrittes entgegen, er stolperte fast.

»Was gibt es? Was ist geschehen, Hans?«

Hans, der angesprochene Mann, blutete am Ohr.

»Herr«, meldete er gehetzt, »der Ritter von Hammerstein ist geflohen, kaum dass der Jud' ihn verbunden hatte!«

Ich pfiff durch die Zähne, Pavel rief etwas auf Tschechisch, was so viel wie »Scheiße!« bedeutete. Wir blickten uns an.

Peter van Polhem war außer sich vor Zorn.

»Wie konnte das geschehen«, schrie er, »rede, Hans, wie ist das passiert?«

Er fuchtelte mit den Armen und zerrte mit beiden Händen am Umhang des Gewaltrichterdieners.

Hans keuchte und kam langsam wieder zu Atem.

Er sei plötzlich von Schweinsteiger niedergeschlagen worden, meldete er, von hinten, von diesem verfluchten Georg Schweinsteiger, mit dem er zum Wachdienst eingeteilt worden war – »der Georg, dieser Lump, macht gemeinsame Sache mit dem Ritter, er ist ein Lump, ein verfluchter Lump!«

Weil der Medicus noch anwesend war, sei die Tür nicht verschlossen gewesen, und er hätte nur mitbekommen, wie der Ritter und der Schweinsteiger entschwunden seien, während der Jude sich ängstlich an die Wand gedrückt hätte. Er habe noch Hufgeklapper gehört, die beiden seien wahrscheinlich auf dem Leinpfad in Richtung der Kunibertskirche geritten.

»Da muss es noch einen Helfer geben – einen, der die Pferde besorgt hat!«, meinte Pavel, wie gewohnt scharfsinnig.

Mir fiel sofort der Burggreve ein, der schmierige Kerl war bestimmt käuflich.

»Habt ihr Pferde?«, fragte der Turmmeister. »Besorgt euch welche, wir treffen uns an der Weyerpforte!«

Er werde einen Trupp städtischer Reiter aufbieten.

»Wir kriegen ihn, diesen Halunken, wir kriegen ihn!«, rief er uns zu, während er zum Haus der Bürger eilte.

Pavel und Henri und ich standen auf dem Alter Markt, ein wenig ratlos.

»Wieso bestellt er uns zu diesem Tor?«, stammelte Pavel.

Ich wusste darauf keine Antwort.

Wir waren zunächst zur Würfelpforte geeilt. Im Weißen Löwen hatte ich Arnold und Katharina rasch erzählt, dass Ritter Levold aus dem Turm entwichen sei, während Pavel in unsere Kammer gestürmt war, um sein Schwert zu holen.

»Hast du keine Waffe?«, hatte Arnold gefragt und mir eine rostige Wurflanze in die Hand gedrückt.

»Damit hat mein Großvater in Worringen gekämpft!«

Im Stall am Weidenbach war man nur wenig erstaunt gewesen, als ich erneut um zwei Reitpferde nachgesucht hatte: »Gib uns die schnellsten, die du hast, Meister Gottfried!«

»Immer mit der Ruhe, Ihr Herren!«

Der Stallmeister war breitbeinig in eines der Gebäude marschiert, und es hatte eine schiere Ewigkeit gedauert, bis er mit zwei gesattelten Rössern auf dem Hof erschienen war.

»Die Schnellsten sollen es diesmal sein – Väterchen wird Euch die Schnellsten holen, die kosten Euch aber einige Pfennige mehr«, hatte er gemurmelt und mit dem Zeigefinger am Daumen gerieben.

Pavel hatte sorgsam prüfend seine Blicke von einem zum anderen Gaul wandern lassen und mir zugenickt.

»Wie findet Ihr sie, Herr?«

»Für einen Prager Groschen, Stallmeister, kommen wir ins Geschäft« – auch ich hatte festgestellt, dass es prächtige, starke Tiere waren, die Gottfried für uns ausgesucht hatte.

Vor dem Weyertor wurden wir bereits erwartet. Peter van Polhem hatte einen Rotfuchs unter dem Sattel, hinter ihm hielten sich sechs Berittene auf der staubigen Straße unweit der Stadtmauer.

»Turmmeister, wohin reiten wir?«, rief ich, während wir aufsaßen.

Ich hörte Gebell. Henri war uns gefolgt. Was wollte der Köter denn hier?

Ich versuchte, ihn zu verscheuchen. Doch er blieb hartnäckig in meiner Nähe.

»Es wird etwas zu bedeuten haben, dass er mitkommen will«, sagte Pavel.

Ich stieg kurz ab und hob Henri auf den Gaul, der irritiert schnaubte. Henri legte sich quer vor meinen Sattel.

Als ich losgeritten war, setzte Peter sein Pferd neben das meinige. In leichten Trab fallend, bedeutete er dem Trupp, ihm zu folgen.

»Wir reiten nach Brühl, zum erzbischöflichen Amtmann«, sagte er beiläufig. »Dort vorn«, erklärte er, während wir uns einer Wegkreuzung näherten, »beginnt das Land des Herrn Erzbischofs.«

Levold von Hammerstein war mit Burg Gracht belehnt worden. »Wir können ihn nur festsetzen und nach Köln zurückführen, wenn der Amtmann seine formelle Einwilligung gibt! Levold gehört dem Lehnshof des Herrn Erzbischofs an! Verstehst du?«

Ja, sagte ich – aber hatte ich das auch alles begriffen? Wir waren auf den guten Willen eines erzbischöflichen Ministerialen angewiesen?

Und wenn der seine Zustimmung verweigerte? Was dann?

»Welches ist der kürzeste Weg zu dieser Burg?«, rief Pavel, der unversehens an der Seite des Turmmeisters aufgetaucht war.

Peter van Polhem zügelte sein Pferd, wir taten es ihm nach.

Als sich alle Berittenen um ihn gesellt hatten, streckte er seinen linken Arm aus.

»Da geht es lang, wir nehmen den Bischofsweg nach Brühl.« Er machte eine Pause, wandte sich dann Pavel zu. »Der kürzeste Weg nach Gracht, mein böhmischer Freund, ist diese Straße, die alte Römerstraße, sie führt geradewegs in die Ville.«

Und er zeigte nach vorne.

Pavel und ich schauten uns an.

Und wir hatten denselben Gedanken: Warum dieser Umweg über Brühl? Wozu eine formelle Einwilligung einholen, wenn es galt, einen Schurken zur Strecke zu bringen?

Es bedurfte keiner Worte.

Peter van Polhem hatte noch nicht seinen Arm wieder gesenkt, als wir, wie auf ein Kommando hin, unsere Gäule mit Händen und Füßen antrieben – und die preschten aufwiehernd los. Im Nu waren wir weg, Henri wäre fast von meinem Pferd gefallen, er bellte, diesmal voller Angst.

Hinter uns brach Verwirrung aus, ich vernahm empörte Rufe, drehte mich kurz um und nickte dem Turmmeister aus gestrecktem Galopp zu. Keiner seiner Leute folgte uns.

Am Meierhof von St. Pantaleon hielten wir für einen Moment inne.

»Sie haben uns ziehen lassen, Herr Andreas!«, rief Pavel, der sich diebisch über unseren Streich freute. Henri bellte ausgelassen. Ich fühlte mich an Crécy erinnert. Meine beiden Lebensretter waren einer Meinung.

Ich nickte Pavel angespannt zu.

Mir war nicht wohl bei dem Gedanken, das Vertrauen des Turmmeisters enttäuscht zu haben.

Aber es gab nur diesen Weg, es war der einzige Weg, jene bedingungslose Auslegung von Gerechtigkeit in die Tat umzusetzen, die Peter van Polhem tags zuvor als Grundlage der göttlichen Weltordnung beschworen hatte. Ich war willens, Gerechtigkeit walten zu lassen – und wenn es erforderlich sein sollte, war ich auch bereit, das Recht in die eigene Hand zu nehmen.

Um die Pferde zu schonen, ließen wir sie traben. Zur linken Hand verlief der Hürther Bach, der in dieser Jahreszeit nur wenig Wasser führte. Die Flur, an der wir vorbeiritten, war nach einem kleinen Gehöft benannt, Klettenberg. Die Felder zwischen Klettenberg und Herrenmülheim lagen verlassen da, sie waren längst umgepflügt und mit Wintergetreide eingesät. Wir durchquerten den Bach in Höhe des Hofes Komar, eine Gänseschar, behütet von einem Bauernmädchen, stob auf dem anderen Ufer schnatternd auseinander.

Hinter Herrenmülheim stieg das Gelände langsam an, wir näherten uns der Ville, einem waldbedeckten Höhenzug, den die Kölner auch das »Vorgebirge« zu nennen pflegen.

Ich hatte Henri inzwischen vom Pferd gesetzt, sollte er doch laufen, wenn er unbedingt mitkommen wollte.

Er hetzte neben uns her, die Schnauze immer am Boden, und plötzlich hielt er inne und schnüffelte im Schotter herum. Pavel brachte seinen Gaul als Erster zum Stehen.

»Herr Andreas, seht doch!«

Er hatte sich nach vorn gebeugt, er blickte angestrengt nach unten, während Henri weiter aufgeregt kläffte.

Pavel zeigte auf eine Stelle im Schotter.

»Was haben wir denn da? Sieht nach Blut aus!«

Ich sprang aus dem Sattel und kniete nieder.

Ja, das war Blut. Einige dicke Tropfen bedeckten den Boden.

Pavel war einige Schritte vor mir. Am Rand des Feldweges bückte er sich und fischte mit seinem Schwert einen blutgetränkten Lappen aus dem Gebüsch.

»Er muss sich den Verband neu gewickelt haben«, rief er mir zu und hielt mir den Lappen vor die Nase.

Wir hatten Levolds Fährte aufgenommen.

»Los, Pavel, wir müssen weiter – es sind nur noch ein paar Meilen!«

Pavel zögerte.

Er lenkte den Braunen in die Straßenmitte und verstellte mir den Weg.

»Herr, der Ritter kann nicht weit sein – bedenkt, er ist schwer verletzt, er hat so gut wie keine Möglichkeit zu entkommen! Warum also diese Eile?«

Ich glaubte nicht recht zu hören und blickte ihn entgeistert an.

»Er ist schon einmal entwischt, hast du das vergessen?«

Ich schrie ihn fast an.

Pavel hob beschwichtigend den Arm.

»Herr Andreas, seid doch einmal vernünftig – lasst uns auf den Turmmeister warten!«

Was war los mit dem Tapfersten der Tapferen?

Noch nie hatte ich erlebt, dass er zur Besonnenheit riet. Hatte er etwa Angst?

»Wenn du die Hosen voll hast, dann bleib hier und warte auf Verstärkung, du böhmische Memme!«

Es war kalte Wut, die mich so sprechen ließ.

»Herr, Ihr wisst, dass ich kein Feigling bin!«

Pavel blieb äußerlich ruhig, seine Augen hatten sich aber zu einem Schlitz verengt. Er schüttelte enttäuscht den Kopf.

»Ich möchte Euch nur vor einer Dummheit bewahren! Schimpft mich also nicht einen Feigling!«

Ich haderte einen Moment mit mir, schleuderte meine Lanze zornentbrannt ins nächste Gebüsch.

Ein Schwarm Krähen stieg mit surrendem Flügelschlag und lautem Geschrei auf.

Wir zuckten zusammen, mussten unsere erschreckten Pferde beruhigen. Auch Henri war verschreckt ins Feld gelaufen.

Ich stieg ab. Die Wurflanze brauchte ich schließlich noch.

Als ich sie am Sattel befestigte, ritt Pavel neben mich.

»Werter Kammerherr, Ritter von Hemmersbach, darf ich Euch an Crécy erinnern? Ihr wäret längst vermodert, wenn ich Euch dort nicht aus dem Dreck gezogen hätte! Meint Ihr vielleicht, es gefällt mir, Euch ständig vor Euch selbst zu schützen?«

Er wandte sich zur Seite, hielt sich die Nase und rotzte ausgiebig auf den Boden. »Aber einer muss es ja tun – ich komme selbstverständlich mit!«

Ich brach in schallendes, befreites Lachen aus und gab seinem Gaul einen Klaps.

»Los«, so rief ich Henri zu, »auf zum letzten Gefecht!«

Wir hatten die Ville erreicht.

Hohes, fast verdorrtes Gras wucherte beiderseits der staubigen Straße, in der Mitte wuchs ein schmaler Streifen Unkraut, Pferdewagen und Ochsenkarren hatten mit ihren Rädern tiefe Spuren in den Schotter gezogen. Vor der dunklen Kontur des Waldrandes standen vereinzelt Kiefern, umgeben von Farn und Heidekraut. Sobald der steile Anstieg auf die Ville begann, führte die Straße wie ein Tunnel durch Bäume, Gestrüpp und Krummholz, dicht stehende Tannen, Eichen und Buchen, durch deren Baumkronen noch Licht einfiel. Ein einsamer, moosbedeckter Meilenstein zu unserer Rechten erinnerte daran, dass die Römer einst diese Straße angelegt hatten, die Köln mit der alten Stadt Trier verband.

Wir trieben die Pferde zu schnellerer Gangart an, Henri hatte Mühe, uns zu folgen.

»Fürchtest du dich vor Räubern?«, fragte ich Pavel, nachdem wir bereits ein gehöriges Stück des Anstiegs bewältigt hatten.

Es sollte ein Scherz sein, doch Pavel gab während des Ritts kein einziges Wort von sich – schweigend folgten wir der Römerstraße, bis wir den Höhenkamm erreichten. Wo sich der Wald öffnete, roch es nach vertrockneten Kräutern und Ginster. Von nun an ging es leicht bergab.

Das Licht der tief stehenden Sonne blendete gewaltig, und so dauerte es eine Weile, bis wir die Burg Gracht ausmachen konnten – sie lag etwa eine Meile vor uns, hinter einem Dorf. Das musste Liblar sein.

Wir ritten langsam durch Liblar. Das Dorf bestand aus einem Dutzend armseliger Hütten, einige Bauersleute in dreckigen Kitteln grüßten scheu, Köter liefen, laut bellend, neben uns her. Henri bellte angriffslustig zurück.

Dann sahen wir ihn.

Levold war nach vorne gesunken.

Er lag mit dem Oberkörper auf dem Hals seines Gauls, der sich nur noch im Schritt der Burg näherte. Am mächtigen Wehrturm flatterten einige Fahnen im Abendwind – draußen Lappen, drinnen Lumpen, ging mir durch den Kopf, ein Spruch, den die Bauern oft von sich geben, wenn sie von ihren Herren reden. Den Turm und die umliegenden Wirtschaftsgebäude schützte ein Wassergraben. Eine schmale Zugbrücke war indessen heruntergelassen.

Pavel riss am Zügel seines Pferdes.

»Herr Andreas, wartet«, rief er, als er bemerkte, dass ich losgaloppieren wollte.

Levolds Gaul trottete über die Brücke und verschwand im Gewölbe des Burgtores.

»Wir müssen da hinein, Pavel, hinein, ehe die Brücke hochgeht!«

Vor dem Wassergraben saßen wir ab. Henri rannte bellend in den Hof.

»Merkwürdig«, sagte Pavel nach einer Weile, »seht Ihr jemanden, der diese verfluchte Burg bewacht?«

Ja, es war schon merkwürdig, nicht einmal auf dem Bergfried war der Posten besetzt.

Zaudernd führte Pavel seinen Zossen auf die Brücke.

Ich behielt die Zinnen des Wehrturms im Auge, als ich ihm folgte.

Ich spürte wieder meine Ungeduld. Unter dem Torbogen drängte ich mich an Pavel vorbei.

Im Burghof blieben wir unwillkürlich stehen.

Der Eingang des gegenüberliegenden Gebäudes war mit Fackellicht erhellt.

Levolds Gaul trat unruhig auf der Stelle, warf den Kopf schnaubend hin und her. Levold selbst war wohl schon in der Mitte des Hofes aus dem Sattel geglitten, sein linker Fuß hatte sich im Steigbügel verfangen, er war bis zur Tür mitgeschleift worden, das Pflaster war blutverschmiert.

Er war in Ohnmacht gefallen.

Pavel trat heran, ergriff das Zaumzeug und beruhigte das Tier. Ich zog mein Messer und schnitt das Leder des Bügelriemens mit einem kräftigen Hieb durch. Als sein Bein auf dem Boden aufschlug, stöhnte Levold.

Pavel verscheuchte das Pferd.

»Herr Andreas, habt die Güte, steckt Euer Messer wieder ein!«

Ein Knarren ließ mich aufhorchen.

Jemand öffnete vorsichtig die schwere Tür. Ein Mann steckte seinen kahlen Schädel durch den Spalt.

»Um Himmels willen, was ist geschehen?«, rief er entsetzt, »Herr, was ist mit Euch?«

Ich riss die Tür auf und zerrte den Glatzkopf ins Freie, er hatte Mühe, sich auf den Beinen zu halten.

Er sei der Hausknecht des Ritters von Hammerstein, stammelte er voller Furcht, seine kleinen Schweinsaugen irrten Hilfe suchend zum Tor, während er uns unentwegt anflehte, ihm nichts zuleide zu tun.

»Lass das Jammern!«, herrschte ich ihn an, »hilf uns lieber, deinen Herrn auf ein Lager zu bahren!«

Pavel blinzelte misstrauisch herüber.

»Henri«, befahl ich dem Hund, der sichtlich erschöpft war, er hechelte und ließ seine Zunge in gänzlicher Länge sehen, »Henri, du passt auf unsere Pferde auf.«

Ich griff mit beiden Händen unter Levolds Schultern und hob ihn vorsichtig an.

Wieder war ein leises Stöhnen zu vernehmen. Levold war ziemlich schwer, ich winkte Pavel zu mir. Schließlich trugen wir ihn gemeinsam ins Haus, der Knecht hatte Levolds Beine umfasst.

»Sein Schlafgemach befindet sich im Obergeschoss«, sagte der Alte schwer atmend.

Über eine hölzerne Treppe schleppten wir den leblosen Körper nach oben. Der Knecht deutete auf eine Tür – ich öffnete sie mit einem Fußtritt. Es war eine schlicht eingerichtete Kammer, in ihrer Mitte stand ein ärmliches Bett, dessen Laken offensichtlich lange nicht gewechselt worden waren.

Nachdem wir Levold unsanft abgelegt hatten, nahm ich mir den Knecht vor.

»Wie heißt du, alter Mann?«

Er murmelte etwas, ich musste ihn anschreien, ehe er halbwegs verständlich »Berthold« von sich gab.

»Hör zu, Berthold, dein Herr wird sterben, er kann jeden Augenblick sterben – es geziemt sich, dass er die heiligen Sakramente erhält, geh und hol den Priester!«

Berthold entgegnete, in Liblar gebe es keinen Geistlichen, er müsse bis nach Köttingen gehen – »und solange ich hier diene, war noch nie ein Priester auf dieser Burg willkommen.«

Mit einer barschen Handbewegung wies ich ihn hinaus, so wie man Fliegen verscheucht. Er trollte sich.

Levold war unterdessen zu sich gekommen. Er sah übel aus, sein Gesicht war blutverkrustet, sein schmutziges Wams zerrissen. Er warf mir, schwach wie er war, einen überheblichen Blick zu.

Ich trat ans Bett. »Herr Ritter, wo ist die zweite Münze?«

Levold schloss die Augen.

Ich schlug ihm mit der flachen Hand ins Gesicht.

Sein Mund verzog sich zu einem boshaften Lächeln.

»Wie oft soll ich es noch sagen? Der Teufel soll dich holen, Andreas!«

Ich ballte unwillkürlich die Faust, dieses Schwein sollte nicht länger auf mir herumtrampeln – ich stieß einen Fluch aus, drehte mich dann aber weg.

Mit Drohungen, so wurde mir in diesem Moment klar, war dem Manne nicht beizukommen – und mit Folter erst recht nicht.

Levold war am Ende, er war fertig.

Pavel hatte bislang schweigend neben der Tür gewartet.

»Was machen wir mit dem Kerl?«, flüsterte ich ihm zu.

Er zuckte die Schultern, hob hilflos die Arme und ließ sie wieder in die Seite fallen.

»Edler von Hammerstein«, sagte ich, nachdem ich lange überlegt und die Kammer mehrmals durchschritten hatte, »viel zu viel Blut wurde wegen dieser Münzen vergossen – das sind Eure Worte, erinnert Ihr Euch?«

Levold starrte zur Decke, als hätte er meine Frage nicht vernommen.

»Ihr wollt mir nicht preisgeben, wo Eure Münze aufbewahrt wird, Ihr behauptet, nicht einmal zu wissen, wo sie sich befindet, Ihr seid sogar bereit zu sterben. Und ich bin nicht willens, Euch meine Münze zu überlassen – so verhält es sich doch?«

»Keiner von uns beiden«, fuhr ich nach einer Weile fort, »da werdet Ihr mir beipflichten, wird daher in den Besitz des Goldes gelangen, das Euer Oheim und mein Vater gemeinsam und – ich betone – in voller Eintracht in Lucca hinterlegt haben.«

Ich stockte. Pavel blickte mich verständnislos an.

»Es gäbe da eine Lösung, Herr Ritter, die einem jeden von uns zum Vorteil gereichen sollte.«

Ja – es gab einen Ausweg.

Ich hatte mich entschlossen, Levold einen Köder hinzuwerfen.

»Was redest du da? Willst du mit mir schachern?«

Ahnte Levold, wovon ich redete? Hatte er den Köder schon geschluckt?

»Herr, mir ist nach allem andern als Schachern zumute – ich denke an einen Handel, einen, den Ihr schwerlich ausschlagen könnt.«

Ich stellte Levold vor Augen, dass er einen unverzeihlichen Fehler gemacht hatte, den ich, der Sohn eines Kaufmanns, nie und nimmer begangen hätte. »Für Euch kam nur der Weg der Gewalt in Betracht, um die zweite Münze an Euch zu bringen. Ihr Edelleute seid stets von Eurer Natur getrieben totzuschlagen, wer sich Euch in den Weg stellt, totzuschlagen, was Euch als Hindernis dünkt, totzuschlagen, wessen Eigentum Ihr zu besitzen begehrt! Und daher müsst Ihr nun die Last all dessen tragen, was Ihr Euch zuschulden kommen ließt!«

Ich beugte mich nach vorn. »Wäre es nicht klüger gewesen, Herr Ritter, *Ihr* hättet mir eine einvernehmliche Lösung vorgeschlagen, als Ihr erfahren habt, dass ich nach Köln zurückgekehrt bin? Kam Euch, in all Eurer hochedlen Verkommenheit, nie der Gedanke, es mit Teilen zu versuchen?«

Ein Drittel der Summe sei immerhin von meinem Vater hinterlegt worden, fügte ich an – »wolltet Ihr in Eurer Maßlosigkeit auch dieses Gold einstecken?«

Levold wandte sich zu mir, er starrte mich an, als suche er Hilfe, er dachte angestrengt nach, aber er war ratlos. Es war nicht seine Sache, so deutete ich seinen Gesichtsausdruck, mit Bürgergeschmeiß irgendwelche Geschäfte zu machen.

Er war ein Dummkopf.

Er versuchte sich aufzurichten. Ich sah, wie Pavel ungläubig den Kopf schüttelte.

»Hört zu, Herr von Hammerstein, hört mir gut zu: Es liegt mir nichts am Gold der Templer – aber das Gold meines Vaters, das geht mir nicht aus dem Sinn! Es ist mein Gold, begreift Ihr? Ich bin sein Sohn! Habt Ihr das vergessen?«

Ein jedes Ding kommt zu seiner Zeit, und nun war der Moment gekommen, den letzten Schritt auf Levold zuzugehen.

»Gebt mir Eure Münze, Herr Ritter, und ich bringe Euch das, was Eurer Oheim beiseite geschafft hat! Und ich nehme nur das, was mir als Sohn des Matthias Hemmersbach zusteht! Vielleicht ein bisschen mehr – aber nur ein bisschen mehr, Herr Ritter!«

Nun lächelte er sogar. Dann fragte er leise nach Sicherheiten.

Ich lachte auf, voller Hohn.

»Es gibt keine Sicherheit, die ich Euch bieten könnte, Herr Ritter, außer der, mir zu vertrauen – doch wenn Ihr so vermessen seid, meinen Vorschlag abzulehnen, verheiße ich Euch eine andere Sicherheit: Ihr werdet auf dem Heumarkt unter dem Schwert des Scharfrichters enden.«

Levold seufzte.

»Mein Vater hat uns gelehrt: Nehmt den Tod wie eine gute Medizin.«

Ich war verblüfft, nein, wütend. Ich hatte ihm einen Handel vorgeschlagen – und er redete ritterlichen Blödsinn!

»Gebt mir die Münze, Herr von Hammerstein – und ich verspreche Euch beim Blut des gekreuzigten Christus, unseres Herrn, wir werden Euch an einen sicheren Ort bringen, mein böhmischer Freund und ich.«

Levold winkte mich ans Lager.

»Woher weißt du, dass Christus gekreuzigt wurde?«

Nun war es an mir, ihn umso verblüffter anzuschauen.

»Christus wurde nicht gekreuzigt«, sagte Levold, und in seinen Augen loderte Feuer, »es war ein Verbrecher, der an seiner Stelle den Kreuzestod starb, das steht in geheiligten Schriften geschrieben, die die Ritter meines Ordens im Tempel Salomons gefunden haben – ihr alle verehrt den falschen Erlöser!«

Was sagte er da für seltsame Dinge?

Worte aus dem Mund eines Ketzers.

Levold war ein Ketzer, so dachte ich, er war ein Sektierer, ein verdammter Anhänger dieser weißen Göttin.

Er hatte den Tod verdient.

Ich fühlte große Befriedigung in mir. Ja, er hatte den Tod verdient.

»Herr«, so erwiderte ich hastig, »es ist nicht die Stunde, sich gegen die Wahrheiten unserer heiligen römischen Kirche zu empören – sagt mir, wo die Münze ist, alles andere wollen wir später ins Reine bringen.«

Er rang mit sich, der Schweiß perlte auf der Stirn, und das Gesicht verzog sich zu wechselnden Grimassen.

Schließlich nickte er. Und es schien mir, dass er wieder zu Kräften kam.

»Geh ins Erdgeschoss, in den Schwanensaal«, flüsterte er mir zu, »dort gibt es eine Kommode, in der untersten Schublade findest du unter dem Boden eine kleine Holzkiste, sie ist verschlossen – bring sie mir, und du bekommst die Münze.«

»Lass ihn nicht aus den Augen«, rief ich Pavel zu und rannte die Treppe hinunter.

Der Schwanensaal war ein heruntergekommener großer Raum, die verblassten Wandmalereien ließen erahnen, dass er irgendwann einmal bessere Zeiten gesehen hatte.

Die Stirnwand wurde vom Licht einer Fackel beleuchtet, und an dieser Wand stand tatsächlich eine Kommode. Ich stürzte auf sie zu, öffnete die Schublade, ja – da war ein Bodenbrett, das man herausnehmen konnte. Und darunter lag eine Kiste.

In den bescheidenen Häusern der einfachen Bürger werden kleine Schätze zumeist unter Dielen versteckt, in den Burgen und Palästen der Fürsten gibt es große Schatzkammern, die mit Gold und Edelsteinen gefüllt sind, den kleinen Leuten abgepresst. In den Behausungen von Landedelleuten sind es indessen Holzkisten, in denen wertvoller Besitz geborgen ist.

Ich umfasste die Kiste mit beiden Händen und hob sie vorsichtig heraus. Sie war mit Eisenstücken beschlagen und der Deckel mit einem Riegel gesichert, an dem ein gusseisernes Schloss hing.

Levold hatte nicht gelogen.

Es war das erste Mal, dass er nicht gelogen hatte – der Gedanke allein machte mich misstrauisch. Hüte dich vor den allertapfersten Rittern, hatte König Johann oft gesagt, sie sind die Ersten, die dich verraten, sie sind die Ersten, die dich im Stich lassen.

Vorsicht war auf jeden Fall geboten.

Ich blickte mich um. An der gegenüberliegenden Wand hingen zwei gekreuzte Schwerter, die schon Rost angesetzt hatten. Zum Öffnen einer Holzkiste müssten sie aber noch zu gebrauchen sein. Ich prüfte eine Klinge mit dem Daumen, schritt langsam zur Kiste zurück und hob das Schwert, das ich mühelos von der Wand gelöst hatte.

Ein Hieb – es krachte und splitterte, die Kiste brach auseinander.

Zwischen Holzsplittern entdeckte ich einen Lederbeutel, der auch zerschlagen war.

Ich legte das Schwert beiseite und kniete mich nieder. Silbern und golden blinkten Münzen vom Boden. Ich hob sie einzeln auf, überprüfte sie, steckte sie ein. Meine Tasche war schon bald prall gefüllt, aber noch hatte ich nicht das Gesuchte gefunden.

Sollte Levold mich schon wieder reingelegt haben?

Dann, endlich, hielt ich etwas zwischen den Fingern, was wie das Kupferstück meines Vaters aussah. Ich brachte das Stück näher zum Licht der Fackel.

Civitas di Lucca war auf der einen Seite zu lesen, *tepl Salomonis,* der Tempel Salomons, auf der anderen.

Ich nahm meine Münze zur Hand – und legte beide nebeneinander. Sie ähnelten einander, bis auf die Umschrift, wie Zwillinge.

Wie Levold und Friedrich. Ich wollte lachen, konnte es aber nicht.

Dieser war tot, jener war so gut wie tot.

Dem Messer Ugolini, so ging mir plötzlich durch den Kopf, konnte ich nun beide Kupfermünzen vorweisen. Ich fühlte eine seltsame Ruhe in mir, eine Gelassenheit, die in mir hochkroch und sich wohltuend im Körper ausbreitete.

Weil ich ein reicher Mann war? Auf einen Schlag?

Nein.

Das Gefühl, reich zu sein, muss ein anderes sein.

Du musst sofort nach Lucca aufbrechen, sagte eine innere Stimme – ich verscheuchte den Gedanken sofort, Andreas, du darfst jetzt nicht ans Geld denken.

Und so dachte ich wieder an Sarah. Unsere Reise würde uns nach Jerusalem führen. Ich freute mich schon darauf.

Es klirrte, als ich das, was sich noch im Beutel befand, ausschüttete.

Da lag eine Halskette.

Eine silberne Kette mit einem Kreuz. Ich hielt sie nahe vor die Augen – es war eine Kette, die ich schon einmal in der Hand gehabt hatte. Drei winzige Nägel hatte der Silberschmied an den Stellen fein ziseliert, wo die Hände und Füße unseres Heilands ans Kreuz geschlagen worden waren.

Es war die Halskette meiner Schwester Anna. Ich selbst hatte sie ihr zu ihrer Firmung um den Hals gelegt.

Schnell verstaute ich beides, die Münzen wie die Kette.

Mir schwindelte auf einmal, ich torkelte aus dem Saal, fiel vor der Halle hin, rang nach Luft, auf allen vieren kriechend erreichte ich die Pforte. Als ich draußen war, erbrach ich mich.

Irgendwann nahm das Erbrechen ein Ende.

Ein Bild tauchte vor mir auf, das Bild meiner Mutter, die Gesichter meiner Schwestern, meiner Brüder.

»Ich habe ihn«, stammelte ich, »ich habe ihn, Mutter, du sollst es wissen!«

Langsam richtete ich mich auf, spuckte aus und wischte mir die Tränen aus den Augen.

Kälte hatte eingesetzt, sie machte mich zittern, ich atmete tief durch.

Die Kette war der letzte Beweis – Levold hatte mir den Beweis selbst geliefert.

Er hatte am Blutbad in unserem Haus am Blaubach teilgenommen. Und wie der schäbigste Strauchdieb hat er einem Kind, einem wehrlosen, unschuldigen Kind, das er zu töten gewillt war, eine Silberkette gestohlen.

Er hatte den Tod verdient.

»Pavel, gib mir dein Schwert!«

Pavel blickte mich überrascht an. Er schien nicht bemerkt zu haben, dass ich in Levolds Kammer zurückgekehrt war.

»Wozu?«, fragte er tonlos.

»Ich werde diesem halb toten Hurensohn das Herz herausreißen! Nein, ich werde ihm den Kopf abschlagen, auf der Stelle!«

Levold schrie auf, es war ein klägliches Schreien.

Er hatte gerade wieder Mut gefasst, nun erkannte er, dass sein Ende gekommen war, unwiderruflich. Der Schatten des Todes hatte sich herangeschlichen, sich lauernd über ihn gelegt – er wusste es.

Er kroch aus dem Bett, fiel auf den Boden, rappelte sich hoch, rutschte auf Knien zu mir, hob die Hände.

»Gnade, Andreas, du kannst mich nicht umbringen! Ich habe dir die Münze gegeben! Was ist mit unserem Geschäft?«

Wie ein winselnder Hund lag er vor mir.

Ja, so sind sie, die ehrenwerten Herrschaften, die Ritter und die edlen Herren dieser Welt, all die, die ihre Macht und ihren Reichtum allein ihrer Geburt verdanken – wenn sie ihre Lakaien, Leibwächter und Stiefellecker um sich haben, dann halten sie ihre Nase hoch, dann führen sie das große Wort. Setzt man ihnen aber, so sie allein sind, das Messer an den Hals, machen sie sich in die Hose, betteln sie um ihr armseliges, verlogenes Leben!

Würdeloses Pack, allesamt! Jeder einfache Bauer hatte mehr Mut und Würde in sich. Um nicht noch einmal zu kotzen, spie ich auf den Boden.

»Pavel, was ist mit deinem Schwert?«

Pavel überlegte kurz.

»Andreas, es gibt das Gebot unseres Herrn: Du sollst nicht töten!«, sagte er.

Er sagte es in einem feierlichen Ton, den ich von ihm noch nie gehört hatte.

Und es war das erste Mal, dass er mich nicht »Herr« nannte. Ich richtete mich auf. Ich brauchte Pavel nicht mehr. Er sollte nicht dabei sein, wenn ich einen Menschen tötete, einen wehrlosen Menschen, das erste Mal in meinem Leben. Ich brauchte keine Zeugen.

»Pavel, das ist meine Angelegenheit, verstehst du? Ich mache das nur meinetwegen! Das ist meine, allein meine Angelegenheit!«

Ich zeigte ihm die Kette. Und ich sagte ihm, dass ich sie neben der Münze gefunden hatte.

»Das ist der Schmuck meiner Schwester Anna! Ich werde das tun, was er mit meiner Schwester gemacht hat! Ich werde ihn köpfen! Gib mir endlich dein Schwert – und dann verschwinde!«

Pavel warf mir das Schwert vor die Füße.

Aber er gab nicht auf.

»Herr Andreas, es wird nicht lange dauern, dann wird der Turmmeister hier aufkreuzen! Tut es nicht! Man wird Euch in den Kerker werfen! Tut es nicht, Herr, ich bitte Euch!«

Ich stand vor Levold, der nur noch heulte und jammerte – »Gnade!«

Mehr brachte er nicht mehr heraus – nur noch »Gnade!«

Er hatte mich unterschätzt, er hatte mir nicht zugetraut, dass ich mich an ihm vergreifen werde. Er war nicht imstande, sich vorzustellen, dass ein Gemeiner, einer ohne ellenlangen Stammbaum, es auf sich nahm, einem Mann von Stand den Kopf abzuschlagen.

Ich konnte seine widerliche Fresse nicht mehr ertragen.

Ich hob Pavels Schwert auf. Es fühlte sich gut an in meiner Rechten.

Genug ist genug.

Ich holte aus – Levold schrie auf, in Todesangst.

Ich zögerte.

Dann trat ich ihm mit dem Stiefel ins Gesicht.

Es war ein makelloser Tritt.

Ich hatte Levold am Kinn getroffen, im Namen meiner Schwester, und ihm, so hoffte ich inständig, die Nase gebrochen, er fiel kraftlos zur Seite, und es sah so aus, als hätte er die Besinnung verloren.

»Nehmt das Kissen, Herr, nehmt das Kissen!«, rief Pavel.

Aus dem Hof ertönte Lärm. Henri bellte nach Leibeskräften.

Pavel ging zum Fenster und sah angestrengt in die Dunkelheit.

Er könne den Knecht und einen Kleriker erkennen, sagte er – »und wenn ich mich nicht irre, dann kommt da hinten der Turmmeister!«

»Bitte, Pavel, tu, was ich dir sage – lass uns allein! Es ist das Beste, wenn du hinuntergehst! Das Beste für dich und das Beste für mich, verstehst du mich? Halte sie auf!«

Er machte einen Versuch zu lächeln.

»Habt Ihr die zweite Münze, Herr?«

»O ja, die habe ich.«

»Dann ist unsere Suche beendet.«

»Ja, mein Freund, die Zeit des Suchens ist vorbei.«

Pavel wartete einen Augenblick. Dann verließ er wortlos die Kammer.

Ich wusste auf einmal nicht mehr, ob Levold den Tod wirklich verdient hatte – das weiß Gott allein. Es war anmaßend, so gestand ich mir, was ich mich zu tun anschickte.

Es war gegen Gottes Gebot.

Es ist alles ganz einfach. Und es gibt eine Nähe des Guten zum Bösen.

Als ich ihn leblos da liegen sah, lächelte ich, ich war zufrieden mit meinem Werk. Ich kniete nochmals hin und legte mein Ohr an seinen Mund, spürte seinen Atem nicht mehr.

Was ist schon der Tod eines niederträchtigen Halunken gegen alle Scheußlichkeiten und Kümmernisse dieser Welt?

Das Versprechen

Ihr kommt zu spät – er ist soeben gestorben.«

Peter van Polhem schüttelte den Kopf.

Er ging zum Bett. Der Priester hatte dem toten Levold den Segen erteilt und sich dann eilig davongemacht.

»Hast du noch Gelegenheit gehabt, mit ihm zu sprechen?«, fragte der Turmmeister, der sich den Leichnam nur kurz angeschaut hatte. Dass noch immer Blut aus Levolds Nase lief, schien ihn nicht zu berühren.

Ich zuckte mit den Schultern. Pavel biss sich auf die Zähne.

»Außer Verwünschungen und ketzerischen Reden hat er nichts von sich gegeben.«

»Und was ist mit der zweiten Münze?«, wollte Peter van Polhem wissen.

»Er blieb standhaft, als ich ihn danach fragte«, sagte ich, so leicht wie möglich dahin, »er schwieg beharrlich, und so hat er sein Geheimnis wohl mit ins Grab genommen.«

Der Turmmeister blickte mich durchdringend an.

Glaubte er mir etwa nicht? Hatte er mich längst durchschaut?

»Hoffentlich gibt es keinen Ärger mit dem Amtmann – aber der Pfarrer wird bezeugen können, was du gesagt hast«, er drehte sich um, »gut, dann reiten wir jetzt zurück nach Köln – an der Hahnenpforte wird uns die Wache einlassen.«

Am nächsten Morgen hörten wir die heilige Messe in der Kirche des heiligen Paul, der Pfarrkirche von Arnold und seiner Familie.

Es war der zwölfte Tag des Monats Oktober im Jahre des Herrn 1346, der Tag, an dem die Kölner den Festtag ihres heiligen Bruno feiern, eines Bischofs, der vor vielen hundert Jahren in Köln amtiert hatte und ein Bruder des großen Kaisers Otto gewesen war. Sein Grab, das wusste ich, befand sich in der Kirche St. Pantaleon, die er gegründet hatte.

Es gibt zwei Kölner Heilige namens Bruno – am Festtag des einen, des Kartäusers, war ich in Köln angekommen, am Festtag des anderen, des Bischofs, gedachte ich Köln zu verlassen.

»Morgen reite ich los«, hatte ich zu Katharina und Arnold gesagt, als wir noch vor Mitternacht aus dem Vorgebirge zurückgekehrt waren.

Sie hatten auf uns gewartet, saßen in der guten Stube, als ich an die Tür geklopft hatte – Katharina war mir um den Hals gefallen, »wir haben für euch gebetet, unsere Gebete wurden erhört«, hatte sie immer wieder gestammelt, Arnold hatte die Pferde in einer Stallung untergebracht und gleich noch einige Krüge Bier geholt. Katharina war in die Küche gegangen.

»Ihr müsst hungrig sein, ihr habt doch den ganzen Tag nichts gegessen!« Mit zwei Tellern Suppe war sie zurückgekommen.

Wir hatten erzählen müssen, was in Gracht geschehen war.

»Lasst uns erst auf das Wohl des Herrn Andreas trinken«, hatte Pavel vorgeschlagen.

Er war in Hochstimmung verfallen, als er einen Krug in die Hand gedrückt bekommen hatte. Und *er* hatte umständlich und ausschweifend erzählt – wofür ich ihm sogar dankbar gewesen war, während ich die Suppe ausgelöffelt hatte, denn mir waren wieder andere Dinge durch den Kopf gegangen, ich hatte an Sarah denken müssen.

»Und als ich Henri zu trinken gegeben hatte und vom Hof zurückgekehrt war«, so hatte Pavel irgendwann geendet, »war er tot, der Dreckskerl, dieser Levold – weil er so viel Blut verloren hatte, auf seiner Flucht.«

Pavel war ein gottbegnadeter Lügner.

Henri, der träge auf meinem Schoß gelegen hatte, war aus seinem Halbschlaf aufgeschreckt, als Katharina erleichtert und begeistert in die Hände geklatscht hatte. Arnold hatte mir mehrmals auf die Schulter geklopft.

»Wir sind ja so froh und glücklich, dass alles vorbei ist! Andreas, heute beginnt für dich ein neues Leben!«

Nach der zweiten Münze hatten sie nicht gefragt. Sie wollten ein rauschendes Fest für mich ausrichten.

»Am besten morgen, am Sonntag, wir lassen Spielleute kommen und laden unser ganzes Kirchspiel ein, das wird eine Feier, bei allen Heiligen, die niemand in Köln so schnell vergisst!«

Sie hatten mich verständnislos angeblickt, als ich ihnen sagte, mir stünde nicht der Sinn nach Feiern.

»Aber Andreas«, hatte Arnold schließlich ausgerufen, »auch ein kluger Mann muss sich dann und wann betrinken, um die ständige Gegenwart von Dummköpfen ertragen zu können.«

Ich hatte lachend zugestimmt und versprochen, nach meiner Rückkehr ein wüstes Gelage zu veranstalten.

Katharina war empört aufgesprungen, hatte dabei eine Kerze umgeworfen.

»Was höre ich da? Rückkehr? Du willst Köln schon wieder verlassen?«

Ja, so hatte ich geantwortet, es gebe da noch eine Kleinigkeit zu tun.

»Welschland hat viele schöne Städte, eine davon heißt Lucca, wenn ihr versteht, was ich meine. Lucca ist eine Reise wert, meine Freunde!«

In einigen Wochen würde ich zurück sein.

Schließlich war es mir doch gelungen, sie zu beschwichtigen.

»Liebe Katharina, lieber Arnold – lasst uns morgen gemeinsam die Messe feiern, ich möchte Gott dem Allmächtigen danken, dass die Suche nach den Mördern meiner Familie ein Ende gefunden hat, dass die Wahrheit über diese gemeinen Morde an den Tag gekommen ist, dass er euch und mich beschützt hat in dieser Zeit, dass er mir Freunde wie euch gegeben hat, dass ich einen Freund fürs Leben habe – und ich möchte Gott auch dafür danken, dass Sarah, die Jüdin, genesen wird!«

Eine späte Rührung hatte mich übermannt, am Ende waren mir sogar Tränen gekommen.

Pavel hatte nur gefragt, wer denn dieser Freund fürs Leben sei, und war dann, mit zwei Krügen in den Händen, aufgestanden, um unsere Kammer aufzusuchen. Ich war ihm gefolgt, nachdem ich Katharina und Arnold eine gute Nacht gewünscht hatte.

»Wohlsein, Herr Andreas!«

Er hatte mir den zweiten Krug aufgedrängt.

»Pavel«, hatte ich gesagt, und es war aus dem Herzen gekommen, »einen besseren Freund als dich habe ich nie gehabt in meinem Leben – ja, guck nicht so blöd, Pavel! Wie oft habe ich seit Crécy gedacht, dass ich deiner Freundschaft nicht würdig bin! Darf ich dich daher bitten, mich als Freund anzunehmen – und nenn mich, ein für alle Mal, nicht mehr Herr!«

»Gut, Andreas, wie du willst«, so hatte er nach einer Weile gemurmelt, kein weiteres Wort war über seine Lippen gekommen.

Wir hatten uns umarmt – und die Krüge klingen lassen.

Als sie geleert waren, hatte ich ihn gefragt: »Kommst du mit nach Welschland? Ich könnte einen Gefährten wie dich gebrauchen! Und es soll dein Schaden nicht sein!«

Er hatte nur genickt und war dann nach hinten gefallen.

Nach dem Gottesdienst in St. Paul schlenderten wir schweigend zur Würfelpforte zurück.

Später bat ich Pavel, die Pferde zu Meister Gottfried zurückzuführen – und sie ihm abzukaufen, »zahle ihm, wenn nötig, jeden Preis, es sind gute Gäule!« Und Packpferde sollte er auch besorgen. Ich hätte noch etwas zu erledigen.

Während er geschäftig tat und mit unbewegter Miene seinen Beutel packte, machte ich mich auf den Weg ins Judenviertel.

Die Glocke von Groß St. Martin schlug die Mittagsstunde, als ich vor Sarahs Bett stand.

Es gehe ihr besser, hatte der Rabbi gesagt.

Ich durfte sogar allein mit ihr sprechen.

»Sarah, alles hat sich zum Guten gewendet – und so wird es auch mit uns ausgehen.«

Ich hielt ihre rechte Hand in meiner. Ihre dunklen Locken schimmerten im Kerzenlicht.

Sie lächelte.

»Sarah, ich reite heute los, nach Tuszien. Aber ich komme zurück.«

Ich küsste ihre Hand.

»Ich weiß«, sagte sie leise, »und ich warte auf dich.«

»Verzeiht mir alle meine Grobheiten der vergangenen Tage, und passt gut auf Henri auf.«

Wir standen vor dem Weißen Löwen.

Katharina und Arnold blickten zu Boden.

»Leute«, rief ich so heiter wie möglich, »macht nicht solche traurigen Gesichter! Als ich Köln das vorige Mal verlassen hatte, vergingen siebenunddreißig Jahre, bis ich zurückkam, dieses Mal, das verspreche ich, wird es nicht so lange währen! Habt Dank für alles, was ihr für mich getan habt. Gott sei mit euch!«

Ich umarmte sie beide. Katharina vielleicht etwas länger.

Während ich Henri tätschelte und mich von ihm verabschiedete, bemerkte ich, dass Pavel und Franziska aufgeregt miteinander tuschelten. Nun knutschten sie sogar.

War da etwas vorgefallen, was ich nicht mitbekommen hatte?

Ich winkte ihnen zu.

Und ich wagte es, dem größten aller böhmischen Helden – ein allerletztes Mal, das stand fest – einen Auftrag zu erteilen.

»Pavel, hol schon mal die Pferde.«